U0721706

主编简介

郑文锋 梧州学院教师。主要讲授《新媒体应用》《新闻报道与写作训练》《新闻摄影》等课程，负责梧州学院外宣工作、担任校园记者指导教师。主持研究广西哲社项目1项、地厅级3项，参与国家、省部级科研项目研究5项。近年来，在《光明日报》《科技日报》《广西日报》《梧州日报》等媒体发表大量新闻作品，获全国高校校报好新闻一等奖、三等奖多项。被评为梧州学院“四有好老师”、思想政治工作先进个人。

谭永军 梧州学院纪委副书记(监察室主任)，主任编辑/副教授。

曾任共青团梧州市委员会宣传部副部长，梧州广播电视报社总编辑，梧州市有线电视台专题部主任，梧州学院报编辑部主任、梧州学院党委宣传部副部长（主持工作）。

编辑过《梧院春秋》《梧州学院纪事》《大学生创新创业故事》等书籍。获得过“广西妇女新闻宣传先进工作者”“广西高校宣传思想工作先进个人”荣誉称号，新闻作品获得过广西新闻一、二、三等奖，获得过广西高校教学成果一、二等奖，梧州学院教学成果特等奖。担任梧州学院新闻学专业《新闻采访》《新闻写作》等新闻实务本科教学任务。

2017年广西高校大学生思想政治教育推进工程项目资助

高校校园文化建设成果文库

梧院人物群像

郑文锋　谭永军◎主编

光明日报出版社

图书在版编目（CIP）数据

梧院人物群像 / 郑文锋，谭永军主编. -- 北京：光明日报出版社，2018.4

ISBN 978-7-5194-4103-6

Ⅰ.①梧… Ⅱ.①郑…②谭… Ⅲ.①通讯—作品集—中国—当代 Ⅳ.①I253.4

中国版本图书馆 CIP 数据核字（2018）第 059078 号

梧院人物群像

WUYUAN RENWU QUNXIANG

主　　编：郑文锋　谭永军

责任编辑：许　怡　　　　责任校对：赵鸣鸣

封面设计：一站出版网　　责任印制：曹　净

出版发行：光明日报出版社

地　　址：北京市西城区永安路 106 号，100050

电　　话：010-67078251（咨询），63131930（邮购）

传　　真：010-67078227，67078255

网　　址：http://book.gmw.cn

E - mail：xuyi@gmw.cn

法律顾问：北京德恒律师事务所龚柳方律师

印　　刷：三河市华东印刷有限公司

装　　订：三河市华东印刷有限公司

本书如有破损、缺页、装订错误，请与本社联系调换

开　　本：170mm×240mm

字　　数：366 千字　　印　张：21

版　　次：2018 年 5 月第 1 版　　印　次：2018 年 5 月第 1 次印刷

书　　号：ISBN 978-7-5194-4103-6

定　　价：78.00 元

前　言

高校新闻媒体包括校报、校园广播、校园电视台、校园网络及微博、微信等，是高校思想文化建设的重要阵地。一方面它具有信息传播、舆论引导、宣传教育和文化娱乐等功能；另一方面它又承担着培养人才的责任，被称为不出校门的大学生实习实训基地。喜欢新闻、有创新性的青年学子在老师的引导下，用笔触在反映学校改革发展的进程中，自己本身也得到了锻炼成长。

梧州学院就有这样一支服务于校园媒体的大学生队伍。每年都有两三百人，通过招募、遴选、实习、聘用，通过口口相传、手手相帮，在此工作一至三年，用自己的智慧、劳动一次次悉心记录下校园里感人故事，一次次成功策划了大型报道，撰写了大量的人物典型事迹。在此我们以人物塑像的名义，将校园媒体学生的习作收编分类结集出版。按报道人物的类型划分成五大部分："吾爱梧师"、学子榜样、爱在校园、青春无悔、校园记者成长记，时间跨度为2012年9月至2017年9月。

文笔尚显稚嫩，带有成长的青涩；技法不够娴熟，还有成长的空间。此书的出版，既是对各类典型人物进行归类梳理，也是对校园媒体记者的辛勤劳作进行总结。作为编者，我们既是新闻学专业本科生的授课教师，同时也负责学校新闻报道工作，我们每年指导校园记者开展校园新闻采写工作，让学生们在新闻理论和实践两方面同步学习。

校园媒体是新闻学专业学生的实践基地，也是部(宣传部)校共建的载体和平台之一。可以说本书是我们开展新闻传播学教育成果的体现。除了少数我们的署名作品外，其他都是我们指导的校园记者的作品。他们利用课余时间，将课堂上所学理论知识转化成实践，检验和巩固专业知识。这符合高校新闻传播学本科专业教育的要求，也彰显了梧州学院培养应用型人才的办学理念。

本书也是梧州学院校园文化的集中体现。书中收录的作品均是以梧州学院师生典型事迹为报道对象，反映了学校的氛围和精神。其中部分作品曾发表在社会媒体上,其他的则是发表在了校报和校园网上。榜样的力量是巨大的,而身边榜样的力量更是无穷的。这些昂扬向上、鲜活的典型对师生的世界观、价值观、人生观产生着潜移默化的影响,对学生的品性形成具有渗透性,也符合了“立德树人”这一高校人才培养的根本要求而具有深远意义。

特别说明的是,合作编者谭永军副教授既是我的新闻写作启蒙老师,也是在新闻写作上给我帮助和指导最多的老师。她有着近20年媒体记者和报纸主编以及在梧州学院从事10年的新闻宣传和教学工作经历。在这之前,她带我采写了大量反映梧州学院改革发展的新闻稿件,许多稿件发表在国家、省(自治区)级媒体上,我的新闻写作能力也逐渐得到提高。在此向她表示真挚的感谢和深深的敬意!

参与本书编校工作的有:覃志杰、梁媛媛、张宇、黎桂娟、余梦、满香秋、谢东洪、万柳良、陈洁。

最后,由于水平和能力有限,如发现本书有疏漏之处,请大家谅解。大家的鼓励和宽容,将激励我们在新闻传播人才培养和高校文化建设方面继续探索。

郑文锋

2017年9月1日

目　录

CONTENTS

第一部分 01

“吾爱梧师”

宝石设计师的“设计师”*

——记梧州学院艺术系教师吴小军

2011 年,梧州学院的毕业生莫昆行去深圳万雅集团公司应聘,该公司的人事主管一看他的简历,就立刻抬头问:“你是梧州学院的呀！你的师兄吕良在这干得不错。”主管当即表示,可以录用莫昆行进公司见习。原来,吕良是梧州学院 2008 届“产品设计(首饰设计方向)”专科专业的毕业生,经学校推荐到广东汕尾力奇集团就业,负责欧美市场的首饰产品开发。后来,他供职于深圳万雅集团,任首饰设计组组长,主要负责亚洲市场。

吕良和莫昆行都是吴小军老师的得意门生,都是梧州学院艺术系艺术设计(首饰设计方向)专业的毕业生。吴小军老师是这个专业的教师,8 年来,看着这个专业从无到有,从弱到强,从专科到本科,他不禁感慨万分。

选择做一粒“原石”

珠宝首饰设计和鉴定相关专业,在我国高等教育领域中已有几十年的历史,教育成果以中国地质大学、北京服装学院等知名大学最为丰硕。

梧州是世界人工宝石之都,宝石产业链的延伸升级亟须相关专业人才。梧州学院是一所地方性、应用型的本科院校,办学定位是为地方经济服务,为地方产业培养优秀的应用型人才。于是,2005 年梧州学院创办了产品设计(首饰设计方向)专科专业,2010 年申报为艺术设计(首饰设计方向)本科专业。专业人才的培养思路是校企合作,以企业要求为导向,结合企业所需的人才状况,包括人才层次、知识结构、理论水平、基本技能等,为企业培养高级复合型应用人才。

产品设计(首饰设计方向)专业属于新兴专业。建立初期,任课教师较少,吴

---

* 本文作者:谭永军、郑文锋。

小军老师担任的课程门数较多，包括《首饰设计表现技法》《珠宝首饰设计》《电脑辅助首饰设计》《首饰制作工艺学》等十几门的主干课程，周课时基本在20节以上。

在教学和研究过程中，作为新兴专业及其年轻教师，它有着许多实际困难。在2006到2008年期间，系里相关的教学设备和实验场所不够完善，很多教学设备都是该校老师陈炳忠的私藏物品，有时候甚至需要去企业借用设备。不仅如此，老师们在这新兴的领域里也缺乏足够的教学经验。尽管如此，吴小军和同事们依然满怀热情，边学边教边做。“为了上好课，在刚开始那几年，我是边学习边教书。2008年前后，我基本是一边在中国地质大学读研究生，一边在学校讲课，有时候是上半月刚学完一门课程，下半月就回到学校教授该课程。”吴小军坦诚地说。

梧州有众多的宝石企业，这是一个偌大的教学实践基地和前沿资讯瞭望哨，每年的“梧州国际宝石节”又给师生们提供了学习平台。紧扣梧州宝石产业发展的时代脉搏，吴小军和同事们在教学中注重理论与实践的结合，不断提升教学的实效。2009年，“宝石设计和检测实验室”作为广西高校重点实验室获得批准建设，2011年通过验收。因此，教学条件得以大大改善，产品设计（首饰设计方向）专业的教学质量更是得到很大程度上的保障。

“最让我感到欣慰的是，所培养的学生得到企业的认可，自2008年第一届毕业生就业以来，系里先后培养了近200名毕业生。其中，不少学生在‘爱得康’‘百泰’‘至尊珠宝’‘旭平首饰’等知名珠宝首饰企业里，坐上了设计总监或者设计主管的位置。此外，也有学生自己创业并获得成功。”吴小军说。

随着佩戴珠宝饰品的风靡，人们不再满足于珠宝首饰的保值作用，而是开始对其设计、造型提出更高的要求，这也就提高了珠宝设计的关注度。因而，作为新兴专业的珠宝设计专业也越来越受到行业的青睐。

培养市场需要的人才

经过8年的教学和探索，梧州学院艺术设计（首饰设计方向）专业逐渐在广西艺术设计教育领域产生了一定影响，2011年，该专业成功申报成为广西高校特色专业。

吴小军解释说，该专业人才培养采取的是“公司模式化教学”，即引入珠宝首饰公司开发新产品的程序和方法。即实行“3+1”（3年在学院学习，1年在企业培养），“1+1”（主干课程实行一半在学院学习，一半在企业实训），以科研带动人才培养的创新课程教学模式。教学团队成员有13人，这些年在《宝石和宝石学》《中国宝玉石》等业界刊物发表论文 30 余篇,著书 3 部,专利 4 项。

吴小军老师是这个专业的教研室主任,“作为一线教师和教学工作管理人员,事情是多一些,也忙一些,累一些,但一路走来,发现原来忙一点是幸福的,每当忙出成绩,每当获得荣誉,每当学生得到认可,我都能感到幸福”。

“设计是提升首饰价值的重要手段,珠宝首饰是一种实用性非常高的艺术品。每年,吴小军都会鼓励和帮助同学们参加梧州国际宝石节的设计比赛。”冯菁是该校 2008 级产品造型设计专业的学生,“第七届梧州宝石节首饰设计比赛,我在吴老师的指导下,设计了命名为‘润’的首饰三件套,荣获了设计第一名。在构想设计图稿时,老师不断地引导和帮助,让我恶补了许多首饰方面的知识,激发出许多的灵感”。几易其稿后,冯菁还在吴小军的帮助下,找到企业的设备制作出样品。

冯菁如今已经在梧州工业园区金好首饰厂工作,担任手绘设计师。她说:“在学校时教学与实践结合紧密,出去工作适应比较快。”

经吴小军指导的学生参加各种首饰设计比赛,多次获得省市级、国家级各项奖励。如获得过第二届广西区全国大学生展演二等奖、三等奖,中国地质大学“中饰杯”优秀奖,IDAA2012 第五届国际设计美术大奖赛金奖,梧州国际宝石节首饰设计大赛一等奖、二等奖、三等奖、优秀奖等。

应用学科的知识时效性,让吴小军老师时常感到困惑,社会发展快,知识更新更快。作为装饰品,丰富的款式,变化的时尚,永远是人们追求的目标。吴小军老师有时会遇到这样的现象,“在讲授如何用电脑设计首饰时,若完全按照教科书中的数据,学生进入职场以后可能就会发现过时或者完全不对了。”所幸,从该专业走出去的学生就成了市场信息员,及时将企业的前沿需求和更新的资讯反馈回学校,反馈给自己的老师。“老师你教的那个数据,现在已经不是这样的了,工厂已经有新的设计和制作方法了。”每每听到这些,吴小军便会重新审视自己的教学,“可能感觉有点尴尬,但这种课堂教授与市场脱轨的现象,会及时得到修正。”

与业界协同培养人才,是这个专业的最大亮点。2012 年 6 月“梧州学院艺术系教学科研实习基地”在梧州市旭平首饰有限公司挂牌。旭平首饰有限公司是集生产、销售为一体的专业首饰生产企业。校企协同的方式是双向的,学生在企业实习,企业进校园授课。统筹安排理论教学、实践教学、毕业实习和学生的就业,实现全过程协同培养。培养出的学生,被用人单位誉为“好用、耐用、顶用”的“三用”人才。

梧州学院在校的 2010 级首饰设计本科专业共有 42 名同学,还没毕业,已经有 17 名同学在梧州市工业园的金好、怡洋等首饰公司签约工作,另有 6 名同学在广东实习。珠宝首饰企业不断来该系招聘学生。在全国大学生就业形势不容乐观的今天,该专业依然保持着良好的就业态势。

吴小军认为,“作为地方院校,基于地方经济产业进行相应专业的配置是必须的。一方面是学校为地方经济建设服务,为地方相关行业培养优秀人才;另一方面则是地方产业所带来的资源优势,为学校专业的发展奠定良好的基础。”吴小军乐意当这些宝石设计师的“设计师”。

(注:本文曾发表在《西江月》,2013 年第 11 期)

技术创新令宝石更绚丽*

——记梧州学院宝石机械的研发人陈炳忠

梧州学院实验楼里有一间约20平方米大小的实验室,室内的加工设备、宝石样机和一台用于图表设计的电脑靠着墙壁摆放,实验室中间的地板上横七竖八地放着一些正在加工的零部件,几个人在敲敲打打、又割又锯地忙碌着。

这就是梧州学院的广西高校重点实验室——“宝石设计和检测”的一个工作间,在这里诞生了目前国内领先水平的全自动宝石刻磨抛光机、宝石加工快速粘反石机、申报了国家发明4项专利……

这里的主人,就是该研发项目的带头人——陈炳忠高级工程师。在这个窄小、凌乱的地盘里,他兴致勃勃地向我们描绘着未来宝石加工业的宏伟蓝图:“宝石加工可以开着空调,一边喝着六堡茶、一边手摁遥控器来完成。”他说:“那时候的宝石加工,是由一个中央控制系统来控制所有的机械,这样就可以实现大规模的机械化生产。”

老师和商人的角色转换

1975年,从广西大学机械系铸造专业毕业的陈炳忠,来到广播电视大学梧州分校任教。在那个经济改革不断掀起浪潮的年代,宝石加工开始流入梧州。当时还是小伙子的陈炳忠,看好这个行业的发展前景,成为梧州市第一代宝石人。

虽然做的是磨宝石的生意,但机械专业出身的陈炳忠,开始对生产机器进行小改革来提高效率。然而只赚取加工费让他觉得劳动力太低廉,他越来越感觉自己可以在其中有所作为。于是他自费进入中国地质大学,选择宝石设计与制作专业进行研修。1993年,结束了学业的陈炳忠,干脆下海经商,与朋友一起经营首饰

---

* 本文作者:郑文锋、谭永军。

厂、宝石厂。

2003年,为整合资源、扩大办学规模,梧州教育学院、梧州师范学院、广西大学梧州分校三校合并,成为新兴的"广西大学梧州分校"。这是一所地方性的院校,本着为地方经济社会培养人才的宗旨,将开设系列服务地方的学科专业。于是,在商海里打拼了10年的陈炳忠,又重新归队,执起教鞭。学校开设有产品设计(首饰设计方向)专科专业,他给大学生上《首饰手工制作》《宝石琢型工艺学》《宝石学基础》等六门课程。

由于是新专业,教学设备和实验器材都相当匮乏,"学校几乎没有课堂所需的宝石矿物标本。刚开始,为了上课,会从家里带一些到课堂上,后来干脆全部拿到学校来"。陈炳忠自1993年下海经商后,每次出差或参加宝石展览时,喜欢收集各类宝石标本,只要看到本地没有的,或者以前没见过的宝石矿物标本,都会买回来。他收藏的矿物标本达200多种,几乎涵盖了现在教学时所用到或者列举到的标本,这都是一些有钱也难以收集到的矿物标本。

研发项目获国家专利

虽然做的是教书匠的活儿,但宝石人的情结,让陈炳忠跟业界联系紧密,加上培养的学生要输送到企业,对宝石加工、销售、机械制造各个环节,他了如指掌。

2008年以前,梧州市宝石加工多以手工操作为主,机械容易磨损而造成刻面不准确,随着劳动成本的不断攀升与产品销售价格竞争的下滑,造成了利润空间的减少。传统宝石加工工艺设备落后和产品品种僵化,严重制约了宝石产业的快速发展。一直关注梧州宝石业发展的陈炳忠,看到了市场对智能机械化的需求。

在这种情况下,以陈炳忠为首的科研攻关小组,依托梧州学院的"宝石设计与检测实验室"的科研平台,承担了"人工宝石粘石、反石、自动刻磨技术及设备研发"自治区级课题的研发。

该科研团队最大的优势在于,它集合了机械、计算机、电子工程、信号处理、艺术等多学科教授、工程师等科研人员。研发小组对人工宝石加工的工艺及技术含量进行了描述、总结,分析了项目开发中的重点和难点,明确了项目的技术研究方向,然后形成了产品开发的初步计划:以机械手实现宝石加工,以MCU为核心控制器的系统,同时植入专用步进电机驱动芯片,配合传感技术、液晶显示器和遥控技术,实现远距离输入各种宝石的设计参数,最后完成以控制机械手代替传统手工,对各种宝石进行研磨和抛光的技术转变,即研发成功粘、反石宝石设备以及人工宝石自动刻磨设备的总体目标。

2011 年 3 月,宝石老板蒙汉坤购买了 10 台第二代全数控技术宝石研磨与抛光机。他说:“以前宝石加工是全手工操作,不仅效率低下、工人费力,而且加工出来的宝石,很难达到统一的标准。自从购进这批机器投入生产后,每天每人生产的直径 6 毫米的宝石从 100 粒左右提高到 400 粒以上,不仅生产效率提高将近 4 倍,而且加工出来的宝石质量稳定,达到 A 级以上标准。”

在他的工厂里,我们看到一个工人能够独自操作三台全数控宝石打磨和抛光机。工人小王说:“这机器可以磨 32 种形状的宝石,只要用遥控器输入相应的参数,所要的宝石形状就毫不费神地被机器生产出来了。”

随后,宝石加工快速粘反石机、自动刻磨抛光机、圆型宝石冠角亭角自动研磨床、刻面宝石复合抛光盘等机械,迅速在市场得以应用。

2012 年 3 月,广西壮族自治区科技厅专家组对“人工宝石粘石、反石、自动刻磨技术及设备研发”项目进行鉴定和验收,做出了如下评价:该项目具有先进的设计理念,尤其是自主开发独特的控制算法与加工数据结构,提出控制程序与加工数据分离的设计方案,使得该技术及设备发明达到了国内领先水平。该项目小组的研发成果,已申报国家发明专利 1 项、实用新型专利 3 项,其中“宝石石坯研磨床”、“圆型宝石冠角亭角自动研磨床”和“刻面宝石复合抛光盘”,已获得国家知识产权局的实用新型专利授权。

研发的产品投放到市场,需要收集使用中的数据,对产品再进行改良和改革,于是自动刻磨抛光机(三代机)和刻面宝石加工快速粘反石机(二代机)相继投放市场,打破了长期以来梧州市宝石加工设备落后的局面,缩短了与国内外的差距。陈炳忠的团队也在长期的设计、研发、生产实践过程中,探索出一套行之有效的设计、生产技术和工艺。

从事多年人工宝石加工的莫柱森介绍,高精度宝石自动刻磨机操作简便、产品质量高、市场潜力大。他说:“旧式机生产的宝石,市场收购价仅为 0.2 元/颗。自动刻磨机生产的宝石,市场收购价高达 0.8 元/颗。仅这一点,就足以显现两者市场竞争力的巨大差别。”

用技术描绘产业蓝图

随着宝石机械研发的成功,陈炳忠在业界逐渐有了名气。2012 年 11 月,深圳宏通陶瓷科技有限公司负责人在报纸和网络上获知陈炳忠的科研成果后,登门拜访,并邀请陈炳忠到其工厂考察,希望他能够为厂里研发加工宝石材料的手表链条的机器。

由于掌握了核心技术，陈炳忠对这类机械的研发信心十足，考察结束后，陈炳忠立即签下了协议。到2013年9月，他所研发的机械，已经完成了各种调试并申报国家发明专利，准备交付企业使用。目前，陈炳忠又跟该企业协商合作，研发陶瓷3D打印机，把对宝石生产机械的技术研发继续向纵深推进。

技术的发展是永无止境的。陈炳忠所带领的科研小组，对宝石打磨和抛光机的研发没有止步。他们不断进行技术攻关，对第四代刻磨抛光机智能化和性能，提出了更高追求，目前其关键技术已经取得突破，机械组装已具雏形。四代机新增加了垂直抛光宝石台面、宝石加工数据库、质量闭环控制技术等功能，并申报国家发明专利2项。

与宝石打了24年交道、在研发过程中越挫越勇的陈炳忠，深有体会地说："不同学科专业知识技术的应用与开发，是完成技术攻关的关键；拥有这个产业的知识产权，就等于拥有这个产业的话语权。"

（注：本文曾发表在《西江月》，2013年第11期）

郑明博士:坐轮椅走上科研路*

在梧州学院有这样一位老师,虽然他无法站在三尺讲台上为学生授课,但是天天出现在实验室为学生答疑解惑;虽然他无法站立行走,但是坐着轮椅穿梭于实验楼间,潜心科研……

他就梧州学院信息与电子工程学院的教师郑明博士。1983 年出生的他,本硕博均在吉林大学念书。2013 年博士毕业,次年他便来到梧州学院工作。从研究生学习阶段,他便开始从事优化算法、生物信息学、计算机应用技术等方面的科研工作。目前,他主要对人类复杂疾病基因调控网络进行深入研究,用计算机方法推倒基因间相互作用网络,研究复杂疾病的基因发生机制,寻找靶基因和作用于靶基因的药物。

如今,他主持研究 1 项国家自然科学基金项目、1 项广西自然科学基金项目,曾参与 5 项国家自然科学基金项目研究;公开发表的论文 20 余篇,其中 SCI(科学引文索引)期刊论文 4 篇,EI(工程索引)论文 4 篇,ISTP(科技会议录索引)论文 1 篇,核心期刊论文 1 篇。

身残志坚,以优异成绩完成学业

如果不是 10 岁的那次意外受伤,郑明也许会像正常人一样生活学习。在一次意外事件中,郑明胸四脊髓神经受到断裂性损伤,下肢瘫痪,从此过上了与轮椅相伴的生活。

身体残疾,不能让自己的学识也空缺。郑明坚持要完成自己的学业,他恳求母亲去学校说情。一次又一次地被拒绝后,学校终于答应让他返回小学校园继续学习。身体上的缺陷,使他常常遭到周围同学的歧视。然而,那些不友好的眼光

* 本文作者:郑文锋、梁媛媛、覃彩月。

反而使郑明更加努力学习,用优异的成绩证明他的过人之处。

初一到高三的6年里,郑明的成绩始终是全校的佼佼者,而且有一半以上的学年都是第一名,奖学金名单上总会出现他的名字。

2003年7月27日,高中毕业的郑明接到了吉林大学计算机科学与技术学院的录取通知书,他以524分——超过吉林大学理科录取分数线62分的好成绩被录取。收到录取通知书的他哭了,这么多年的坚持,这么多年的辛苦,没有白费。吉林大学为这样一位身残志坚、品学兼优的学生免去了全部学费,激励他在学习的路上不断前进,在吉大不仅有学校的帮助,更有一群热心的同学,他们在校园里接力背着郑明穿梭在各个教室。

要说因为残疾让大家对郑明多加关注,那么郑明身上对专业知识的造诣,更是让大家刮目相看。读本科期间,他获得7次校级奖学金,并以优异的成绩被保送为吉林大学的研究生、博士生。期间,他主持吉林大学2个创新项目,参加国家自然科学基金项目3个。

结缘梧院,跨越千里扎根梧州

“不能改变环境就适应环境,不能改变现实就要面对现实。”郑明说。在读博士期间,郑明提前完成了博士论文,本可以提前半年毕业,但在找工作时屡次碰壁。在求职的一年半时间里,母亲孙桂荣推着郑明去了不下十所意向单位面试,都被拒绝。要知道,残疾的他要找到一家工作条件无障碍的单位太难了。

2013年8月,广西紧缺人才招聘会在东北几大高校求贤,经历了多次求职失败的郑明,给每一家招聘单位都投上了自己的简历。

有心人,天不负。梧州学院向他抛出了橄榄枝,学校愿意给这样一位身残志坚者一个平台,让他负责辅助信息与电子工程学院主管科研方面的院长做秘书工作,其余的时间里他可以专心地做科研,并为他提供编制。经过实地考察并与学校协商后,郑明决定前往梧州。“只要有一个地方可以为我提供科研平台,无论它在哪一个角落,我都愿意去。”郑明说道。

从吉林长春到广西梧州,3000多公里,48个小时的车程,17个包装箱。郑明把家搬到了梧州学院。

他和母亲到达梧州火车站时,已是晚上11点多。“郑博士。”他和母亲寻声望去,看到学校派来接站的老师,这让本来打算在火车站将就一晚的母子俩感动不已。

“不只是感动,更多的是感激,感激梧院愿意提供这样一个平台给我,让我做自己喜欢的事,潜心科研。”郑明说道。

为了能让郑明更好地适应学校的生活,梧州学院在学生 A3 宿舍一楼腾出两个房间,给郑明作为临时住宿和工作的地方。“进屋就见新铺的地砖,新粉刷的墙,新修的灶台,新装的插座,看来学校为我们做了很多。”郑明的母亲孙桂荣谈到。学校还为郑明的宿舍重新修正了线路,满足家里日常做饭的用电需要,还在一些有阶梯的地方,修缮了无障碍设施通道,方便郑明的出行。

潜心科研,研究项目屡结硕果

“既然梧州学院选择了我,我就不能让学校失望。”郑明说道。

2014 年至今,郑明用实际行动证明了自己的能力。他申报的项目“基于引力场算法的人类复杂疾病基因调控网络构建与分析”获得国家自然科学基金资助,项目“人类复杂疾病基因调控网络的计算机方法构建与分析研究”获得广西自然科学基金资助。此外,项目“引力场算法的改进及其在物流分析的应用研究”获得广西高校科研项目经费资助,“物流配送路径选择问题的引力场算法方案研究”项目获得学校重大项目立项。

郑明不仅在项目上做得有声有色,他还经常鼓励学生参与创业,指导他们如何少走些弯路。

“有时我们的项目临时遇到问题,在网上交流会到深夜一两点,直到解决为止。”郑明的学生李良学谈道,“有一次早上,天冷还下着雨,尽管郑老师身体不方便,但是他还是准时来实验室,很让我们感动。”

“我是在经历了无数的困难挫折,才变得越来越淡然,看得开。”在郑明身上,充满了正能量,而这份坦然和正能量,不仅支撑着他,还感染着他周围的人。

如今,郑明不仅在梧州收获了事业,还遇到了他的另一半,在梧州成了家。他说:“哪里有亲人,哪里就是我的家,我的父母、妻子在这,梧州就是我的家。”

(注:本文曾发表在《梧州日报》,2017 年 5 月 26 日)

吴军:引导学生做一名"阅读者"*

每周日晚7:30,梧州学院文法学院会议室里都会如约响起琅琅读书声。哲学专业教师吴军博士带着20多名学生,三年如一日地研读《理想国》,引导青年学生做一名"阅读者",在阅读中改变,在阅读中成长。

大学生的首要任务是读书

罗曼·罗兰说:"从来没有人为读书而读书,只有在书中读自己,在书中发现自己或检查自己。"

2007年,当时还是一名中学教师的吴军已经养成了阅读的习惯。当时的他更喜欢看中国现当代小说类的书籍。但要说到阅读经典书籍的习惯,则是他在安徽大学读研究生时期培养起来的。当时专业的师兄师姐办有各种经典书籍的读书活动,在他们的带领下,吴军读了一本又一本的经典著作。闲暇时,他还时常与老师漫步校园,就书中存在的疑惑进行探讨。书愈读愈明,十年的读书经历不长也不短,但也让他受益颇多,能够让他沉静下来理性思考,把书中的德行化为自己的行动。

2014年6月,从复旦大学哲学专业博士毕业的吴军来到梧州学院任教。3个月后,他开始办起经典读书会,与有兴趣阅读经典的同学在每周日晚七点半相约研读《理想国》。他认为:"读书就是一种学习。老师带头读书学习,这本身就是对学生的一种言传身教。"

"大学生的首要任务是读书。"吴军告诉学生,读书就要读好书,读经典书,而何谓经典,就是那些"历经最糟糕的野蛮攻击而得以劫后余生的作品"。文法学院2015级哲学专业的陆野说:"自己一直以来都很喜欢阅读,但是没有明确的阅读方

---

* 本文作者:余梦、利喜艳。

向，大多数是读小说、杂志一类。”大一下学期，陆野参加了吴军老师的读书会。在老师的指导下，他开始了自己的阅读经典之旅，《大学》《中庸》一部部经典打磨着他的品性，激励着他成长。

读书会上，同学们畅所欲言，读经典不再是只读文字，而是和老师同学们面对面地交流，更是在和作家的思想进行对话。

经典不能只读一遍

《论语》云“温故而知新”。在吴军看来，经典不能只读一遍。读书是一个不断积累的过程，当知识积累到一定程度时，对原有事物的理解就会加深。初读孔子的“十五为学，三十而立，四十不惑……”时，吴军认为这句话讲的是每个人到每个阶段应该做的事和应有的状态。然而，他在反复品读这句话，并不断对比朱熹、王阳明和王夫之的解释后发现，孔子的这句话完全是他个人的生命体验，人只有十五为学并且经过十五年的不断学习、不断思考到三十才能而立。

每一次阅读都会有新的体悟，都会让人受益匪浅。

读书会上，一本《理想国》，从 2014 年 9 月到 2017 年 3 月，从 2013 级的学生到 2016 级学生，在吴军的带领下也只是研读到了第六卷。在阅读经典上，他要求学生要逐字逐句地细读慢品，同时还要反复拓展阅读、对比阅读。

读一本《理想国》，要对照不同版本的译文，尽量还原当时的语境；要读经典作家对理想国的解读本；还要看西方哲学史，了解柏拉图所处的时代特征。正是因为这样，同学们看似只在读一本书，实际上至少看了 10 本书。

读书本身是一个非常享受的过程

“我除了专业内的书籍以外，还经常会阅读历史类、文学类、自然科学类名著。《边城》《湘行散记》《四书章句集注》等都是我特别喜欢的书，《理想国》更是我的床头书。”谈起他爱看的书籍，吴军一脸愉悦地说道：“读书本身就是一个非常享受的过程。”

在吴军的背包里，总会有一本书，有时是《四书章句集注》，有时是一本托尔斯泰的小说，在公车上，在上课前，他经常会利用空闲时间，用阅读来放松身心。每天下午，吴军都会在书房中看书，时而把书中经典的句子抄录下来，时而在书中的留白处写下自己的批注或是感悟，每天用至少 4 个小时来阅读已经成为吴军的习惯。

作为一名教师，吴军认为他有引导学生阅读经典的责任。许多人都认为经典枯燥无趣，不好读，读不懂，而作为教师，就应该引导学生爱上经典，在阅读经典中享受快乐。在这个过程中，他不仅开展读书会，而且在上西方哲学这门课程时，每周固定布置学生阅读60到150页的经典原著并写读书报告，通过“逼”的方式提高学生阅读经典的兴趣。

他说：“从外在的任务到内化的习惯是需要一个过程的，而这个过程中老师需要引导、鼓励学生，教给他们学习方法，帮他们解决问题，这样学生就会慢慢地从浮躁中超拔出来，养成一种阅读经典的习惯。”

晚上10点，读书会接近尾声。两个半小时的研读里，同学们对《理想国》中的观点不断进行分析，并提出自己的看法，你来我往的辩论，既是思想的碰撞，又彰显着经典的魅力。

“腹有诗书气自华，最是书香能致远。”阅读经典是一个沉静与沉思的过程，在这种沉静沉思中，我们不仅使书中的文字活起来，充实我们，还使它因我们的理解得到延展与增值。吴军不把教师当成职业或是事业，而是“志业”，他希望可以把自己毫无保留地投入进去，做一个爱阅读的老师，带一批爱阅读的孩子。

（注：本文曾发表在光明网，2017年4月8日）

木棉盛开　清风自来*

——梧州学院哲学专业考研创佳绩

“老师,我被中国政法大学录取了,感谢你们四年来的教导!”“老师,我通过了中央民族大学的复试,谢谢你们!”2017 年 3 月,梧州学院文法学院哲学专业奔赴各地参加考研复试的同学不断传来捷报。

据悉,梧州学院 2013 级哲学专业 44 名同学中共有 23 人报考硕士研究生,其中 17 人通过国家线,过线率为 74%。共有 14 人被录取,录取率为 61%。其中 11 人被“985”“211”大学录取,3 人被省内外其他一本大学录取。

办好哲学专业对学校发展具有重要意义

2012 年,梧州学院从地方经济与社会发展需求出发,决定设置哲学本科专业。学校将培养具有马克思主义的哲学思维、能够为基层党政机关服务的社会主义建设者定为哲学专业人才培养的目标。学校党委书记唐耀华说:“办好哲学专业对于培养社会主义事业的建设者,对于学校的发展具有重要的意义。”

为加快哲学学科的建设,学校对于哲学专业的人才引进工作给予了大力支持。2013－2016 年,哲学专业陆续引进了 5 名哲学博士,3 名哲学硕士。他们分别毕业于北京大学、浙江大学、复旦大学、东南大学、吉林大学、四川大学、南开大学等国内知名高校。在人才的继续培养与深造方面,学校也予以大力支持,当初引进的两名年轻的哲学硕士现在又已赴南京大学和首都师范大学继续攻读博士学位。如今哲学专业已经初步形成了一支以中青年教师为主、学缘结构合理的教学与科研队伍。

为加强哲学专业的建设,唐耀华书记亲自担任哲学班的班主任,有时间他就

* 本文作者:李建平、郑文锋。

参加哲学班的班会、与同学们谈心交流、为同学们答疑解惑。2015 年 4 月，在一次与2013 级和2014 级哲学专业同学的交流活动中，唐耀华来到教室，面对同学们期待的目光，他通过生动的事例向大家阐明了学习哲学的意义以及学习哲学的发展前景。他告诉同学们，在学习哲学的过程中，要多读书、读好书，要学会思考，培养自己的逻辑思维和战略思维，要坚定马克思主义理想信念，虚心学习，在实践中培养和锻炼自己的能力。

以育人为导向，把心交给学生

在哲学教研室主任张朝松的眼中，他带领的这群教师既是一个学习集体，更是一个充满理想与情怀的团队。哲学教师们每次聚在一起，讨论最多的就是两个问题，一是哲学方面的学术问题；二是怎样把孩子们培养好。“我们的老师始终以育人为导向，他们真正做到了把心交给学生。他们是‘厚道、豁达、实干、细致’校风的践行者。”张朝松说。

几年来，哲学教师们将自己对哲学专业的热爱与对学生的关爱结合在一起。“家长把孩子们交到了我们手里，我们就要对他们负责。”毕业于北京大学中国哲学专业的赵立研博士对于中国传统文化有一种发自内心的认同与热爱，在他看来，用心教育学生本身就是明代大哲王阳明所说的“致良知”的过程。

针对学生的不同特点和需求，哲学老师们在一起经过反复讨论后，决定实行导师制。在学生进入大二以后，他们按照学生对于自身的未来期许，把他们分为就业创业与考研深造两大类别，然后结合各个老师的理念与特长，通过双向选择的方式，把学生“分配”给不同的导师。导师制的实行，不仅使老师们负起了明确的责任，而且也使学生找到了他们人生规划与发展的引路人。

为了营造良好的学习氛围，引导同学们形成爱读书、读好书的良好风气，哲学老师们自发办起了读书会。毕业于复旦大学哲学系的吴军每周带领同学们读柏拉图的《理想国》，赵立研带领同学们读“四书”，其他老师也带领他们各自负责的学生组成了自己的学习小组，大家这一坚持，就是三年多的时间。

在老师的引导与鼓励下，最终有 23 名同学决定报考硕士研究生继续深造。考研的目标确定了，然而究竟该怎么考？多数学生心里并没有底。吴军和赵立研两位博士决定挑起辅导学生考研的重担。从 2016 年 4 月份开始，他们带领学生开始了考研的征程。学生英语基础薄弱，他们就针对考研英语的特点，强化对学生的英语训练。学生在专业问题上有疑问，他们就及时给学生答疑解惑，其他老师也积极配合他们的工作。为了解答学生问题，他们查阅资料、网上网下，模糊了时间概念。2016 年暑假前夕，哲学教研室征求学生的意见，询问考研的同学暑假是否愿意留在学校继续复习，结果 23 名同学全部选择了留下。吴军和赵立研也放弃了假期休息与陪伴家人的机会，他们和考研的同学一起留守校园备战考研。就这样，他们一直陪伴学生走过了夏天、走过了冬天，又走过了 2016 年的春天。

2016 年寒假收假前，赵立研遭遇了一场车祸。手术一个星期之后，他就坚持回到了讲坛。沉静、质朴、坚韧，这正是哲学老师们的共同特征。桃李不言，下自成蹊。今年被广西大学哲学系录取的苏春雨，在她的毕业论文感言中说：“木棉花总让我想到哲学教研室的老师，一样的挺拔，一样的风骨，一样的温和又坚韧，你们用心撑起了哲学专业，撑起了哲学专业的学生对于未来的期冀。”

教育的根是苦的，但其果实是甜的

西贤亚里士多德有云：教育的根是苦的，但其果实是甜的。对于 2013 级哲学专业参加考研的同学来说，四年的学习生涯并不轻松。

2013 级哲学专业共招收了 51 名学生，他们中的绝大多数第一志愿报考的并不是哲学，而且不少人心中都有一个想法，将来有机会一定要转专业。然而，在和哲学不断接触的过程中，他们的看法慢慢改变了。他们逐步认识到，哲学中点点滴滴的道理其实都是来源于哲学家们对生活的深刻洞察与观照。在与古今中外贤哲们的心灵对话中，他们开始重新审视世界和生命，而他们的逻辑思辨能力也在学习过程中得到了极大的提高。

大二上学期，按照学校的有关规定，哲学专业有几个人可以选择转入其他专业，几个同学因为种种原因提交了转专业申请。覃冰玉原来对财务管理方面的知识比较感兴趣，她打算借此机会转到会计专业。然而，就在所有的手续办好以后，她却后悔了，因为她舍不得离开那些时常对她叮咛嘱托的老师，更离不开那些一起同窗共读的同学们。最终，覃冰玉下定决心，继续留下来学哲学并考研深造。在她到学籍科重新办手续时，负责老师告诉她，你是这么多年来第一个转专业成功之后又要求不再转的学生。

大三下学期，哲学专业 23 名同学一起踏上了考研的征程。对于他们来说，考研的艰辛不亚于高考，但他们却真正地让哲学与考研成为他们的一种生活方式。每一天，只要没有课，他们的时间基本都泡在了图书馆自习室或者是考研教室。

大家的艰辛付出与努力拼搏终于获得了相应的回报。2017 年 2 至 3 月，各个学校的考研成绩与复试名单陆续公布，17 名同学进入了复试。复试的结果同样令人欣慰，覃冰玉寝室 4 人，分别被中央民族大学、南京师范大学、安徽大学和广西师范大学录取。而中国政法大学一位哲学老师对被录取的谢光祥的评价是,“面试表现很优秀,目光内敛有神,举止彬彬有礼,答题条理清晰”。有几所大学哲学系的老师也表示,欢迎梧州学院哲学专业的学生明年继续报考他们学校。

哲学专业同学的学习精神也对其他专业的同学产生了良好的示范效应。在他们考研取得优异成绩之后,不少来自中文、新闻、法律等专业的学弟学妹们也来向他们询问考研经验。

(注:本文曾发表在光明网,2017 年 4 月 17 日)

外教在梧州学院一待就是六七年*

放学后,他与中国的很多青年男教师一样,会到操场上与学生打球。学生们也依他的习惯对他直呼其名——"老佛"。

下课后,她按很多中国女教师的习惯,耐心回答学生们的问题。全校师生无论长幼,看见她都满怀敬重地叫一声——"吴老师"。

喀麦隆的弗莱德和越南的吴氏青,这两名外籍教师在梧州学院(原广西大学梧州分校)一待就是六七年,留住他们的是这里暖暖的师生情、同事谊。正如弗莱德说的:"这里是我第二个家,我还没想清楚什么时候走。"

温情恩情留住异国客

弗莱德的中文名叫"老佛"。2005 年,有朋友告诉他,如果你喜欢中国,可以到那里去做英文教师。那时他一点汉语都不会。

"我周围太多的东西是'中国制造',但为什么媒体又告诉我这个国家很穷?我想亲眼看一看。""老佛"选择了梧州这个气候不太冷的广西小城,"我不想去大城市,因为大城市外国人多,我只能和外国人在一起。但是在小城市我就可以和中国人在一起,了解他们的生活"。

初到梧州学院的时候,学校的体育馆、图书馆等设施还未建起。在中国见多了高楼大厦的"老佛"有点失落,但校长亲切的话语打动了他。"我记得,校长当时问我想做什么,没有给我压力,所以我决定留下来。"

"老佛"通过看电视一点一点学会了普通话,也渐渐熟悉了梧州。他有时和学生一起打球、一起开伙做饭,有时也吃食堂或外出下馆子。每天在他下班回家路上,都有很

---

* 本文作者:甘宁。

多放学的小朋友对他说一声:“叔叔哈罗,叔叔拜拜。”这让他很感动,“中国人是很好很善良的人,很多人不懂英语,但也要和你说两句,你回应他,他就很高兴”。

“老佛”在美国的家人不理解他为何要在梧州这个小地方待这么久。他回答说:“我喜欢梧州人,很多人没见过黑人,但他们依然喊我过去吃饭,和我干杯,哪怕是不认识的。我有什么困难,哪怕是买个东西,我的学生、同事都很热情地帮我,到处都是朋友,这让我不太想家。”

初到梧州不久,“老佛”有一次驾驶摩托车,摔得不省人事。校长、同事、学生都赶来照顾他,让孤身在异国的他感到真正的温暖。“交警来处理了,叫我去考驾照。”老佛不好意思地说,这件事是自己闯祸,但朋友们的恩情令他坚定了留在梧州的决心,“我要好好教更多的学生学外语”。

尊师重教感动名教师

66 岁的吴氏青,对广西有着更加深厚的感情。她年轻时曾在中国北京、南京进修中文,回国后在河内大学所属外国语学校从事汉语教学,一直与广西有教育交流往来。

2004 年,退休后的吴氏青应邀到梧州学院教越南语。她温文尔雅、教学勤恳,深得师生敬重。2005 年她获得广西“金绣球”奖,获奖后很多梧州人从电视上认识了她,连菜贩、小卖部的老板娘都向她打招呼,说“吴老师你帮了我们很多忙啊”。

善良的吴氏青常常告诉学生,去买菜不要讲价,尤其是看到老农自己担菜出来卖的。“中国的农民和越南的农民都一样很辛苦。”她的为人感动着师生们,各个系的老师无论她认不认识,见到她都会喊“吴老师好”。年轻教师更是把她当作“越南妈妈”一样对待。

今年 9 月,吴氏青的父亲病重,孝顺的她要回国照顾,向校领导提出,这一去不知何时再回来,为不耽误学生课程,请求考虑辞职或换老师。但校方给予她无比的信任:“吴老师,我们等着您。”

父亲的去世让吴氏青沉浸在巨大的悲痛中,校长发来的一条短信给了她极大的抚慰:“吴老师请你不要太难过,你是一个孝顺的女儿,所以你比其他人更痛苦,我们理解你。老师、学生们都是你的家人,如果事情办好了,请尽快回来,梧州是你的家。”

为了回报这一份真情,吴氏青在办完父亲丧事后的一两天,就回到了梧州,没有让学生落下一节课。

体恤老师的悲痛,学生们纷纷自发地赶来陪伴吴老师。男生来帮她做饭,女生则陪她过夜,“我们担心老师一个人晚上伤心寂寞,睡不着影响身体”。同事们也纷纷来鼓励她,陪她爬山、打羽毛球,分担她的痛苦。

就在记者与吴老师聊天的过程中,还有学生、老师不断发来短信,有的提醒她天气冷了,要多穿衣服,“鞋子穿厚一点”;有的问她是否在宿舍,要过来看她。还有的学生打来电话,努力用学会的越南语与老师对话,缓解老师思乡之情。

即使是已经毕业远在他乡的学生,依然会给吴老师发来关切的短信。还有的女生与吴老师情同母女,连男朋友也要带来请老师过目“把关”。

“人和人的感情,是最亲切、最深刻,能体会得到的。”吴氏青看着手机短信深情地说,这里不是异国他乡,是她在梧州的家。

穿针引线搭起友谊桥

点点滴滴的细节,让“老佛”和吴氏青在梧州学院一留就是六七年。他们帮助梧州和外面建立了更多联系。

“老佛”把梧州的龟苓膏和六堡茶带给大洋彼岸的家人,向国外的朋友介绍这个美丽的城市。他还想出一本关于英语学习的书,教更多中国学生摆脱“哑巴英语”。

吴氏青则为中越的一些民间商贸交流提供帮助。曾有一位学生在南宁经营牙科器材,该品牌的越南代理商来南宁进货,在办进口手续时遇到翻译上的困难,学生便找老师帮忙。吴氏青凭借出色的越南语和汉语水平解决了问题。还有一位越南留学生的家长想从梧州进口农业机械,便找到吴老师牵线搭桥。而最近有一些梧州老板想到越南投资建松脂加工厂,也找到吴老师了解情况。

“生意我是不懂的,只是尽量帮他们一点忙。”吴氏青谦逊地说,她最大的精力都投入到教学上。梧州学院并未开设越南语专业,只是作为第二外语让学生选修。但在这种情况下,吴氏青教出的学生中竟然有两人成功考上了外校越南语专业的研究生,师生的共同努力令人敬佩。

在每个外籍教师的生日以及中国的中秋春节等传统节日里,梧州学院都会为外籍教师送上鲜花果篮慰问。前段时间的越南教师节,师生们还在一处花园里为吴氏青办了一个小小的节日派对。

回想起刚到梧州的那一天,吴氏青记忆很深:“宿舍里基本生活用品都有,连洗漱用品都帮我准备好了。”她也不知道自己什么时候会舍得离开,“只要学校还需要我,只要我的身体还能教书,我就会坚持下去”。

(注:本文曾发表在《南国早报》,2011 年 12 月 29 日)

梁荔:弃商海　进学堂　育人才*

他是一位从商海转到学堂的老师,他把自己十多年的外贸经历和经验作为案例在课堂上和同学们分享,教授的课程生动易懂,很受学生欢迎,他就是梧州学院经济系副主任梁荔。

梁荔是梧州人,1989 年从中山大学国际贸易专业本科毕业后回到家乡从事外贸工作,一干就是 13 年。直到 2002 年,由于梧州外贸大环境的改变,而且当时梧州学院也在预备升本,亟须各行各业的人才,梁荔源于自小对教师职业的热爱,便退出商海走进课堂,在梧州学院经济系当起了老师。

外贸行业和教育事业之间有着巨大的差别,外贸行业最看重的是经营能力,当高校教师则要具有传道授业的本领。如何完成两个角色之间的转换,梁荔在教学中不断总结经验。

说起第一次站上讲台时的感受,梁荔说:“那时候简直是胆战心惊,我从来没有在这么多人前讲过话,更不要说是上一堂课。”为适应教师这个新角色,梁荔一边向有经验的教师请教教学的方法和经验,一边结合自己十多年的外贸实践经历来充实课堂内容。此外,梁荔在桂林理工大学攻读了工商管理专业在职硕士学位,不断充实自己。功夫不负有心人,经过多年的努力,梁荔成为一名合格的大学教师。

梁荔说:“从当上老师的那一刻起,我便爱上了教师这个职业,希望在梧州学院这片沃土上,开拓属于自己的一片新天地。”现在,他主要教授《国际贸易实务》和《WTO 概论》两门课程。而十多年的外贸经历就是梁荔授课的活教材,他把自己的经商经验灵活地运用到课程中,采用“角色扮演法”让同学们亲身感受检验单据、签订商业合同等真实商业环节,并进行商业谈判等“对抗性训练”,别具一格的

---

* 本文作者:韦邦、罗翔。

教学方式让学生自然而然地提高学习兴趣。梁荔还把课本内容提取精华部分进行教授,把一些内容放到了实践中让学生边实践边学习。梁荔在同学们眼中是一个平易近人、很有学问,而且很幽默的老师,很多学生都说“非常喜欢他的课”。

除完成日常的教学任务外,梁荔还积极参加科研和教改项目,他不仅是国家第六批特色专业建设点——国际经济与贸易特色专业建设的参与者,还主持着梧州学院的教改项目“国际贸易多层次实验实训体系的构建”。

谈到未来,梁荔说,他的目标很简单,就是用心做一名好老师。“不仅要敬业,还要乐业,和大家一起享受成长的过程,享受教书育人的乐趣。”

(注:本文曾发表在《梧州日报》,2011 年 8 月 24 日)

教师，岁月如歌*

由于工作需要，我接受了梧州学院的返聘，所以今年的教师节我又能在职业的岗位上，与在职的同事和在校的学子们一起度过。已经退休 10 多年的我，不由产生出一种异样的感情，仿佛一下子年轻了许多！

蓦然回首来时路，教师的生涯，虽艰辛过、曲折过，但也有欢乐感，也有幸福感，让我在内心深处体会到：教师，岁月如歌！

上个月，女儿把一篇网文打印给我，这是我在市教育学院任教时的一位学生以“宽林师长”为题写的，关于忆述与我相处的那段岁月的文章。他除了肯定我的古代文学教学之外，还深情地回忆说我对学生“最平和，平和得就像同辈一样”，对教学中如有不同的见解，常用“非常客气的口吻和我们商讨”，“没有一点老师的架子”。该文中，更充满了他对我和我家庭的无限关切之情。这对我来说，无疑是一种最高的奖赏，令我内心产生出莫大的欣慰之情。

是的，从教近 40 年，从原先的站中学讲台到后来的站大学教坛，我一直都把自己的教育对象视为朋友，努力争取成为他们的“知心人”和“贴心人”。刚参加工作时，我在梧州高中任教，到 1965 年做了班主任，新招进来的学生仅比我小八九岁，他们简直就像我的弟、妹一样，说是同辈人并不过分——因为在家里我比自己最小的弟妹还年长 11 岁呢。所以，我一直都只是以“兄长”的身份对待他们。

当年，学生都按规定住校的，没有家室的单身老师也随学生同住一宿舍。一次有个男生三更半夜突然生病要到医院挂急诊，陪他去看病的班干部怕惊扰而没有通知我，我从嘈杂声中醒来后马上随同他们一起护送生病的学生到医院诊治，并为他垫付了医药费。过后我告诉他们，不管什么时候发生了什么事，一定要来告诉我，这会方便很多的。还有一次，我班的一个男生参加了学校组织的到工厂

---

* 本文作者：李宽林。

进行勤工俭学的活动，出了点工伤事故，被冲床撞伤了手指，他家长不在本市，我不但悉心陪护他，还说服他穿着短裤到冲凉房给他洗澡。我觉得，关心爱护每个学生，是教师的天职。

调到市教育学院之后，我虽然只是个教员，不再当班主任（下班辅导员）了，但是我也常常把自己视为该任课班的一个成员，尽量融入班集体中。无论是哪一届，也不管哪一个班，除了给他们讲课之外，如果有搞课外活动如唱K、晚会，甚至诸如到圣文园、太和花园、旺甫搞郊游活动等，只要他们邀请而且我又有时间，我必定会参加的。有个别学生临时有急事如经济暂时出现了困难，只要转托其他同学告诉我的，我必会即时支援，为之解困。我觉得，在遇事面前，敢于设法与你商量的，这是对你的极大信赖，无疑会令你产生出一种幸福感！

在从教几十年中，与学生相处时，我努力拆除“师道尊严”这堵“墙”，架设起“尊师爱生”的“桥梁”，建立起互信关系，奏响教、交双边活动的和弦。所以，当他们毕业离校请我题词留念时，我在题写了各色各样的鼓励语后，常会补充一句：“流光可逝，友谊长存。”如今，我教过的每一个班重归母校欢聚时，大家畅谈往事，我都会有一种“风雨故人来”的感觉；而偶尔出门在外遇上他们，便会相邀一起共叙契阔，又让我产生一种“他乡遇故知”的感觉。噢，这一切，都让我深切明白：教师生涯，岁月如歌；辛勤育人，终生不悔！

（注：本文曾发表在《梧州日报》，2013年9月9日）

认准"应用"两字　力争校生双赢*

——梧州学院为学生打造应用技能实习平台

在梧州学院实验楼三楼，有一间近50平方米的教室改造而成的办公室，进门右侧摆放着一张十多个人可以同时围坐一起的会议桌，再往里则整齐地分布着10多张企业式的开放办公桌，最里面是一张单独的办公桌和一个资料柜。在这间办公室里，常可看到该院现代技术教育中心的领导、职工和10多名学生一起办公。

原本是办公室，为何有学生一起办公？据中心负责人介绍，这些学生是他们从计算机科学系、艺术系等相关专业招募的实习生，主要负责协助网络维护、信息系统建设、数字教学资源建设等工作。这些学生以大三、大四的为主。他们将学到的专业理论知识，应用到实际工作中，并在锻炼中提升实践技能，提升动手能力。这种不出校园的实习方式广受学生的欢迎。

沈娟，该院计算机科学技术（网络方向）大四学生，成为现代教育技术中心的实习生后，协助中心的老师并在老师指导下进行软件开发，先后完成了该院党委宣传部网站、桔灯网、十八大专题学习网页设计，参与该院成人教育学院教务系统的开发……

"没有课的时候我们基本都泡在办公室里，常常是过了深夜12点保安来催了才离开。"沈娟说，这种活学活用的方式让她受益良多。

在这些网站的建设过程中，她首先要了解对方的工作性质、管理范围、职责权限，以期在设计中全面、准确而不失前瞻性。"收获的不仅仅是应用实践能力，在这学习是与课堂知识的无缝对接，不懂就问。我对未来的工作完全没有陌生和恐惧感，信心满满的。"

该院现代教育技术中心当初招募实习生只是出于缓解劳力的紧张，如今这里

---

* 本文作者：谭永军、郑文锋。

已经成为学生的第二课堂。到了晚上,这里更是灯火通明,不同专业不同年级的学生一起合作、交流,知识得到有效的整合、综合。“我们的管理是开放、自由的,只要学生没有课,很自觉地会来这里。效果是双赢的,一方面我们的人力增加了,另一方面学生的动手能力提升了。”中心邹木春老师说。

邓达敏是该院艺术系(工业设计方向)的学生。课堂上学的是以产品工业设计为对象,以创新为重点的产品造型、人机工程和计算机辅助工业设计等知识。他喜欢摄影摄像,经常见他背着一个沉重的书包,里面随时都会拿出照相机等设备。

他参加了一个学生社团——尚影协会。一个偶然的机会,他经老师推荐来到了现代教育技术中心当实习生。“中心的设备很上档次,拍摄、制作、三维……还有老师指导。”在这里他分在数字教学资源建设团队,主要是协助老师完成网络教育、远程的开发应用、影视制作、音乐音频制作、平面设计等方面工作。比如,学校教师的精品视频公开课、教学课件的拍摄制作、学院重要会议的全程摄录及后期制作。

由中心人员自主研发的该校教学信息管理系统已建成并日渐完善。网上考勤子系统、期中教学检查子系统,师评系统、毕业论文管理系统、试卷库管理系统、教学互动平台等子系统将给传统的教学和管理带来革命性的变革。“云计算中心”“数据容灾”等先进、高效、实用的数字化教育基础设施的进一步研发,正让一批批的实习生参与其中而受益。

(注:本文曾发表在《广西日报》,2013 年 3 月 1 日)

陆科达:做学生的科研领路人*

在学生眼中,他是“没有架子、没有代沟、知识渊博的长辈”,在同事眼中,他是特别能吃苦、能战斗的老师。他就是梧州学院老师陆科达,大家都喜欢亲切地叫他“科达”。陆科1998年从梧州学院毕业后,2001年达回校从事教学科研工作,主持或参与各级科研项目20多项,开发应用软件系统及平台近10个,曾获梧州市科技进步奖二等奖1项,三等奖2项,计算机软件著作权3项。

梧州学院软件开发中心是在陆科达的努力下成立的,成立初期因为当时缺少技术人员,陆科达一个人做5个人的工作,几乎一天24小时都在工作。

从事教学工作14年的陆科达,在教学方法上有自己的一套。在理论指导时,他善于运用生活中的例子将抽象的知识具体化,幽默风趣,让学生理解知识点。在进行实践指导时,他会将同学们分成几个小组,让同学们集中讨论,以小组为单位完成生活中常见ATM自动取款机的代码编写。通过生活中常见的系统,引导同学们从理论联系实际,真正掌握所学的内容。

陆科达除了注重对学生思维的指导、坚持科研实践外,还非常关心学生的生活、心理状态。梧州学院信息与电子工程学院2012级软件1班的刘灵媛,在家庭和学习上遇到了难题,那段时间她很迷茫,心情极差。不久,陆科达发现了她的异常。陆科达像一个老朋友一样和刘灵媛谈心聊天,并问起她是否遇到了什么困难,“有困难咱们一起想办法解决”。陆科达的话让刘灵媛一诉心中之苦。“这有啥难的,别把事情想得太复杂,问题都是可以解决的。”在刘灵媛需要帮的时候,陆科达的话就像定心丸。谈心、说事、开导、建议……就是这位良师又似益友的“科达”让原本苦闷迷茫的刘灵媛渐渐地开朗起来了。

---

* 本文作者:万立平、何丽梅。

一心扑在教学和工作中的陆科达老师在学生心中不仅是科研的领路人，更像是慈父益友。许多梧州学院学生这样评价陆科达，“我从陆老师身上学到了做人、做事的道理，他让我明白如何才能踏踏实实地走好人生之路，他总能给我满满的榜样正能量！”

（注：本文曾发表在《西江都市报》，2015 年 6 月 8 日）

“第一书记”刘豪:村民致富的“引路人”*

时下,虽值初冬,但蒙山县黄村镇道冲村的油茶种植示范基地里,那饱满、翠绿色的油茶果相映成趣,村民们正在忙碌地采摘着油茶果呢。这是该村党组织“第一书记”刘豪引导村民发展产业的真实写照。一年多来,他与村民一起摸索农业产业发展的致富门路,得到村民们的赞赏。

拓展思路,引领村民发展种养业

村民们至今还清楚记得,2014 年暮春时节,刘豪驻村工作第一天,他便与村支书一起走村入户开展调研工作,同时主动向村民递上《第一书记便民联系卡》,为发展产业而寻求良策。

他是梧州学院派驻到蒙山县黄村镇道冲村的“第一书记”。在引导村民致富工作中,他运用在学院里学到的理论,注重引导、鼓励农户充分挖掘本村资源发展经济、发展产业。经过深入调研,他找准制约道冲村这个一类贫困村发展的重要因素。他认为继续发展本村拳头产业——石蛙养殖业,很有“钱”途。他的意见得到了村支书和村民的赞赏,于是他积极协助本村的石蛙养殖户,解决了 5 万元的小额贷款申请和工商执照、商标注册等问题,为养殖户持续发展奠定了良好的物质基础。为了解决养殖石蛙的技术困境,他积极进行理论学习和研究,与养殖户共同攻关。在经过反复实践取得成功的基础上,他撰写了论文《石蛙养殖项目可行性报告》,该文在 2015 年 6 月刊登在金盾出版社主办的《科学种养》杂志上。这篇文章,为本村的拳头产业石蛙养殖业的发展,提供了较好的理论依据和可参照的技术。

与此同时,他多方奔走,协助本村的石蛙养殖大户,成立了蒙山县黄村镇生财

---

* 本文作者:颜桂海、戴连升。

石蛙养殖合作社。接着,他又为养殖户联系并亲自跑市场,先后到南宁、桂林、柳州、钦州、贺州等地帮助促销,从而进一步打开了销路。现在本村的石蛙供不应求,不少村民得以脱贫致富。

靠单一的产业还不行。为此,他充分利用黄村镇党委在本村打造油茶种植示范基地的机遇,致力引导村民们尽量把油茶地连片种植,发展农业休闲观光旅游产业。开始时,部分村民对这一项目存在思想顾虑、瞻前顾后,刘豪便上网收集相关种植信息,并印发给种植户,还入户细致做他们的思想工作。如今,示范种植的近 50 亩油茶树丰收在望,为村民致富带来了新的希冀。

深入一线,常为村民解忧难。2014 年 5 月间,道冲村因突降的大暴雨而出现 21 处道路塌方。灾情发生后,刘豪连夜和镇、村党员干部深入各村屯排查险情、商讨对策,组织村民开展自救、互救,并及时向上级相关部门反映情况,积极联系有关部门出动清障机械对塌方路段进行清理,对 4 处完全中断路段进行疏通,排查出受灾房屋 10 多户及时给予救助,深得村民称赞。

引进资金,改善基础设施建设

汇集力量,建设新农村,成了刘豪的重要工作目标之一。一年多来,他多次回单位梧州学院反映情况,与蒙山县财政、交通、水利、扶贫等部门沟通联系,积极争取有关部门对道冲村的扶持。经过多方努力,从而有效解决了该村哥朝组、大社组共 50 多亩“望天田”的灌溉设施建设的问题。今年 10 月 22 日,村民黄忠望着日臻成熟的晚稻,高兴地对刘豪说:“如果没有这水利灌溉,想要收获稻谷是不可能的。”

一年多来,村内还在道路硬化、基础设施建设上有了质的飞跃,铺设了四段硬化水泥路,修建了三座桥梁,计划于今年年底前完成本村的出村道路平整项目。如今村民出行方便多了。村民陆文正说:“以前下雨天道路必泥泞,行人必穿‘花’衣服,现在可好多了,再也不用担心穿‘花’衣服了。”的确,道冲村现在变得更干净、更整洁了。

(注:本文曾发表在《梧州日报》,2015 年 11 月 13 日)

鼓了“口袋” 富了“脑袋”*

——记梧州学院“第一书记”精准扶贫工作

“第一书记给我们传授‘养牛经’，让我们越来越有底气了。”近日，梧州市蒙山县陈塘镇罗应村高车小组村民欧斌桂，看着牛栏中30多头牛茁壮成长，笑得合不拢嘴。

“授人以鱼，不如授人以渔。”近年来，梧州学院作为蒙山县扶贫工作的后盾单位，积极发挥学院派驻“第一书记”能思善教的优势，引导本土人才回流，帮助当地群众更好地创业致富。

2015年，刚刚到任罗应村，“第一书记”韦天峰在调研中发现，该村山多地少适合养殖，而该村4名在广东打工的年轻人，有计划成立养牛合作社，于是主动找到他们，了解其资金现状，帮助做规划。

如今合作社已经成功注册，并采取租赁土地来经营，聘请贫困户种植草料喂牛，牛粪放到鱼塘、种植百香果……初步形成立体养殖的规模，4名年轻人尝到在家创业的甜头，计划两年内将数量提升到80头。

与韦天峰同一批的“第一书记”黄焕克，赴蒙山县汉豪乡金垌村任职。他根据本村贫困户的实际情况，和工作队员统筹开展精准帮扶工作，通过广泛进行小额扶贫贷款等政策宣传，助推贫困户大力发展种养业，先后成立了灵芝合作社和百香果合作社，并解决了技术和销售渠道，促进贫困户增产增收。

蒙山县黄村镇道冲村，村民龚庆基利用山区优越的自然条件，发展石蛙仿生态养殖业，摸索了两年成效甚微，在梧州学院派驻的两任“第一书记”罗震、刘豪的帮助下，不仅扩建石蛙养殖场、办理养殖证，还解决了销售问题，并成立合作社，走上了快速发展轨道。目前，该养蛙合作社采用“合作社+农户”的模式进行养殖销

---

* 本文作者：郑文锋、李城宗、陈美芬。

售,带动周边山区群众发展石蛙特色养殖业,让本村和周边乡镇群众等共同致富。

“要发挥我们学院知识分子的优势,使扶贫脱贫工作由‘输血’型向‘造血’型转变。”梧州学院党委书记唐耀华表示,做好扶贫工作,除了要落实好中央政策,帮扶干部联系实际、拓展思路、帮助当地群众就业创业很重要。

据了解,从2012年起,梧州学院开始向蒙山县村镇派驻“第一书记”,至今共派出12人,他们因地制宜、因村制宜开展帮扶,让农民不等不靠,自主创业更有底气和干劲。

(注:本文曾发表在《广西日报》,2017年4月6日)

梁少萍:把工作当成家里的事来做*

"阿姨,这个是什么菜呀?""阿姨,麻烦帮我打这个菜。"每天中午接近11点钟时候,在梧州学院新食堂二楼这个身材小巧,剪着干净利落短发的服务员,戴着白色的口罩,穿着白色的工作服,右手麻利地拿着勺子,左手按着刷卡机,脑子在飞快地计算着菜的价格。

她就是梧州学院新食堂一名普通的服务员——梁少萍。在学生们眼里,她和蔼可亲,像一位长辈照顾着大家的饮食;在同事的眼里,她关心工友,乐于助人,像一个亲密无间的姐妹。她每天不断地重复着为学生售饭售菜、擦桌椅、拖地、收拾碗筷的工作,在这平凡的工作岗位上一晃就是5年。

熟能生巧　热爱工作

学生食堂最大的特点就是就餐时间集中,人流量大,而梁少萍在新食堂主要负责的是每天中午餐和晚餐的服务工作。为了确保在短时间内解决学生们的就餐问题,她从早上9点就要开始工作,首先是擦洗大厅桌椅、拖地、摆放碗筷等准备工作,接着就是为学生们售饭菜。每天上班的时间都在重复地做着这些烦琐的事情。

"我通常都把食堂的工作当成家里的家务活来干,但是需要手脚要更麻利一点,虽然烦琐,习惯了就好了。"梁少萍每天带着热爱投入工作。

来学校食堂工作之前,梁少萍曾在家乡广东三水开饮食店,也曾在梧州饮食公司当过员工。但进入梧州学院新食堂工作之后,她从来没有想过要换工作。去年新食堂有十几个员工转业和退休,在职员工的工作量一下子就加大了。但是她并没有抱怨,坚持以往勤勤恳恳的工作态度。她说,只要大家都团结互助,再大的

---

* 本文作者:潘彩娇。

工作量都是可以按时完成的。

“在这里干活,与年轻的学生们相处真的很开心,学生总是保持着乐观的心态,我自己都被感染了。”学生们给她的感动,或许就是她再累也不愿离开的理由。

尽己所能　帮助他人

食堂的工作基本是按“基本分工,大体合作”的方式来开展,然而梁少萍并不把分工看得这么重,每次她做完自己职责范围的事情后,从不停下来休息,而是到处看哪里需要帮忙。

有一次,新来的厨师对新食堂素菜和荤菜的搭配方式还不是很熟悉,炒出来的菜素菜多荤菜少,梁少萍忙完自己的工作之后,走过去提醒厨师,荤菜多一些才适合学生的口味。对于新来的蒸饭员工,她也是走过去耐心教她们煮不同品种的米需放的水量。

同事们总是亲切地叫她“劳模”,一起工作的曹阿姨说道,有时候食堂的工作忙不过来,正好碰上她休假,只要接到同事们的电话,不管她在哪里,她总会第一时间赶过来帮忙。每天晚上留在后面关好灯和门窗的人也总是她,不论老师和同学们用餐到多晚,她总是会耐心地等待。

5 年以来,很多员工都表示曾接受过她的帮助。同事身体不舒服,她会站出来说:“你先回去休息吧,剩下的工作我会做完的。”同事家里有事,她会无报酬地用自己的休假日来为同事顶班;新来的同事对工作还不上手,她会走过去帮忙……她的日子总是这么忙碌而充实地过着,在平凡的岗位上做着不平凡的贡献。

(注:本文曾发表在《梧州日报》,2013 年 9 月 16 日)

詹小颖：用心教学，用爱育人*

齐肩发，发尾稍卷，身着一件灰色小西装外套，鼻梁上架着一副眼镜，嘴角毫不吝啬地扬起大大的弧度，一副斯文秀气的小女生模样——她就是我们要找的主角，梧州学院经济管理学院詹小颖副教授。

10月深秋季节里，她先是在明理楼北楼203教室里给学生连续讲授了3节《国际金融学》课程。下课后，她用略带嘶哑的声音和我们讲述她与学生的故事……

用心教学　使学生心悦诚服

在与詹老师见面前，听她的学生对她评价说："詹老师身上总带有那么一股拼劲，她负责任，用心教学。"翻看詹老师的个人简介材料：从教12年来，主要讲授的是《国际金融》《国际金融与投资》《金融学》等课程；主持或参与应用经济学科领域科研项目14项，发表系列论文20多篇；获得过自治区级教学成果奖、自治区教育应用技术大赛优秀奖，校级教学成果一等奖、两度校级优秀教师……

然而，这些并不是她给学生留下深刻印象的主要原因。"老师看上去很斯文，她的课很有趣。通过案例分析、图表、短视频等方式使得重点、难点知识变得通俗易懂，课堂氛围也由此得到活跃。"2013级金融工程班的刘小婷说。

詹小颖老师主要讲授的是金融类课程，针对时下金融市场变化的日新月异，针对不同专业、不同基础的学生，备课时"对症下药"，哪个班级该讲什么，怎样讲都会经过深思熟虑。

说到詹小颖老师，2010级金融保险班的同学是带着感激之情的。当年的班长毛辛凤说："由于我们是专科班，班上不少同学认为自己的基础比不上本科班，心

---

* 本文作者：秦玉清、胡文馨、张宇。

里很有落差感，个别同学甚至自暴自弃，对学习提不起兴趣。”

在大二上学期，詹小颖老师给他们讲授《国际金融》课程。毛辛凤的印象中，詹老师上的第一节《国际金融》课并不是很顺利。在那次课上，刚结束暑假的同学好像还没回归状态，在詹老师的第一节课里，有的同学在玩手机，有的在发呆，甚至有的在小声讲话……见此情景，詹老师突然停止了讲课，用眼睛扫视着教室。同学们顿时安静了下来，抬起头偷偷看着詹老师生气的表情，仿佛等待一场“暴风雨”的来临。

然而“暴风雨”没来，詹老师舒缓了一下情绪，心平气和地说：“同学们，不要在下面做小动作，认真听课，跟着老师的思路走……”眼尖的毛辛凤把这一幕看在眼里，她看得出来詹老师是压住了生气和失望的情绪，作为班长的她心里一阵愧疚。趁着课间，毛辛凤跑上讲台向詹老师自责自己没有发挥班长职责维护班级纪律。“没事的，我相信你们能做好……”回到宿舍后，她把与詹老师的对话记录到了QQ空间，很多同学看到后，都点了赞。

在接下来的课堂上，詹老师并没有因为第一节课的“遭遇”而疏远大家，反而在课前和课间经常以一个学姐的身份和同学们交流，聊学习、聊就业、聊未来的生活……渐渐地，詹老师记住了班上27位同学的名字，同学们也开始期待詹老师的课，期待课间和她一起谈人生、谈理想。

秋去冬来，转眼间，学期接近尾声，在2012年新年来临之际，詹老师收到了这个班级同学送的一份新年礼物——一本附有全班同学签名和留言的笔记本。其中，有一句话让她备受感动和欣慰：“您的规劝、要求，甚至命令，一经提出，便要我们一定做到，然而又总使我们心悦诚服，自觉行动。”

用爱育人　赢得学生的信赖

在平时，备课、上课、做科研已经占据了詹老师白天的大部分时间，每每到了指导学生撰写毕业论文的时候，詹老师的时间变得更紧张了。她每年大概指导10份毕业生论文，如果每次见学生都给30分钟一个人，那么就要花5小时才能指导完一轮。这样的状态下，詹老师恨不得掰出睡觉的时间来多做些工作。每天临睡前，詹老师习惯打开QQ和邮箱，回复学生的留言。2012级国际经济与贸易本科3班王起艳说，为了让他们随时联系到她，詹老师除了把QQ、微信、手机号码外，还将自己的课表公布给他们。这个学期的“论文撰写季”又来了，学生们总是在詹老师上课结束后，带上论文材料三三两两结伴约见她。王起艳说：“在论文指导时，她也充分尊重学生的意见，说得最多的便是‘这样改好吗’‘行吗’。”詹老师的用心付出也得到了回报,近几年来,她所指导的学生里,每年都有“优秀论文”。

詹老师在学生身上倾注的“心思”也得到了学生的信赖。2015 级国际经济与贸易专升本班的蓝丽萍回忆起两年前与詹老师相处的日子,她说:“詹老师一直在我们生活中充当着姐姐的身份,给予我们关怀与鼓励,教给我们为人处世的道理,传授我们独立思考的能力。”今年蓝丽萍获得了专升本的机会,继续在我校读本科。“我大一、大二很迷茫,当时詹老师经常从社会竞争、就业形势等方面分析了整个社会的现状,让我们做好自己的规划。”在面临就业和升本的两难选择时,蓝丽萍想到了詹老师,她说的“珍惜机会,有名额就继续读书吧”这一句话,更加坚定了她升本的决心。

在詹老师的记忆里,学生们的点滴行动都让她感动。炎热的夏天里,有学生提前将讲台旁的摇头扇固定好风向等她来上课;每到教师节,詹老师总会收到许多在全国各地工作的毕业生的祝福短信……

走进詹老师的课堂,发现鲜有“低头族”,她所要求的课堂纪律,学生们都会很自觉地遵守,她瘦小的身影不断地行走在教室里,用清脆的话语、清晰的思路向学生讲授着金融知识,她的形象瞬间让人感到那么高大,那么高大……

谢朝明:甘当“老黄牛”*

1993 年,他从江西农业大学农业机械化专业以优等生的身份大学毕业,放弃留校的机会,进入深圳的一家电线电缆企业,从普通职员到企业副总;在成为企业高管后,他又毅然放弃了优厚年薪,离开奋斗了 16 年的企业,来到梧州学院担任实验室技术员。

同样是和机械打交道,不一样的是,现在与机械打交道的同时,身边还多了一群大学生。不管是在学校还是在企业,不管面对的是什么样的机械,他成功地转换了角色。他就是我校机化学院实验室主任谢朝明,熟悉他的同事和学生都说谢老师工作勤恳、要求严格,任劳任怨,像牛一样。

牛一样老实:脚踏实地　沉稳做事

2008 年 12 月,谢朝明从深圳的企业来到梧州学院电子信息工程系担任实验室技术员。

那时候,原电子信息工程系还没有一个属于本系的专业学科实验室。8 年后的今天,现在的机化学院有了两个属于本学院的专业学科实验基地——旦冲实训基地和工业园区创新创业孵化基地,使用面积达 3700 多平方米。

谢朝明老师一来到学校,便加入旦冲实训基地的筹划建设中,学校安排他担任该中心建设项目施工负责人。项目建设起步阶段,没有技术人员,没有维修人员,整个实验基地使用面积达 1700 平方米,所有的事情须经谢老师亲力亲为。2009 年 8 月,旦冲实训基地建设完成,当时的电子信息工程系有了专属的实验室。

2015 年下半年开始,我校与梧州市工业园区共建创新创业孵化基地,谢老师再次担起重任,负责该项目的建设。该项目包括 1 个模具中心、3 个与企业合作工

---

* 本文作者:何丽梅、陈洁。

作室、5 个实验实训室,面积 2000 平方米,从整体规划到具体设计、全面布局、基础装修、设备安装都由他一手操办。从负责这项目起,谢老师每天既要忙着实训课程的教学,又要推进基地的建设,常常在家、学校和离学校三公里开外的建设基地间奔走。当问他这样的生活累不累的时候,他说:“学校交给我的事情,我只想尽力把它做好。”

机化学院副院长(主持工作)钟山对他评价道:“谢老师为人诚恳踏实,工作效率较高,按时、按质、按量完成工作项目,做事很有预见性,从大局出发考虑。”

牛一样倔:执着倔强　认真负责

“谢老师有‘强迫症’,每次做完实验他都要求我们精准地把所有器材、工具排列好,放回原位置,整理好一切才给下课。”机化学院 2015 级工业设计班的同学笑着说。

谢老师现在主要教授的课程是钳工实训。“实验课和理论课不一样,要求学生必须做到细致,稍不注意,严重的可能会威胁到人身安全。”谢老师说。16 多年的机械企业工作经验,他深知实训室机械操作的危险性。虽然常常听到学生抱怨他“太过严格”,但是谢老师很是“倔强”,丝毫不降低对学生的要求。他对自己也有要求:作为一名工程实验课教师,除了保障学生的人身安全外,还要培养学生严谨的学习和工作态度。

“你们来这里是要掌握实践知识,而不是为了完成任务!”每当谢老师看到有些同学做作品时敷衍了事,他都会这样“训斥”道。他希望学生能真真正正学到知识,而不是来虚度时间,他认为这才是真正地对学生负责。

许多老师都希望能和学生打成一片,成为朋友,以拉近师生之间的距离,而谢老师却风格迥异。他认为老师要威严,学生才能学到东西。当然,威严并不意味着随时板着一张脸,在学生眼里,谢老师虽然严厉,但也不乏慈爱,常在课余时间像讲故事一样的把自己的人生经历分享给学生,提醒同学们要好好学习,在正确的时间做对的事。

16 年企业管理经验,谢老师早已习惯于深圳企业的高速运作,同时他将这种习惯带到了机化学院实验室筹建中,注入了实验室企业式的管理理念。

谢老师有个习惯:把每天要做的事都记在小本子上,要求自己每天必须都要把本子上的事情“清空”,这是他对工作的认真负责,也是对自己负责的方式。和谢老师共事了 8 年的陈永彪老师回忆:有次放假他回实验室拿东西,看到谢老师就蹲在实验室门口发呆,原来是在想项目申请书的事。陈老师说:“一般 2 万多字的申报书,其他人估计要构思半个月,可是谢老师3天就能完成。”

像“牛”一样勤劳:任劳任怨 无私奉献

在梧院的8个春秋,谢老师实现了从企业管理人到教师的身份转换。回想起刚踏上讲台的时候,谢老师笑着说:“刚开始上课都是手写讲稿,一节课时间还没到,就把讲稿念完了,第二节课都不知道该讲啥。”企业精英遭遇这样的窘迫,让他不得不认真思考怎么样才能把课上好,达到应有的教学效果。

“谢老师是一个善于集思广益的人,经常和其他老师讨论教学上的问题。”陈永彪老师说。经过多年的打磨和经验的积累,他不仅能在讲台上挥洒自如,还逐渐形成了自己的教学方法和教学风格。

除了日常的教学工作,谢朝明常常“客串”参加全国学科类竞赛的学生的指导老师。2014年全国大学生创新设计大赛中,谢老师指导的2012级机械设计制造及其自动化1班的谭林杰等组成的团队获得了广西赛区一等奖。

谭林杰讲了他们参赛中的一件“小趣事”。比赛进入筹备阶段,从作品构思开始,谢老师就“强迫”他们每一个进程都必须按计划时间表进行,随时检查进度。比赛临近,谭林杰一组想抓紧时间把作品完成,有一天早上7点,他们就到了实验室基地门口,可是门口没开,保安大叔又不在,于是就给谢老师打电话。谢老师说他已经在实验室里面了,门口却锁上了。原来谢老师为了提前帮他们把机器预热,6点多就到了基地,保安大叔不知道老师已经在里面,就把门口锁上,去其他地方巡逻了。“不管多早多晚,他都会在实验室陪着我们。”谭林杰说道。

实验室筹办、建设、管理,学科申报,教学、科研……对于自己的工作,谢老师不愿多谈,只说自己会尽最大努力做到最好。而看到学生学有所成,看到实验基地日渐完善,对他来说也算是最大的鼓励和欣慰。他说:“教师这个行业确实有一种职业的优越感,社会认同度也比较高,特别是那种桃李满天下的成就感,远比挣钱的感觉好。”

这就是谢朝明老师——安分守己、承担重任却无怨无悔,像牛一样认真执着,默默地做着平凡而又伟大的工作。

颜克春:“得到学生的肯定就是最大的回报!”*

“青椒”,是网络上对高校青年教师的戏称。我国现有“青椒”90万人左右,占全国高校教师总比例60%以上(据央广网2016年1月报道),而我校机化学院工业设计专业的教师颜克春是其中一枚“青椒”,80后出生的他是怎么样教导90后的大学生?

自知而自强,自强则自信

1982年出生的颜克春老师的家乡在湖南娄底,来到学校将近四年,与他谈他与学生的相处之道时,他却先讲起自己小时候的成长经历……以自身从失落的“差生”到自强、自信顺利大学毕业、工作、读研及来梧州学院的工作经历,一一阐释了他对自知而自强及自信的深入理解。2012年,颜老师应聘来到我校,加入了“青椒”行列。同时,他把他的乐观自信、积极上进带到了梧院,带给了他的学生。每年的新生入学教育,他都会以其自身的经历来教导学生如何做一个自知且自信的人,从思想上引导学生积极进取,端正大学学习态度,树立正确的人生观,以实际行动带领学生参与学科实践活动,在行动中引导学生走向自知自信之道。

为了让部分缺乏比赛经验和信心不足的学生积极参与到全国工业设计大赛和广西区大学生工业设计等学科活动中来,颜老师不但密切关注工业设计行业的动态,且在课堂上经常拿一些自身参与的真实案例给同学们讲解,向同学们分享他参赛和获奖的经验,以此来激励学生积极走出参赛、参与学科实践的第一步。

据2013级工业设计2班的黄旭清回忆,“当时颜老师整整用了两个晚上的课余时间,给我们分析实际案例,讲述参赛技巧和方法。同时还不断地鼓励我们,就是为了能让我们积极报名参赛”。在他的鼓励下,越来越多的学生报名参赛。经

---

* 本文作者:陈彩飞、胡文馨、覃志杰、黄群丽。

过颜老师精心的组织和大家的努力备战,在较短的时间内完成作品的设计和制作,最终在该项比赛中9人获奖,同时也获得了当届比赛的优秀组织奖。

细数与颜老师的谈话内容,不时从他嘴里蹦出闪烁着人生智慧的语言:在谈到如何学习时,他认为要“广涉猎,精专一”;谈到能力缺陷时,他强调人要“知耻而后勇,用努力和拼搏弥补不足”;谈到老师与学生的角色时,他认为“老师是在学生走到岔路口时,协助学生分析当前形势,能够加以引导,让同学们做出合理选择的方向标”;谈到确立人生目标时,他建议要“大胆想,只要有可行性,则要大胆做”;谈到学生就业时,他告诫说:“相对于文凭,企业更加注重的是实践能力,我们要有敢于跟别人比能力的自信。”

守时守则,重在执行

来校任教前,颜老师曾在深圳工作过2年多的时间,从事电子产品的开发和造型设计。他说:“企业看重的是效益,要的是成果,工作的模式也是分秒必争,做到今日事,今日毕。”在他的教学理念中也无不渗透着这种紧凑的模式。在教学工作中,他对学生的要求,就如企业老板对职工的要求一样苛刻:当天布置的作业就必须在规定的时间内完成,不论结果如何,先行动起来做了再说!他对学生一再强调说:“守时守则,要有执行力!”

企业的工作职责非常明确,同事间的相处亦处处存在竞争,对于校园里尚在学习阶段的同学来说,体会不到职场中的紧迫感。因此他经常建议学生利用寒暑假的时间,到大城市去,找一份兼职,体会一下赚钱的感受和职场生活,也为毕业后的求职积累经验。

为做到更好地教与学,颜老师不断充实自己,关注网络及论坛上的行业动态,紧追行业前沿,但凡有新技术、新材料、新工艺、新设计出现,他都分享链接到班级的群里,写到课件上给同学们做分析。他说,这一行的信息更新非常迅速,在教学中,他以书本为纲领,尽力传授行业最新信息。

学高为师,凝聚正能量

颜老师除了担任专业课程教师外,也是专业教研室主任,授课之余,积极推进专业的建设和发展。在2013级工业设计班王昱的印象里,颜老师是个认真负责、兢兢业业的老师。谈到颜老师的工作习惯,王昱脱口而出:“他总是经常加班!”

思考学生的职业发展方向、制订人才培养计划、调整专业课程的安排、实现实践性的教与学等,这些工作围绕着颜老师的生活。为了更好地培养学生的实践应用能力,他不断鼓励和组织学生参加各项的设计大赛和参与企业生产项目。

目前,学校在梧州工业园建立的创新创业孵化基地正在筹建中,该基地主要面向的是机化学院专业的同学。作为教研室主任的颜老师和其他的项目负责人一样,往返于学校与工业园区之间,准备实验的设备,与企业商谈合作……

不过,他日常做的还并不止这些。每月至少一次走访学生宿舍,与学生进行沟通、做学生的思想工作、了解他们对课程的意见和建议……

他只管耕耘,却很少去谈回报。他说:“能得到学生的肯定,就是最大的回报,也就证明了自己所做的工作是有效的。”

石意如:"三无"教师的科研路*

初见他时,圆寸头,脸上堆满笑容,朴素的衣着、热情的招呼让人毫无距离感。

他常常自谦道:"我仅仅是本科学历,专业学习不是很系统;我普通话不标准,英语底子薄;没有宏伟的奋斗目标,不擅长和别人交流……"然而在二级学院领导眼中,他的科研能力强,研究视觉独特;同事评价他为人热情、随和;在学生心目中,他是一个"好好人"。

翻开他的个人资料:还没到40岁的他,获得国家社科基金、广西社科基金项目各1项,主持在研自治区级教改项目1项,参与省部级课题多项;发表论文27篇,其中北大核心期刊18篇,人大复印资料转载1篇,CSSCI期刊1篇,4篇文章作为《财务与会计导刊》《财会月刊》的封面文章;多次获得学校"优秀教师"和"科研先进个人"称号……

他叫石意如,是我校经济管理学院的副教授,主要讲授《审计》《成本会计》《财务管理》等课程。出生于湖南邵阳的他,于2003年到我校任教,至今已有13个年头。在外人看来,他成果颇丰,然而接近他的人才明白,这些成果来之不易。一直以来,他始终坚持着自己的信念——低调做人,踏实做事,静心科研。

科研路上勤与悟相济

石意如老师调侃自己是一个"无高文凭、无高学位、无高职称"的"三无"人员,但"三无"并不影响他在科研上的追求。

在科研方面,他认为悟性、思考角度很重要。在选择研究领域之初,他避开当时的热点领域和研究相对成熟的领域。

石老师在湖南大学徐莉萍教授的影响下,从2008年开始关注生态预算领域,

---

* 本文作者:秦玉清、梁烨钧。

并结合绩效评价进行研究。选择研究方向后,石老师密切关注有关方面的权威专家研究观点,捕获研究领域的前沿动态。他复印了大量关于生态预算、绩效评价的论文著作,利用空余时间,一遍又一遍地看,从观点陌生到领会,几年如一日地投入时间和精力。

每晚 8 点至 11 点是石老师学习和研究的"黄金时间",寒暑假从不间断。"成长中,'勤'与'悟'要相济。"石老师说,科研不是一蹴而就的,必须要有恒心、有毅力地持续学习、练好内功,才能有所积累和感悟。

7 年的坚持和积累,石老师申请的项目"广西中心城市生态预算体系构建研究"在 2013 年获批广西哲社项目,项目"主体功能区生态预算绩效评价体系研究"在 2014 年获批国家哲社一般项目。对于这些成果,石老师说:"自己只是运气比较好。"

经济管理学院院长雷飞评价道:"石老师在科研工作中脚踏实地,厚积薄发,对研究角度有自己独到的见解,获得国家哲社项目是他多年努力和积累的结果。"

对石老师来说,在科研路上,现在只是迈出了第一步,"发表高水平论文,是我的奋斗目标"。

科研教学两不误

许多科研工作者一旦做起科研来,就夜以继日、废寝忘食,对于石老师来说,从事科研有着自己的"底线":科研不能影响教学、不能影响正常的生活规律。他认为,科研往往还能解答教学、实践中遇到的问题。

课堂上,石老师会生动形象地将书本知识通过现实中的例子阐述给学生。"企业的内部控制就像人的免疫系统,大家想想免疫系统如果出现了问题会怎样……"他经常将科研上所领悟到的知识点渗透到教学中。

"石老师善于运用通俗易懂的方法把抽象的概念形象化,使我们更加容易接受。"经济管理学院 2014 级会计专业的林爱萍说。

石老师不断关注其专业的最新动态,并将最新动态告诉学生,为学生的学习提供方向。他表示,学生有意识有目的地去关注,才不会感到迷茫,才会达到事半功倍的效果。

石老师在课堂上常常根据教学需要进行板书,在多媒体教学设备广泛应用的时代,他调侃自己更像个"原始人"。PPT 和板书之间,他更喜欢板书。他认为,板书能够起到一定的提醒作用,提示学生哪些是重点知识。随着科技的不断进步,多媒体教学促进了教学模式的多样化,为了适应多媒体教学的发展,石老师也开始使用 PPT。“多媒体教学图文并茂的形式固然好，但其中大量的知识点也让学生难以消化，所以有时候板书显得很必要。”石老师说。

科研能手也是个居家男

在石老师看来，科研不能过多地影响正常的生活规律。他长期保持每天早上 7 点左右起床、晚上 11 点左右休息、几乎不熬夜的生活习惯。2009 至 2010 年，石老师工作状态近乎“疯狂”：每周 14 节课，两年撰写发表了 12 篇论文。如此的工作量也未能打破他的作息规律和生活习惯。

对于家务事，他事事上心：从小孩上幼儿园以来，绝大多数时候是石老师每天风雨无阻地接送；常常与妻子分担做饭等家务；每周五晚上、周末大部分时间都是陪家人度过的；他工作以外的时间几乎是围绕孩子来安排的。

石老师的妻子向鲜花也是我校经济管理学院的教师，在她眼里，石老师是个“情商低”的人。石老师也承认，自己从来不会制造小浪漫——与其买花，不如一起吃顿饭来得实在。“但是他为人老实、真诚，是个居家男。”向老师一脸幸福地说。

踏踏实实、简简单单是石老师追求的生活方式。空余时间，石老师还喜欢看电视电影，如《孝庄秘史》《乾隆大帝》等反映历史人物的电视剧和一些伟人的纪录片。他说：“从这些伟人身上自己学会了如何面对苦难，以激励自己乐观地面对生活。工作任务重的时候就通过看电影缓解压力。”石老师说。

石老师有自己的生活哲学：“人，还是要过得简单一点，太复杂会很累。”

对他来说，无论是科研还是生活，努力去做好每一件事情，好结果就随之而来了。

陈启义:受学生尊敬的“抠门”老师*

在我校西区有这样一间教室,门口的小黑板上写着醒目的“字如其人”,教室里除了摆放整齐的40张小桌子外,还有两张大桌子,桌面上摆着蘸满墨汁的方垫子。教室的隔壁有间办公室,一张老旧的写字桌,旁边一字排开的椅子上摆满了学生的作业,一位年过半百、面容慈祥的教师正低头凝神查看他面前展开的纸张……

他就是我校师范学院既上书法课,又上大学数学课的教师陈启义。

“老顽童”是学生们私下对陈启义的称呼。幽默风趣、亲切随和、有责任心是学生对他的评价。课堂上,为了让学生注重在讲台上的站姿,陈老师总会“亲身示范”站出丁字步等各种错误且搞怪的姿势;当看到女生拿粉笔翘兰花指等不规范动作或者同学回答问题过于小声时,他会不顾形象地通过模仿来教育学生的不足。陈老师用幽默风趣的言行指出学生的不足,让学生在捧腹大笑的同时牢记老师的教诲。“陈老师虽然年长,但童心未泯,听他的课简直是种享受。”师范学院2013级小学教育1班的徐秋明说道。

除了风趣幽默,陈老师还非常关心学生。师范学院2013级小学教育1班的零立山来到我校接触的第一位老师是陈启义。初到大学时,零立山对西校区环境产生较大的心理落差,陈老师发现他的不适后,经常开导他或者拉他到办公室欣赏书画。“陈老师的做法让当时的我感到温暖,他消除了我对家的思念。”与陈老师的频繁互动也让零立山对书法有了不一样的感觉。在陈老师的指导下,零立山练得一手好字,书写时的错误坐姿和拿笔手势也一一纠正了。

有不少同学说陈启义老师很“抠门”,在他办公室里的两个“老家伙”可以为证。一个“老家伙”是陪伴陈老师走过了十几个春秋的办公桌椅,椅子上写着他所

---

* 本文作者:陈彩飞、文雪妮。

教的班别号，上面放着各班学生的作业、作品。两年前学校看到这些桌椅过于陈旧，曾打算给他的办公室更新办公桌椅，但是陈老师坚持把这些老家伙留在原地，不愿更新。另一个“老家伙”是他的办公桌上摆放的几本教案。教案中，陈老师用毛笔在一张张明黄色的毛边纸上写下教学内容，纸张上的裂痕和磨损都诉说着陈老师的认真严谨以及对学生的责任。

除此之外，陈老师也不愿轻易扫去板书掉下的粉笔灰，而是用毛笔蘸上水在小黑板上写下字，再撒上收集起来的粉笔灰，一幅创意十足的“作品”便呈现在眼前。教室门口的“字如其人”也由此得来。除此之外，陈启义还经常提醒同学们练字时不要轻易浪费纸张，不要在纸上留下太多空白，而他的草稿纸也是用铅笔写了又写。

陈老师的“抠门”不仅没有影响到他的教学，反而更加赢得同学们的喜爱和尊敬。师范学院 2014 级小学教育 3 班的书法和数学任课老师是陈启义，班上的钟仁伟明白陈老师教学任务重，希望老师要注意身体、多休息，工作不要太“拼命”。即将毕业的学生欧燕燕对陈老师更多的是怀有感恩之心，感谢他在实习阶段对她的指导和照顾，感谢他所教的为师之道、为人处世之道……

年复一年，书法教室见证了陈启义在梧院走过的 20 多个春秋，也见证了他为社会培养栋梁的 20 多个年月。

泰籍教师贺碧云:把学生当成自己的朋友*

她从小对中国文化着迷,13 岁学中文,14 岁学中国象棋,25 岁会打麻将。小学毕业后,曾到桂林参加一个月的夏令营;在大三时,作为交换生来到上海求学一年;在研究生阶段,又来到福州留学 3 年。2015 年 6 月,在硕士毕业后,她来到了梧州学院,成为一名泰语教师。她就是我校国际交流学院的泰国籍教师贺碧云。

中泰文化交流使者

2017 年 3 月 28 日晚,每周三次的泰语角在明理楼 M302 教室如期而至,这一次贺老师带来的话题是“泰国校服——关于泰国留学的点点滴滴”。讲台上,贺老师手拿白色衬衫,把衣服往自己的身上套,给学生们示范着装,叮嘱他们:“泰国是很注重着装礼仪的,校服不能穿得太过随意,要按学校的规定来执行。”

活动主题是根据班里 13 名即将到泰国留学的同学提出来而确定的,她希望为这些学生专门准备一期关于泰国留学的活动,帮助他们了解泰国校园的情况。

活动现场,贺老师在教室来回走动,针对学生的疑惑,她一一做出了解答。据悉,这 13 名学生都没有出国的经历,在今年 8 月份就要前往泰国学习,他们对这个陌生的国度既好奇,又焦虑,于是在活动里争先恐后地抛出自己的疑问。

学生们踊跃的提问让一个半小时的活动时间显得远远不足,为了满足学生的学习需求,活动延长了 1 个多小时,直到晚上 10 点多才结束。

“中国与泰国还是存在较大的差异,我们原本对出国留学还挺恐慌的,她不仅为我们讲授了许多关于泰国的知识,还疏导了我们的紧张情绪,让我们对泰国的校园生活更加期待了。”国际交流学院 2015 级汉语言文学(对外汉语方向)3 班(以下简称对外中泰班)的李春梅在活动结束后表示。

---

* 本文作者:覃志杰、韦雅倩、周雪婷。

泰语角,搭建了中泰文化沟通的桥梁,贺老师用简单的泰语和肢体语言扮演着文化传播的使者,带领着中国学生们感受泰国文化的魅力。

把学生当成自己的朋友

在采访中谈到与学生交往的话题,贺老师说得最多的一句话是:“把学生当成自己的朋友一样。”翻看贺老师的 QQ 空间,每逢中秋节、元旦、春节等佳节,她会给所带的班级发上几个 QQ 红包,也会献唱中国歌曲来表达自己对梧院和学生的祝福;每当泰国的重大节日,她会热情邀请学生们一起参校内举办的相关活动;每次寒暑假返校工作,还专程从泰国带来练习册、零食、纪念品等,鼓励学生们要好好学习泰语。

2016 年 11 月 2 日上午,贺老师刚刚上完课,正要离开教室,国际交流学院 2015 级对外中泰班的 3 名学生突然把她喊住了:“我们这周将举行班级建设活动,想邀请您一起参加。”贺老师心想:这应该是学生们的节目,可能不太适合我。还没等她做出回应,其中一名同学说:“您是我们很熟悉的老师,来和我们一起玩吧。”

活动当天,她与学生们去到了郊外的农家乐,一起开展烹饪活动。刚刚来到,她参观活动场所后,就走进厨房里,挽起袖子,对着正在厨房忙碌的学生大喊:“等我来大展身手吧!”其他的同学纷纷围着她转,期待着即将出锅的泰国菜,有的拍照,有的帮忙洗菜、切菜,有的请教制作方法……两小时后,菜都已出锅,同学们早已迫不及地想品尝这“泰国鲜”,果然不到 10 分钟,菜便被一抢而光。

爱上在梧州的生活

入乡随俗,在中国生活多年的贺老师,如今已是一名“中国通”。平日里,她不仅中文说得非常流利,还养成了一些中国人的习惯:观看中国的电视剧、综艺节目,用 QQ、微信与朋友、学生沟通交流,在淘宝上购买商品……

自打来到中国后,一直在上海、福州等大城市生活,如今来到梧州。她说:“梧州虽小,但有着悠久的历史文化,也很有魅力,给我留下了许多美好的回忆。”梧州最吸引她的莫过于骑楼城。自从她第一次步入梧州河东的老城区,愈百年历史、中外经典设计风格的骑楼城便让她流连忘返。“以后我的朋友到梧州来游玩,也要带他们去逛逛这骑楼城。”

白天的骑楼城行人相对少,她更喜欢夜间的骑楼城。夜间的骑楼城街上行人络绎不绝,灯光璀璨,各种特色小吃,冰泉豆浆、六堡茶等梧州特产更是让她津津乐道。她还把梧州的六堡茶带给远在泰国的家人,向他们介绍这个美丽的城市。

初来时,独处异国难免感到陌生,如今的她却因学生多了一份眷恋,“有我的学生在,以后一定会变得更好的。”原本只抱着尝试的想法从事教学工作,现在已经完全喜欢上了这个职业。“我与学生相处得很好,这份工作蛮适合我的,在这安静的城市生活也很不错。”

“贺老师工作充满了活力,参与泰语角、泰语演讲比赛等活动非常积极,深受学生们的喜爱与欢迎。”国际交流学院副院长梁东妮评价道。

曾尚春:带你轻松学口语*

她身穿淡黄色的衣服,手拿笔记本,站在教室第二列中间的电脑桌旁认真地听着学生们全英语式PPT演示,时而向演示PPT的学生微笑点头,时而环顾全班,时而在本上写写画画。

她是本学期担任我校国际交流学院2013级英语翻译1、2、3班英语口译和2012级商务英语1、2、3班英语笔译两门课程的老师——曾尚春。自2006年到我校教学以来,她赢得许多学生的喜欢。在学生眼中,她更犹如邻家大姐姐般,平易近人、幽默风趣、阳光爱笑。

“注意语速,发音要清晰准确。”“讲述时不仅要看PPT,也要注意与听众进行眼神交流。”“我会给你们打分哦,所以希望大家好好表现。”……课堂上,曾老师听取了学生们对大学生就业、早婚早孕、环境污染等社会问题的全英语式讲述后,针对每个PPT进行点评并延伸出学生们感兴趣的话题。

“Are you like smoking boy? 你们喜欢吸烟的男生吗?”“不喜欢。”

“那万一男朋友吸烟了呢?”“那就分手。”有女生果断地答道。

“Oh no,那你的男朋友真可怜。”曾老师听后故作吃惊地说道。在延伸话题时总不会忘记向学生传授一些单词和句子。“这样的方式会使我们的记忆更加深刻。”国际交流学院2013级英语翻译2班的李冠良说。

在许多学生眼里,碰上在课堂上爱提问的老师会让人“又爱又恨”。2013级英语翻译2班的卢小美坦言,在曾老师的课堂上经常是高度紧张的,担心被提问时答不出,所以课后会通过“外研社杯”“口译网”,甚至是英美国家的综艺节目等学习平台加强口语练习,因此她的英语词汇量有了更多的积累,听力也得到了锻炼。

---

* 本文作者:文雪妮、张宇。

“听、说”是曾老师上课的常见方式,2013 级英语翻译 1 班的邓丽认为,在专业学习中,记忆、逻辑分析、复述都是翻译必备的技能,曾老师的课堂上,她除了让学生制作 PPT 外,还会穿插视频讲解,把复杂、枯燥的口译知识简单化;涉及演讲技巧时,她会播放优秀的视频短片供大家学习模仿,还不时让学生上讲台当众翻译或是做即时演讲。“我们就不得不时刻高度集中注意力,跟紧老师的上课思路。”她说道。

曾尚春老师不仅在教学上有自己的方法,她还是个调节气氛的能手,不仅可以化解课堂的尴尬,还使课堂充满了笑声。

虽然同学们课前会狠下功夫,但仍然避免不了尴尬。有一次,曾老师点名让 2013 级英语翻译 1 班的孙同学翻译句子,孙同学因注意力不集中而不知如何回答,便小声地问旁边的同学,“老师问了什么”,却忘了教室里的耳机都是相通的,于是曾老师对着耳机假装小声地偷偷回答:“我说你把这句话翻译一下。”瞬间,全班人都哈哈大笑起来。

李冠良很喜欢曾老师这种很轻松的上课方式。在课上,她总是用幽默化解学生犯错误时的尴尬;当学生回答不出答案时,她总是引导和鼓励学生。邓丽说:“老师很会调动我们的积极性和保持课堂的活跃气氛,在她的课上我们得到很大的锻炼。”

韦飞:爱与学生“较真”的老师*

第一次走进服装设计实验室,实验室不大,迎面看到的便是来自宝石与艺术设计学院服装与服饰设计专业的韦飞老师,戴着眼镜,满脸温和是他留给我们的第一印象。

从企业走到大学讲台

大学毕业后,韦飞老师就在服装公司担任了两年的服装设计与管理工作,虽然有着高薪的工作,但他内心却一直憧憬着当一名老师。一次偶然的机会,让他走进了梦想已久的教师生涯。刚开始,韦飞老师还在学校和企业两边跑,但在学校与同学们相处一段时间之后,更坚定了他要做老师的想法。于是,他毅然辞掉了在企业的工作,全身心地投入到教学中来。

“我的心里一直有个愿望,那就是当一名老师,虽然教师这个角色看似平凡,但是也能更多地感受到平凡中的伟大。”韦老师谈起了自己当初的经历,岁月并没有让他失去对教师行业的热情,反而让他更有动力去担起自己的责任。时至今日,韦飞老师从事教师行业已有15年之久,在实验室里,还摆放着韦飞老师指导自己学生设计出来的服装作品。除此之外,韦飞老师指导的学生作品也得到了大家的认可,在全国信息应用技能大赛服装创意设计大赛和全国第四届大学生艺术设计展演中分别获得一等奖、二等奖的优异成绩。

爱“较真”的老师

“在毕业展期间,韦飞老师会经常来指导我们,看我们的服装还有什么需要改进和加强的地方,在以前可能不太了解老师,但在这段时间里,真心发现他是一个

* 本文作者:吴秋蒙。

非常细心的老师,他的这种细心让我们习惯了认真地对待每一件事。"2011级宝石与艺术设计学院服装设计1班的徐玉娟说,即将毕业的她对老师充满了感激之情。"在平时的作业中,老师是一个特别'较真'的人,会反复要求我们,直到我们做好为止,心特别的细,就是老师这样的要求,对我今后做人做事上都会很有帮助。"2013级宝石与艺术设计学院服装班的李炳秀笑着说。

在平时的教学中,韦飞老师一直遵循务实严谨的教学方法,他会极具耐心地指导同学们,不断地反复进行讲解。在课堂上会让学生们通过制作PPT、设计方案等方式上台讲解后再进行点评,这也给了内向的同学一个锻炼胆量和能力的机会。韦飞老师为此也笑着说:"很多同学刚来大学时和四年之后完全是变成了两个不同性格的人。"

关心学生无微不至

"课堂上韦老师的要求是严格的,哪怕错了一点他也会叫我们重新弄好;课堂外,他为人非常随和,和我们也能打成一片,也会一起开玩笑聊天。"来自2014级宝石与艺术设计学院服装1班的曾祖生对我们说。在平时的生活中,韦飞老师也表现出了对同学们无微不至的关爱,在路上看到骑车的同学,他会像家长一般叮嘱"路上骑车要小心"的话语。"有一次,我们在老师的小区里参加一个比赛培训,结束后老师还煮了汤圆给我们做夜宵,当时就觉得很感动。"李炳秀回忆起说。

在平时学习生活中,韦飞老师会主动与学生进行沟通交流,会通过QQ聊天的方式来拉近与学生之间的距离。在他看来,作为一名老师不仅是要教育学生,还要把学生当成自己的朋友、亲人来对待;不仅要扮演好老师的角色,还要扮演好一位家长的角色。

"看到毕业后回来探望的同学,他们都取得了一定的成就,我们老师也很感动,这更坚信了我当初的选择是没有错的。"韦飞老师说。

魏格坤:学生是我工作的动力和热情*

课堂上微笑总是挂在脸上,不经意间会发出爽朗的笑声,激情饱满的声音总是回荡在整个教室里——她是我校经济管理学院魏格坤副教授。魏格坤老师本科毕业于广西大学商学院国际经济与贸易专业,是桂林理工大学的硕士研究生。从 1998 年来到当时的广西大学梧州分校开始了她的教学生涯,至今已有 17 个年头,主要教授《国际贸易》《国际贸易实务》《国际结算》等课程。

魏格坤老师不仅是我校经济管理学院(以下简称经管学院)国际贸易专业的教研室主任,同时也是我校应用经济学科现代商贸方向的带头人和校内外实训基地管理工作的负责人;她主持或参与各级经济项目研究共 7 项,在学术刊物上发表了 20 多篇论文。

此外,她带领的国贸学会团队曾在 2014 年 POCIB 全国大学生外贸从业能力大赛中获得团体赛特等奖的优异成绩;曾获梧州学院优秀教师、教学成果奖三等奖、POCIB 全国大学生外贸从业能力大赛指导老师特等奖、梧州学院大学生职业生涯规划大赛优秀指导老师奖等奖项。

恪尽职守做好工作

魏老师身上总带着那么一股子拼劲儿,她负责、严谨的工作态度成为学生学习的榜样。

两年前的一天下午,魏老师在来学校上课的路上,经过欧化十字路口时被一辆横冲过来的摩托车撞倒在地。因撞击力比较重,当时魏老师的电动车车头被损坏,人也跌倒在地,膝盖擦伤流着血。摩托车司机急忙扶起她想要陪她去医院时,她摆了摆手,说:"我的学生还等着我上课呢。"于是忍着剧痛慢慢扶起车子赶往学

---

* 本文作者:范煜琦、梁烨钧。

校。上完课后,她才前往医院处理伤口。那个下午,她并没有因为这个意外而耽误学生的课程任务,准时地赶到了学校给学生上课。在平日里,魏老师一直用强烈的责任心完成自己的本职工作,受到学生的尊敬和爱戴。“在我眼里,魏老师不管是对工作还是对学生都很负责任,她总是用她的行动影响着我们。”2013 级国际经济与贸易班学生卢祖玉说。

提高标准认真教学

对于学生,她的要求是高标准的。根据以往的教学惯例,国贸专业大三的学生将实施“中英双语教学”,为了使学生们能更早适应双语教学,魏格坤老师在自己所教的班级里,大二时就开始对学生们实行了中英双语教程。

“一开始同学们都很不适应这种教学方法,特别对于英语基础较差的同学来说。”经管学院 2013 级国际经济与贸易 2 班的学习委员谢丽霞回忆起刚接触双语教学的时候说道。当时,魏老师也发现学生们的不习惯,部分同学甚至对课堂产生了消极心理。于是,她调整思路,耐心地教学。在课堂上,她时常提出一些趣味性的话题来带动学生们的学习热情,让学生们积极参与到课堂的互动中。课后,她及时和学生沟通,听取他们的意见,并改进自己的教学方法。

慢慢地,学生们习惯了这种教学模式,也明白了魏老师的良苦用心。谢丽霞说道:“即使一开始难以接受双语的教学模式,但习惯了之后就会喜欢上这样的教学模式,无论是在学习上还是在就业上,都给予了我们很大的帮助。”

悉心指导学生实践学习

课堂之外,魏老师并没有闲下来。她常常奔波于校内外进行实训基地考察、校企合作等,在经管学院与梧州检验检疫局共同搭建国家级大学生校外实践教学基地过程中,她参与了建设并在后期建设过程中做了大量工作,该基地先后获得了自治区级和国家级大学生校外实践教育基地的称号。每年暑假期间,20 多名学生到该基地参加检验检疫、外贸报关报检等工作实习。她还先后带领国贸学会成员以及国贸专业学生前往梧州中外运仓码公司参观学习,暑假顶岗实习等。

2014 年暑期,经管学院 2012 级国际经济与贸易专业的黎振兴同学在梧州出入境检验检疫局实习。“你们实习的工作主要是什么啊?”“平时工作中有什么困难吗?”在他们实习期间,魏格坤老师常常来到检疫局关心他们的实习情况。她总是会悉心询问,并鼓励同学们好好利用实习的经历扎实基本功。同时她也会向企业导师了解实习生的表现。

“我喜欢学生,喜欢学校的氛围,我可以在学生身上得到工作的动力与热情。”魏格坤说。

雷应秋:弃商从教*

“雷老师每次来上课都是满带笑容,没有发过脾气,跟学生打成一片。我喜欢他的课,更喜欢他这个人。”这是国际交流学院2014级商务英语3班的林格格对雷应秋老师的印象。

雷应秋老师是我校国际交流学院(以下简称“国交院”)商务英语教研室主任、副教授,在我校从事教育工作12年,主要教授《商务英语阅读》《国际贸易实务》《商务英语》《外贸单证实务》《英语阅读》五门课程,主持及参与国家级、自治区级、院级教改、科研项目8项,参与《外贸单证实务》教材编写,曾获学校“毕业生就业工作先进个人”荣誉称号。

角色转变:从“雷总”到“雷老师”

12年前,雷老师还是自治区纺织品进出口梧州公司的总经理,在一家国有企业从事外贸工作16年,主要负责业务开发。2003年,他来到我校任教。“我希望能用我的职场经历给学生带来多一些实践上的知识,所以我来了!”雷老师说道。一开始,雷老师被安排担任英语老师。不久之后转到国交院负责《商务英语》等课程的教学。

对教学工作的向往让雷老师在我校一待就是12年,在从外贸工作转向教学工作中,他不断调整自己适应环境。面对众多任教课程,雷老师不曾有过厌倦。在他看来,能教懂学生,使学生真正将理论转化为实践,这才是一件快乐的事。

---

* 本文作者:郑东璇、陈洁。

投入教学:引案例化解难题

“喂,老师好……”“吕田雨,午饭吃了吗……”在吕田雨的印象中,这是雷老师每次打电话布置任务时的开场白。一句温暖简单的问候,却让吕田雨觉得他如朋友。

亲切地关怀、耐心地讲解让同学们都舍不得逃课,并喜欢上这个像朋友一样的老师。课堂上,为了活跃气氛和激发学生的兴趣,雷老师将自己的从商经历融入教学中,让学生在实例中学知识。有一次,讲到“自然灾害的不可抗力因素”时,雷老师将他在梧州做贸易时遇到的事情作为案例,用来讲解和分析。当时梧州发大水,很多地方都被水淹了,他负责的仓库备有准备出口的毛巾,如果不及时转移货物的话就会被淹。他就此事分析了如何调度人员及车辆来抢救这批货物。

“他的上课方式我很喜欢,特别是他的工作经历,这样举例子的方式也能将抽象的知识解释明了。”2014 级国际交流学院商务英语 1 班的陆晓慧说道。

即使是课后,只要学生有需要,雷老师都会尽力给予帮助。已经毕业的国际交流学院 2011 级经贸 1 班的黄雪芳回忆道:“那时候我们已经在工作了,可是论文还没交。雷老师是我们的指导老师,他就让我们直接把论文发到他邮箱,他帮我们打印和装订。我本来需要请假跑回来做的,多亏了雷老师的帮忙,真的很感谢他。”

不论课上课后,只要学生有困惑他都尽心尽力帮助学生。不仅在 QQ 上为学生耐心分析,甚至还会因学生预约而特意返校提供解答。学生这么需要他,他感到很开心。

出一分力:帮助学生联系实习就业

10 多年的外贸工作经验让雷老师积累了丰富的人脉资源,为了让学生更好地掌握外贸工作知识并能加以实践。在授课之余,雷老师利用他的人脉关系给学生提供到企业实习的机会。国交院 2012 级英语(经贸方向)1 班的韩谱便是其中一个,在雷老师的帮助下,韩谱现在在梧州钰华宝石商行担任外贸业务员实习生。“是雷老师给我提供这次实习机会的,现在我已经可以自主打理公司在阿里巴巴的业务。这段工作经历对我很有帮助,我从心底感激雷老师。”韩谱说。

此外,雷老师在任教之余还为 40 多名学生联系实习工作,实习单位除了梧州市聚丰贸易有限公司等贸易公司外,还有梧州市中外运仓码有限公司、致远物流有限公司等货运公司。12 年来,他促成了国交院与梧州中外运仓码有限公司,梧州聚丰贸易有限公司、梧州通州物流有限公司、梧州市旭平首饰有限公司、梧州市珠宝饰品学会等 5 家企业签订了校企合作。

在课后,雷老师常常邀请职场精英人士为学生做讲座,带领学生实地考察工厂,给学生提供学习交流机会。

从事了 10 多年的教育,雷应秋老师道出了他的为师之道:不仅传道授业,更要与学生平等相处、互相尊重。或许,这就是他得到学生喜欢的原因之一。

梁汉明:老师不老*

身着深绿格子衬衣,右肩斜挎着稍微褪色的黑色单肩运动包,一副黑框眼镜稳稳地架在鼻梁上,浓眉下是一双炯炯有神的眼睛。若不是那长满皱纹的额头、发白的两鬓,谁会料到他竟已年近七旬。

他,是我校工科类专业的教学督导员梁汉明,同时也是梧州市自动化研究所原所长。1968 年毕业于华中科技大学,1978 年成为恢复研究生招生考试的华南理工大学第二届研究生,1981 年创建梧州市自动化研究所,2001 年被我校聘为设备处处长,并为我校电子信息工程专业本科的筹建做出了很大的贡献,见证了我校电子信息工程专业本科的诞生与成长。2006 年退休,2012 年为迎接教育部本科教学合格评估被我校聘为教学督导团队中的一员,无论是老师还是学生,大家都习惯尊称他为“梁工”。

为学生传道授业

早上 6 点多,当人们还在梦乡的时候,梁汉明老师却已早早起床,习惯性地步行半小时来到学校。还没来得及坐下喝上一杯热茶,看上一份报纸,一天的工作就开始了。上课前,在教学大楼,可以看到梁老师巡视教室的身影。上课时,梁老师会拿着记录本,坐在教室里认真听某位老师讲课。课间,他会把任课老师请出教室,站在走廊,与任课老师交流,点评这一节课——对讲课中的优点、亮点,梁老师绝不吝啬赞扬之词;对讲课中的缺点、问题,梁老师也会毫不客气地直接指出,并悉心提出改进的意见。梁老师任我校教学督导员三年,三年如一日,每天认真细致地重复着同样的工作。

除了进行教学督查工作,他每年依旧坚持给电子专业准备参加一年一度的全

---

* 本文作者:梁烨钧、陈洁、陈梦兰。

国(全区)大学生电子设计竞赛的学生们上培训课,暑假从未休假。

2009 年,这是一个值得纪念的年份——我校在全国大学生电子设计竞赛中荣获全国一等奖,这也是我校学生参加大大小小各类竞赛所获得的最高奖项。我校电子本科专业自 2003 年建立,经 6 年努力,攀登不止,终于登上了一个高峰。回顾攀登之路,艰辛坎坷——与区内许多老牌大学同类专业相比,我校 6 岁的电子本科专业就像个小孩,要与大人角力,难度极大。为了打牢电子专业学生的知识基础,梁老师在电子专业从专业基础课到专业课几乎全教了个遍,毕业设计也是亲自“操刀”,辛勤耕耘换来的是我校电子本科专业学生的专业基础知识越扎越牢,有了群众基础,就便于选苗、育苗、壮苗。

每年暑假,梁老师毫不例外地开培训课,对参赛的学生进行培训,一天上 4 节课,经过 60 至 70 节课近似“疯狂”的强化训练,2009 年的全国赛,我校参赛学生取得了大面积的丰收,水涨船更高,有 3 名参赛学生,从梧州初赛到桂林复赛,再到武汉决赛,一路过关斩将,荣获全国一等奖,梁老师与三名参赛学生终于可以坐上进京的列车,去北京领奖!

当他们走进人民大会堂领奖之时,师生 4 人无以言表的自豪:我们终于冲出广西,走向北京了!

做老师们的老师

梁老师任职于研究所,在为许许多多企业实现自动控制的技术改造中积累了丰富的实践经验,养成了理论联系实际的作风及对工作一丝不苟、认真负责的态度。而他也把这样的作风及态度带到了学校的教学与教学督查中来。

有一次在听《模拟电子技术》课时,任课老师照着课本里的一道例题板书讲解,最后又照抄书里的答案是阻值为几千千欧的电阻。按常理,任课老师照抄书里的答案没有什么可挑剔的!

然而,梁老师课后严肃地问任课老师:“如果你到电子商店要买阻值为几千千欧的电阻,你能买得到吗?你要说买几兆欧的电阻,售货员才会听得懂。课本有错,我们不能照本宣科地跟着错,这会误导学生。”这是一个极其细微的实际事例,梁老师就是那么执着。

贴近实际,将理论与实践相结合一直是梁老师的教学风格。现在,时代发展很快,新事物层出不穷,特别是电子技术。一遇到书本上没有的“新术语、新器件、新技术”,梁老师都决不放过,一遍一遍地上网查找资料,甚至将英文资料翻译成中文,自己学习透彻了再指导学生。

虽然年年培训学生,但他的教案却是年年更新。手写教案,黑板板书,自己将英文材料翻译成中文写成厚厚的教案……这些都是梁老师多年来坚持不变的习惯。即使年近七旬,他依旧坚持每天学习新知识,他说:“搞电子科技的,就要紧跟前沿,要把新的知识融入课堂教学中去,才能教给学生永远不会落后的东西。”

梁老师注重理论与实践结合,在他眼里,口头说得再好也不如动手来得妙。对于《模拟电子技术》《数字电子技术》与《单片机》等实用性很强的课程,他要求老师们要将模拟软件带进课堂,通过模拟达到理论时时刻刻联系实际的目的,让学生把费解难懂的理论放到实践中去加深理解。

他在督查报告中写了一篇名为《为试行教考分离点赞》的文章,倡导实行“教考分离”的考试制度,主张将教学和出题分开,从而让学生改正依赖复习课“放水”的不良习惯,切实联系实际。

老师不老

在信息电子工程学院郑瑶老师的眼里,梁老师是一位充满活力的人生导师。郑瑶老师 2003 年开始来我校工作,至今与梁老师共事已有 12 个年头,“刚进校教学时,梁工除了给予我学术上的指导,还时常关心我是否习惯这里的生活。现在也时常通电话,除了学术上的交流,也经常聊生活中的事,对于我来说,他就像一位知心朋友,能够畅所欲言”。

即使年近七旬,梁老师依旧坚持每天锻炼,身体好,思维敏捷。信息电子学院电子专业教研室主任侯义锋老师说:“他坚持每天锻炼身体,每天都会在他自家的跑步机上跑步做运动,不要看他年纪大,他指导电子比赛的思路非常清晰,对哪些题目我们没法做,能做的题目该用什么器件,什么方法做心中有数。”

梁老师总是幽默地活跃课堂的气氛,在机械化工学院自动化专业今年的毕业论文开题报告会上,梁老师对全班四十几个同学的开题报告一个一个地进行点评,不时用一些励志、幽默的话语使课堂气氛活跃,他和现场师生打成一片,并无代沟可言。机械与化工学院的王丹老师笑称他是“走在时代前沿的人”“老年人的身体,年轻人的心”。

我校就有这么一个团队,他们个个两鬓斑白,却依旧选择驻扎在教书育人的第一线;他们已满脸皱纹,却始终无怨无悔地扮演着教师角色。因为一份对学校的深深情意,让他们毅然选择留下来,为学校的教育事业奉献终身。他们,就是我校的教学督导组的老师们。他们对我校的教育事业一往情深,一生热爱。

黎雅婷:把课堂主动权交给学生*

“她上课总是结合实际,幽默风趣,我很喜欢。”“她很有亲和力,像我们的大姐姐一样。”这是文法学院2014级行政管理专业的学生对他们的一位任课老师的评价,话中的“她”就是他们文化管理课的老师黎雅婷。

黎雅婷老师2012年来到我校任教,是文法学院公共事业管理教研室中的一员,主要讲授《人力资源管理》《电子政务》《文化事业管理》等课程,发表学术论文7篇,主持或参与科研项目7项。

在几年任教时间里,学生喜欢上了她活跃的课堂氛围和引导学生参与课堂的教学方法。

让学生做课堂的主人

近年来,学校推进教学改革,强调培养应用型人才并要求教师改变传统教学方式。“如何培养应用型人才?”年轻的黎雅婷老师也开始思考教学方式。她根据自己的经验,认为课堂上能够与学生互动是比较理想的课堂的状态。“让学生做课堂的主人!”她想尝试改变自己的上课方式,看看课堂效果。

为了提高学生在课堂中的参与度,黎老师想到了一个不同以往的教学方案。她让所授课班级的学生分成若干小组,每个小组选择一个与课程相关的选题进行分析讨论,结合课本内容进行综合学习,最后小组以PPT的形式向全班同学展示,让学生当老师,让每个同学都有展示自我的机会。

从她第一次使用这个教学方式的2012级行政管理专业班,到现在的2014级行政管理专业班,两年的时间过去了,这种方式深受学生们的喜欢。

“每一个小组轮流展示学习成果并进行交流讨论,极大地调动了我们的课堂

---

* 本文作者:张宇、赵欢、胡文馨。

气氛,我很喜欢。”2012 级行政管理专业班的龚超对这样的上课方式表示赞赏和认同。

“老师让我们上台讲课不仅锻炼了我们的分工合作能力,也让我们的表达能力得以提高。老师的这种教学方式既鼓励了我们踊跃发言,也活跃了课堂氛围。”2014 级行政管理 2 班班长李忠奇评价道。

除此之外,黎雅婷老师的课堂形式也很多样化。在学习企业招聘的内容时,她让同学们演招聘的情景剧;为了让同学们把所学知识联系实际,黎雅婷老师也主动出击,联系了中恒等企业,让同学们去参观企业生产线和管理形式;在讲授与文化有关的知识时,她也私下联系梧州市博物馆,带同学们走出课堂真真正正地去体验文化……“我想让学生觉得书本上的知识离我们并不遥远,就在我们身边。”黎雅婷老师说。

渐渐地,黎老师的学生们从最初的不敢发言、不爱发言到如今的积极发言、抢着发言,课堂气氛从沉闷到活跃,黎老师“让学生做课堂的主人”这一目标也在慢慢实现,同时越来越多的同学开始期待这门课,期待着在课堂中表达自己的观点。

把自己当成一名学生

常言道:台上一分钟,台下十年功。在黎雅婷老师教学的背后,她也不断地对教学进行探索和学习。她说:“我不想因为年龄和经验的限制,而让我的学生少学到知识。”

黎雅婷老师是我校“青年教师业务能力培训计划”中的一员,平日里,除去上课时间,她还要挤出大量时间参加研修班学习、教师网络培训等。黎老师算了一下,这个学年她要通过网络培训学习七门课程。

“不久前,我参加了清华大学案例教学培训班,我对案例的分析很感兴趣,我也希望能把这些最新的案例带到我的课堂中跟大家一同学习。”经常去听优秀教师讲课也是黎老师学习的方式之一,她表示,对于好的教学方式,常常会借鉴学习。

为了成为一个受学生喜欢、能够教给学生真正知识、帮助学生成长的老师,黎雅婷老师特别重视学生对她教学的反馈。

想知道自己的讲课内容和方式学生是否能够接受,教学方式是否能达到一个较好的效果等,黎老师会在期末让学生们写小纸条来对她的授课方式和方法提意见和建议。

“我觉得老师上课的语速太快了。”“希望老师在课堂上多一些讨论环节。”

“我喜欢老师带我们外出学习,希望老师多一些这样的上课形式。”黎雅婷老师表示,在收到学生的评价后,做得好的地方会保持,做得不足的地方会及时调整。

爱的付出与回报

黎雅婷老师时常强调理论要与实践相结合,于是总是尽可能地争取条件让学生参加实践。2013 级公共事业管理班的学习委员邓永珍说道:“以前我们的实验课指标是 34 个课时,这一个学期却只剩 17 个课时,所以老师总会申请实验室让我们多做实验。”她对学生的用心也获得学生的敬爱。

有一次,黎雅婷老师在上完第九节课后,利用傍晚的时间去联系毕业生的实习地点,因为时间很赶,所以她没来得及吃晚饭便匆匆地赶回来给 2012 级行政管理专业的学生上课,课堂上露出的一丝疲倦被一些同学捕捉到了。

课间休息,黎老师正琢磨接下来的授课内容,突然,一只拿着小包饼干的手伸到了她的眼前:“老师,您还没吃晚饭吧,这个给你。”接着,递着巧克力和小面包的手又伸了过来。黎老师连声推辞,这些同学却不罢休,直到她接受了一包小饼干后大家才放心地走回自己的位置。

教师节中常常收到小贺卡、平安夜各种祝福的手机信息、平时课堂的一次次真诚的交流……黎雅婷说:“给了我很大的动力。”

“我希望能够做一名受学生喜爱的老师。”这是黎老师对自己职业最基本的要求。她常常对自己说,将心比心做好自己的工作;而她的学生常常说,黎老师是他们亦师亦友的伙伴……

庞光垚:从师兄到师长*

2006 年,他以一名学生的身份考入我校信息与电子工程学院计算机科学与技术专业学习;2010 年,他作为一名应届毕业生的身份加入我校软件开发中心科研团队;2011 年,又考取电子科技大学软件工程硕士研究生继续深造学习;2013 年取得硕士学位后,他又作为一名教师的身份走进我校软件工程专业的课堂。

如今,他已经在梧院度过了 9 个春秋。在这 9 年中,他完成了从学生到老师角色的转变,他储备了从学生到老师的知识能量——他就是我校信息与电子工程学院软件工程专业的教师庞光垚,由于名字的缘故,学生们亲切地称他为“土哥”。

还没毕业之前,他因为代表学校参加 2010 年 7 月的“‘国信蓝点杯’全国软件专业人才设计与开发大赛”,并获得广西赛区唯一的一等奖而在学校扬名;在我校参加科研工作期间,2012 年 2 月,他以核心技术开发人员的身份,完成了梧州市科技开发项目“通信教育培训考试考核平台”和“县级新农合信息化平台建设与研究”,两个项目均获得梧州市科技进步三等奖!

发奋学习　缩小差距

刚上大学,庞光垚与大多数的大学生一样,对自己的未来目标产生过迷茫。上大学之前,来自农村的他很少接触电脑,对于电脑方面常识就是玩游戏。有一次军训休息时,有同学在聊天里讨论:哪一种编程语言最好等计算机的话题,他根本插不上嘴。他十分震惊,原来与城市的同学差距如此之大。

为了快速缩小与同学的差距,他暗暗下决心:别人能弄懂的东西,我也要懂!新生军训未结束,他便开始向学长借来借书证到图书馆借书阅读。大学期间,庞光垚不仅提前把专业的课程书籍至少都学习过一遍,而且自己也总结出一套发现

* 本文作者:苏雪、张洁茵。

书籍、提高阅读效果的方法:每天利用半小时阅读行业资讯,然后根据自己的学习需要去寻找相关的书籍来阅读。

他越读书越发现自己的知识浅薄,深知只有多阅读才能更好地充实自己。4年学习生活快结束时,他掐指算了算这几年来读的书:主要围绕工程化这个体系,再从技术、到产品设计到社会心理学、经济学等各类书籍,纸质书就有100多本,电子书90多本,最快时不到5天便能读完一本书。甚至大学毕业后,他还能清楚地说出自己看过的书籍的内容。“每个人的起跑点不一样,但是比我还要厉害的人都在努力,那我还有什么理由不努力呢?人除了立足的某一项技能外,还需要大量的阅读来扩充知识面。”回顾大学的读书时光,庞光垚说道。

面对网络上繁杂的信息,庞光垚努力提高知识学习的精准度。当他对学习感到迷茫的时候,他便会去逛招聘网站,查看计算机方面的招聘信息,了解企业招聘要求,针对这些要求“有的放矢”地去学习。计算机技术的发展是日新月异的,在一次他遇到了难题,由于是新技术,老师也未能给出准确的答案。他决定自己去通过翻阅书籍、查找资料,弄懂了新技术的原理。

自主学习、阅读书籍、独立思考等这些标签,用来形容庞光垚大学的时光是最恰当不过的了。他认为,大学时期是他知识储备的关键时期,能为他今后的教学、攻克项目等打下坚实的基础。

选择留校,坚持软件开发的梦想

广泛阅读、独立思考的好习惯让庞光垚在我校的软件开发中心团队中收获很大。在大三上学期,经好友吴东益的推荐,再加上自己制作的“健美操”网站,被当时负责广西区财政厅横向项目“预算单位银行账户管理信息系统”的我校原电子系教师陆科达“一眼相中”,并给他布置了一些项目的任务。陆科达说:“相比当时2006级同年级的学生,他的基础扎实,好学上进,不仅能按时做完我布置的作业,还会向我及时反馈情况。”

临近毕业时,当不少同学纷纷到广东、杭州等地软件开发企业拿高薪水时候,能力非常出众的庞光垚舍不得离开软件开发中心,舍不得离开一群志同道合的伙伴。在他心里,大三、大四在软件开发中心跟老师们所做的项目开发,并不是简单的实践锻炼,而是当成自己的事业来做了。为了延续这项事业,毕业后他选择了留在梧州学院,继续进行着他在软件开发中心的工作。

庞光垚9年中参与完成了“预算单位银行账户管理信息系统”“梧州市统战部网站开发数据维护”“西江黄金水道区域性现代物流信息公共服务平台建设及应

用示范”等10多个比较大的项目开发,小项目更是数不清了。从事项目开发的同时,他还负责软件设计、项目跟进、指导毕业生毕业设计、管理实验室、承担班级班主任工作等。

“忙而不乱”是许多学生对庞光垚老师的评价,有重点地把事情一一做好,再把次要的事情解决是庞光垚老师的秘诀。“庞老师经常都是同时操控三台电脑做项目,还有机房里一组高性能服务器。他在办公桌左边的墙上,贴着一张备忘录,整整齐齐的字迹,分点列出今日需要完成的事,做完一项就会画掉。”信息与电子工程学院2013级软件工程1班的潘恒飞说道。

勤奋和方法相比,方法更重要

为了让学生学以致用,多思考问题,庞老师用自己设计的“案例教学”,把理论放在科研项目中的例子来教学生,使学生做到“在学中做,在做中学”。“老师讲课很细致、认真,他的案例教学模式让我们从在实践中加深对理论知识的理解,他在课堂上的知识拓展让我们了解到更多关于计算机领域的前沿信息。”2013级信电学院软件工程2班的高斯城介绍说。

为了及时跟进学生的学习情况,庞光垚在实验室运用局域网,规定学生在一定的时间内完成他设计的任务,他便从每个学生完成任务情况出发,去发现哪个知识点没有掌握好,再统一时间进行集体讨论一起解决。对于这样的教学模式,潘恒飞认为:“这样的教学方法能让我们真正学以致用。”

教学中结合自身经历,庞光垚认为勤奋和方法相比,方法更重要,他说:“知道自己的起跑线和别人不一样,勤奋重要,但没有方法、效率的勤奋,到头来也是徒劳。”因此,学生有疑惑时,他并不一味深入地讲解,而是根据实际情况点到为止。“庞老师一般不会手把手地教我们做,而是告诉我们解决问题的思路或是介绍相关的书籍,让我们自己思考并解决问题。”潘恒飞说。

“这些年来,庞光垚在教学方面的进步是较大的,他上课思路清晰、有条理,教学方法也比较灵活,整体水平趋于成熟。”庞光垚的老师,也是现在的同事陆科达评价道。

田泳锦:当好学生的引路人*

“我的名字叫田泳锦,它给我带来了许多‘故事’,比如很多人把我当作男生……”这是文法学院教师田泳锦在开学第一课上的自我介绍,幽默的话语把学生们都逗乐了。田泳锦是中国古代文学史、中国文化等课程的任课老师,爱笑、亲切、仁爱是同学们对她的第一印象,“大姐姐”是学生给她贴上的专属标签。

田泳锦老师2001年来我校任教,至今已有15年的时间,任教期间,她曾获得2004年梧州学院“优秀教师”称号、2015年梧州学院教师说课比赛一等奖等奖项,指导的大学生创业项目“‘乡约’北部湾特产的推广”获得2016年梧州学院首届大学生创新创业大赛和首届大学生“互联网+”创新创业大赛综合创业类银奖。

开设了8年的“开学第一课”

2016年3月2日,在明理楼北楼602教室,文法学院2015级汉语言文学2班的全体学生迎来了别样的开学第一课。当同学们看着PPT上出现的“开学第一课”几个大字时,都感到好奇:这个学期开学第一课将会是什么内容?伴随着同学们不解的眼神,田老师开启“开学第一课”的旅程。

“门外的人肯定觉得挤在里面的人挺幸福,可门内的人呢?”一张人才市场“人挤人”的图片展现在学生眼前,意识到当今就业形势严峻的同学们开始由惊讶变为不安。“有点找不到前进方向?来听听他们给我们的建议吧!”看着同学们迷茫的神情,田老师开始解答同学们心中的疑问,她通过讲解富兰克林、李嘉诚、俞敏洪等名人的励志事例以及成功经验来引导同学们树立自己的人生目标。“多听名人讲座”“培养一种兴趣爱好”“积极参加社会实践”……对于如何度过大学四年,田老师提出了自己的意见。

---

* 本文作者:陈梦兰、谢东洪、甘烨硕、余梦。

田老师的“开学第一课”使学生记忆深刻,文法学院 2015 级汉语言文学 2 班的甘烨硕也深有感触:“田老师的开学第一课,让我明白了如何在大学中充实自己。”

2008 年 9 月 1 日,由中央电视台财经频道和教育部联合推出的大型公益节目《开学第一课》在综合频道首播,“知识守护生命,守护生命的十大黄金法则”是 2008 年《开学第一课》的主题。看完《开学第一课》的田老师感触颇深:“《开学第一课》给予了学生很多的正能量,大一新生刚入学,处在迷茫阶段,学生通过观看这档节目,能够明白自己的人生价值,并确立自己的人生目标。”央视的《开学第一课》所带来的教学效果深深影响了田老师,她开始反思自己的教学模式,热衷于实践与教学结合的她根据学生的实际情况,确定教学目标,并通过讲述历年来我校校友的励志事例以及自己的亲身经历,开启了属于自己的“开学第一课”。

从 2009 年到 2016 年的 8 年间,田老师一直坚持在春季学期开学的时候给学生们讲经过她精心设计的“开学第一课”。“开学第一课”成了田老师的特色标签,是她送给学生最好的开学礼物。田老师通过“开学第一课”传递正能量,不仅引导学生明确了自己的人生方向,也教会了学生在遇到困难时学会不放弃。

开辟第二课堂,加强课外指导

“你们一般用什么搜索引擎查找资料?”“推荐你们多使用中国知网这个资料库……”2016 年 3 月 11 日下午,田泳锦老师出现在文法学院 2015 级汉语言文学 2 班女生所住的 A11 宿舍楼。她的到来让在宿舍做作业的同学感到很惊喜,原本安静的宿舍瞬间热闹起来。原来田老师专门到宿舍看大家学习,并指导学生们如何查找资料。

“学会查找文献,对于学生撰写毕业论文很重要。”田老师说。她希望通过提高学生查找文献的能力,让大一新生对毕业论文有所了解,使他们在大四撰写毕业论文时少走弯路。

“大一下学期了,对大学生活还适应吗?”教授完学习方法的田老师并没有马上离开,而是主动关心同学们是否适应大学生活,并通过分享她的大学经历来引导学生调整心态,学会克服生活中遇到的难题。

“大学期间,第一个来我们宿舍‘做客’的便是田老师,田老师总是让人心里暖暖的,我们特别喜欢她的实践课。”A11 宿舍、B906 宿舍舍长劳建梅笑道。“从教 15 年来,在学生宿舍指导学生学习还是第一次,主要是想抓住更多的机会提高学生的实践能力。”田老师说道。在授课过程中,田老师特别注重第二课堂的开展,朗诵诗词、讲做PPT、讲《世说新语》中的小故事……田老师不断结合学生实际情况调整教学方法,尝新开展各式各样的实践课,以提高学生的"读、写、说"能力为最终目的,提高学生的综合素质,使学生在学习方面化被动为主动。

"大学里认识你我很幸运"

"亲爱的同学们,祝你们鹏程万里!"这是田老师的QQ签名,2012级毕业生即将离开母校,短短一句简单的祝福却透露出田老师满满的关爱与祝愿。

"同学们将改好的论文的电子文档发给我,我帮你们看一下遇到什么问题。"2016年1月29日已经是腊月十九,田老师在论文指导群里发了一条信息。寒假期间,她依然随时帮学生修改毕业论文。除夕前一天晚上10点,在老家准备过年的文法学院2012级汉语言文学1班的蒙小满接到了田老师的电话,"我觉得你这样改会更好""应该从另外的角度入手"……田老师花了差不多一个小时的时间指出蒙小满论文中需要注意的问题。

2015年12月底,蒙小满撰写的12000字的论文初稿没有达到田老师的要求。蒙小满的毕业论文写作之路一波三折,作为指导老师的田老师也难免为她着急。为帮助蒙小满,初稿被否决后,田老师提出了更详细的写作建议,并下载了许多相关的优秀论文给她参考。

在学生心中,田老师是可以谈心的大姐姐。"跟田老师聊天很有趣,她会用很多表情包和网络语言。"蒙小满笑道。很多毕业生离校几年后还时常与田老师联系,毕业后的工作与生活是常聊的话题,田老师也会根据毕业生的实际情况做出指导;节假日时,田老师也会收到不少的祝福信息。

"田老师,大学期间能够认识你,我感到很幸运。"这是毕业生跟田老师聊天时说到的一句话。田老师说,这句话已深深根植于她的心中,成了她的对做好学生的引路人这一角色的鼓舞与鞭策。

陈洁:严在当严处　爱在细微处*

5月初的一个下午,悠扬的歌声、婉转的琴声从学校实验楼音乐报告厅传来。这是我校师范学院2014级学生正在为基本功的汇报表演进行排练。舞台对面的观众席上,汇报表演指导老师陈洁正聚精会神地看着同学们的表现,不时低头用笔在笔记本上记录,记下每一组学生排练过程的不足,时不时转过头和其他指导老师交流意见、与旁边的学生沟通。

时间回到2010年。家在江西萍乡的陈洁刚从广西艺术学院音乐学院硕士毕业,满腔热血地来到了梧州学院,成了音乐学专业的一名教师。她与学生为伴,并在梧州成家。有学生,也有亲人,梧州成了她的第二个故乡。

在来我校任教之前,陈洁老师对广西已有一定了解。她本科从中央民族大学毕业后,便来到广西艺术学院读硕士。“广西的民歌丰富多彩且很有地方特色,梧州山水美丽,城市生活很休闲,是民族艺术创作良好的环境。”谈及来到梧州的缘由,陈洁老师说道。

除了任教,陈老师积极投入艺术创作和艺术活动指导中。在我校的6年期间,她指导的学生参加各种音乐比赛,摘得10多个自治区级以上的奖项,参与指导的合唱节目《茨冈》《摆呀摆》获得全国第三届大学生艺术展演二等奖,女声小组唱《三月三里醉壮乡》获得广西文化厅“红铜鼓”艺术展演三等奖,男生小组唱《姑娘的酒窝》荣获广西第四届大学生艺术展演艺术表演类声乐乙组三等奖……

荣誉的背后是汗水。让她记忆犹新的是2014年暑期排练男声小合唱《姑娘的酒窝》时,正是一年高温酷暑时。每天上午、下午、晚上三场高强度地排练,即使排练室里有几台风扇,但依然抵不住炎热,一场排练下来已汗湿全身。不管是指导老师还是参排学生,衣服湿了又干,干了又湿,不知重复多少次才结束一天的

---

* 本文作者:梁媛媛、甘烨硕、陈玉兰。

排练。

“有一次中午，我走到原西校区学生宿舍楼组织学生排练时，刚走到宿舍门口由于体力不支晕倒了，结果把学生们吓坏了。”陈洁老师说道，“虽然排练过程很辛苦，但学生都坚持了下来，学生如此，我也有了坚持下去的动力。”

在她的学生眼里，陈老师是良师益友，是学习生活的“把关人”；陈老师也表示：“学生是我的朋友，更像是自己的孩子。”

“上陈老师的课，我们谁也不敢迟到、旷课。”2015 级音乐学 1 班李金玲说道，“她上课很严格，但在课后，就变得非常和蔼可亲，像好朋友、亲人一样关心我们的学习生活。”

陈洁老师每节课都了解学生的出勤情况；她要求学生提前把歌词背下来，以提高课堂效果。若学生达不到她的要求、偷懒不记歌词，她便提出“警告”：“如果不勤奋的话，下节课缩短你的训练时间。”

“在教学中，对于我无法掌握唱歌技巧的问题，陈老师亲身示范，把我手放在她腰间感觉气息（横膈膜）的力量，教我如何用气歌唱。”2015 级音乐学 1 班的冯翠林说。“唱歌没有气息就像车子没有油一样走不远。”陈老师经常这样向学生强调学习声乐时用好气息的重要性。

陈老师每次上完课都习惯把学生的上课情况记录下来，学生上课的状态、演唱技巧（优点与缺点）、表演动作等都一一记录在本子里，下课回家后一一察看，思考下堂课如何让学生扬长避短。

为了学生更好地学习声乐，陈老师将娱乐和学习相结合。她自费和同学们到 KTV 唱歌，让同学们试麦，告诉他们话筒放在哪个位置会收录到自己最好的声音，她希望他们在 KTV 慢慢学会合理使用麦克风，体会用麦克风歌唱的感觉。

认真的老师最美丽，陈老师不仅为学生的学习牢牢把关，更时刻关心着学生的日常生活。一次，学生黄艳佳家里有事，向陈老师请假。请假的短信一发出，便马上得到了一条暖心的回复：“路上注意安全，有需要就联系我。”简短有力的一句话，让黄艳佳心里满是感动。一次，学生冯翠林课上唱歌发挥失常，陈老师走到她身边，认真询问，得知她嗓子不舒服，陈老师便为她刮痧做理疗，过后还特地在 Q 群里询问她恢复的情况。陈老师偶尔还做一些小吃，带到学校与学生一起分享，与学生们到操场散步谈心。这些细微的小事让学生备感亲切。

严在当严处，爱在细微处，陈洁老师将这句话诠释在了自己的教学当中，严格教学，关心学生，做学生的“把关人”。

尹德明:扶贫攻坚任重道远*

2017 年 5 月 25 日,我校机械与材料工程学院、化学工程与资源再利用学院(以下简称:机化学院)的尹德明博士后和中国扶贫开发协会会员、我校教务处副处长时伟博士一同在北京人民大会堂参加了中国扶贫开发协会第五届会员大会。

为感谢和表彰尹德明博士后在扶贫工作中做出生态循环农业园区建设、生物质资源科技攻关和开发利用等项目的成绩,中国扶贫开发协会特授予尹德明博士后扶贫先进个人奖。

因地制宜,实事求是

精准扶贫攻坚。从 2008 年 7 月开始,尹德明博士后经组织安排开始接触任务工作,2014 年 4 月,来到梧州学院从事制药工程专业教学和科研工作,同时也从事扶贫开发工作。

作为博士后扶贫工程中心会员,尹德明博士后将自己的知识技术应用到扶贫工作中。他曾负责淄博市循环农业示范市建设、大型秸秆沼气产业化工程,以及乡村清洁生态家园建设和生防菌发酵工厂化生产技术开发等工作。在农业园区规划建设、生物质资源循环再利用、美丽乡村生态建设、生物菌发酵生产推广等方面为企业和农业生产提供科技攻关和规划指导,有效地解决农业和企业产业开发过程的技术难题,并做好第一、第二产业之间技术接口有效衔接,以使资源循环利用和产业内涵发展。

让尹德明印象最深刻的一次扶贫工作是作为科技企业特派员,实地为生物技术企业发酵生产生防菌提供技术指导和产品推广的项目工作。在科技攻关期时,尹德明天天坐公交车下企业,和工人一起进行发酵罐生产操作,从 200 立方米发

---

* 本文作者:蔡雨婷。

酵罐液体培养菌种，到30000立方米发酵罐规模化测试、发酵运行生产，经常熬夜进行参数测定和分析研究，同时开发出固体发酵生防菌剂，和营销人员一起将生防菌剂产品推广应用保护地蔬菜根结线虫防治中，并完成相关配套技术措施，使生物菌剂企业实现当年投入和产品收益相平衡，产品推广应用到周边城市，为市政府菜篮子工程做出一定贡献，同时清洁乡村生态建设和资源循环利用，使第一、第二、第三产业循环可持续发展。

除此之外，尹德明博士后还在2015年和梧州制药集团股份有限公司合作，共同申报自治区科技厅中药渣在中药材种植过程中资源化利用项目，并与梧州六堡茶研究院、苍梧县六堡黑石顶农家茶业发展有限公司共同开发六堡茶茶花、老茶婆高效利用与功能产品开发项目。尹德明博士后的扶贫工作一直在路上，未曾停下脚步。他还积极参加2015年第14批中国博士后西部服务团（广西梧州行）活动，与梧州冰泉集团进行科技合作。

扶贫工作　任重道远

在扶贫的过程中，尹德明积极争取上级领导支持和帮助，争取政策以及申报项目资金，与同事们团结合作，合力攻关，做好技术攻关和产业开发工作。“在实际工作中要因地制宜，实事求是，克服困难，精准扶贫攻坚。”尹德明说。在他的努力下，学校制药工程专业获批准为自治区首批转型发展试点专业和自治区优势特色专业，同时他还积极申报茶学本科专业和中药制药技术高职专业。

尹德明现主要讲授中药制药工艺、物理化学、医药企业GMP等课程，一周有10课时数，还要指导毕业生毕业论文，大学生创新创业项目和制药工程设计竞赛项目等。2015年，指导一名学生考上硕士研究生，指导学生获得全国制药工程设计竞赛三等奖。此外，尹德明老师还在力所能及的范围内，积极投入扶贫工作。

在这次扶贫工作会议中受到表彰，尹德明也有不少收获。“搞好扶贫开发致富，缩小区域贫富差距，建立的一种良性互动机制，对促进社会和谐，建设社会主义美丽新农村具有深远意义。”尹德明说。“这次获奖对自己是个鞭策和激励，激发自己继续投入到扶贫工作中。将自己的知识和技术运用到实践中解决实际问题，是最快乐的事情。”尹德明说。

唐哲:做精神的富有者*

从1985年9月10日成立教师节以来,已度过了31个教师节。在这31年的时间里,一批又一批的毕业生投入到教育事业,我校宝石与艺术设计学院副院长唐哲,就是其中杰出的一位。

据悉,唐老师1984年从广西师范学院毕业后,为了响应国家的号召,毅然投身到祖国的教育事业中。2003年调到我校以后,工作内容开始由教学授课慢慢转变为行政管理,2014年成为宝石与艺术设计学院分管行政的副院长。

关心学生,力求成才

在思想素质、政治素质、道德素质、法律素质、业务素质和身体素质的培养中,唐老师对学生的身体素质和法律素质尤为重视。他说:“身体好是一切的基础,只有身体好了,才能做事,每年新生开学,都会发生军训过程中晕倒的现象,这很不好。”当代大学生的体质状况让唐老师深感忧虑,同样让他感到担心的还有学生的法律素质。在校园里,唐老师经常看到有同学在草坪、教学楼前长椅上看书,每当唐老师走近一看,发现学生手中的书本绝大多数都是关于英语、文学,极少看到有关于法律方面的书籍。在他看来,现在很多的教育内容都偏向业务素质的提高,对学生法律意识的培养却很少。

在唐老师长达15年的班主任工作中,除了重视学生的成绩以外,还关心学生的身心健康。在他的班上,曾经有一位与父亲关系极紧张的学生。通过家访,弄清事实之后,唐老师积极协调学生与父亲的关系,避免学生学习受到影响。唐哲以自己多年的教育经验,坚持把培养学生成才放在了重中之重的地位,他表示,作为一名教师,看到自己的学生成人成才,桃李满天下,便是对自己最好的回报。

---

* 本文作者:谢东洪、钟思娜。

坚持“六好”,为人榜样

唐老师在31年的教育工作中,总结出了自己奉为信条的“六好”准则,即上课好、人品好、业务好、身体好、关系好、声誉好。上课能让同学们称“好”,此为“上课好”;爱岗敬业、与人为善、乐于奉献、厚道豁达、细致实干、热爱学生,此为“人品好”;有扎实的教学基本功,有渊博的学识和与时俱进的精神,此为“业务好”;身心健康、乐观积极,此为“身体好”;与师生保持良好和谐的关系,此为“关系好”;有人格魅力,既是好教师,又是好丈夫好妻子,同时还是好公民,此为“声誉好”。“六好”准则贯穿了他31年的教育生涯。

老师是学生的榜样。唐老师用“六好”准则的要求严于律己,融入学生的生活学习中,经常和学生打篮球、跑步,他说,活在年轻人的身边会觉得自己也变年轻了。

筑梦人,精神富有

“教师这个行业,工资待遇尽管不高,但是在一定程度上,教师却是精神的富有者。”亲历了31个教师节的唐哲老师,回想起第一个盛大而隆重的教师节庆典时,仍是记忆犹新。他说,教师节的设立,表明了党和国家重视教育、重视教师;一个教师应该为有一个专门纪念自己工作成就的节日而感到自豪,应该为自己的工作感到无上光荣。

31年的兢兢业业,31年的无私奉献,唐哲用自身的实例践验证了习近平总书记提出的“四有”好老师,即有理想信念、有道德情操、有扎实学识、有仁爱之心的标准,不断地完善自身,不断地为社会主义建设培养人才,为“教师”一职的内涵注入新的力量。

邵晋芳:爱心、细心、责任心*

“只要真心为他们好,多一些尊重,多一些责任心,学生就会尊重你。”来自信息与电子工程学院(以下简称信电学院)的辅导员邵晋芳这样讲道。

三心为学生,三心:即爱心,细心,责任心。来到梧州学院5年零3个月的邵老师,大多数情况都是中途接手班级当辅导员,而辅导员的实际工作是比较杂的,这就更需要三心了。“用爱心去呵护学生,用细心去服务学生,用责任心去指引学生,是我当了这么多年辅导员所坚持的原则。”当了5年多辅导员的邵老师说。

“学生都是需要用爱心去呵护的。”邵老师说。有个学生因为家里经济困难,爸妈之间又有矛盾,心情不是很好。刚开始和学生沟通时,学生什么都不肯说,她就慢慢地用自己身边人的例子和自己的事例来开导学生,在她的学生上课的教室走走,手机24小时开机,时刻为学生解决问题。

辅导员只要有关学生的工作都要做,所以,每个班里的班干就要担负起各自的责任。邵老师讲,她建了一个班干群,所有的班干都在里面,群名称叫“小蚂蚁”。因为每个班干都是忙碌的、勤劳的。而培养学生干部去引导学生落实每一件事,分工明确,消息通知能及时通知到位,能减少工作量也能培养和锻炼学生的能力。

“邵老师是大蚂蚁,我们班干部都是小蚂蚁。”来自信电学院2012级信息与计算科学班的班长韦红伊说。班干部主要是为同学们服务,一切为了同学们着想,所以,她们都像是一群小蚂蚁,勤劳工作但是不说一句累,这就是蚂蚁精神。也正是这样的蚂蚁精神,带领着她们做好每一件事情,把班级管理得越来越好,邵老师的蚂蚁精神感染了她们这一群小蚂蚁。

“工作认真负责,除了跟其他老师有相同的优点之外,邵老师最大的优点是为

---

* 本文作者:钟思娜。

人亲和,让我们觉得像自己的亲人一样,就像一个大姐姐一样聊得来。”来自信电学院 2012 级信息与计算科学班李宗穗说。

教师节,是属于辛勤工作的园丁的节日。邵老师说,当她收到同学们的祝福短信时,是她最幸福和最感动的事。其中有一个班,每个人折了一个千纸鹤并把自己想说的话写在里面,邵老师都不忍心拆开看学生们的祝福,因为她舍不得。

“作为一名辅导员,时刻关心同学们的动态也是很重要的。”邵老师说,每个学生性格都是不同的,内向型的要多交流,把尊重放在第一位;外向型的,偶尔还能半开玩笑。在私底下,也有很多学生来和她交流谈谈自己的感情、生活、学习等遇到的问题。她说,有一位大三的学生,不想读自己的专业,她知道后,就一直开导学生要坚持下来,毕竟已经大三了,而该学生也有自己的副业,是一名健身教练,她的课每节都爆满。该生感受到了老师是为她好,最后,顺利完成了学业,也在自己的副业上有所成就。

叶子琛:做梦想风筝的牵线人*

每个学生都有自己的梦想,就像那五彩的风筝自由地飞翔在蓝天下,老师则是扮演着那个让他们飞得更高更远的牵线人。而他就是这样的牵线人,10 年的青春挥洒,默默付出,只为成就一个个学生的梦想。他就是文法学院辅导员叶子琛老师。

文件夹挡住的是雨水,换来的是感动。“如果用词语来形容叶老师那就是温暖,再就是善良,是他给予了我特殊的关怀与照顾,让身体残疾的我也能在心仪的工作岗位上发挥自己的才学。”文法学院 2009 级汉语言文学 1 班的莫春婷说。

已经毕业的她说起自己的辅导员内心还很是激动。由于小时候患有小儿麻痹症,她身高只有 1 米 3,走起路来一瘸一拐,这让作为辅导员的叶老师在开学第一天就注意到了她。由于她的特殊情况,叶老师在生活和学习上都十分的关心照顾她。

大一军训的一天,天气突然变化下起了大雨,原本站立整齐的同学们都飞快地跑去避雨,而腿脚不方便的她只能在雨中缓慢地移动。当时在一旁的叶老师二话没说放慢了脚步,用手中的文件夹为她挡雨,陪她走了过去,不顾自己的衣服湿透了。“当时我感动得红了眼眶,老师那么照顾我。”她说。

对于她就业的问题,叶老师十分上心,他知道她这样的情况就业很困难,很早就开始向学校就业办反映这个问题,希望就业办的老师能够帮忙留意是否有合适的工作能给她介绍。

“你找到工作了吗?”毕业不久的一天,她接到了叶老师的电话。“还没有找到工作。”她回答道。“不要太着急,把你的简历发给我,有合适的工作我会第一时间通知你的。”叶老师安慰她说。过了几天她就接到了招生就业处老师的电话,说有

---

* 本文作者:刘馨洁。

个工作比较适合她,问她愿不愿意试试。

在老师的帮助和自己的努力下,她获得了在广西贺州职业学院当文秘的工作。“我很感动也很感激叶老师一直把我的事放在心上,找到工作也让我的父母放下了心。”莫春婷说。“通过我的努力能够改变一个学生的人生,这是一件很快乐的事,很有成就感,过节收到同学们给我发来的祝福短信也让我感到很欣慰。”叶老师说。

如今,他是 7 个班的辅导员,有 3 个班是 2015 级的。新生军训时有一名学生因为肾结石被送到了医院,当时是早上,在家的叶老师接到电话后急忙赶到了医院,和班级助理一起照顾她,陪她输液做检查。下午五点多的时候她又因疼痛,走不了路被学生背下楼,送进了医院。叶老师原本放下的心又提起来了,因家里有事不能及时赶到医院,便交代辅导员助理照顾好她,直到晚上 10 点多,辅导员助理把她送回了宿舍。叶老师还打电话来确认她们是否安全回到学校。

“一来学校就出现这样的问题让老师和学姐们操心,我很过意不去,同时也很感动,很感谢辅导员和学姐们对我的照顾,他们让我感受到了家的温暖。”2015 级汉语言文学 2 班梁华华说。“他就像一个热心的学长,关心我们的学习之余还关心我们的生活。对待工作一丝不苟,认真负责。”文法学院 2013 级汉语言文学 1 班班长覃俊朝说。

高茹:团队合作寻课堂共赢*

“请大家看屏幕上的图片”,一名30多岁的女教师站在多媒体屏幕前方,一只手拿着遥控器,另一只手轻轻地点到屏幕上,转过头用眼神和同学们进行交流,并提问道,“在狼和羊这个游戏中,小朋友们是否具备了角色意识?”

这是2014级学前教育专科1班《学前儿童游戏论》课堂上的一幕,任课教师高茹正给同学们提出思考问题。

高茹老师是我校师范学院教育学的专任教师,副教授,土生土长的梧州人。2007年,她从澳大利亚留学归来,回到故乡,来到了我校任教。目前,她主要讲授《学前教育科学研究方法》和《学前儿童游戏论》两门课程。

在我校教学的9年时间里,她先后获得了2008年校级优质课优秀教师称号、2011年校级教学软件大赛一等奖、2010年和2012年学生最喜欢的“十佳青年教师”。这些荣誉都见证了她入职以来工作上的进步。

留学期间,高茹老师常常思考东西方学生学习方式的异同问题。在导师的指点和自我探索中,她通过不断的学习、交流和思想文化的碰撞,意识到团队合作达到共赢的精神尤为重要。

学成归来后,作为一名师范专业的大学教师,怎样才能增强学生团队合作共赢的意识。高茹老师一直思考着。

在《学前教育科学研究方法》的课堂上,她尝试了“合—分—合”的实践模式,把全班同学进行有机分组,每一个小组共同讨论出一个课题项目,并制订出总的研究计划,形成一个总任务。然后,每组同学在此基础上把总任务分解成四个研究内容,由组员独立实地调研完成论文的研究,再将自己的论文进行汇总,合作完成小组的研究报告,最后进行研究成果的展示。

---

* 本文作者:苏雪、梁绍权、梁妙春。

课上,高茹老师经常会走到各个小组中,听取他们在学习上遇到的问题和困难,并耐心地进行指导,她尤其注重个别差异的问题。

了解到同学们在划分主题、选题不够明确、组员积极性不够高等方面存在着问题后,高茹老师会先建议他们多去看相关的书籍,了解清楚主题的内容,再集合全组人的智慧往同一个方向去思考问题。

“一个人去完成任务或许不需要参考和综合其他人的意见,但是个人的力量毕竟还是有限的,而团队合作则可以弥补这样的不足,但是这也需要团队找到一个合作共赢点,否则组员很难有积极性去完成任务。”高茹老师说。

“高老师授课的方式对我们的学习很有效,组织研究、共同考察不仅可以激发我们的学习兴趣,而且可以让我们在团队中培养合作意识,增强组织协调能力。”2012 级学前教育本科班杨春华说道。

针对 0 ~6 岁学前幼儿的特点,高茹认为,学前专业学生的观察意识、细心、耐心和有爱心的品质尤为重要。她每个学期都会带着学前专业的学生到梧州市六一幼儿园、第一幼儿园和城建幼儿园等地进行教学实践。

刚开始指导学生实践学习时,她更多地提醒学生注意在旁边观察学前儿童在游戏中的行为动作、面部表情和心理变化等细节。后来,她发现让学生和幼儿共同参与游戏,在游戏中设身处地感受他们的变化,得到的观察结果更准确和真实。于是,她改变了原来的观察方法,要求每一位学生根据观察指标选择一名幼儿进行不干预式观察,并在一段时间后,作为游戏伙伴,与被观察的幼儿共同参与到游戏当中。

师范学院副院长谢龙华评价道:“高老师结合理论知识和教学实践,融合自身对幼儿方面的研究结论,让学生在实践中学习,这样的教学效果是很好的。”

在幼儿教师的培养中,高茹老师特别强调学生的职业意识,“快乐伴成长”一直是她传授给学生的教育理念。她认为,幼儿教师一定要有游戏精神,幼师快乐才能让幼儿更快乐,幼儿真正快乐了,幼师才能得到真正的进步和成长。因此,在课堂上,她会利用一些有创意的方法使课程知识的讲授变得趣味横生。

在游戏课上,高茹老师经常会通过一些有趣的方式让学生进行游戏设计。例如,让学生用古诗配对手影动作,并用普通话和方言进行幼儿化表演;通过七巧板的制作、拼摆造型,创编成一个故事;制作幼儿游戏棋等。

对于学生课堂的教学反馈,她还采用了“1 +1”的方式,即一个优点加一个缺点,让学生匿名说出自己的想法。她再根据学生提出的建议进行改进,不断完善教学方法,提高教学质量。

从 2007 年到我校工作至今，高茹老师先后担任过辅导员、班主任，总共带过 4000 多名学生。在她所教的学生中，大部分从事幼儿园教师和小学教师的工作，分布在梧州、南宁、柳州、桂林等地。现在，也时常有已经毕业了的学生回来看望她。看到自己的学生学有所成，高茹老师觉得特别欣慰。

2012 届小学教育专业学生钟思媛毕业至今已有四年了，现在梧州市逸夫小学从事教师工作。高茹老师时不时被她约出来喝奶茶、看电影等，从工作、学习到个人情感等问题，两人无话不谈。“我喜欢和高老师相处，她很真实，也很朴素。”钟思媛说。

“高老师性格善良、温和，乐于助人。遇到什么问题找她，她都会很耐心地帮你解答，很平易近人。”同事黎雪评价道。

“人生如 400 米跑道，每个人都有自己的赛道，你不需要抢道，当你匀速跑好自己人生的 400 米时，那便是成功。”这是高茹老师常挂在嘴边的话。一念执教，一生为学，走好自己教学路上的 400 米，对于她来说，便是成功。

唐峰陵:情商要比智商高*

“我喜欢看梧州本地的风土人情,喜欢背包旅行和自行车。截至目前,已经坚持1年多每天骑自行车来学校上课。”来自经济管理学院(以下简称:经管学院)旅游管理专业教研室主任,梧州市历史文化研究会副会长唐峰陵老师说。

结合实践,课程教学生动有趣

“情商要比智商高。”唐老师说,情商包括了人际关系、团队精神、自觉与激情等,智商高的人可以在专业里出成绩,而情商高的人却可以在管理运作上出成绩。一个成绩优秀却不懂如何与人交往沟通的人是很难获得成功的。旅游管理专业要学的东西多而杂,发展前景很广阔,要求的实践能力比较强,灵活性要求也比较高。

“不喜欢死教书,也不喜欢死读书。”唐老师说,在课堂上书本知识要讲,但他会扩展相关的知识内容。在学校里,学生们不仅要学好课本中的专业知识,更多的是要明白为人处世的道理。例如,平时的礼节:怎么坐,怎么站,怎么递交名片,怎么伸手和人家握手等。学旅游,不仅要了解专业知识,还应学习多方面的技能,就如做一道菜、喝一杯茶,等等。

“短视频教学,能让学生学得更好。”唐老师说,比如上茶文化旅游课,如果不观看视频,就不能了解它的参与性和体验性。同时,视频更能让学生了解旅游管理的专业知识。学好旅游管理,还需要实践,比如去梧州石表山实习,“有时带领1个班在那里就要花半个月,我在那待过的最长时间将近2个月,虽然石表山与市区相隔较远,但在那里大家能接触到很多知识面,比如餐饮、景区管理、景区与领导员工之间的人际关系等知识。”唐老师说。

---

* 本文作者:钟思娜、罗书晗。

梧州是个好地方

“喜欢梧州很休闲。”作为湖南永州人，唐老师说，梧州是优秀旅游城市、园林城市，气候好，美食多。他在期刊上发表过30多篇论文，其中写梧州文化的论文就有7篇之多。假期的时候他常常外出旅行，国内著名的景点他都到过，如九寨沟、北京故宫等。还经常骑自行车到梧州附近的城市游玩，如广州，封开等。每次有学生打电话问他：梧州有什么好玩、好吃的地方？唐老师都会推荐他们尝尝大东酒家的纸包鸡和白云山下的冰泉豆浆。

对于国人旅游现象，唐老师认为近年来中国人境外旅游现象过于频繁，应大力开发境内旅游资源，大力发展我国休闲农业和乡村旅游。

“唐老师上课时喜欢用风趣诙谐的方式让我们接受，思维比较发散，能带给学生很多由书本引发的相关知识。”来自经管学院2011届旅游管理专业毕业的彭广基说，茶文化课提到普洱茶又从它的从属黑茶类别引出了梧州六堡茶，使他们能全面地了解一个茶的品类，也更加了解自己所在的城市。在他们写毕业论文期间，为了能更多地指导他们，唐老师会邀请他们到他家里，详细指点。那时候唐老师还亲自下厨，他们打下手，一起吃晚餐。

关爱学生 教育出硕果

“每次为了找一个好的视频要查找很多网站，多看几本教材来备课。”唐老师说，他印象最深的两本专业书是《基础旅游学》和《民俗学》。这2本书涵盖了很多旅游专业知识，可以更好地帮助他开展教学工作。除了上课时间，他最喜欢去的地方就是图书馆。除了进行教学管理工作，在指导学生写论文的时候，唐老师表示，他会比平时讲课要严格很多，就是为了让学生能写出有质量的论文。

“经过6年的接触，我心目中的唐老师是一位才识与修养并存，气度与和善并举的良师益友。”唐薇说。她是一个自尊心强，同时又好胜的学生，在准备论文时，由于自己想写的方面很多，同时也没有一个系统，在闭门造车2个月后，实在是无头绪，然后寻求唐老师的帮助。当时唐老师带着10个学生，同时还在做科研课题，平时就已经焦头烂额了。

在耐心听完她的想法后，唐老师根据社会现状，用打比方、举例子的方式来指出她的不足。此外，为了学术的谨慎，唐老师还利用休息时间指导她准备相关的内容，在图书馆、网站等去寻找支撑材料以及请教同行知名的其他老师。

“虽然最终我的论文并没有得到优秀,但是这个过程让我看到唐老师对我的耐心指导和支持,让我不断完善自己,为大学画上一个完美的句号。”唐薇说。

唐老师这几年带学生去参加各种比赛,取得了很好的成绩。2015 年他指导的 2 个学生在全国性导游大赛中分别获得了一等奖和三等奖。而 2016 年他所带的学生在全区职业院校导游大赛中得了 2 个三等奖。

谢远江:做学生健康成长的引路人*

上课铃声响起,一位瘦瘦高高,穿着白色上衣黑色运动裤的男老师用他独有的低音对同学们说:“我们在上课的时候不能玩手机,这是必须遵守的。”此时强调课堂纪律的他一脸严肃,不苟言笑。他,就是我校师范学院体育老师谢远江。

从1999年进入梧州师范学校任职,到2003年三校合并、2006年升本、2012年本科教学评估……一晃谢远江老师已经在我校任教17年。

带出了两个男篮冠军队

一周7天除了周六之外谢老师每天都有课。每周他共教大学体育2~5门课程,共24节课。而剩余的时间则放在学校篮球队的训练和教导上,负责组织篮球队日常训练和管理,做好赛前准备、传授篮球队员专业技能等工作。

2010年,谢老师带领我校男子篮球队第一次参加广西大学生篮球联赛,获得普通本科组冠军;2011年,参加广西大学生运动会篮球比赛,同样获得普通本科组第一名,而谢老师也在2010年、2011年连续两年获得广西教育厅授予优秀教练员的称号。谢老师带的校男子篮球队通过比赛,赛出了水平,赛出了风格,为我校增添了荣誉,这在一定程度上扩大了我校的影响力和知名度。

校男子篮球队成员之一文法学院2015级行政管理班张志轩说,为了备战2016年广西大学生运动会,校篮球队每天都要训练到晚上七点半。“谢老师会一直指导我们到训练结束,训练结束他要进行总结指出我们的不足和每次训练必须要学会的东西,这时训练结束时间一般都是八点之后了。”张志轩说。谢老师也曾对自己说过:“训练后一定要总结,如果学生不能明确自己需要掌握的内容,也就无法达到我想要的效果。”

---

* 本文作者:陈曼芳、李晓燕、曹菁。

“手臂压低点，腰挺高点，用力做好。”谢老师对正在做俯卧撑的张志轩说。“别偷懒，一定要按质按量完成训练任务。”谢老师叮嘱张志轩在内的所有队员。进入校男子篮球队，谢老师发现张志轩在体能训练中力量基础比较薄弱，便特别留意张志轩在体能方面的训练。张志轩说：“第一次训练谢老师便对我说，别偷懒，现在痛苦是为了比赛能轻松一点，现在轻松以后比赛就痛苦了。”虽然每个队员都会按时按量完成任务，但每次体能力量训练，谢老师都会提醒队员们别偷懒，每次都不落下。

“立正”“稍息”谢老师指挥着，“大家都有，现在从风雨球场跑到图书馆，再回来。明白了没有？”“明白了！”校男子篮球队成员们整齐划一地回答道。谢老师利用我校上坡道多的优势对篮球队员进行体能训练，从而增强他们的腿部力量。

让学生在细节中学会成长

“师者，所以传道授业解惑也。”作为一名教师，谢老师认为教师最重要的是要有师德，树立自身的教师形象。在教学中努力做到认真、负责地教好学生。

“谢老师上课的最大特点是严谨、认真。”来自我校经济管理学院 2014 级财务管理本科 2 班李源说。他在体育课上的示范动作力求标准、易懂。尽最大的努力让每一位同学都能理解到位。例如，运球转身，谢老师会以学生为示范对象，每一个步伐，后转的度数，速度等都能做到标准易懂，使同学们都能看明白。一般都会转 330°到 360°，直接避开一个人，或者转 90°后往回收球。谢老师的课还有一个特点就是每一位同学都要将新教的动作演练给谢老师看，如果有什么不足的地方谢老师会指导他直到正确为止。

李源回忆谢老师教他们战术训练，不是简单地口头讲述，也不是直接上场训练。而是在黑板上画出图案详细地讲解方位、进攻等问题。

李源说：“谢老师直观的讲解方式，让我明白了篮球场上灵活的战术配合。”

把爱心体现在日常工作的点点滴滴

“仁者爱人”，谢老师用行动来表现对他人的关心和照顾。今年 4 月 11 日的篮球选修课上我校经济管理学院 2014 级财务管理本科 2 班的梁耀丹在篮球场上突然小腿抽筋。在场地来回走动的谢老师立即赶到梁耀丹身边，他让梁耀丹挺直小腿，并对她的小腿肌肉做放松按摩。同时对围过来的同学说：“没事，大家不要围过来，保持空气畅通对这位同学更好。”过了一会，梁耀丹的小腿恢复了正常。谢老师每节课都会在场上留心观察同学们一举一动，确保出现意外情况时能够及时处理。

他的办公室在风雨球场,他最常待的地方也是风雨球场,他教的课程大学体育2、大学体育4,篮球1、篮球3,篮球临场裁判5门课程的主要场地同样是在风雨球场。那里常常出现他忙碌的身影。学生夸他认真、负责,同事说他热心、主动。他就是谢远江老师,我校师范学院的一名体育老师,是有理想信念、有道德情操、有扎实学识、有仁爱之心的“四有”好老师。

许瑞新:紧握方向盘*

2015 年 9 月 16 日早晨 6:30,梧院宽阔的大道上已经晨光初现。学校停车场上响起了“咔咔咔”的车辆启动的声音。车旁,一个低头弯腰的身影——这辆校车的司机许瑞新师傅在检查车子。许瑞新师傅从早晨 6:00 起床后就直奔学校了,因为这天是我校 2015 级新生来校报到的日子,他肩负到车站迎接新生的任务。

只见许师傅启动车子后,打开尾箱,检查发动机是否存在故障,再回到车上查看气压表,许师傅说,大型车辆要到一定气压值才能开动,就像给气球充气,少了飘不起来,多了容易爆炸。而许师傅这辆限坐 35 人的车子“预热”就需要十五分钟,这期间,他把车子仔细地打扫了一遍,给自己泡壶茶用以提神。

7:30,许师傅把车开到了体育馆门前,首先把 30 多个迎新工作人员送到汽车站和火车站。但是许师傅显然有点“小洁癖”,在全部的工作者下车后,他又用拖把将地板拖了一遍。“他们人多、物资多,灰尘也多,拖干净了,新生和家长坐车就舒服了。”说着,他还把车门也打开了,换新鲜空气,赶走车里的蚊虫。

在车站迎新点,看到因忙着搭帐篷、搬东西而顾不上安放好随身物品的工作者,许师傅温馨提示:“同学们要保护好自己的财物啊,车站人员复杂。”8:40,许师傅在汽车站接到了第一批新生。回程中,许师傅的贴心也一路跟随,“大家坐稳扶好,前边修路,车子颠簸”“站在车门旁边的同学往里边靠点,我要开车门了……”

回到学校,许师傅放下新生后又检查了一遍车子,发现车底有一根线因为路上颠簸松动掉了下来,他马上找来工具把那根掉落的线接了回去,而后,他又拿起了拖把……忙完所有,许师傅才在驾驶座上坐下开始吃今天的早餐,此时已经是上午 9:30 了。

许师傅从 2006 年到我校任全职司机,至今年已经是第 9 个年头了。说起这

---

* 本文作者:陈彩飞、梁媛媛。

辆校车,许师傅有一种自豪:“这是我工作第一年替车队参谋从北京买的,从北京直接开回来的,它是我9年的‘老伙计’了。”许师傅和他的“老伙计”也一起接了9年的新生,他说:“迎新是学校最忙的时候,再累,也要全力为学校、为同学服务,这是自己的职责,苦点累点不算什么。”

接着再赶往车站。上午11:45,许师傅再次接到满满一车的新生。车子走的是外环路,路程中段正在施工,路上堵车,路面坑洼,车上又有30多个新生和家长,许师傅打起十二分精神,求稳不求快,一分钟25次侧脸向左右看后视镜,确保与前后车辆保持安全距离,就这样,车子稳稳地驶过了施工路段。将新生送达学校后,许师傅又马上调转车头、带着志愿者递给他的盒饭去迎接第三趟……吃上第一口饭,是在13:00。

小憩了一会,14:00,许师傅又接到了任务——到距离学校最远的站点火车南站接新生。用了将近一个小时的时间到目的地,远远便看到拿着行李的新生和家长们,考虑到路途的遥远,许师傅让新生和家长们先把座位坐满,再让迎新工作者把行李搬上车来。就这样,许师傅下午的时间都是往梧州火车南站接新生。傍晚时分,他在车站接待点简单吃了晚饭。他要等的是最后一趟动车晚上9:00到达。

这一天,许瑞新师傅共总跑了7趟车,3趟到金晖汽车站,4趟到梧州南站;往返行走的里程120多公里;连续工作超过15个小时。这就是许师傅的一天。

今年新生报到,学校一共安排了29名司机分别前往火车站、汽车站、梧州南站等几个站点迎接,许师傅就是其中之一。然而就是这种驾着空车厢出去又“满载而归”的工作,在每年的迎新时刻都在持续着……

莫港燊:校园安全的守护者*

"9:20 报 110 失联儿童 1 名,9:45 富民派出所接走。""物品交接:手电筒 1 把、警棍 2 支、扳手 1 把。"

每天一走进几平方米的值班室,莫港燊都会先翻开值班记录本,明确工作内容,核对交接的物品,然后才穿戴好值班装备,开始一天的工作。

他是驻守在我校南门的一名校卫队队员,平日里鲜少话语的他总是站立岗最勤快的一个。他和我校其他 81 名校卫队队员一样,风雨不改地站岗、巡逻,保护着梧院师生的安全。

早上 7 点左右,值晚班一夜未眠的莫港燊会将电动拉闸门开放一点,方便前来上班上课的师生进来。

早上 8 点,下班时间到了,莫港燊填写好值班记录本,解下挂在身上的武装带,打开靠在墙角的斑驳的铁柜门,将头盔、工作服等放进去以后,和前来接班的同事交接完工作,便消失在梧院的晨光里。

今年 31 岁的莫港燊,见人就抿嘴微笑,略显宽大的浅蓝色制服套在身材瘦小的他身上,却出奇的规矩。在此之前,莫港燊当过网管、卖过水果、洗过车、进过工厂打工,"那些工作太不稳定了"。2016 年元旦,他来到了梧州学院,成为我校保卫处分配在南门保安室的校卫队 81 名队员中的一员。虽然来的时间不长,但是在校卫队副队长梁金诺眼里,他是工作最认真的员工之一,态度很积极,又有责任心。

南门附近车水马龙,莫港燊的工作也就比其他岗位更加繁忙:进来打球的学生手机充电器遗失了,找保卫室;跳闸停电和狗叫声使得惶惶不安、以为有盗窃发生的教职工住户请求查看监控视频,找保卫室;因为粗心忘记拔下助力车钥匙的

* 本文作者:谢东洪、覃志杰、黄群丽。

同学奔回南门寻不到钥匙，找保卫室；就连在南门口徘徊的失联儿童，也由保卫室负责报警联系富民派出所处理……设置在南门的报警点，承担了大部分的校园报警任务，一旦遇到突发事件，保卫室值班人员必须及时上报，必要时候还会报警并协助警方处理。“南门的工作比较忙，也比较琐碎，有时候路灯坏了或者明理楼的厕所堵了，也会报到南门保卫室。”莫港燊指着登记本上记录的情况说。

作为校园安全把关的第一道阀门，莫港燊和搭档莫建明最主要的工作还是负责出入人员的登记。莫建明示意墙上的“出入示证”几个字说：“现在出入没有学生证的同学一律要登记才能放行，但是有一些同学签假信息的行为，无疑也增加了我们的工作量。”原来，在同学们低头签字的时候，他们都需要手执厚厚的宿舍名册表，一一对照同学们的信息，一旦发现有作假行为，就必须立即指出和更正，可是仍然会有不配合的举动，也时常碰到出言不逊的人。这时候的莫港燊虽然心里不舒服，但嘴上还是耐心地说：“学校也是为你们好！”

“遇到这些状况，虽然心里不舒服，也不好受，但是我在学校南门值班，对自己的要求和形象要高一些。”莫港燊低头整理了一下武装带，抬起头说。

除了日常登记工作，他们还要负责学校的巡逻工作。平日里，莫港燊和搭档莫建明轮流站岗，一个人负责南门保安室里的日常登记工作，一个人负责在保安室外至仁爱湖校园主干道以及招待所片区的站岗巡逻，一旦发现特殊情况便上前处理，遇到他们无法做主解决的，也会在第一时间通过寻呼机等方式通知值班班长处理。

一次，一辆超速行驶的助力车从南门进来，在离校门 100 米附近，一辆轿车正准备从停车位调转车头出来，避让不及的助力车倒在了地上：莫港燊见状赶紧上前询问倒地同学的伤势，征求是否报警的意愿，并设置好路障，指挥交通，避免发生其他意外。后来因为双方车主无重大伤势，并自行协商解决了赔偿事宜，莫港燊才放心地离开。

每次放假，都是人流和车流的高峰期，也是莫港燊最忙碌的时候。为了物品安全起见，学校规定所有拿着行李箱、包走出校门的同学都需要把一张标明贵重物品的放行条交给保卫室。一天下来，莫港燊经手的放行条不下三四百张，一个鞋盒大小的抽屉没多久就满满当当了。

在这样忙碌的时间段里，莫港燊还兼做“失物招领员”，今年寒假放假时，一位同学的动车票遗落在南门，拾到车票的莫港燊发现距离发车只剩下几个小时了。由于无法脱岗，他只能一个一个地询问出门搭车的同学有没有人认识失主。一个小时、几十遍的询问，依旧无果。在距离发车的最后两个小时里，失主发现车票遗失折返回来,才在南门找到车票。听到失主连声的道谢,莫港燊坦言:“能帮助到别人,我也挺有成就感的。”

作为莫港燊的师傅兼搭档,“明哥”从教他怎么接报警电话开始,一点一滴地把经验传授给他。“阿燊这个后生仔很好学的,也很谦虚,进步很快,工作也越来越老练。”40余岁的莫建明看着正站在门口巡逻的莫港燊笑着说。

来校工作至今,时间还不足半年,莫港燊勤勤恳恳地把守着校园一方的“要塞”。踏实做事的工作作风也被保卫处副处长梁复明看在了眼里:“每次我开车出去,他都是笔直的站立岗,从来没见过他偷懒,工作这么久也从来没有出过差错。”

“我希望工作的时候没有什么事情发生,大家都是平平安安的最好了。”莫港燊谈起工作理想时说道。现在莫港燊最大的愿望就是考取驾照,在工作之余可以帮助家里的果园运货,减轻家庭负担。

寒来暑往、昼夜更替,保安室的灯火一直作为校园“定心丸”的存在,保安室的“莫港燊们”也在岗位上扮演者校园“隐形守护者”的角色,兢兢业业,维护一方平安。

谭少梅:学生的“老”朋友*

你是否已经习惯了宿舍楼前等你归来的那抹灯火? 是否已经习惯了她家人般关切的问候:“吃饭了吗?”“天气凉了,多注意身体?”但你是否留意过她们何时换班何时夜巡? 是否看见过她们下班后换下“工作装”的样子? 她是被学生们亲切地称为“阿姨”的宿管员。

谭少梅是学校综合服务楼的一位宿管员,也是我校 70 多名宿管员中的一员。她现今40 有余,从2008 年以来,已经守护综合服务楼8 年多了。与其他宿舍楼不一样的是:这栋宿舍楼住的大都是留学生。每个国家的风俗习惯不同,也意味着宿管员需要更多的耐心和专注力。综合服务楼共有 3 位宿管员。8 年期间,谭少梅的搭档换了六七个,只有她和另外一位黄阿姨坚持得最久。

一件格子衬衫,一条牛仔裤,配上一双白色休闲鞋,这是谭少梅工作时最常见的穿着。她脸上时常挂着和煦的笑容,十分亲切可爱。

“阿姨好!”“你好,下课了?”这样的对话经常在综合服务楼的门口发生。打招呼、互相问好是谭少梅在值班时候说得最多的话。综合服务楼里的外国学生居多,她平时经常打开手机浏览器,浏览当天的一些重大国际国内新闻。“如果不及时了解他们国家的动态,与留学生交流时若一不小心触碰到一些敏感话题,就不容易跟他们相处了!”她说,“多了解一些,才能和他们有更多的话题可以聊啊。”

值班期间,谭少梅大多数时间是坐在值班室里。综合服务楼的宿管值班室就设立在楼梯旁,进出大楼的人员皆可看见,加上她强大的“人脸识别”能力,鲜有非本栋住宿人员能偷溜进综合服务楼。

“守卫宿舍安全就是我的主要工作,平时我会在巡查房间时多多观察。”谭少梅说。她总结了工作时的一些小窍门:“小物件是人身上的标志之一,每个人身上

---

* 本文作者:张宇。

的小物件又是各具特色，这是识别本栋楼学生的一个好办法。”

除了注意来访人员外，巡查房间、清扫楼道都是谭阿姨职责范围内的工作，尤其是巡查房间。她一般两三个小时巡查一次房间，了解学生们的实时状态。遇到门打开的寝室，她会进去看一下，或是喊一声确信有人在其中，她才放心。巡查完毕，在记录本上一一记下这些情况。这是她例行的活动，一个班次，8 个小时下来就要走上四趟。

综合服务楼的学生流动率大，一批外国学生离开了，又会有新的一批住进来，每年流动人数大约占整栋楼的四分之一。这就意味着她们要经常性地对宿舍进行大清理。她常常调侃自己："别的宿管员可能四年才收拾一次，我们综合服务楼基本上一年就要收拾一次，甚至是好几次"。

"阿姨，我今天出去品茶了""阿姨，你喜欢哪支球队，我喜欢英超"，空闲时，不时有学生围在谭阿姨的办公桌前，用中文和她聊得火热。谭少梅爱好广泛，又健谈，因而学生和她聊起天来，经常一坐就是半个小时。久而久之，她对她们可谓"了如指掌"。综合服务楼里大约有 70 个房间，住了 200 多人，谭少梅基本都能叫出他们的名字，是哪个国家来的留学生、住在几号房、学习怎样、有些什么特长，她都非常熟悉。说起这些时，她一脸幸福的表情，像一位母亲在向别人夸耀自己的孩子。

巡查房间时，谭少梅也常常和学生"互动"。有一天，她照常巡查到 711 宿舍，听到里面一片欢声笑语。这个寝室住着国际交流学院的 8 个女生，她走进去，你一句我一句地和她们聊着近况。还接过学生递过来的吉他，拨了拨弦，吐槽道："你这个音都不准啊，改天拿下来阿姨帮你调调。"她还开玩笑对吉他的主人说："等你学好了，我们俩就可以上街卖艺去了。"其他学生都笑了。该寝室的杨艳玲说："谭阿姨很幽默可爱，特别会聊天，我们都很喜欢她，她是我们的朋友之一。"

"学生有什么事都会来找我聊，有时让我推荐一些梧州的景点美食，或者是向我倾诉一些学习和生活上的问题，她们大概都把我当成阅历丰富的'老朋友'了吧"，谭少梅爽朗笑道。说起跟学生们的情谊，她还兴致勃勃地打开手机里与学生们的合影。综合服务楼里，综合服务楼外，不少学生还和阿姨互加微信和 QQ，甚至有的已经毕业好几年了，还时不时向阿姨发来问候。

今年 5 月中旬，谭少梅收到一则信息，一个原来住在 A9，毕业了将近 6 年的男生邀请她去武鸣参加婚礼。信息里说："阿姨，我要结婚了，你要过来哦。"看着信息，谭少梅不禁又回忆起当初他还在校时一起做过的趣事。"我之前喜欢唱歌，也懂些音乐，那时，他们一群人到校外去参加舞蹈演出，我就做他们的摄影师，可好玩了!”忆及过往,她顿时笑容满面。离开学校这些年,这名男生一直和阿姨保持着联系,不时和阿姨聊着自己的工作和生活。

夜里上零时班时,偶尔会遇上学生身体不适的情况。安抚学生情绪、联系辅导员、帮忙打车,到最后成功就医。如今,谭少梅已能有条不紊地应对这类的突发状况。

每年学校举行泼水节时,她也会加入他们一起“玩水”;临近毕业季,学生回国前,便会跑去问她:“阿姨,我们走的那天你在值班吗?”“大多数时候刚和学生熟悉不久,他们就又要离开了”,聊起这个,谭少梅不禁有些伤感。

提及谭少梅阿姨,学校综合管理处宿舍管理科的罗裕振老师也称赞不已:“因为综合服务楼住的是外国学生,文化不同,更容易产生矛盾。这就需要和他们多交流,并且多关注他们些,谭少梅就和他们融合得很好。”

谭少梅因其工作态度认真负责、工作质量佳且高效,曾获得梧州学院“优秀宿管员”的荣誉称号。问起为何选择了这样一份工作,她说:“我喜欢和年轻人打交道,跟他们在一起自己也能保持年轻的心态。”

王桂连:“喜欢才能做出好东西!”*

当你从我校第一食堂的售卖窗口买到热气腾腾的包子的时候,你有没有想过是谁做出来的呢? 怎么做出来的呢?

每天的凌晨4:30,当师生们还沉睡在睡梦中的时候,第一食堂的操作间里却依稀传出一点人声、透出一些人影来,那是上早班的食堂师傅们开始工作了。

王桂连是食堂里一位面点师,今年30有余的她,从2014年5月来到第一食堂工作,至今刚好满两年。每天4点起床,然后一个人骑着电动车往学校赶,4:30准时打卡,并马上投入工作,一直到12:30才下班,两年来不曾间断。一张几平方米的操作台,一台打面机,一台压面机,两三百斤面粉,还有数不清数量的托盘……这是王桂连平日的工作中所接触到的器材和食材。

做面点是个与时间赛跑的活,要保证同学们能在7点钟的时候吃到热腾腾的包子,面点工作间的7个工人就必须加快手脚。王桂连与另一个面点师主要负责打面、压面和分体,把量好的面粉、水以及其他配料放进打面机搅拌均匀,做成一个面团后,再用压面机进行压面,然后把压好的面搓成长条状再进行分体、包馅……几个简单机械的动作不断地重复着,在她脸上不见丝毫的烦躁与懈怠,有的只是专注以及更加麻利的手脚。

那么要做多少蒸包才足够供应? 王桂连告诉我们,这还得据当天的销售情况而定,不过每天五个蒸柜的量是不能少的,不够卖了就要继续做。五个蒸柜,1400多个包子,需要200多斤面粉。身形瘦小的王桂连与她的搭档许师傅合力把一袋袋50斤装的面粉和100斤装的白糖倒进打面机里,她并不觉吃力:“习惯了就好!”

除了做完包子,向学生们销售也是王桂连师傅工作的一部分。看着同学们排

---

* 本文作者:陈彩飞、利喜艳、余梦。

队购买,她心里由衷的高兴,卖得越多也就说明自己做得越好吃! 8:10 早餐高峰期过后,所有的包子都会销售一空,而在这个时间王桂连也才能吃上第一口早餐。休息了二十分钟,她又继续投入新一轮的工作——做烤面包。

来学校之前,王桂连有过三年的烤面包经验,这使得她工作起来得心应手。据王桂连说,她来这里工作之前,食堂不生产烤面包,她来了之后,食堂管理负责人开始安排她做烤面包,并且一直做到了现在。

“她做面包的技术真的很好,是我们这里最年轻的面点师。”同事卢阿姨对王桂连满是赞叹。市面上卖的烤面包,王桂连看一眼基本上就知道制作材料及工序,回到食堂之后就将其进行改良创新,一种新形式的面包就这样被她创造出来了。我们问她做过多少种类的面包,连她自己都数不清楚,“蒸包、烤包两类都做过十几种吧,以后还要不断尝试做新品种。”她热爱做面点这份工作,她说:“喜欢才能做出好东西!”

学校综合管理处饮食中心主任廖周林曾带着王桂连等 6 人参加广西高校 2014 年烹饪技术大赛,王桂连在大众面点项目中获得了铜奖。廖周林主任对她印象很深刻:“技术好,性格好,工作认真负责,从不会有怨言,虽是很普通的一名员工,很平凡的岗位,但平凡之中见真心。”

披着一身星光来,迎着一轮烈日走,面点工作间里默默与面粉“打交道”的王桂连,她说:“如果可以,我希望在这个行业做到退休!”

第二部分 02

学子榜样

一个宿舍七个“学霸”*

七名在读的大学生,在三年的大学生活里一共收获了85张奖状、49600元奖学金。难能可贵的是,这七个人都同住一个宿舍。她们分别是梧州学院信息与电子工程学院2011级计算机科学与技术班的学生:肖平、卢丽、张娇、周雪娟、粟宏燕、陈娇、阳春兰。

“一个人是‘学霸’常有,一个宿舍都是‘学霸’还是第一次见。”许多采访者都发出类似的感叹。12月10日,记者到该宿舍采访,并了解这七个“学霸”的学习和生活。

经验共同分享

“要想把一个人的优秀扩大至一个宿舍,这就要求宿舍的每个成员都乐于团结互助。”阳春兰说。

“女生学计算机类的专业有一定难度,更何况在上大学之前大家对该专业没有多大研究。”阳春兰告诉记者,随着相关计算机课程开设后,她们七人便开始分工合作。起初,先梳理每个章节的难点,然后,每个人根据各难点的要求到图书馆查找所需的资料,最后,每个人再把整理出来的经验与舍友们分享。

住在隔壁宿舍的信息与电子工程学院2011级信息安全班的学生陈燕秋说:“总是看见阳春兰等七人一起学习、吃饭、运动。她们总给人一种正能量。”

不做“书呆子”

粟宏燕说:“我最讨厌的就是做‘书呆子’。”因此,粟宏燕和舍友们都会利用课余时间参加各类体育锻炼。在这七个女生中,有五人参加了学院的篮球队或排

---

* 本文作者:龙天传、何丽梅、蒋霞。

球队。

粟宏燕等人还积极参与学生会、志愿者、党建中心的工作,为同学们服务。粟宏燕说,大一、大二时,她们都是该院原计算机科学系志愿者分会的一员。每个星期她们会参加志愿活动,期间到过梧州市云盖路小学、南中社区、桂江社区等地支教。当问及支教活动会不会影响学习时,粟宏燕说:“去支教并未影响学习,我们反而从小朋友身上重新找到了学习的冲劲,学会了为人处世之道。”

善用多种平台

“学霸”们所在班级辅导员邸臻炜老师介绍说,近年来,梧州学院实验室面向相关专业学生开放,学生在课余时间可以进入实验室学习和实践;学院的软件开发中心等科研平台面向高年级学生招聘科研助理人员,有专任教师为入选的学生开展培训,提高其动手实践能力。此外,学院还鼓励学生参加专业学科竞赛,并对参赛的学生进行培训。该宿舍的七个女生很好地利用了这些平台和条件,促进了自身学业的发展。

(注:本文曾发表在《西江都市报》,2014 年 12 月 15 日)

一个宿舍四名女生同时考取研究生*

2017 年 4 月，梧州学院 A11 女生宿舍楼 B307 宿舍中 4 人选择考研并全部通过硕士研究生考试的消息在校园内传开，覃冰玉、覃传茵、卢兵连、韦金玲四朵姐妹花分别被中央民族大学、南京师范大学、安徽大学和广西师范大学录取。

到底是一种什么样的力量和氛围，能让她们并肩考上硕士研究生，摘取心仪学校的橄榄枝，近日记者采访了这四朵姐妹花，了解她们考研路上的故事。

为考研做好充分准备

"既然选择了考研，我们就没有想过动摇和放弃。"韦金玲是梧州学院 A11 女生宿舍楼 B307 宿舍舍长，她告诉记者，确定考研后的她们，面临的第一个困难就是院校的选择。

经过反复对比，韦金玲第一个确定了学校。她说："因为喜欢，所以选择。喜欢广西师范大学，喜欢马克思主义哲学，我坚持考广西师范大学。"舍长的带头作用很明显，其他三人也根据自己的情况陆陆续续选择好了自己心仪的学校。

学校选好了，接下来的就是迎接大考了。大三下学期，韦金玲和舍友们开始做各种准备。当时还有课程任务的她们，每天利用课余时间买复习参考书，同时充分利用考研帮、考研群等资源，了解报考学校往年的招生情况、找到往届学长学姐了解他们的考研经验、寻找学校往年的考研题型等。同时，对于考研中较难的英语科目，韦金玲她们决定在老师的指导下，先过英语单词关，在暑假之前结束对单词第一阶段的准备，然后再循序渐进地复习。

---

* 本文作者：万立平。

考研路上四人一路相伴

“考研的过程非常辛苦,但我们都是互相鼓励。”考取了安徽大学研究生的卢兵连说,一路上,她们4人不仅相互陪伴,彼此扶持,还获得了哲学专业19名考研的同学、全体哲学教师的帮助。复习过程中,遇到不懂的专业问题她们一起思考与讨论,分享自己的见解与方法,有压力的时候,她们一起排解,遇到困难一起想方设法解决。

“夜谈会”是B307宿舍独具特色的寝室文化。结束一天繁重的学习后,宿舍的几位女生便躺在床上畅所欲言。“等我考上广西师范大学之后,去桂林你们就有导游啦!”“来北京我带你们去吃烤鸭啊!”“你们要加油,以后罩着我们。”……这是她们4位舍友最喜欢的交流方式,大家用这样的方式,抒发着对未来的向往,不断提醒自己要坚持不懈地努力下去。

除了四人彼此间的相互帮助,她们一路也有着老师、朋友、家人的陪伴与支持。考取了南京师范大学研究生的覃传茵告诉记者,她在复试前2天拿到学校往年的复试真题,却发现学校往年考题特别难,瞬间慌了,立马给老师发信息。老师让她不要着急,并为她一道道的分析题目,指出最后的时间要补上的要点。“特别感谢我们的老师,因为有他们,我才特别安心,复试中才能保持镇定,稳定发挥。”覃传茵说。

考研途中收获良多

“考研是我大学生活里最充实的一年。”回首考研路程,覃冰玉感慨地说,她和姐妹们不是在图书馆,就是在去图书馆的路上,风雨无阻。一旁的韦金玲说,考研就是突破自己知识的局限,不断提升自己的过程。同时考研让她们学会了自我学习,学会了自我管理,学会了自我调节,也更加让她们知道自身专业知识的匮乏。

如今覃冰玉、覃传茵、卢兵连、韦金玲四人即将大学毕业,向更高一级的学府继续深造。她们都希望,在未来的人生道路上,能够牢记这段为考研奋斗的经历,让脚下的路越走越宽。

（本文曾发表在《西江都市报》,2017年05月05日）

做梧州文化创意产业的领头羊*

——大学生微企业主唐涛的创业梦想

如果你拥有一台 iphone4 手机，同时又爱玩游戏。那么，你应该听说过一款名叫“小鬼连连看”的游戏。不过，你不可能想到，这款游戏的页面出自梧州一家微型企业，设计者是几名在校大学生。

唐涛，“小鬼连连看”游戏页面设计团队负责人，微企——蜂巢多媒体动漫设计公司(以下简称蜂巢公司)总经理，一名希望成为梧州文化创意产业领头羊的大三学生。近日，记者实地探访蜂巢公司，感触公司团队的创业梦想。

偶然机会签订合约

当记者走进这家微企位于梧州学院大学生综合发展中心的办公室时，很难将其与动漫联系起来。因为，除墙上张贴着动漫人物设定建模、动画作品之外，办公室只有三张无柜式办公桌、六七张椅子、两台电脑，以及少许文字材料、文件盒。唐涛正伏案创作。速写本上，一位身着长裙的女子跃然纸上。

谈起创办企业，并接下设计“小鬼连连看”游戏页面的合约，唐涛认为纯属偶然。因为，初学 PS 等图像处理课程时，唐涛就通过网络接单，按每个收费 200 元的标准，帮别人设计 LOGO。“当时只是觉得很有成就感，并没有太多考虑。”

不过，随着课程的丰富，平面设计已不能满足唐涛的创作欲。因为，他关注着国内动漫产业发展。“当我看到一些专业人员只顾着模仿，动漫作品缺乏特色，又没有个性时，突然意识到，国内三维设计的人才还很缺乏，而这是一个机遇。于是，放弃了平面设计的专业方向，改攻三维设计，并和同学一起创立了工作室，将一些三维设计作品发到部分网络互动平台。”

---

* 本文作者：赖新云、郑文锋。

正是这些作品，为唐涛带来了“小鬼连连看”的合约。去年6月，有人通过网络互动平台和他联系，希望为其设计一款游戏页面，报酬2000元。唐涛想都没想就应了下来。

之后的两个月里，唐涛和团队成员埋头苦干，完成了所有页面效果的设计工作。然而，令所有人料想不到的是，这款游戏面向的是推出不久的iphone4手机。而且，游戏推出不到两个月，就成为中国内地下载量最大的手机游戏之一。

“突破重围”实现梦想

去年10月，工作室获得工商部门颁发的营业执照，获得了学院提供的办公场所、设备，并更名为蜂巢公司，确定以三维动漫设计、平面设计等作为经营方向。尽管“名声在外”，公司并未获得太大关注。作为新成立的微企，一切还刚刚起步。

随后，公司赚到了第一桶金：一家中介找上门来，希望其为中铁一局某项目部设计演示动漫，并按每秒一百元的标准付费。然而，合作并不是一帆风顺。唐涛回忆说：“起初，中介方对我们的能力持怀疑态度。不过，当看到我们提交的一期作品后，中介方随即表示认可，并签订了二期演示动漫的合约。通过这次合作，我们与中介方建立了长期合作关系。”

期间，因毕业实习等各种原因，三名成员离开了公司，使团队锐减至三人。在选择坚持的同时，唐涛等开始寻找新伙伴。唐涛想到了在湖北工作的大哥唐辉。此时，唐辉是武汉一家动漫公司的设计师。听完弟弟的描述，唐辉辞职来到梧州发展。同时，唐涛等开始通过网络发布公司信息，并引起了一些单位和企业的关注。

2012年3月，公司接到了梧州供电局的电话。唐涛说：“供电局希望我们参与该局‘十二五’规划三维动画项目竞标。我们想，梧州还没有真正意义的动漫公司，因此非常有底气。一周后，当我们拿着片头找到相关领导时，供电局决定把机会给我们。”

如今，公司经营越来越顺利，获得了梧州某楼盘三维展示业务；同时，与一家公司合作，设计网络游戏的页面；接单营业额已经达10万元。当经营步入正轨，唐涛却感压力巨大。因为，包括他在内的两名成员即将毕业，他们需投入精力完成毕业展。同时，公司还面临来自人员、设备、办公场所方面的挑战。他们表示：“首先是缺人，但适合公司发展实际的人员并不多。其次，电脑配置也不够用，速度很慢。还有，作为涉世未深的学生，如何科学管理、开拓市场、防范风险都需谋划……”

“动漫产业利润高,我们希望能抓住梧州动漫产业发展的空白期,成为梧州文化创意产业的领头羊。毕业后我们将在梧州发展,希望三年内取得微型企业头衔,成为一家有限公司。”对于未来,唐涛已有规划。

（注:本文曾发表在《梧州日报》,2012 年 05 月 04 日）

为了心中的梦想寻路脚下*

——梧州学院创业学子素描

又是一年毕业季,在大多数高校毕业生为找工作奔忙时,有一群即将走出校门的大学生正踌躇满志地规划未来。他们当中,有的已成为“明星总裁”,有的正经历创业转型“阵痛期”……尽管所处境况不同,但决心“闯一闯”成为他们走向社会的共同选择。

用实力在市场站稳脚跟

近日记者在梧州学院初见大四学生徐涛时,这位打扮时尚帅气的安徽小伙子恭敬地双手递上一张名片——拾光数字影视动画工作室总经理。

“想拾起20世纪70年代,中国动画创作水平领先世界的光辉。”谈起工作室名字的由来时,徐涛对脍炙人口的《小蝌蚪找妈妈》《大闹天宫》等中国动画片如数家珍。

带着振兴中国动画创作的美好愿景,有了为国有大型能源公司制作海上开采平台工程演示动画的成功经历,2014年12月,徐涛和志同道合的同学一起创办了拾光工作室。

从对着小屏幕笔记本电脑赶制作,到在高配置台式电脑前给动画添色加彩;从跑业务、管财务、赶制作“一肩挑”,到分工明晰、权责明确,拾光团队把曾经“一无所有”的工作室发展成“人强马壮”的创业基地。

“工作室的动画制作收费标准是每秒800元,业务量多的时候,团队主要成员月收入在两万元以上。”徐涛说。他介绍,目前动画制作领域专、精、深人才少,水平高的收入普遍丰厚,在家人支持鼓励下,他决心带着团队在动画制作行业闯

* 本文作者:梁燕如、郑文锋、李德华。

一闯。

然而,如何打响工作室名堂、扩大业务,成为拾光团队先要闯过的一道坎。“想制作‘梧州八景’的动画影片。”徐涛已经有了计划。他说,想以梧州独有的山水文化为原型,制作一部能展示拾光“功底”的梧州风采动画作品,借此在梧州动画制作市场站稳脚跟。

屏幕上,青瓦白墙的白鹤观矗立在鸳鸯江畔,画面静谧、优美,古老的人文景观插上了现代科技的翅膀,拾光团队用来“打天下”的作品逐渐成形。

小心探索扩大经营版图

“互联网+”让乐迅科技信息咨询有限公司总经理、梧州学院大四学生石伟丽看到了公司发展的美好前景。

以“互联网+融资”构建为创意小项目筹集资金的“众筹网”,是石伟丽团队的努力方向。“曾经有位师姐想开一家创意蛋糕店,无奈缺乏创业资金。”石伟丽说。校园内,各个专业的师生不时会想出一些前景广阔的创业项目,但缺资少物是“校园项目”普遍面临的困境。“将分散、细微的社会力量筹集起来,让出钱出力的人们成为项目的股东、受惠者,这是‘众筹’的可行之处。”石伟丽分析。

“搭建‘众筹网’先要有硬件设施保障,还要有刚性约束营造合法依规、诚信互赢的网络环境,才能实现众筹物资的合法、有序、有效。”石伟丽心里很清楚,搭建小额融资平台绝非易事,平台营运技术、合作协议等都需要攻关,她正小心呵护着这一创新业务理念,谨慎地和团队在现有的业务中慢慢摸索前进。

从2013年底成立至今,乐迅公司可谓成长迅速,业务范围从电子产品销售扩大为网站设计与开发、电子商务平台的开发与应用等,累计营业额达20万元,公司主要成员月均收入2000元至3000元。

依托互联网的互联互通,业务开展的时空距离被消除,合作方式不断创新,让石伟丽相信“一切皆有可能”。近期,石伟丽团队准备与防城港一网络代理商洽谈代理业务,把公司的经营版图延伸扩大。

在艰难转型中坚持前行

“我们正加快业务转型升级。”梧州学院大四学生谢顺君说。谢顺君是壹讯电脑工作室主要负责人,随着互联网高速发展,电子产品交易渠道日趋丰富,产品价格越来越透明,单一的电子产品销售业务让壹讯工作室发展遭遇瓶颈。

穷则思变。从为客户搭建微信营销平台,到摸索发展进出口电子贸易,壹讯团队奔走在拓展业务、寻求发展道路上。但是,不少商家都有固定合作伙伴,对“学生军”的能力持怀疑态度等,使得壹讯工作室的转型道路并不平坦。

面对创业的诸多不确定性,谢顺君依然想用三年的时间拼一拼。幸运的是,真诚、热情的壹讯团队在校园内已经树立起“一诺千金”的优质服务形象,在校外也积攒了200多位客户资源。去年上半年,壹讯工作室成功为十多位客户搭建微信营运平台,公司转型步调加快。

为让敢于创业的学子圆梦,梧州学院依托该校大学生发展中心,给学生免费提供创业场地,并邀请工商、税务、金融等部门和企业的专业人士,以及开设大学生创业课程等,指导学生解决创业中遇到的管理、经营、技术等难题,还优先为成熟的学生创业项目争取上级资金支持。

2012年至今,梧州学院为该校大学生小微企业申请创业奖补资金80多万元,15家大学生创办的小微企业成功孵化、成活、参与市场竞争,还累计提供就业岗位100多个。

(注:本文曾发表在《梧州日报》,2015年04月23日)

用网络抓商机　以诚信获认可*

从“大学生”到“企业创始人”，将两人的团队发展至二十人，让企业盈利二十万元……梧州学院应届毕业生石伟丽用一年时间收获以上成绩。她的成功为许多立志创业的梧州青年带去信心，正如她受访所言：“尽管创业压力大，但我乐此不疲。”

通过网络发现“蓝海”

小米游戏运营中心负责人刘景岩曾在一次互联网论坛上公开表示，移动互联网行业创业者要善于发现“蓝海”（指未知的市场空间）。这句话，在石伟丽的创业初期得到了验证。

大学期间，石伟丽在梧州学院微企孵化基地里的一家企业有过丰富的工作经历，基本摸清了创业的门路。但是，关于自己创业的定位，始终困扰着她。

2013 年，她与远在安徽的家人交流，发现在家乡安徽，很多公司都在使用微信平台开展业务工作。“当时，梧州市运用微信平台经营业务的企业不多，其他的软件开发商和用户对微信平台的关注相对较少，所以梧州微信平台的市场发展空间很广阔。”2013 年 12 月，石伟丽萌生了自主创业创建微企的想法。

经过一番准备，2014 年 6 月，石伟丽正式注册成立乐迅科技信息咨询有限公司，主要经营微信第三方平台的开发与运营、网站设计与开发、电子商务平台的开发与应用等业务。

制作二手车辆交易系统的网站，是石伟丽利用网络搜寻而签下的第一个项目。从项目跟进，系统网站制作，到反复对系统进行测试、修改，直到客户满意验收，前后共耗时一个多月。最终，她如愿拿到第一笔项目资金 6000 元。

---

* 本文作者：龙天传、郑文锋、罗庆兰。

感知市场 学会应变

石伟丽说,与其他同行公司相比,学生为主体经营的公司在创业资金、经验以及客户资源上均显得更为薄弱。但是,大学生也有着思维灵活,应变能力强等优势。

“在瞬息万变的科技社会,许多商家都希望打造出来的产品较具独特性,往往我们的设计能满足对方。”因此,石伟丽带领团队经常会深入客户的实体店,倾听对方的实际需求,并为对方独立开发、量身订制项目。比如,石伟丽在与梧州市金苑大酒店合作时,她除了为该酒店制作手机微信平台外,还制作了符合酒店需求的电脑系统网站以及会员系统,备受好评。

记者了解到,从 2014 年 2 月至 2015 年 5 月,一年多的时间里,乐迅科技团队由两人发展到二十人,团队成员以梧州学院的在校生为主,并出色完成了梧州电台、第二届梧州特色产品博览会、梧州学院等二十多个微信第三方平台项目的制作,累计完成的营业额近 20 万元。在此过程中,石伟丽功不可没。

“成绩固然可喜,但走稳未来的路才是关键。”面对梧州微信第三方平台市场的逐渐成熟,石伟丽也发现,许多商家不再满足于微信宣传平台的前期开发,而是更加看重后续的宣传和服务。“将公司转变为开发与服务相结合的运营模式,把软件设计与实体产品捆绑销售,进一步满足客户的需求,才能让企业走得更远。”石伟丽说。

现在,石伟丽即将告别大学校园,带着她的企业走向竞争更为激烈的“舞台”。得益于一年多的创业经历,与其他还在为毕业找工作而焦躁不安的大学生相比,她显得从容淡定。

(注:本文曾发表在《西江都市报》,2015 年 06 月 01 日)

在最美的年华追求更好的自己*

——记考取广州大学硕士研究生冯晓欣

2017年4月5日,冯晓欣的名字出现在了广州大学的"拟录取"名单上,她将成为广州大学2017级新闻学的一名硕士研究生。

冯晓欣,来自文法学院2013级文化传播专业。梧州学院宣传工作"先进个人",学校"三好学生",2014年度全国大学生英语竞赛(NECCS)C类二等奖,2013年"东方正龙杯"第五届广西翻译大赛二等奖,2014—2015年度学校优秀学生三等奖学金获得者……这些都是她四年努力所得,她曾任学院网学生通讯社人事部部长。

年轻要面对诸多挑战

大学四年里会发生许多故事,而对于冯晓欣来说,考研是其中最浓墨重彩的一个。

考研还是考公务员?这个问题从入学之初就一直困扰着冯晓欣。大三下学期,身边的同学陆陆续续地开始为自己的将来做准备,有人去实习,有人选择考公务员,有人决定考研……此时的冯晓欣明白,已经到了该抉择的时候了。纠结了几个月,回想着一路走来的感受,她的心中已有了答案。

大一下学期,冯晓欣进入了学院网工作。她遇到了郑文锋老师,郑老师不仅指导学院网的团队建设和新闻采编工作,更是在她的考研路上给予了诸多建议和指导,郑老师鼓励冯晓欣说,"考研是一个提高自己学识的很好途径,趁年轻,就应该把大好的时光花在读书学习上","读研究生能够提高你的思维能力……"慢慢地,冯晓欣对考研有了一个基本的认识和奋斗的方向。

---

* 本文作者:余梦、陈琳、韦雅倩。

考虑到自己未来发展方向，冯晓欣选择了考回家乡广东的大学——广州大学。而在学院网两年多的工作经历不仅让她对新闻专业有了深切的体会，而且对新闻写作和新媒体运营产生了浓厚的兴趣，在选择专业时，她毫不犹豫地选择了新闻学。

从容应对考研路

既然选择了远方，便只顾风雨兼程。既然目标是地平线，留给世界的只能是背影。与其他考研同学不一样的生活作息和学习习惯，让她的考研路显得十分孤单。

早上九点多，带着几本复习资料，冯晓欣像往常一样走到第一食堂人少的角落，毫不在意食堂里人来人往的嘈杂，开始了一天的复习之路。在其他考研同学每天早出晚归，把一整天的时间都坐在图书馆里看书不同的是，她认为，长期的学习只会让自己思维受到限制，劳逸结合静下心来学习才是最佳的学习方法。于是，教室、图书馆、食堂、宿舍甚至是外面的奶茶店都出现了她认真学习的身影，只要拿着一两本复习资料，哪里都是她学习的地方。“每天，我只给自己 6 到 7 个小时的时间看书，虽然时间不长，却能够激发我的紧迫性，更有动力去完成每天定下来的学习目标。”在将近一年的复习里，冯晓欣平均每天坚持看书至少 6 小时，共做了 15 本笔记本，抄了至少 3 遍专业课知识……

在备考阶段，身兼多职的冯晓欣越发忙碌，一边要复习，一边要组织策划学院网的各项活动，同时她所参加的 2015 年广西高校创业计划项目也到了结题阶段，此外还要准备毕业论文……各种工作和考研的压力同时压在她的身上，但却没有把她击垮。在她的努力下，学院网工作顺利开展并圆满卸任，创业项目顺利结题。当初的努力，如今都得到了回报。

2017 年 2 月份，考研初试成绩公布时，她以 402 分的成绩毫无悬念地进入复试。

目标不仅只有考研

紧张的学习就像一根扯紧的琴弦，适当的放松才能避免琴弦断裂。找到学习和娱乐的平衡，才能更有效率。

2016 年 10 月，距离初试还有短短的两个月时，冯晓欣做了一件让人感到十分疯狂的事情。趁着国庆小长假到来，冯晓欣和闺蜜一起去长沙看了她最喜欢的歌手卫兰的演唱会。

“都说大学四年一定要听一场自己喜欢的歌手的演唱会,我做到了。”冯晓欣说。生活中的冯晓欣,喜欢听歌、画画、摄影和旅游,喜欢尝试新事物,挑战有难度的生活。

对她来说,每一次旅行就是一次历练,每去一个新的地方,发现一些新的东西,都会让她受益匪浅。

进入大学后的冯晓欣有了更多的零花钱,还学会了理财,攒钱去旅游是她的目标。每年,冯晓欣都会选择一次旅行,桂林、重庆、四川、杭州等地方都留下了她的足迹。即便是在备战考研的紧张时刻,她仍然会选择出去走走,来转换心情。

初试结束后的那个寒假,冯晓欣先是去了香港,然后又去了云南旅游。得到初试通过的消息时,她还在大理,距离旅程结束还有十天,仔细思考后,她选择了继续旅程,在闲暇时通过 QQ 向前辈们咨询复试的注意事项。她说:“就像当初决定考研后,遇到再多的困难,都不会选择放弃一样,旅程既然开始了,就要把它走完。”

如果说旅行是她的爱好,那么考研则是她大学里最勇敢的尝试和挑战。大四的生活,可以选择过得很快活,也可以选择过得很忙碌。而当冯晓欣选择考研时,就注定了她的大四将是忙碌而充实的。

从 2016 年 3 月到 2017 年 4 月,这一场历经 13 个月的“考研战争”终于结束了,9 月,冯晓欣将再次踏上求学之旅。未来,她希望能到广州有名的报社实习,能学习乐器、摄影和 PS,或者是来一次说走就走的旅行。

“熊掌”与“鱼”皆可得*

——记考取硕士研究生的单硕堂

2016年3月22日晚上,单硕堂再次走进明理楼南楼四楼的考研室。与往常不一样,他这次不是来看书,而是来搬书。他曾在这里度过了一年的考研时光。一年前,他为了实现研究生梦想而走进这里,现在,他即将从这里走向期待已久的梦想平台。

单硕堂是我校信息与电子工程学院(以下简称信电学院)2012级软件工程2班的一名学生,当过多个职位的学生干部,学生活动开展有声有色;学习成绩保持名列前茅,获得多次国家级、校级奖学金,将大学生涯中的“熊掌”与“鱼翅”收入囊中。今年即将毕业的他,考上了辽宁大学学术型软件工程硕士研究生,为自己走进学术殿堂拿到了通行证。

既是工作狂,也是学霸

在舍友李煊赫的眼中,单硕堂简直就是一个工作狂:“他待在宿舍的时间很少,课余时间都忙于工作之中。”

在四年的大学里,他有许多头衔:信电学院第一党支部书记,信电学院学生会生活部部长,辅导员助理,班级生活委员、学习委员、团支书……四年一直担任班干部,在信电学院学生会和信电学院第一党支部各任职两年。如果用一个字来形容他的大学生活的话就是“忙”。虽然身兼数职,但他凭着勤奋、务实的工作作风能在不同的身份中转换自如。

大一刚开学,单硕堂积极争取进入信电学院学生会;大二上学期,单硕堂成功竞选为信电学院学生会生活部部长。生活部在学生会中担当着后勤的角色,购买

* 本文作者:陈梦兰、黄海龙、陈树君。

物品、定期更换医药品、管理经费……细碎、烦琐的事务是生活部工作职责，但是却难不倒单硕堂。他会亲自或者安排成员定期检查医药品是否过期，通过记录费用支出情况将经费理得清清楚楚，在球赛多的时候熬夜安排执勤表……

其任职的两年时间里，他的生活与学生会紧密相连，在大大小小的活动中都会有他的身影。在这里他经历了许多第一次：第一次拉赞助，第一次记账，第一次通宵工作……他说："通过学生会这个平台，提升自我，充实大学生活。"

虽然奔波于校园工作之中，但单硕堂的学习丝毫没有落下：获得"国家励志奖学金"、学校"优秀学生二等奖学金"、学校"三好学生"荣誉称号……在如何处理学习和工作的关系上，他说："学习没有捷径，我只是习惯专注地去做好每一件事。"

考研：勤奋+坚持=成功

对于考研，他早已做了计划。高考成绩不够理想是单硕堂高中留下的遗憾，为弥补心中的遗憾，他从进入大学校门的第一天起便萌生了考研的想法。大一、大二期间，虽然奔波于各种校园组织当中，但是他从未忘记自己的考研梦。

大三的寒假，单硕堂开始在各个高校研究生招生信息网和中国考研信息网上了解招生信息，通过不断对比各个高校近些年的报考率和录取率，最终他决定报考辽宁大学的软件工程专业。

确定学校之后，他每天的基本生活规律是：早上8点准时到学校为考研学生安排的教室复习政治、做英语真题；中午12点回宿舍休息；下午2:30到考研室学习专业知识；晚上7点多回到考研室专研数学题，11点半左右离开……没有周末、没有假期。

备考的日子，就业与考研的双重压力让单硕堂一度产生迷茫："当看到舍友都纷纷就业，每个月开始有工资收入，我却还在艰辛备考时，心里感到很无助。"他也看到有研友因坚持不下去而选择放弃的情况。"对于考研，有过迷茫但从未想过放弃，自己选择的路一定要坚持走完！"每每学习压力过大时，单硕堂会通过与研友谈心、互相加油打气的方式来调整心态，每当看到身边的研友都在为实现自己的梦想努力时，单硕堂也重新获得坚持下去的动力。

今年2月，考研初试分数公布时，看到自己进入复试，单硕堂激动之余也带着一丝紧张，接着便投入复试的准备中。3月25日下午复试结束，单硕堂带着微笑从考场走出来，激动的心情久未平复。他顺利通过复试，被辽宁大学录取为2016级硕士研究生。

山东大汉也有心思细腻一面

单硕堂的籍贯是山东临沂，在同学的印象中，“朴实有担当”“直率与爽朗”是他最大的特点。他身上有着山东大汉的典型性格，同学们都称呼他“大汉”。生活中的单硕堂总是乐呵呵的，给人一种亲切感，热心、细腻是老师与同学对他的评价。

考研结束后，单硕堂在梧州参加实习。工作之余，他时常去明理楼7楼的信电学院辅导员办公室串门。“他时常来办公室问我有什么需要帮忙的，协助我做好班级学生有关毕业的事务。”信电学院辅导员李泽庆说。

同专业班级的郑卫星也曾被他感动过。有一次，郑卫星在体育馆参加学生会举办的活动，活动结束后已差不多晚上11点，想要回宿舍的时候却被大雨困住了。这时，他意外地接到了单硕堂打来的电话，“你还在体育馆吗？你等我一下，我送伞给你。”十分钟后，单硕堂果然送伞来了。郑卫星说：“当时我心里特别感动，他心思这么细腻，主动及时地给人提供帮助。”

信电学院2013级软件工程1班的李浩也准备考和单硕堂同样专业的研究生，在向单硕堂请教时，单硕堂把13本考研教材送给了他，在选学校、制定考研复习计划等方面单硕堂倾授经验。李浩笑道：“单学长就像我的兄长，在学习和生活中给予我很大的帮助，平时也会主动关心我的复习情况。”

仙人掌是单硕堂最喜欢的植物，他在宿舍的阳台上养了一小颗仙人球，仙人球如今已越长越茂盛，他的梦想也如同繁盛的仙人球一样，终有一天会开花。

艰难困苦，玉汝于成*

——记考取中国地质大学研究生何少杰

“父亲受到的教育不多，希望家里可以培养出一个研究生。这是他的心愿。”一个清新平和的声音从一个文质彬彬的大男孩口中说出。他是考上中国地质大学行政管理专业硕士研究生何少杰。

一个以书籍为友的人

2009 年，怀着对大学的憧憬，何少杰只身一人来到了梧州学院，开始了他大学四年的旅程。

大二从西区搬到北区，他最喜欢去的地方就是图书馆。一年的时间里，从图书馆的三楼到五楼，他把里面的书都翻了一遍，哪一类书在哪个书架上，他都可以清楚地指出。

他是 2009 级中文系汉语言文学专业的学生，但是他经常利用课余时间学习计算机、高数之类看起来与中文专业不太相关的知识。通过自学他已经考过了计算机三级，目前正为考四级做好准备。他认为，单纯学好自己的专业知识是远远不够的，比如说计算机知识在现代生活中尤为重要，高数则可以培养自己的逻辑思维，让自己变得更理性。

时间过得飞快，转眼间大二已远去，而何少杰也一直追着时间跑。在大三上学期末，他就决定考研。他制订了学习计划并严格实施，每天 6 点起床，晚上 12 点才回宿舍睡觉，期间除了吃饭就是学习，每天的睡眠时间只有 6 个小时。

一天在书堆中开始，又在书堆中结束。如此单调的考研生活，他的内心也曾孤独、彷徨过。当心情烦躁时，他就和好朋友或是一起考研的同学交流，倾诉心中

---

* 本文作者：何坤婷、何瑶瑶、曾丽香。

的苦闷。有时候也会和舍友们一起去唱歌,“每次都是我唱得最大声,尽情地唱完之后心情也好了”。

对知识的渴望,使他甘愿把所有的时间都花在学习上。回顾即将结束的大学生活,他淡然一笑,眼神中流露出了无尽的不舍与眷恋:“四年的大学生活转眼间就这样过去了,这四年的生活过得很充实。”

大家都说他很传奇

何少杰在生活中是怎么样的一个人?一起考研的好友袁帅说:“他简直就是一个全能的人。他一直都在看书,学习很用功,甚至达到忘我的境界,他也坚持锻炼身体。我们都觉得他很‘传奇’。”

“传奇”这个称号在班上也是公认的。“他学习很勤奋,做事情有计划,不管多忙都能处理各方面的事情,在我们班是一个挺传奇的人物。”同班同学闭秋霞说。

而在辅导员叶子琛的眼里,何少杰更是不可多得的优秀学生。“他有远大的理想和抱负,积极上进,学习踏实努力,工作上积极主动,认真负责,组织能力强,是一名德智体美全面发展的优秀大学生。”

事实上,他所获得的诸多奖项也印证了老师和同学对他的评价。大学期间,他专业成绩优异,每年都获得学校的奖学金,同时也获得“三好学生”“优秀团员”等荣誉。

在毕业实习的时候,他给实习单位留下了很好的印象。何少杰大四的时候,在广西番山投资有限公司实习,做总经理兼办公室主任助理,主要工作是公司绩效考核、文案整理、人员联系、对外沟通。优异的表现让他在不到一个月的时间里就由实习生转为公司正式职员。他考上研究生后,办公室主任既为他高兴,又对他不舍:“人总是要往高处走的,去好好深造吧,以后如果有机会欢迎你再回来。”他以真诚和踏实赢得了实习单位领导的认同。

有勇气就会有奇迹

“想要做好一件事,就要脚踏实地。”他总是这样要求自己,也以此勉励学弟、学妹们。

“我既不是天生聪明,也不像别人想象中的那么优秀,我只是一直在坚持自己心中的梦想,脚踏实地地走好每一步。”平淡的话语中透露出成熟和稳重。

“脚踏实地”是采访中他强调得最多的一句话。正如他的人生信念:“想要爬上高峰的人,就要有比爬上高峰更高的勇气。”何少杰一直牢记着这句话并不断地激励着自己。“有勇气,就会有奇迹”,他补充说道。

末了,谈及在读研究生阶段作如何打算时,他表示:“我打算多学专业知识,提高学术能力,同时也会积极参加社会实践。”

带着梦想去远航*

——记考取中国传媒大学研究生李猛哲

“我喜欢找人聊天，认识新的朋友，你待人真诚，别人也会对你好。”

一种潇洒的态度，一种乐观的人生，带着从容不迫的微笑，与那份勇于探索未知的勇气。我校2010级电子科学与技术班的李猛哲从大一的青涩懵懂走向了大四的睿智从容。今年的四月份，李猛哲以超出国家工科线研究生分数线58分的成绩，成功考上了中国传媒大学通信与信息系统数字电视技术方向的研究生。

辛勤工作无私奉献

2010年梧州燥热的夏天迎来了一场大雨，校学生会迎新人员冒雨在火车站迎接新生，积极为同学服务的身影烙印在李猛哲的脑海里，作为大一新生的李猛哲便在这场大雨里与学生会结缘，在1300多人的竞争中，成功地成了外联部的候选干事。

“想通过学生会更好地了解和融入这个城市，提升自我。”李猛哲用面试时说的话一直鞭策着自己，他在学生会有了人生中很多的第一次：第一次拉赞助、第一次竞选、第一次以学长的身份接待新生、第一次做活动的总负责人、第一次成为副主席……从陌生到熟练，贯穿始终的是一颗坚定为学生负责的心。

2011年11、12月份，是校园活动最频繁的时候，当时身为治保部部长和外联部副部长的李猛哲，除了要为正在紧张筹办的校园十佳歌手大赛拉赞助外，还要筹办交通安全活动月，并且还担任学校第四期团校培训班班长。多个活动集中在一起让李猛哲经受一个又一个挑战。

每天天刚蒙蒙亮，李猛哲便要早早地起床去为十佳活动拉赞助。他拉赞助的

* 本文作者：李敏、蒋佩妮、黄碧云。

方式可谓别具一格，一般情况下，去拉赞助的人都会选择自己熟悉的商家，这样既方便沟通也更容易拉到赞助。李猛哲却喜欢找陌生的商家，不局限于熟悉的几家商店，虽然困难，但给自己创造了更多锻炼的机会。

他和同伴们一起走遍大街小巷几十家商店却屡屡受挫，与此同时，培训班与安全活动月的筹办的工作更是刻不容缓。电话从早到晚响个不停，烦琐的工作使他的嗓子都沙哑了，而他并没有退缩，在交通安全活动月启动仪式上，坚持用自己沙哑的嗓音为大家宣读倡议书，现在校史馆中记录着“2011 年交通安全活动月”的盛况，为我校创建广西区“安全文明校园”做出了应有的贡献。

“要干就干好，不干就拉倒！”功夫不负有心人，正是因为那份认真与执着，勇敢向前闯的勇气，让李猛哲在两家店中拉到了校园十佳歌手大赛的第一笔赞助。在后来的过程中，更是为十佳歌手大赛拉到了多笔物资和所需资金，那一届的学生会成员都记得，那时的十佳歌手晚会举办得可谓是“高端大气上档次”。

尽管李猛哲工作十分繁忙，但在他最忙碌的时候仍然兼顾着学习，考过了英语四、六级，计算机二级。

四年的时光里，他的生活与学生会紧密相连，身影穿梭在大大小小的活动中，“学生会是一个大家庭，在这里哭过、笑过、醉过、疯狂过。”这是来自李猛哲内心最真实的写照。

热爱生活提升自我

忙碌的生活并没有使他感到倦怠，大一时李猛哲代表电子系参加了梧州学院心理短剧大赛，用努力和汗水换来了舞台上的完美演绎，获得了“最佳男主角”的荣誉称号。大二时参加了校园主持人大赛，独具创意的表演让他在最后的决赛里获得了季军。

闲暇时的他，喜欢跑步，让自己有一个强壮的体魄，积蓄力量。他也喜欢四处走走，认识陌生的城市，欣赏不同的风光，增加自己的见识，丰富自己的视野，让自己的心灵得到自然的洗礼。南宁、桂林、广州、武汉、重庆、昆明……很多地方都留下了他的足迹，亲身实践着“读万卷书行万里路”的誓言，李猛哲偶尔也会去做家教、进厂打工，探索未知世界，体会百味人生。

一分耕耘一分收获。在校期间，他连续三年荣获国家奖学金、“优秀学生一等奖学金”，获得 2012 ~ 2013 学年广西壮族自治区“优秀学生干部”“三好学生”荣誉称号，获得第三届“蓝桥杯”全国软件大赛广西赛区三等奖，2011—2012 学年、2012 ~ 2013 学年校“十佳全优生奖学金”，被授予第一届“魅力电子”年度“学习成绩优秀人物”荣誉称号,被评为学校 2010 年度“优秀共青团员”、2011 年度“优秀共青团干部”,2012 年校园主持人大赛季军。

“每一条河流都有不同的生命曲线,但是每一条河流都有自己的梦想,那就是奔向大海。”种种荣誉,没有让他骄傲,反而让他不断朝着更优秀的自己前进,他一直坚信,像水一样不断地积蓄自己的力量,不断地冲破障碍,带着激情不断向前流淌,在时机不到的时候,把自己的厚度积累起来,当有一天时机来临的时候,奔腾入海,成就生命。

考研成功梦想起航

考研结束,李猛哲发表在自己空间的一段话:“2000 多公里的路途,一年又三个月的坚持,考研艰辛路,酸甜苦辣。走出属于自己的路,不是能见到多少人,遇到多少风景,而是走着走着,在一个际遇之下,突然重新认识了自己。”

三月下旬,李猛哲早早就到达了北京。复试通过的考生通常情况都会经过各种途径找导师,初来乍到的他没有错失这个机会。面试前,他拿着自己精心制作的简历亲自上门拜访,并在拜访的那位老师的引荐下,李猛哲把自己的简历投给了另一位有名望的导师。两位老师肯定了他认真的态度,并给了他很大的鼓励。说来也巧,在最后的面试中,李猛哲初次拜访的导师便是面试的主考官。

正是这种勇于探索未知的精神,无形之中给李猛哲创造出了许多机会,在采访中,李猛哲说,只要有实力、有准备,机会便会垂青你。

在辅导员刘娟娟眼里,他是和同学友好相处,性格开朗,自控能力强、目标明确的人。“为他开心,大学期间一直带着他,知道他的辛苦和付出的努力,希望他能够继续努力,实现自己的目标。”辅导员刘娟娟笑着说。在好友王思远眼里,他是一个有理想、有原则、有坚持的人,在学习上的规划和时间上的安排都很有条理。每天一定坚持上图书馆看书,在思想上时刻不让自己松懈。

李猛哲努力拼搏着,朝着梦想一步步踏实地走去,把最好的自己绽放,成为最美的梧院学子。

在实践中掌握知识*

——记考取桂林电子科技大学硕士研究生韦海宇

陆游在《冬夜读书示子聿》诗中有云："纸上得来终觉浅，绝知此事要躬行。"这是我校信息与电子工程学院2011级计算机科学与技术2班学生韦海宇的学习信条。今年已经被录取为桂林电子科技大学2015级计算机科学与技术专业的硕士研究生的他说："正是因为在学习中加强实践才有了今天的收获。"

"只有实践，才能更好地掌握知识"

说起韦海宇的考研之旅不得不提到他在我校现代教育技术中心(以下简称"现教中心")的实践经历。

2013年，韦海宇心中萌生了考研的想法，恰巧此时学校召开勤工俭学双选会。在众多助理岗位中，韦海宇一眼看中了现教中心工作人员的岗位，不久，他顺利通过了面试，成了现教中心的网络管理人员，主要负责维护学校各办公、教学场所等地的网络。

韦海宇当初选择在网络中心工作，还存着"私心"。"刚开始学习网络这门专业课程时，我觉得课本的知识比较抽象，学得非常吃力，也不懂如何运用于实践。"韦海宇说。面对"难啃"的专业课程，他渴望提高自己的技能，以免在之后的考研中被专业课程拖后腿。

在现教中心老师的指导下，韦海宇得到很多技术实践机会。让他印象最深刻的一次是信息与电子工程学院办公室的网络故障维修经历。接到维修通知，现教中心的老师便带着韦海宇和其他几位工作人员到现场处理。布线、连接网络、网络设置……在老师的一一分析下，得出结论：原来是二层交换机的备份文件出了

---

* 本文作者：何丽梅、范煜琦。

问题。现场的实际案例分析加上操作,使得原本一头雾水、无从下手的韦海宇豁然开朗。韦海宇说:“实践可以把抽象的理论知识具体化,只有实践,才能更好地掌握知识。以前一直死记硬背动态 IP 与静态 IP 的区别,在实践中我才彻底弄清楚。”

担任网络管理人员职务期间,韦海宇的专业知识水平有了很大提高,机会也随之而来。平时除了网络维护的工作,韦海宇还跟我校易敬源老师做过精品课程项目。

专业知识的运用日渐熟练,交换机、路由器如何工作,何为网络风暴等等,对计算机技术重要性的认识日渐深刻,让韦海宇更加坚定了要通过考研提高自我以更好在社会发挥专业知识的信念。

“实践经历助我成功考研”

未进入现教中心之前,韦海宇的考研之路是孤独的,进入之后,他不再“孤军奋战”。现教中心的老师在得知韦海宇有考研的想法后,表示非常支持。有了老师们的鼓励和指导,他一步步走得更加踏实与自信。

每每谈起网络中心,韦海宇的眼中总是闪烁着快乐与骄傲。他“得意”地说道,两年时间的接触,他与现教中心的老师早已熟悉得像朋友。考研复习中产生困惑,韦海宇总会找现教中心的老师们聊聊天,放松心情。他的毕业论文导师黄寄洪博士也常为他提出一些关于考试的细节、复习资料等意见。只要有了技术上的疑惑,韦海宇也会充分运用办公室内的设备来操作解决问题。

回忆自己的考研复习之路,韦海宇说:“平时的工作实践让我很好地掌握了专业知识,因此我可以拥有更多的时间复习薄弱的科目。此外,在考研复试中,当考官问我是否做过项目时,我自信地给出了肯定的答案!”如今韦海宇已考研成功,而当初进入网络中心时,他从未想过,在这里的实践经历能给他带来今天的成功。

我校现教中心副主任黄寄洪介绍,网络中心以组建学生科研团队,培养网络管理人才为工作理念,主要通过模拟社会实战工作环境和就业环境,并由老师加以指导,逐步培养学生自学、项目管理、团队沟通等能力。通过这些方式,让学生主动学习更多的知识,从而渴望走向更高的学府。正如韦海宇说的那样:“在网络中心得到的不仅仅是勤工助学的社会经验,更是‘纸上得来终觉浅,绝知此事要躬行’的深刻领悟。”

执着追求自己的目标*

——记考取杭州电子科技大学硕士研究生熊保龙

四年前，他以超出安徽二本线40多分的高考成绩被梧州学院录取；四年后，经过在梧州学院的刻苦努力，他又以优异的成绩考取了杭州电子科技大学2016级机械电子工程专业的学术学位硕士研究生。

他是我校机械与化工学院（以下简称机化学院）2012级机械制造及其自动化专业的熊保龙。大学期间，曾获得2013年和2015年国家励志奖学金，也曾被评校级“优秀学生干部”“三好学生”，在全国大学生数学建模竞赛、学校外语文化节影视配音大赛中分别获得一等奖和二等奖。今年，在他即将从我校毕业之时，被杭州电子科技大学录取为2016级硕士研究生。

新的起点　新的目标

2012年9月，带着对岭南文化和人情风俗的向往，熊保龙从安徽老家来到1000多公里外的梧州学院，开启了大学生活的新征程。

刚刚入学时，新的环境和新的学习方式让他充满了好奇。然而在经过一段时间的学习后，熊保龙发现机械制造及其自动化专业更多是与机械打交道，而他更喜欢的是与电控有关的知识。虽然如此，但是既来之则安之，他抱着努力学好的心态的同时，加强捕获自己兴趣方向的知识。随着专业课不断开设，他惊喜发现：《控制工程》是一门关于处理自动控制系统工程问题的课程，这正是他的兴趣所在！每当上这门课时，他都提前十分钟到教室抢占前排座位；翻开他的课本，上面密密麻麻地记着随堂知识。

《控制工程》的任课老师封文清每次上课前习惯对上节课的内容进行提问，答

---

* 本文作者：陈洁、万柳良。

不上来的同学只能站着直到有人回答出来为止，在这个环节中，熊保龙常常成为解救众人的“英雄”：只有他每次都能说出让老师满意的答案。实验课时，熊保龙总是带领小组成员第一个完成任务。

“他脑筋灵活，学习有自己的章法，善于思考问题。”封文清老师说道。而熊保龙 90 分的期考成绩印证了封老师对他的评价。

机械电子工程控制方面的吸引力，使得熊保龙经常关注这个专业方面的动态。他了解到，我国机电结合的运用比较成熟，并且一直在快速发展，逐步向光机电一体、光液电一体方向发展，并逐步推广运用。随着了解的深入，他渐渐明确了自己未来的学习方向。

大三的寒假，经过再三思考，熊保龙决定考研，以实现他机械电控方向的高级工程师的梦想。于是他开始查询招生单位和专业，了解意向高校的地理位置、专业特点以及学校综合实力以后，熊保龙把考研目标定为杭州电子科技大学。

坚持努力　构想成真

确定考研之后，熊保龙没有立马投入紧张的复习当中，他利用大三的寒假让自己慢慢静下心，整理好自己的思绪和情绪。大三下学期开学后，熊保龙给自己制订了一个复习计划，并明确自己的“备考方针”：英语数学两手抓，政治需要背，专业不能忘。

虽然考研前他已经过了英语六级，但是他还是把英语当成复习的重点。他制订了一套针对英语复习的学习计划：早上六点多开始去到图书馆旁边的空地，用一个多小时的时间大声朗读和记忆；下午做真题练习，晚上 10 点半再回忆一遍当天所记的单词，从而加强巩固。

数学也是熊保龙考研复习的重点。他避免“死记硬背”，认为数学不能单纯地记公式，而要在做题过程中去理解、应用。他记得，数学公式书已经被他翻过上百遍。

熊保龙一直坚持“朝六晚十一”——每天早上六点多到图书馆，晚上十一点半再“下山”。那是一段很艰辛的旅程，朋友聚餐缺少了他的身影，NBA 球赛电视转播现场也没有了他这个以前每场必看的忠实观众。他的生活轨迹是：每天 6 点多从寝室去图书馆，11 点半左右吃完午餐回寝室小憩，下午和晚上的时间一直在图书馆，直到晚上 11 点后才回去休息。在考研初试的前两个月，为了挤出更多的时间复习，熊保龙干脆在图书馆趴桌子上小睡一会儿当午休。

备考的时间 9 个月，270 天，6480 个小时，熊保龙的生活如此循环，日复一日。

累了,就到操场跑步,释放压力;遇到问题了,和几个研友聚聚,谈谈各自的学习进度和困难。

成功是给坚持者最好的礼物,2016 年 4 月,熊保龙接到复试通过的通知。考研是一场毅力和竞争力的考验,熊保龙用自己的努力敲开了杭州电子科技大学的大门,登上了更加接近他理想的平台。

尽职尽责　乐于助人

“值得信任、值得结交”——这是熊保龙的工作伙伴王宇明对他的评价。学习成绩保持优异的熊保龙,参加实践活动也是不遗余力。

大一的时候,熊保龙加入了机化学院志愿者分会。大二换届时,他身为新闻部部长需要在两天内将志愿者协会的活动照片做成一个 30 分钟的视频。在此之前对视频制作毫无经验的他只能边做边学。有限的两天时间内,他从早上 7 点半一直做到晚上 11 点,甚至把晚饭时间都给忘了,电脑也黑屏崩溃了,30 分钟的视频他花了 30 多个小时的时间去完成。“自己的工作职责,再累也要把它完成。”熊保龙说道。

除了担任志愿者协会干部,熊保龙还是班上的班长。发通知、汇总表格、制作花名册、开班会、做记录……担任班长期间干的最多的是这些烦琐工作,但熊保龙乐在其中。每年的班级贫困认定和评优是最让辅导员头疼的事情,作为班长,他顾全大局,为了避免不公正,他仔细了解和考量同学们的家庭实际情况,将事实摆在面前,让人信服。他的工作能力得到辅导员肖月花的肯定,即使他卸任班长职务后,肖月花老师有时也请他帮忙协调班里的事情。“因为班上的同学都愿意听他的。”肖月花老师说道。

“他非常乐于助人并且做什么事都会想得非常周到。”他的舍友王泽辉说道。有一年暑假,他得知班上一个女同学要去广州做暑期工,他主动联系在广州的同学为女生预订住宿、饮食等;他的安徽老乡胡浩打算在大学生发展中心创办自己的工作室——梧州市盛唯多媒体工作室,但是启动资金不足,熊保龙得知后把自己攒起来的奖学金给了胡浩。“他在关键时候帮助了我,让我能够接着创业。”胡浩一脸感激地说道。

他的热心肠与顾全大局的工作作风让他收获了好人缘;他的坚持和努力让他考上了理想中的学校攻读硕士研究生。“四年梧院生活,我无怨无悔!”他说道。

“游戏迷”的华丽转身*

——记考取中国计量大学硕士研究生王泽辉

“只要和电控有关的,我就特别喜欢并且特别带劲儿地去做!”说到电与机械,他的音量明显提高了许多。他为了做实验,会把实验室当作第二个“家”;他积极挑战赛场,大二期间,参加过的大大小小的专业比赛就有10个;他人缘很好,能与全班同学打成一片……

他就是王泽辉,来自我校机械与材料工程学院2012级机械自动化2班。2014年荣获第六届全国大学生机械创新设计大赛广西赛区三等奖,广西大学生创业大赛南宁片区赛二等奖;2015年荣获第四届全国大学生工程训练综合能力竞赛广西赛区“S”型项目一等奖,第七届全国大学生数学竞赛(非数学类)个人一等奖……2016年成功考取了中国计量大学控制工程方向的硕士研究生。

游戏迷的顿悟

对电控的热爱使王泽辉对机器操作领域产生浓厚的兴趣,所以高考填报志愿的时候,他的第一志愿填写了机械自动化专业,被我校录取。但到校之后,王泽辉却沉迷在网络游戏中,把喜爱的专业放在了一边。大一上学期很快就过去了,寒假期间悠闲在家的王泽辉,思考自己上个学期的时光,他想到的只有“游戏”二字。

感叹时间飞逝而自己却一事无成,新学期一开学,王泽辉就收起了玩游戏的心。他先是上网买了一套教学视频,自学PROE仿真,在学习了理论知识后再动手操作。自学的过程并不是那么容易,王泽辉也有为难的时候:“教学视频里有许多我不太理解的专业术语,这时我就会边看边操作,在操作中去理解其中的意思。”有了这一份认真,王泽辉在专业课的学习上也慢慢走向正轨,学期结束时,他

* 本文作者:张洁茵。

的专业成绩十分突出,并争取到去工程材料 CAX 实验室学习的机会。

忙碌的时候最令人难忘,王泽辉印象中最为深刻的是大三下学期的时光。他报名参加了广西大学生创业大赛和 2015 年第四届全国大学生工程训练综合能力竞赛两个比赛,而两个比赛的时间又非常接近,王泽辉分身乏术。其中综合能力竞赛的无碳小车 S 型越障赛项目,从设计方案到大部分零件的加工制造,再到所有技术文件的编写,王泽辉花了整整两个月的时间。上午做实验,下午忙创业,晚上继续做实验……每天重复地忙碌着,舍友陈海良都感叹道:“他每天待在实验室工作的时间远超过在宿舍休息的时间,就好像实验室才是他的家!”辛苦的付出总会有收获,王泽辉的坚持让他在比赛中获得了佳绩,实验成功的成就感也油然而生。为了能继续深造,他萌生了考研的想法。

考研目标确立

在决定考研之前,他曾询问过父母的意见,“我的父母都很赞同我去考研,他们也经常和我说上了大学就要对自己负责”。下定决心考研以后,王泽辉把自己大四的空余时间都安排好,开始有计划地进行复习:前期主要复习英语和数学,周末上英语考研班,暑假复习政治,考研前夕再专心复习专业知识。

王泽辉的学科专业成绩优良,英语却是他的弱项,他把复习的重点放在了英语上。复习英语没什么技巧可言,背单词、练口语、做习题,王泽辉老老实实地一点点积累。每天坚持用两个小时做阅读理解,记录一个个生僻的单词、把全文翻译出来,有时候做一篇阅读理解也能花两个小时的时间,“理解能力比较差,只能用这样又笨又慢的方法了”。说出来,王泽辉自己先不好意思起来。他用这种“又笨又慢的方法”,积累了 3000 多个单词,100 多篇短文,写满了 6 本 A4 纸大小的厚厚的笔记本。

每天早上的八点和傍晚的六点钟,王泽辉还会在图书馆的榕树下大声朗读,背单词、练口语。渐渐地,他不再对那些从前令他手心冒汗的生僻单词产生畏惧,找到了信心,做题也不那么急躁了。而其他的学科也在他的计划下有条不紊地开展复习。

2016 年 3 月 25 日复试结束,王泽辉的努力也有了结果,他顺利通过了复试,被中国计量大学录取为 2016 级硕士研究生。

学习能手生活能手

学习上的王泽辉认真、进取,生活中的他活泼、乐观。“上得了实验室,下得了厨房”——班上的同学会这样形容王泽辉,每逢班建有煮菜环节,他做的几道拿手小菜总会被同学们一抢而空;他还是同学朋友们的“开心果”,在山西老乡覃沛沛眼里,他是幽默、乐观、做事认真的阳光男孩;在考研好友沈燕看来,他是一个在哪里跌倒就在哪里爬起的人,而每当她遇到难题,王泽辉都会鼓励和帮助她;同班的女生王思远说,他是一个能在快乐中度过考研时光的人,从未在他身上看到一丝厌倦的情绪……

不过,漫长单调的复习时光多少会让人感到枯燥,复习得太累的时候,王泽辉会暂时放下眼前的试卷,约上几位好友一起去 K 歌放松身心、吃顿饭聊聊天。

他还喜欢旅游,“多去外面的世界看一看!”第一次在山东看到大海,这个想法便在王泽辉的心底根深蒂固。于是,大学期间,他有过许多次说走就走的旅行,去过北京,上海,广州,深圳,杭州……这些城市中,他最喜欢的是杭州,能不假思索地说出许多当地的旅游景点。今后,他将与中国计量大学、与杭州,发生许多故事……

做更好的自己*

——记考取上海外国语大学硕士研究生李丹

“处事细致有责任心、待人体贴入微、热爱生活、学霸、英语达人”——这是身边同学给她贴的标签。于她而言，优秀是一种不可抗的吸引，是一种内心的渴望，所以她会奋力向更好的方向前进。她说：“大学四年所有的经历都是我人生中宝贵的财富，一路走来，成功也好，失败也罢，唯有坚持，才能使自己更强大，遇见一个更好的自己。”

她是李丹，是我校经济管理学院 2012 级国际经济贸易 3 班的学生，一个外表斯文，内心却勇敢坚强、不服输的浙江女孩。从进入校门那天就萌生了考研的想法，如今，她成功考取了上海外国语大学金融专业的硕士研究生。

心中的学习“殿堂”

2012 年 9 月，李丹和当年的其他新生一样，背着行囊从全国各地汇聚梧院。然而与不其他新生不一样的是，大一踏进校门的那一刻，她就已经萌生了一个念头：我要考研！大三时，好朋友顾哲鼓励李丹考研：“你不考研多可惜呀！”她想起刚进入大学时的雄心壮志，想到未来可以站在更高的平台充实自己。她说，我要做的便是不断努力，不断突破自己。2015 年 3 月份，她真正下定决心考研。

决定考研以后，李丹把目标瞄准了上海外国语大学。上海是一个经济繁荣的城市，这有利于她更好地研究金融；上外浓厚的外语氛围更让热爱英语的李丹心动。

于是便开始了从 2015 年 3 月到 2015 年 12 月长达 10 个月的奋斗历程。考研果然如李丹想象中的“没那么轻松”，她也会像别人一样有无数次看不下书，有无

---

* 本文作者：李玉兰、韦桂平。

数次想过要放弃,但转念一想:“亲人、老师和同学都寄予了我那么多希望,我怎么忍心让他们失望;想到自己的梦想,就很美好;想到自己努力了这么久就这么放弃了,很不甘心。”压力大的时候,她经常在傍晚到操场上跑步,在跑步中释放自己的压力,调整自己的心态;有时还会和闺蜜一起出去“吃喝玩乐”,“疯癫”一下,调整了心态之后又踏踏实实地备考……

在复习的最后两个月,李丹开始了一天长达十个小时的冲刺复习,每天早上6:30起床,中午吃饭休息两个钟,晚上十一点多才回到宿舍,不断地看书、做笔记、上视频课……持续了两个月的三点一线的生活,她整整看了两遍书,做了一本多的笔记。“考研是孤独的,但同时又是幸福的。”夜阑灯火下,陪伴自己的只有心中熊熊燃烧的理想。失败和成功都有可能,但她步伐坚定。

2月中下旬,李丹上网查成绩,“377分!”确定了自己进入了复试后,悬着的心终于安定下来。确定名单到复试不到一个星期的时间里,她充分利用每分钟。在大学即将结束之时,上天仿佛是刻意考验她——复试和毕业答辩同时来临:3月21~25日在上海外国语大学参加研究生入学复试,3月26日在梧州学院答辩。两项重任给她设了艰辛的挑战,奔波于相隔千里的梧州和上海,她最终还是将不可思议变成了可能,两者都顺利通过了。

回顾自己的考研之路,李丹感慨道:“在考研路上遇到了很多困难,只有明白自己想要的,勇敢追求,不浮躁,不认输,才能披荆斩棘。”

充实的梧院生活

大一时李丹就很注重自己各方面能力的锻炼,积极竞选班干、参加社团活动及学校举行的比赛。她说:“在忙碌的工作和学习中,我真正认识到了大学生活的含义。在大学生活中也找到了学习和生活的乐趣,自己也变得更加自信了。”

大一、大二当学习委员的两年里,她及时传达各种信息,做好老师和同学之间的沟通工作,每个时间段班级应该做什么事似乎都在脑海里留下了深深的烙印。最忙的时候是每年评选奖学金的时候,她耐心地搜集全班人的成绩单,再整理好每个同学的分数绩点等。学习委员这个职务的工作比较烦琐,然而她却认为:“这就是我的工作,做好它是我的责任。”

班主任刘磊评价道:“李丹是一个富有责任心、沉稳、独立、细心的同学,交给她的任务我很放心。”

大一、大二,李丹还活跃于3个学生团体当中。在经济系学生会宣传部,她学习撰写活动策划以及参与各种比赛和活动的筹备工作;在金融投资协会,她加强专业知识的学习,与工作伙伴交流股票问题;在摇滚俱乐部,她学习与享受摇滚带来的动感与释放;在各种比赛活动中也常常能看到她的身影。

虽然忙碌于各种活动,但是她大学四年的学习成绩依然优异。特别对于英语的热爱,她有自己的一套学习方法:在网上报英语口语班,通过视频教学的方式学习;加入微信学习群,"玩"纠音、趣配音等;网上下载学习英语的 APP……"闲暇时,打开英语学习微信群看老师的英语聊天记录,既是一种学习,也是一种娱乐休息的方式。"

勤奋学习换来了累累硕果。大一时,她获得了全国大学生英语竞赛三等奖;大二上学期前就通过了英语四六级考试;获得了 2012 ~ 2013 年度优秀学生一等奖学金、2013 ~ 2014 年度优秀学生二等奖学金、2014 ~ 2015 年度优秀学生三等奖学金;还获评为"优秀学生干部""三好学生"、梧州学院首届艺术作品展之书法作品大赛一等奖……

做一个热爱生活的人

在生活中,李丹喜欢上网、看综艺节目、看电影、书法、跑步等。她对生活充满热情,遇到困难,她常常自我调侃和自嘲。她说,正是因为生活中总有许多"不如意",才需要努力寻开心,真正的勇者是了解生活的真相后依然热爱生活。

除了认真学习和工作,生活中的李丹还通过书法来调节自己的生活。6 岁时的李丹就开始学习书法,初三时还考了书法 B 级。上大学以后,她有时还学习书法。她说:"虽然平时的学习和工作都很繁重,但我也很享受书法给我带来的平静与豁达。"

"最让我印象深刻的,就是她对别人无私的关怀。"闺蜜李琳说。在生活中,李丹是个非常细心热心的人。李丹所在班级是中泰班,每次老师布置任务作业,李丹课后都会和泰国留学生解释清楚作业是什么,做作业过程中还讲解书本的知识点;每年到网上选公共选修课时,李丹都会去到留学生的宿舍帮助他们选课;对身边的朋友同学,她会积极给他们提供学习四六级的方法与技巧的建议……

这就是李丹,一个勇敢追求让自己变得更好的浙江女孩。如今,在梧院的本科学习结束了,她即将开启在上海外国语大学的硕士研究生生活……

自强铺就成才路*

——记工商管理系优秀毕业生李宗美

第一次约见李宗美同学进行采访时，她拖着疲惫的身躯刚下班回来。然而她却用笑容驱散了脸上的劳累。她就是我校2009级工商管理系市场营销6班的李宗美，凭着自己的兼职收入和国家助学金完成了四年学业，曾先后获得国家励志奖学金、国家奖学金。大学四年，不仅学业优秀，还担任过学校社团主要负责人，做到学习和实践两不误。

学习好也可以"赚"钱

李宗美同学生在钦州市浦北县的一个普通农村家庭，家中四兄妹依靠父母早出晚归地劳作糊口。她有一个在念高中的弟弟，一个在读大一的妹妹，还有一个刚大学毕业不久的姐姐，学费来源问题无疑一直困扰着这个贫穷的家庭。然而在学业上争气的四兄妹也让父母感到欣慰，李宗美自小深受父亲的鼓励，无论多苦她都会努力学习，她坚信"只要有付出，就会得到回报"。

上大学之前，李宗美了解到贫困大学生可以申请助学贷款，成绩好的还能申请奖学金，能减轻家里的经济负担。于是，来到学校报到后，她便在老师的指导下申请了助学贷款。有了维持生活的经济来源后，她努力融入大学校园，适应大学学习方式，很快就找到了自己的学习方法。她说，上课总要占教室的第一排座位，以便能够集中精神听课，除了认真做好笔记和听老师讲，还努力让自己跟着老师的思维走，课后遇到问题赶紧向老师请教。此外，她还与同学交流观点，加深课堂知识的理解。得当的学习方法，加上勤奋付出，让她在学习上扶摇直上。很多时候，室友们相约一起出去逛街、游玩，而她却在图书馆、教室或者寝室里看书、做

---

* 本文作者：何宏振。

题、整理笔记。她说:“只要自己想学习,就不会再想去做其他事情了。”有时,她晚上在教室自习忘记了时间,回到寝室,室友已经熄灯睡觉了。

功夫不负有心人,在第一学年,李宗美获得了学校三等奖学金、一等助学金,这给她莫大的鼓励,她越发觉得学习是一种乐趣,也觉得自己有未发掘的潜力,还有很大上升空间。于是“变本加厉”地投入时间和精力去学习。大二时,她收获了学校二等奖学金、国家励志奖学金;大三那年,她以全班第一的成绩收获学校一等奖学金、国家奖学金。大四时候,李宗美已经不用申请助学贷款,她用大三得来的奖学金交了学费。

艰苦经历也是一种财富

都说一方水土养育一方人,李宗美所在的村庄,那里的人生活都很俭朴。平日里,她是个节俭的人,穿着打扮上不会去过问名牌商品,即使是便宜的地摊货也要磨磨嘴皮砍价,能省尽量省。做毕业简历要拍正装照的时候,她想到一套正装要花几百元,而且平时穿到的机会并不多,她再三思考还是选择了借同学的衣服来拍照。

为了改善生活条件,增长自己的社会经历,每个学期她都利用空余时间做兼职,在各种各样的兼职中磨炼自己吃苦耐劳的品质。大学期间,她去过乡镇发传单,做过校内勤工俭学,还做过多种产品的推销。在乡镇发传单时,就算面带微笑地招呼过路人把传单送出去,还常常遭到拒绝,这种失败感加上由于拎传单的手产生的肌肉酸痛,她依然咬咬牙坚持完成每一次任务;大二那年,她担任 A8 宿舍楼的协管员时,这个瘦弱的女生每天推着手推车运走生活垃圾,为宿舍楼营造清洁的环境;在推销某品牌奶茶时,每天站着推销,像一台复读机喊着广告词,单调而艰辛。她微笑着说,正是这些艰苦的经历磨炼了她的意志。

把身边同学当家里人

都说“穷人家的孩子早当家”,在他人眼里,她有责任心,会关心人,她温暖的目光,柔和的声音,端庄的举止,朴素大方的衣着,与人交谈总面带自信的微笑,让身边的同学感觉她是个姐姐一样。李宗美虽然不是班干,但“班干的事她也做!”她的同学说。大三的时候,班级去中山公园野炊,她主动与班委负责购买食品,在路上还与男生一道扛 19 升的桶装水。她大二的时候,是我校棋艺爱好者协会会长,2011 年举办棋艺比赛那段时间里,她很好地安排了学习和工作的时间,全程负责整个活动的策划、组织实施。种种经历让身边的人感到她比同龄人成熟、干练。

她的舍友龙江梅说:“她对待身边的人就像对待家人一样,真的很让人佩服!”也许正是由于她的平易近人,在毕业实习做销售的日子里,不断有顾客指定她来开单,她的薪水也一升再升。李宗美说,到今年7月份,她将用平时做兼职存得的积蓄和做销售赚来的薪水一次性还清1.5万元国家助学贷款。

对于未来,她有自己清晰的目标。她说,自己会先做几年销售,一边积累工作经验一边学习业务知识,希望将来有机会做一名业务培训师。

努力让未来更美*

——记连续3年国家励志奖学金获得者何瑶瑶

"如何生是天的赐予,怎么活是自己的选择。"这句话出自我校文法学院2011级汉语言文学2班何瑶瑶同学的口中。朴素的衣着,微笑的脸上有一双充满坚定毅力的双眼,话语中透露着淡定与坦然,她就是2012～2014年连续3年国家励志奖学金的获得者。

享受学习·把握机遇

连续3年获得国家励志奖学金,每个学期成绩一直保持在班级的前5名,如此耀眼的成绩并非偶然,而是她勤奋、认真学习的结果。大学4年,何瑶瑶几乎没有睡过懒觉。她每天6点多起床,吃完早餐就到图书馆看书,一看就是4年。"泡图书馆是一件很踏实享受的事。"她笑着说。图书馆的气氛让她能够放松自己,能够静下心来好好学习,在图书馆里,她不仅预习当天要上课的内容,也会广泛阅读各种杂志报纸小说,开拓自己的视野。

"我从来不觉得学习是一件辛苦的事,相反,我很享受学习。"每次上课,她都坐在教室的第2排。在何瑶瑶的心里,老师上课是一件充满魅力的事。她喜欢听老师讲课,喜欢跟着老师的思路遨游于知识的海洋中,她觉得学习就像一张蜘蛛网,通过一个知识点关联得到无数个知识点,从而充实自己。

假期之余,她仍不忘学习。2014年暑假,一个偶然的机会落到她身上。专业课老师黄美新鼓励她申请国家大学生创新创业训练计划工程项目,学习汉语言文学专业的她本身对语言很感兴趣,于是就做了一个"用国际音标记录客家话、宾阳话的方言调查研究"。她找来方言调查字表,通过请教当地的小学老师以及结合自己在课堂上学到的知识,把国际音标标注在方言上……整整两个月的暑假时

* 本文作者:李玉兰、梁贵洁。

间,她为了这项研究几乎一天也没休息过。最终,她的这项研究成功通过并结题。

勇于尝试·挑战自己

“任何事情都应该去尝试一下,因为你无法知道,什么样的人或事将会改变你的一生。”这句座右铭一直激励着何瑶瑶在大学里努力追求自己的目标。

大学4年里,何瑶瑶活跃于4个社团和组织中。在校学生会,她学习写开幕词、闭幕词以及参与各种比赛和活动的筹备;在中文系秘书办公室做助理,她学习办公软件的操作和使用;在梧州学院网做校园记者时,她学习如何采访,如何写新闻;她还加入了棋艺爱好者协会,在课余时间学习棋艺,与棋友博弈。不仅如此,在各种比赛活动中也常常能看到她的身影。

有人问她,既要学好专业知识,又要忙于工作,你是如何协调学习与工作的时间?她回答说:“专心做好每一件事,学习时不想工作,工作时不想学习。”真正忙的时候,如果没能完成任务,她就算不吃饭也要继续工作,她常常形容自己总是一边啃着面包,一边琢磨着工作。

“多参加活动,多去实践,不仅可以挑战自我,也可以学到很多东西。”相比3年前的自己,她从一个害羞腼腆,在众人面前不敢表达自己的内向女生,蜕变成如今活泼开朗、大胆自信、处理事情有条不紊的优秀学生。她说:“这些改变都是我去尝试、去挑战自己后的收获。”

承担责任,感恩同学

“如何生是天的赐予,怎么活是自己的选择。”这是何瑶瑶最喜欢的一句话。

何瑶瑶的家庭并不宽裕,父母都在家务农,家里还有两个弟弟。要承担3个孩子的学费,她深知父母的不容易。作为家中的长女,她总想为父母解忧。大学四年,她自己贷款学费,靠奖学金支付自己的生活费。不仅如此,她还把自己得来的国家励志奖学金分一半给两个弟弟做生活费。“我只想好好学习和工作,我想用优异的成绩报答父母,让家人过上好的生活。”她淡然地说。

大学前三年没竞选过班干的她,选择在大学的最后1年担任班里的学习委员,协助辅导员和班长负责班级同学的毕业审核统计,传达各类毕业信息。由于大四期间,大部分同学都外出实习了,所以负责统计收集和传达各类信息时就变得麻烦起来,学习委员也成了一个苦差事。但是何瑶瑶还是选择了去竞选学习委员,她的想法很简单:“一直以来,都是享受同学对我的帮助和照顾,现在我也想在大学的最后时光服务同学,为他们做点儿什么。”

青春不因简朴而暗淡*

——记2014年国家励志奖学金获得者薛媚

一床凉席、一张红色薄被子、一个枕头,加上枕旁的两本书……如此简单,再无其他。这张床的主人,便是国际交流学院2012级汉语言文学(对外汉语方向)班的薛媚。

四月份出生的薛媚,有着白羊座的独立、坚强、努力、负责,不怕挫折同时也乐于助人。内向、性格温和的她,在柔弱外表下"藏"着一个女汉子,被别人称为"好学霸""兼职狂人"。

兼职,只为生活费

小时候家庭经济困难,薛媚一家5口人每个月仅靠父亲那500块钱的收入,这让瘦小的她从小便知道父母的辛劳。上大学后,她从未向家里要过生活费,而是自己赚取。派发传单,做收银员、宿舍协管员,到打印店兼职……薛媚从高一的暑假开始就外出打假期工,上大学后,她几乎将所有放假时间都花在做兼职上,为自己赚取生活费。大一、大二的寒暑假她也都在广东的工厂中度过,收假时便直接返校,过年时她也未能回家与家人团聚。因广东物价较高,她每天的晚餐常常仅用一片西瓜代替。在弟弟的眼中,她就是一个不顾自己身体的"兼职狂人"。

懂事的薛媚除了自己赚取生活费,她的生活也过得十分节俭。每个月往饭卡里充值220元左右,便是她一个月的伙食费。薛媚很少给自己购置新衣服,在她的衣柜里,淘宝上淘的58元的一件棉衣便是她给自己买过的最贵的衣服,而更多的衣服都是亲戚们给的旧衣裳。

薛媚的桌面十分整洁,除了书本、日常用品和文具外,没有瓶瓶罐罐的化妆

---

* 本文作者:郑东璇、胡文馨。

品，没有过多的装饰品。桌子上还放着一个纸盒，纸盒里装着薛媚用一张张废弃的传单折叠的小垃圾盒。而在抽屉中，则放着一本小账本，里面清楚地记录着薛媚大一、大二的每一笔收支的日期、花费用途以及具体金额。小到3角钱的一两饭、1元钱的乒乓球、1.5元的电池，大到打假期工挣的5000元。她说，记录好每一笔账才能更好地运用剩下的钱。

薛媚去超市购物时，总会自己带上一个用得发皱的环保购物袋，好友谢尚贵对她的“吝啬”很不理解。“每次逛超市都要带着环保购物袋，多麻烦。一个塑料购物袋只要几角钱而已。”而薛媚却并不在意，她说：“几角钱就不是钱吗？每次省几角钱，次数多了就能省下很多钱了！”而谢尚贵也慢慢被她的节俭折服。“确实，这样既环保又省钱。”

学习，用好每分钟

三年来，早上第一个打开宿舍门的人总是薛媚。早上7点左右，当舍友都还在睡梦中时，薛媚已经起床了。不论早上有没有课，不论周末还是放假，她都始终坚持早起到图书馆看书，晚上则到了将近11点才回宿舍。除了吃饭、休息、上课、做兼职等，其余时间她几乎都“宅”在图书馆里埋头苦读。她说，自己是个闲不住的人。

付出与收获是成正比的。正因她的勤奋努力，在大二时候，她顺利通过了会计从业资格考试，如愿拿到了会计从业资格证。因为所学专业没有高数课程，作为文科生的她来说，拿到会计从业资格证实属不易。而她迎难而上，现在正为会计初级职称及人力资源管理师三级的考试而继续努力着。

除了抓好自己的学习，薛媚对同学的学习也是热心相助。有时同学们会向她请教一些关于英语、数学的问题，她总是毫无保留地耐心讲解。而在得知其他舍友英语四级未通过时，她也一直惦记着，并专门托人帮忙找资料给舍友。因担心舍友们太忙而忘记写作业、考试报名等事情，她也会担任起宿舍的“管家”。“只要是去看书，每天早上7点或者下午2点，她都会叫我起床，督促我学习。”舍友黄莹莹说道。正因如此，同学们都称她为班级里的“好学霸”。

因为执着和努力，薛媚的大学生活就如她在今年的国家资助征文中所写的文章一样——《青春因你而发光》，闪烁着耀眼光芒。“我很希望通过自己的努力得到别人的认可，并且获取成功。”对未来，薛媚充满期待，她希望自己未来能在银行就业，从事与金融相关的工作。

爱笑的女孩会带来好运*

——访 2014 年国家奖学金获得者王靓

“靓靓姐是一个爱笑、热情，有责任心、爱心的班助。”我校经济管理学院 2014 级市场营销专科班的余达财这般赞扬她。

长发及腰，白净的脸上总是挂着甜美的笑容，她是我校经济管理学院 2012 级市场营销 2 班的王靓。为了求学，她不远千里从内蒙古通辽市来到广西梧州学院。大学三年里，她获得过国家奖学金、国家励志奖学金、自治区三好学生等 21 个奖项。王靓说：“爱笑的女孩运气不会太差。”

有梦就要勇敢飞翔

王靓从小就有个梦想——走出内蒙古，到南方看看。当手捧广西梧州学院的录取通知书时，她知道梦想如愿以偿了。王靓将大学作为一个新的起点，她认为作为一名学生，第一任务就是学习，只有把自身的素质提高了，才能把事情做得更好。每次上课，她都坐在教室的前排，认真听好每一节课，按时整理每门课程的笔记。无论多忙，她都坚持每天看书，这已成为习惯。王靓说：“越努力越幸运。”这也让她连续两年的专业成绩都排名整个专业第一，并获得国家励志奖学金，国家奖学金。

王靓的良好习惯也影响着身边的人。“靓靓是我学习的榜样，在学习上，她经常鼓励我，帮助我，让我的成绩有了很大的提高，从 70 多的平均分提高到了 80 多分。”她的好友覃海青如是说。继王靓获得了国家励志奖学金后，宿舍里又有 1 人获得国家励志奖学金，2 人获得梧州学院奖学金，2 人获得校级三好学生，1 人获得“宣传积极分子”称号等多项荣誉称号。

---

* 本文作者：谢坤凤、苏雪。

在实践中丰满羽翼

在上大学前,王靓是一个内向、文静的女生。为了让自己变得活泼开朗,更好地与他人沟通交流,学习和掌握到更多的技能,大一开始她就积极参加各种比赛活动。在校园心理短剧表演大赛、职业生涯规划大赛、市场营销策划大赛、模拟导游大赛的舞台上总能找到她的身影。从大一至今,她参加过6次大大小小的比赛及多次宣讲活动,获得了13个优秀荣誉称号。在大三第一学期参加阳光学子决赛时,她是15号选手,当她听了14号选手的精彩演讲时,自己还没反应过来就已经站在了舞台上,那瞬间,她忘词了,紧张得不知如何是好。为缓解紧张感,她慢慢地冷静下来,利用与观众互动的时间来回忆自己的演讲稿,最终顺利地与观众分享了她的励志故事,并在比赛中获得了"阳光学子"称号。

除了参加校园内的活动外,她还经常参加志愿者活动。"情系雅安、梧州在行动"慈善筹款晚会、2次梧州国际宝石节、桂北助教、梧州动车启动仪式等6次大型的志愿活动都有她忙碌的身影。王靓说,作为一名志愿者,为他人服务就是一种享受,我喜欢享受这种过程。

感恩与追梦同行

王靓的父母是下岗工人,家境并不富裕。懂事的王靓为了减轻父母的负担,她把学习所获的奖学金,助学金,参加比赛获的奖金,利用假期兼职的酬劳当作学费和生活费。就这样,上大学后的王靓基本不用家里人给生活费,也不用贷款交学费。她说,做兼职不仅可以赚一部分的生活费,还可以锻炼自己各方面的能力,特别是沟通交际能力,并且自己的专业又是市场营销,多参加实践总是有好处。

为了让母亲也能来南方看看,王靓用自己的第一份奖学金带着妈妈一起去旅游。王靓用自己赚的钱带妈妈一起去旅行,这让王靓的母亲内心感到无比的高兴与欣慰。

如今大三的王靓还有一年就毕业了,她依旧在追梦的道路上努力前行。"明年我想考选调生,我会继续努力,让自己变得更优秀!"王靓说道。

一心向着西部志愿服务的女孩*

——访 2014 年国家奖学金获得者申慕玲

大眼睛,高鼻梁,白皮肤的她,时不时笑眯了眼睛,颇有邻家姐姐的热情与开朗。她叫申慕玲,湖南邵东人,是宝石与艺术设计学院 2011 级动画设计专业的学生。大学将近四年,收获了各种荣誉:获得 2014 年国家奖学金、2013 年荒川化学奖学金、2011、2012 年校级优秀学生三等奖学金、2013 年校级优秀学生二等奖学金、2012、2013 年连续两次获得校优秀学生干部、2012 年优秀青年志愿者……

谈学习:优异成绩源于勤奋踏实

大学期间申慕玲的成绩虽然让同学艳羡,但是她并非从中学时候一直优秀。高考时,不太理想的艺考成绩给她留下了很大的遗憾。进入大学后她对待专业课特别认真。在电脑室上课,在大家都选择离老师最远的位置时候,她却选择坐在老师旁边,因此老师讲课时“声声入耳”,听课效率非常高,特别是遇到不懂的专业知识也能方便请教老师。

谈起自己的学习同伴,申慕玲认为大学的同班同学兼好友秦玉仙在学习上给予了她很大的帮助。动画设计专业的考试主要形式是设计作品,设计作品对软件的运用有较高要求,秦玉仙在二维设计和手绘上特别擅长,而申慕玲对三维设计和软件比较熟悉,他们在课后设计作业中会综合想法,吸取对方好的点子,去粗取精。秦玉仙也说道:“我们俩比较有默契,趣味相投,学习、功课上的点子都会想到一起。人各有所长,我们俩常运用各自的优点,相互学习、一起进步。”

* 本文作者:覃珊珊、陈洁。

面对学业上的成绩，申慕玲总结了自己的经验："没有什么技巧，就是勤奋、踏实地去学，努力付出总有回报。"

任班干：用心就能做好

走进申慕玲的生活，有不少同学说她既是学霸，也拥有高情商。有责任心、和善、乐于助人是班上同学们对她的印象标签。最了解她的好友秦玉仙说："她很努力，帮忙别人做事时，总是当成自己的事，不做好就觉得对不起自己的良心。"

申慕玲的家庭并不富裕，因父母常年在外工作，她从小便跟爷爷奶奶一起生活，"做人要善良，做有用的人，任何付出都有意义。"这是申慕玲奶奶常对她说的话，从小便受爷爷奶奶的淳朴善良感染，这也成了她为人处事的信条。

初进大学，申慕玲带着一股热血和冲劲。她自告奋勇地参加了新班级的班干竞选，"班上需要一个靠谱的班长，我可以做得很好。"

发通知是每一个班长的基本工作，申慕玲会把通知短信发到班上每一位同学的手机上，如果没有收到回复短信，她还会打电话一一告知。她说："我能记住全班同学的学号、手机号和家庭住址。"

整个班级的设计作业是由她统一收取，难免会有一些同学因电脑配置不高或软件制作等难题而未能及时交作业，这时候申慕玲不仅做好带头作用，而且还会督促同学们按时上交作业，也会向老师说明实际情况，让同学们有更多的时间能更好地完成作业。

三年班长，一年生活委员，小到传达通知，大到班级活动，申慕玲都亲力亲为，要求自己做到更好。

对未来：加入西部志愿者队伍

在闲暇时间，申慕玲会积极参加双桥小学支教、募捐、清洁等志愿者活动，因为表现突出被评为"爱心支教社会实践分子"并获得了"优秀志愿者"称号。

申慕玲特别喜欢参加义务支教活动，在她心中教师是个神圣的职业，她认为帮助别人最根本的就是从教育上帮助别人通过知识改变命运，所谓"授人以鱼不如授人以渔"，也因此，她选修了第二学位——学前教育专业。

她兴致勃勃地讲述了第一次支教画画时，课前备课、上课过程的情景。上课时，她鼓励小朋友们多去想象画中的世界……下课后，可爱的孩子们围着申慕玲与她聊天。支教结束后，孩子们送她到校门口，挥手告别后却也不肯离开。

“经历过这些活动,我的工作能力提高了,还帮助到更多的人,我喜欢这样简简单单的快乐。”申慕玲说道。

临近毕业,今年4月底申慕玲看到“全国大学生志愿服务西部计划”招募活动,她毅然做了一个决定:到西部去服务！于是向学校递交了申请书,目前在等待上级选拔结果。她笑言:“目前暂时还没有更远大的目标,我想趁着自己年轻,希望能加入西部服务的队伍中,到基层去服务和锻炼自己。”

在服务同学中提高自己*

——记机化学院原学生会主席陈栎霖

从在讲台上讲话会紧张、害羞到淡定、从容;从隐藏自己内心想法到敢于提出自己的见解;从做事缩手缩脚到充满自信心、敢于担当,大学的经历几乎让她变成了另外的模样。

她就是我校机械与材料工程学院、化学工程与资料再利用院(以下简称机化学院)2013 级制药工程专业的陈栎霖,她曾先后担任梧州学院网学生通讯社(以下简称学院网)人事部部长和机化学院学生会主席,并获得我校"优秀青年志愿者"和三下乡"优秀志愿者"称号。

结合院情　策划特色活动

进入大学校园后,陈栎霖抱着提高自身综合能力的念头,加入了学院网和机化学院学生会。

在学院网和机化学院学生会的第一年里,陈栎霖在完成自身任务的同时,还总是第一个站出来主动分担学长学姐的工作任务;当遇到"邀请嘉宾参加活动或会议时,该怎么去邀请""如何写好策划案"……这一系列完全没有经历过的事情时,她也会主动去找指导老师和学姐请教,找到最佳解决办法。

她也是宿舍里的"大忙人"。躺在床上、甚至走在路上都会想着工作上的事,舍友们也常常调侃道:"一天就像个陀螺一样,在不停地转来转去。"

在担任机化学院学生会主席后,陈栎霖发现其他二级学院都有自己的特色活动,她就考虑如何能更好地策划机化学院的特色活动。陈栎霖苦思冥想,一个想法突然蹦出来:何不把学习和娱乐结合起来,并侧重本学院的专业,举办一个活

* 本文作者:万柳良、陈树君。

动？对于活动的名称，陈栎霖受到“知识就是财富”这句话的启发，于是，“财富科技节”便诞生了。经过几个月的策划和不断调整，她和她的团队确定了科技小知识有奖竞答、科技作品展、药用植物摄影大赛、知识大富翁大赛四个活动。

在知识大富翁中的“大富翁”环节中，陈栎霖让各部门每个成员准备 50 道题目，进行汇总和筛选，把重复的题目筛选掉；她还花费了一个月的时间制作了“飞行棋”棋盘，选手抢答让比赛变得更加真实和刺激。经过将近一年的准备，财富科技节如期举行。

陈栎霖在工作上的用心和认真也得到了一同工作的钟承鑫的赞扬：“从活动的筹备到举行，她花费了很多精力，想尽办法保证活动的圆满举行。”

活动指导老师班华意评价道：“财富科技节成了机化学院首创特色活动。”

对于财富科技节的圆满举行，陈栎霖说道：“做一件事不仅要有责任感，更要学会坚持”。

服务工作从校内走到校外

陈栎霖不仅尽心尽职地完成自身工作，还积极投身社会实践，做一个爱与德并存的大学生。

“太阳当空照，花儿对我笑，小鸟说，早早早，你为什么背着小书包……”在窄小的房间里，陈栎霖一句一句地教着残障儿童们唱歌，并时不时有节奏地拍打着桌子，让他们能够更容易地跟上音乐节奏。

2015 年 7 月 20 日，作为机化学院学生会主席的陈栎霖，组织了一次“关爱留守儿童，阳光教育帮扶”的社会实践活动，并获得了广西区“重点团队”的称号。

陈栎霖带领服务团到云龙社区给残障和留守儿童进行争当美德少年宣讲活动；播放夏天防蚊虫、个人卫生等视频，给他们讲解生活小常识；进行安全和科学知识教育活动；进行文明礼仪调研活动，了解他们的礼仪情况……

对活动的圆满结束，机化学生会的成员纷纷露出了喜悦之情，因为他们不但能够为学生服务，而且还能为社会服务，奉献出自己的一份力量。

在大学的三年里，陈栎霖致力于志愿服务工作。每逢周末有空，她都会跟随志愿者到社区中去辅导功课、慰问孤寡儿童、关爱残障儿童等等。“参加志愿活动，可以给他人带来温暖的同时，自己也会觉得很开心。”

给同学带来温暖

“她就像我姐姐一样照顾我”……在干事的印象中，她是个暖心的人，机化学院学生会里的成员都亲切地称她为“知心姐姐”。

在为期两天的迎新活动里，陈栎霖早上6点50到达大本营，直到晚上深夜2点才回到宿舍，两天下来，她的工作时间长达40个小时。

早上6点40分，陈栎霖便会到食堂领取早餐，确保每个工作人员都能吃上早餐；到达大本营后，她把水放到固定位置，分配好各个小组的任务后，就等待着新生的到来。

到了晚上12点，陈栎霖给他们买些夜宵，生怕他们饿着，直到深夜两点。“她的陪伴让我们值夜班的人感到无比的温暖，感受到满满的爱。”卢炳宗说道。

在生活上，陈栎霖对干事的关心也是无微不至。去浏览大家的空间成了陈栎霖的“习惯”；她会收集部门每个干事的生日日期，并在手机设置提醒。她曾为干事特地定制纪念币、订做生日蛋糕、亲自做小物件。

“她的关心让每个成员都倍感温暖，大家之间的关系也变得更加密切。”彭祥轩说道。她用自己一点一滴的行为去关心每个干事，用真心去对待每个干事，增强了团队的凝聚力。

在空闲的时间，陈栎霖会到图书馆去借一些有关于管理学的书籍来进行阅读，用一本笔记本记下对自己有用的东西，丰富自己的管理学知识。“增强自身的管理学知识，对团队建设有着巨大的促进作用。”陈栎霖说道。

对于未来的规划，陈栎霖表示，“不忘初心，永远在路上”。她将继续行走在没有地平线的青春道路上，未来的选择不会只局限于自己的专业，她要继续追求全面发展自我，找到最优秀的自己。

励志自强学生许玉珍：于苦难中成长*

从家里没有一分钱支付学费到大学三年不向家里伸手拿一分钱；从青涩懵懂的山村小女生到一个人单枪匹马拉到5000块钱活动赞助的高校大学生；从只能靠双手劳作的酒店服务人员到凭借知识积累教了20多名学生的家教老师。经历过不少困难、换过多种身份，但她仍坚持内心对求学的渴望。

品学兼优的美德、直面困境的态度、依靠自身力量去克服困难的精神让她在众多学子中脱颖而出。2016年10月14日晚，她在明理楼学术报告厅向近600名来自学校各二级学院的师生宣讲了她的事迹。她是我校2016年优秀学生宣讲团励志自强代表组的成员之一，国际交流学院2013级汉语言文学（对外汉语方向）专业的许玉珍。

家里没有多余的钱供我上大学

“拿到学校的录取通知书时，家里已经没有多余的钱可以供我上大学。”许玉珍出生于广西崇左的一个山村里，五口之家，上有八十高龄且身体欠安的奶奶，下有刚上初中的弟弟，父亲因故丧失劳动力，几次手术让家里负债累累，母亲是家里唯一的劳动力。一吨甘蔗三百块，一年到头，那二十来吨的甘蔗就是家里的全部收入。

2013年8月下旬，在收到梧州学院的录取通知后，许玉珍既欢喜又忧愁，因为她知道家里根本没有钱支付自己完成大学四年的学业。

许玉珍看着手上的录取通知书陷入了内心的挣扎。“读还是不读？”“不读书我能干什么？”“继续读书会给家里增加负担，到底该怎么办？”……难！许玉珍只想大哭一场，心想要有个人能帮自己一把该有多好。

---

* 本文作者：覃彩月、韦桂平。

除了贫穷的家境,什么都没有。

"我要上大学!"许玉珍一直都明白知识的重要,经过这次内心的挣扎,许玉珍对求学的渴望更加强烈。没钱,就去挣! 路,要靠自己走!

学费和生活费是摆在许玉珍面前的难题,学费可以贷款,但生活费只能靠自己。为了赚取生活费以及去学校的路费,在村里一位阿姨的帮助下,许玉珍在南宁一家酒店的餐饮部找到了一份服务生的工作。

酒店餐饮部的工作性质要求等到客人全部离开服务人员才能下班,"有时候客人凌晨才走,等我下班回到宿舍已经两三点了。"她回想着说道,"累是肯定的,但这些对我来说都不算什么。"

回想起那段日子,许玉珍仍觉得历历在目,岁月已远去,但她选择铭记。如果说上大学的第一课是学会独立,那么许玉珍已经完成了成为真正大学生的第一课并取得了优秀的成绩。

2013 年 9 月 10 日,离开学报到还有一天的时间,许玉珍终于辞掉了工作,拿着自己挣的两千多块钱,踏上了去往大学的路。

为了多省一点,许玉珍几乎从家里带了所有的生活用品,大到妈妈用自己家种的棉花打成的棉被,小到毛巾牙刷。"那时候真的是只差耳朵没挂东西了。"她说道。

三年了没向家里要过钱

教师是许玉珍心里最为尊敬的职业,成为一名人民教师也是她的目标。为了实现这一目标以及考虑到生活费的问题,许玉珍在学校社团招新时选择了家教部。

"当时的感觉就跟备战高考一样。"进入家教部这件事在许玉珍眼里非常重要,因为她深知这一平台就是她以后生活费的来源。经过一个多月的紧张复习,许玉珍最终以语文笔试第一名的成绩顺利地进入了家教部。

进入家教部之后,许玉珍认真地为做家教备课,借阅教材、向学长学姐请教、做好笔记……一个多月的时间,她不仅把小学的课程全部复习了一遍,而且把初中以及部分高中的课程也都装了在脑子里。

"玉珍是个要强的女孩子,只要是她份内的事,她都会尽全力去完成。"许玉珍在家教部的搭档蒙春果这样评价她。

在许玉珍的家教经历中有一个叫李卓蔓的小女孩,性格叛逆,不愿学习。上课时顶撞、争吵是她和老师之间最常用的"交流方式",放学回家就关上自己的房门,拒绝与人沟通,与父母之间隔着房门更隔着心门。

"对特殊的人要用特殊的方法",得知李卓蔓的基本情况后,许玉珍决定先不急于教授知识,而是让她慢慢打开心扉。

在刚接触李卓蔓的一周里,许玉珍更多的是和她聊家常,了解她的想法,走进她的心里,和她从朋友做起。鼓励她,许玉珍不断地增强她的信心,让她重拾学习的热情。渐渐,李卓蔓学习的态度也从被动变成了主动,成绩逐渐提高,就连最差的数学也从十多分提高到了七八十分且日趋稳定,并主动跟父母交流,李卓蔓的点滴改变都让许玉珍惊喜不已。

许玉珍教过 20 多名学生,针对每个学生的不同情况,她会采取相应的教学方式,保证她教过的每一个学生成绩都能得到提高。良好的授课方式和教学成果让她被更多人熟知,不少人都主动联系她做家教。

除了家教外,许玉珍还发过传单,做过促销员。三年了,许玉珍没有向家里拿过一分钱,并且坚持每个月都给自己正在上初中的弟弟寄去两三百块钱作为生活费,每次回家她都会给家人买衣服或者生活用品。

学习机会来之不易,很珍惜

2014 年是家教部成立十周年的日子,要办晚会可没有经费怎么办?拉赞助成了"烫手的山芋",而刚上任家教部外联处处长的许玉珍主动接过了这个担子。

一个月的时间,许玉珍辗转在潘塘公园、文化中心、中山路之间的商家,吃过了不少"闭门羹",经历了许多店家老板的无视和冷漠。终于,在与一百多家店铺打交道后,许玉珍成功地拉到 5000 元的活动赞助费。赞助商称赞她道:"你是我见过的最像大学生的大学生,自信、成熟、稳重这些东西我都可以从你身上看到。"

拉赞助的历练,不仅让许玉珍懂得如何与人很好地沟通,更让她变得越来越自信、成熟。

"她不仅在工作上很拼,学习上也很拼!"在同班同学杨寒梅的眼里,许玉珍是个"女强人"。

"知道学习的机会得来不易,所以我很珍惜。"许玉珍说道,大学三年,在自食其力的同时,她不忘学习,不断充实自己,珍惜每一次学习的机会,也尝试去接受更多的挑战。大学三年,许玉珍一直保持着班里前十名的成绩。在 2015 年和 2016 年里,她连续获得了优秀学生三等奖学金,并一次性考取了教师资格证。

如今许玉珍已经是一名大四的学生了,她更加珍惜在校学习的时间和机会,钻研于项目课题当中。2016 年上半年,她成功申报了以"广西崇左市江州区左州镇语音研究”为题的国家创新创业区级项目,并以该项目的研究作为她的毕业论文。

许玉珍,一个从大山里走出来的普通女孩,用努力和坚持诠释了“励志自强、自力更生”八字人生箴言。苦难于她而言,不是深渊,而是通往成功的必经之路。是苦难充盈了她的人生,那段日子,她仍铭记并心存感激。

张浪:“我是学生,更是一名党员”*

他是身兼多职的“大忙人”,却始终保持着工作的热情;他考试成绩算不上优秀,却两次在区级学科竞赛中获奖;他曾试图加入青年志愿者分会而被拒之门外,却不妨碍他成为一个优秀的志愿者。他是辅导员身边的得力助手,是同学们口中充满耐心的好干部,还是学生党支部里的一名好党员。

他叫张浪,是我校机化学院2013级林产化工1班的学生,曾获得广西高校大学生第十六届化学化工类论文及设计竞赛“优秀奖”、广西高校大学生第十七届化学化工类论文及设计竞赛“二等奖”“优秀青年志愿者”“优秀学生干部”“优秀辅导员助理”“优秀共青团员”等荣誉,他用实际行动向我们展现了学生党员的风采。

“我也是‘干事’”

“整个大学都是在忙碌中度过,特别是在大三那段日子里。”张浪回忆道。大三那会,张浪是机化学院学生第二党支部(以下简称“支部”)里的副书记,是大学生党建服务中心(以下简称党建中心)里的监察部部长,是班里的学习委员。一人身兼多职,几乎所有的课余时间都沉浸于工作中。

他经常是宿舍里最早出门的一位,也是宿舍里最晚回来的那一位。没课的早上,他八点就出门了,通常到了晚上十一点才回到宿舍,舍友们也常调侃道:“一天了,我才见你一次”;“这么晚,是不是去哪里约会了”……

在支部里,他肩负的是整个支部的工作运作,负责过“积极分子培训班”“两学一做”等活动,完成了学院2007年至2015年期间的党员排查工作等,支部也曾被评为“梧州学院先进基层党组织”;而在党建中心,他负责完善大学生党建服务中心的章程、制度、考核,对竞聘、奖惩、例会等制度,提高了成员们的工作热情。

---

* 本文作者:覃志杰、满香秋。

“工作很忙,但我收获也很多。”张浪在工作上始终保持着积极的心态,也会懂得为队友分担。党建中心的副主任杨寒梅提起他时说道:“由他们部门负责的工作,从来都没有出现过差错,不会让我操心。每次临时有任务,他也会积极地说交给他们吧。”

2016 年 9 月中旬,张浪是党建中心迎接新生的一名工作人员。原本在两天的迎新期里只有两个小时的工作时间,在得知副主任杨寒梅因家庭的突发情况,无暇顾及这边的工作后,他就“不请自来”,到这边维持工作的秩序。两天里,他的工作时间长达 26 个小时。

早上 6 点多,他第一个来到了大本营,就把叠在一起的座椅拿出来摆放整齐,接着双手抬起饮用水放到指定位置,整理一下自己的服饰和工作牌,就坐在一旁等候着新生的到来。

晚上 8 点,天色已晚,他就对身旁的成员说:“你们辛苦了,回去休息吧。”话说完,他就独自拿起扫把打扫场地,清点完第二天需要的物资后才离开。

“有困难,找党员”,这是大本营的横幅。一天下来,他们为 300 多名新生、家长送过清凉、解渴的绿豆水、饮用水,为 100 多名学生、家长解答过办理饭卡、宿舍楼、报名手续等问题,为 40 多人提过行李……

工作认真负责,让一同工作的学生会实践部部长黄贤龙也称赞,“从最初的布置场地到结束的打扫场地,他一直都在。他把所有的时间都投入到迎接新生的工作中了,他这种认真的劲头让我不得不服。”然而,张浪只是笑着说:“我也是‘干事’。”

“既然选择了,就一定要做好”

工作很忙,但张浪的学习同样没落下。在学习上,张浪喜欢在学科竞赛上证明自己,通过比赛去验证自己学到的知识。2015 年 5 月,张浪和同班同学吕振华组团参加了广西高校大学生第十六届化学化工类论文及设计竞赛。在读大三的他们,对论文设计接触并不多,因此碰上了不少的“拦路虎”,软件 Aspen Plus 不会使用,思路中断,计算复杂……

“既然选择了,就一定要做好”,张浪和伙伴并没有动过放弃的念头。软件不会使用,就向老师请教,去网上看视频、查资料进行学习;没有思路,就通过阅读其他的书本,进行复习期末考试来调剂一下,让大脑缓冲一下再进行思考;计算复杂,程序多,就反反复复进行验证,以确保无误。

计算环节是论文设计里最复杂的,也是耗时最长的,长达 1 个多月,而这往往也是最容易出现问题的地方。为了得出主要设备上的计算结果就要通过100多个公式去核算,一项一项地去代入,其中,主要设备的1次计算就得花上半天时间,而且还要进行不少于3次的验算。一旦代错1个数字,就会功亏一篑,结果就会天差地别。

整整2个月,除了上课,其余时间他们都待在办公室里,从上午8点,一直待到晚上10点40分,待保安来催才离开。吃饭基本靠外卖解决,累了就趴在桌子上小憩一下,睡醒了又继续投入到工作中。

他们从确立选题到准备参考资料、编辑文档、对物料和能量等进行计算以及CAD流程图制作,到最终的流程模拟,经历了不断地修改、完善,最终在大赛上获得了优秀奖。但是他们似乎对结果并不是很满意,时隔一年,他们击鼓再战,在大赛上斩获了二等奖。当谈到为何再度参赛时,张浪说:"参赛就是对过往学习知识的应用,可以知道自己到底掌握了多少知识。"

"我是学生,更是一名党员"

"作为一名党员,最重要的是思想觉悟。"这是他对自己的定位。他认为,对党性的觉悟应体现在生活的方方面面。

每天,他习惯在午睡、晚睡前的一段时间到大学生网络党校、易班、新浪等网站阅读"新鲜出炉"的时事政治、校园活动等,了解关于党的最新资讯和校园里新颖的活动。到了进行思想汇报时,他就会把自己近期学习到的心得体会结合新近发生的事例,生动地讲述出来。

为了深入了解党的精神和知识,在2016年5月份,他以党员代表身份参加了全国大学生党员"两学一做"专题网络培训示范班,在网上进行了长达2000分钟,跨度长达两个月的学习。

另外,张浪还热衷于参与志愿服务工作。他刚上大学时,就一心想加入青年志愿者协会,但面试并没有通过。尽管心里很难过,但这并不能阻挠张浪当志愿者的脚步。每逢周末有空,他都会跟随着志愿者到社区去,辅导功课、慰问孤寡老人、清洁卫生等。2015年7月,在暑假期间,他还参与了"三下乡"活动,到云龙社区给留守儿童辅导功课,到富新社区慰问残障老人。他说:"参加这些活动,可以给他人带来温暖,看到他们脸上的笑容,我也很开心。"

学生党员始终无法脱离"学生"二字,有了广大同学的支持才会有深厚的群众基础,才能更好地为大家服务。在班上,张浪担任过班长、学习委员,每次班上的活动、工作,他总会积极地为班上出谋划策;同学遇到问题,他也总会热情地帮助。

乐于助人,做事踏实,他的辛勤付出得到了老师和同学们的一致肯定。他是辅导员梁静口中“无论在班级还是党支部,他做事都很踏实,让人很放心”的人。他是同班同学秦琪心目中“他学习很勤奋,在班上很乐意帮助同学们,很有集体观念,是班级的榜样”的人。

对于学生党员的身份,张浪强调:“我是学生,更是一名党员,学生的本分工作必须要做好。作为学生党员,会对自己要求更严格一些。”

三次辍学终以优异成绩完成学业*

——记信电学院学生卢丽

她身高虽然只有一米五左右,但却以坚强的意志克服生活中种种困难;她家庭经济困难,但却能自力更生乐观开朗面对生活;她三次辍学,却坚持大学梦并以优异成绩完成大学课业……她就是我校信息与电子工程学院2011级计算机科学与技术嵌入式系统方向的学生卢丽。在校期间她的专业成绩一直排名前三,曾获得2014年国家奖学金、2014年全国物联网大赛华南赛区二等奖、2013年广西壮族自治区人民政府奖学金、2012年国家励志奖学金,还曾获得2次区级比赛奖项和22次校级各种比赛奖项。

直面艰难生活,坚定求学梦

谁又能知道,这样一个优秀的大学生,曾经差点与大学无缘。卢丽出生在广西钦州市浦北县六银镇横岗村,在她二年级时父亲不幸患病丧失了劳动能力,八岁的她从此就学会了承担家务,洗衣、做饭、喂猪、种菜……十四岁的时候,她已经能通过给别人砍甘蔗、挑砖头、挑水泥等赚取生活费。

为了减轻家里的负担,卢丽在小学最后一个学期决定退学。当时的班主任知道情况后找上门来了,“如果你现在出去打工,你的命运可能很难改变,只有知识才能改变命运!”班主任语重心长地劝服了她,并争取学校给她减免部分学费,让她重返校园继续学习。

然而,经济拮据的问题一直困扰着卢丽一家。在卢丽的初中学习生活中,还曾有两次辍学经历。在求知和打工两难选择下,卢丽决定赌一把,相信知识可以改变命运,于是她坚持上学,并且把书念好。经历了三次辍学,卢丽在哥哥、叔叔

---

* 本文作者:梁媛媛、张洁茵。

的支持下,完成了高中学业,读完高中她已经欠下1万多元的债务。坚持和勇敢,让她获得了大学通知书,在激动高兴之余,学费和生活费又成了她的心患。

天无绝人之路。她在高考后便去打工挣取自己大学第一学期的学费,之后就借助贷款解决剩下的学费。卢丽平时的生活费就靠暑假打工、做兼职挣取,兼职最忙的时候是周末,白天发传单,晚上去做家教,一天能挣90块钱。

大学四年里,卢丽做过宿舍协管员、办公室助理、家教、发传单……对于大多数人来说这样的兼职可有可无,但对她来说却是重要的经济来源。她说:“兼职让我体会到赚钱的艰辛,这也激励我要发奋图强。”

珍惜学习机会,享受校园时光

“知识改变命运”是卢丽坚持学习的信念。

为了能更好地听老师上课,学好理论知识,每节课她都坚持坐在前排。“要想取得好的成绩,上课一定要听老师的讲解,做好笔记,课后进行系统的复习。”她说道。早上她还经常到图书馆晨读,一本被翻得页脚微烂的笔记本,就是她的心灵鸡汤,里面记满了从高中到大学激励的话语,每次晨读都会念上几句以激励自己。卢丽说:“晨读过后我就觉得整天都充满了激情。”

没课时,只要一到实验室开门的时间,她就到实验室学习,常常是晚上11点才回宿舍。有一次为了完成Flash课程设计的作业忘记了时间,直到被前来夜巡的学校保安大叔请出实验室,她才惊觉已经过了午夜零点了。

“计算机类的专业是一门逻辑性很强的专业,有一定难度,写编程、记代码更是令人头疼的事情。”卢丽说。舍友说她学习编程时就像“牛”一样的勤奋。因为记代码是写编程的基础,她为了记住代码,每次上机她都会做代码练习,有时候一练就是一上午,并且把一些常用的代码记在本子上,时常翻看。为了学好编程,她也是下了一番苦功夫,从大三开始她每天坚持看一个案例,每次一看就是两个多小时。

和很多大学生一样,她也喜欢在空闲的时候和舍友到KTV里去唱歌娱乐。“我是农村出来的,很多歌曲完全不会唱,但是在舍友的帮助下,我也慢慢地开口唱歌,也变得更加的开朗。”她说道。运动也是她的最爱,排球、羽毛球都难不倒她。

积极参与志愿服务活动

卢丽不仅在生活上自立自强,学习上努力奋进,在工作上也毫不逊色。“我一直希望自己能成为青年志愿者队伍中的一员,力所能及地去帮助需要帮助的人。”进入大学后,她报名参加班级志愿者协会,担任了二级学院志愿者协会的干部。她进入社区帮扶,组织接待新生,组织为贫困地区回收旧衣物……

她说,她有一个梦想:“未来会努力寻求机会,加入慈善事业。”

“她是一个勤奋好学、脚踏实地、阳光向上的好学生,总是低调做人,低调做事。”信息与电子工程学院辅导员邸臻炜老师评价道。“她心细有爱,总会在同学过生日的时候准备惊喜礼物……”舍友阳春兰说道。在老师和同学眼里她是上进友善的好学生,而在她自己眼里自己只是一个很普通的学生。

完美地绽放青春年华*

——记2006级毕业生任盈盈

"永远洋溢的笑容,给周围的人都能带去欢笑!""小小身躯大大世界!佩服佩服!""很美的青春,很精彩的生活!"……这是任盈盈的QQ日志《光荣岁月——怎样的青春才是完美的绽放》的朋友留言。

任盈盈是河南省温县人,我校国际交流学院2006级英本经贸6班的毕业生。毕业后考取了西南大学汉语国际教育专业研究生,研究生毕业后选择在印度尼西亚雅加达月光学校任教。"若是有勇气结束一段安逸的生活,应该会迎来一个不算太差的开始。"她用这样的一句话作为志愿者的格言。

考研深造　为去非洲教学

大三那年,她刚刚从越南河内做完一年交换生回来,也许是时间较久的原因,和班里同学的关系显得不那么亲密,一到晚上都有点扭扭捏捏的,躲在一个角落里。不知道是谁起的话题,班里同学开始聊起了以后的梦想。有的想当商人,有的想考公务员,有的想做老师,还有的想考研。当问到她的时候,她说:"我很喜欢的一个中国播音员叫林中白狼,他的梦想是到南美洲保护鲸鱼,我很喜欢他的梦想,我希望以后到非洲教那些黑人的小孩儿学中文。"那年她20岁,她的青春还在祖国的西南安放着。

大四那年,她和周围很多朋友一样,开始了边找工作边考研的生活。她面试的第一家公司是英格瓷,老板是马来西亚人,他们聊得很好,马来西严老板甚至想当场签下她。当她准备给那家公司答复的时候接到了考研复试的电话,她跨专业考上了汉语国际教育的研究生。研二实习的时候,她来到了美丽的泰国宋卡,教

* 本文作者:兰芯蕊。

一所理工科的大学生学习中文。那年她 23 岁,她的青春暂时安放在了泰国南部的一座小小的海边城市。

研究生快毕业的时候,她在网上海投简历,有的石沉大海,有回音的不是卖保险就是去推销课程。正当她焦头烂额的时候得知要招赴印尼、菲律宾、柬埔寨志愿者的消息。她在截止日期那天提交了报名表,经过了面试、培训,来到了印尼雅加达的月光学校。

坚持志愿 在印尼教学

印尼物质匮乏,在那边生活首先要解决的就是吃饭问题。那边市场上的菜摊一般都是早上 10 点左右就收摊了,有时候她们早上都有课,就会出现没菜吃的情况。实在饿得受不了的时候,她与另外一位志愿者老师汤姣竟然摸索着去隔壁的穆斯林区淘菜了。

月光学校一到雨季就会被水淹,这是一种很难忘的经历。她们被安置在了一个公寓的 22 楼,很不幸的是公寓也被淹了,电梯停电,物资匮乏,物价疯涨。她们要从 22 楼走下去抢着买水,买食物。那时候一小盒才几片的牛肉干要差不多 30 块钱,水也涨了一倍。小小的房间里还没有电,只有一个很小的窗口可以看见外面的月光。那年她 24 岁,她的青春在一所有着美丽名字的小校园里驻足了。

在月光学校待了不到七个月的时间,她的第一任期结束了。回国后家人朋友都劝她不要再继续赴任了。一个女孩子,找份安稳的工作多好,干吗要跑那么远瞎折腾。那段时间她挣扎了很久,最终她还是哭着告别了奶奶爸爸妈妈,拖着行囊又踏上了飞往雅加达的班机。

伴随感动"累"并快乐着

第二任期就只剩她一个志愿者,送走舍友后,她一个人在这所旧旧的房子里发呆。学校的课程安排很紧凑,有时候要连着上七八节课,中间只有 15 分钟的休息时间,但是 15 分钟煮包泡面都困难。舍友在的时候还可以趁着彼此没有课的时候交替着做一下,如今她就只能委屈自己的胃了。

她第二个任期教整个幼儿园,初中还有高中。她最喜欢的要数幼儿园了。有一次她可能是没有休息好,小朋友们在写字的时候她坐在椅子上揉眼睛,有一个小姑娘跑过来在她的手背上贴了张小熊的贴纸,并抱了抱她。原来小朋友以为她哭了,跑过来特意安慰她。被一个 4 岁的小姑娘用这样的方式爱护着,作为一名志愿者老师,她觉得特别感动。那年她 25 岁,她的青春还要在那所名叫月光的校园里继续安放。

她的第二任期也即将结束了。回望这一年,她很感谢这段一个人在异国他乡教汉语的岁月。这一年她 26 岁,青春美丽。她还会继续坚持她的信念:"与其在深井中打捞冰水的遗憾,不如在奋进中寻找人生的乐源。"

在奉献中磨砺自己*

——记优秀学生干部林美娜

林美娜初次接受采访,带给记者的印象是玲珑的身材,充满自信的语气,脸庞两边嵌着浅浅的酒窝,笑起来时有着爽朗的笑声。她虽然是北方姑娘,但是却带着南方女孩的特性——她就是法律与公共管理系2010级公共事业管理班的学生,曾任系分团委办公室主任、班级副班长,她在实践活动和学习中双丰收,用极大的热情投入学生工作,服务同学的同时不断完善自己。

时间是挤出来的

在2011~2012年,林美娜同时担任法律与公共管理系分团委办公室主任和班级副班长的职务。一身兼任两职而不落下学习,她怎么能做到?看到记者满脸的疑惑,林美娜说:"时间挤一挤总会有的,白天的时间安排满了,可以充分利用晚上的时间。"——她指的"晚上时间"是熬夜!她说,由于系分团委经常需要她修改以及整理文件,熬夜已经是家常便饭了。因为白天太忙了,而平时作业也要按时完成,所以常常放在夜里去做,特别是遇到需要做PPT的课堂作业。"做课件很需要细心和耐心,有时候为了选图、排列等去寻找和整理素材,不知不觉就通宵了。"然而对于第二天的课程,她笑笑说:"随身带着'小绿瓶',打盹的时候在太阳穴抹一抹就来精神了。"

身边的许多同学很不理解她缘何用这种接近"自残"的方式来对待学习和工作。她们会心疼地问:"为什么选择这样的方式,难道不能把工作放到第二天来做?"她说,她喜欢一次性把手头的事情做完,避免放一放就养成了拖拉的习惯。

她以这样坚韧的精神把系里的学生工作和自己的学习安排得井井有条,她的认真负责的态度也得到系领导及老师的认可,得到同学们的信赖。

---

* 本文作者:甘媛、韦嘉。

从细节做好班级事务

大二那年,她通过竞选当上班里的副班长,她说,任职期间的点滴磨砺了她,使她更自信也更有勇气了。

那年由她组织的一次班级活动始终让她印象深刻。那次是计划组织班级同学去梧州市知青农庄游玩,事前首先由她和另一位班干部进行踩点。他们打算在知青农庄搞完活动后再到附近山上的允升塔游览。考虑同学们的安全,她决定自己先上山了解情况。由于之前下过雨,泥土湿滑,而且山体有些陡峭,她们两人上得去却下不来了!不能原路返回,只好硬着头皮翻过这座山绕回去。"幸好我们那天踩点了,不然班级同学共同前往的话后果不堪设想。"林美娜回想起当时的经历仍然心有余悸。

虽然自己在大多事情上获得同学的支持,但是也有让她头疼的班级事务——民意难决。每一次班级讨论的时候大家的意见都很难统一,如何协调好同学们的意见,提高班会效率成了难题。善于思考的林美娜渐渐摸索出一个方法:先通过民意调查和班委讨论,整理出几个备选意见再让同学们投票。这样既节约了大家的时间,也能最大限度地保证民意公正。她们就是通过这样的方法推进各类活动,以及教师节时为老师挑选礼物。

一年来的任职经历让她收获颇多,她自己也不断总结并获得感悟。她说:"每一项事务只要把细节考虑周全了,执行起来就没有困难!"

收获是付出后得来

担任班干和系干的经历给林美娜的成长带来不少收获,她满足地说:"最大的收获就是能熟悉班里每一个同学,与大家的距离变得亲密,我的人际交往、组织协调能力和工作素质大大提高了。"她坦言,当班干的初衷就是服务班级,这些收获是意料之外。

除了自身素质得到提高外,她也获得了多项荣誉和奖励。大一时被评为学校"三好学生"、获得校级三等奖学金;大二时获得国家励志奖学金,第二届"律政之星"论辩赛优秀辩手;大三时荣获"优秀学生干部"称号,摘取了"励志自强,感恩诚信"资助演讲比赛的桂冠……

秉持着"努力了不一定成功,不努力就一定不会成功"的信念,林美娜在奉献中完善自己。如今,她依旧不懈地追求向上,时刻提醒自己:不要荒废青春,珍惜学习时光。

留学路上的难忘经历*

——记2010级经贸英语1班赴泰国留学生覃春莹

一见面,她就给记者描述了在泰国留学的精彩旅程:在那里,蓝天、阳光、海浪、沙滩,让人沉醉于热带国家的风情;金碧辉煌的宫殿、独具特色的寺庙让人对这个国度充满好奇;当地居民的微笑和热情让你的旅程特别轻松……

覃春莹,广西柳州人,是我校2010级外语系经济贸易方向1班的学生。2011年12月,她与我校外语系、经济系、工商管理系等7名学生共赴泰国川登喜皇家大学华欣校区留学,主要学习泰语课程。留学路上,美好的经历也不时伴随着艰辛,他们尽情享受异国文化风情同时,也克服着语言障碍和陌生环境带来的困扰。在那个炙热与梦幻的国度,他们完成了人生的一次蜕变。

因为喜欢,所以选择

覃春莹说,泰国是她喜欢的国家,她喜欢那里的城市和文化,一直想去亲眼看看、亲身体验当地的生活。当知道学校提供到泰国留学的机会时,覃春莹毅然选择了这条路。

在赴泰国留学前,覃春莹也做了准备。喜欢泰语的她自学了些简单的泰语中的日常用语,礼仪知识等。父亲很支持她出外留学的选择,希望她在不一样的国家体制和文化氛围里扩大视野,增长见识。于是,2011年12月,覃春莹和留学的同伴们抵达泰国川登喜皇家大学华欣分校。

刚开始到华欣分校的时候,饮食非常不习惯。泰国菜普遍比较辣,来自柳州的她虽然也能吃辣,但是泰国菜辣劲十足又特别,因此她首先在饮食遇到了不适。初来乍到,身边多数是陌生的人,语言沟通存在着障碍,与国内的生活习惯相差甚

---

* 本文作者:蒋艳、雷美香。

远，无助的感觉开始袭来。她说，最难忘的一次是，她在泰国的华侨大学吃到了桂林米粉。“可以在异国吃到桂林米粉特别兴奋，在那里还遇到了很多和她一样的中国留学生。那个时刻，觉得特别温暖，也缓解了思乡之情。”她回忆到。

接下来的时间，她用将近三个月的时间去适应新环境和新生活，不开心的时候常常与同行的6个同学聊聊天，散散心。周末和假期的时候，他们七个人还结伴出游。让她感到欣慰的是，当地的人很热情，素有“微笑的国度”之称的泰国让他们渐渐感到了温暖。

覃春莹说，刚去的时候她的泰语是零基础，而他们的课程教学几乎只用泰语，为了能更快地适应这种学习环境，她想方设法学习泰语。笔记本是必不可少的随身品，每次在交流时她都将学到的新单词、句子记下来。“有时候单词比较难记，为了加强记忆，就在生活中不断地与当地人沟通，提高语言运用能力。”“泰国的同学很热情，他们也喜欢中国文化，很乐意和我们交流。遇到不懂的地方，我就会向他们请教学习。”就这样，她的泰语水平渐渐地得到了提高。

难忘的实习生活

在华欣分校学习了五个多月后，就进入了实习期。同行的7个人都被分到了不同的城市。这就意味着他们又要重新去适应一个陌生的环境。覃春莹被分配到泰国的加拉信府，在加拉信彼德亚山中学当高中的中文老师。

在实习期间，覃春莹寄宿在一位泰国老师家中。那位老师对她很好，知道覃春莹吃不了太辣，做饭的时候会少放辣椒。老师有两个上小学二年级的孩子，“我想快点融入这个家庭，于是主动和他们交流，但是他们却不理我，失败、落寞的感觉又升上心头。”后来，她发现孩子们喜欢手工制作的时候，于是她教孩子们折纸，慢慢地，她找到了与他们交流的突破口。和孩子们熟悉之后，覃春莹还教他们唱中文儿歌，周末送他们去上兴趣班。“我回国的时候，他们俩哭了，特别舍不得!”从不喜欢到喜欢是一种情感的极大转变，为了改变，覃春莹用心对待身边的每一个人。

语言的沟通是双向的，与其说是给加拉信彼德亚山中学的学生上中文课，不如说是给他们中文和泰语双语教学。覃春莹的泰语不是很好，她告诉自己，为了达到自己的教学目标，就要花更多的精力来提高自己的水平。看书是必不可少的，除此之外，她还会经常主动与办公室的老师用泰语和英语交流，遇到不懂的地方，覃春莹会拿出随身携带的小笔记本记录下来，时常拿出来翻翻看看。

同覃春莹一个办公室的老师有来自英国、德国、韩国、日本等不同的国家，每个人都不是语言全能。于是,覃春莹还充当了翻译的角色,为泰国老师和英国老师做中文翻译,因此,她的英语和泰语都得到了很大的提高。特别泰语水平,已经从原来的零基础达到了中学水平。闲暇之余,覃春莹还帮办公室的老师出一些有关中国文化的板报,促进全校师生对中国文化的了解。

而对于她的学生,更多的是想念。覃春莹说:"他们很喜欢学中文,他们很可爱。我与他们相处得很开心,虽然现在已经回国了,但我还是特别怀念在那里的实习时光。"

希望做中泰文化交流的使者

一年的留学生活很快就过去。2012 年 9 月,她结束在泰国的留学生活回到了学校。她说,现在还继续学习泰语和泰国文化。"希望毕业之后能去泰国当汉语老师,在工作中传播中国文化,为两国的友好合作做出力所能及的贡献。"如今为了巩固泰语,她每周都有明确的学习泰语的计划,平时仍与泰国的老师、同学保持联系,遇到问题便通过网络向他们请教,同时也与在我校的泰国留学生相互学习、交流。

赴泰国留学的经历让她收获很多,感触也很深。她总结说:"那一年里,美好与艰难都体验过,若是美好,叫作精彩,若是糟糕,叫作经历。我很怀念这段留学经历!"

在泰国放飞梦想*

——记2010级对外汉语班毕业生王亚军

2014年6月24日,2010级对外汉语班拍毕业照,穿学士服,抛学士帽……

6月25日,在最后的告别宴上,同班同学、舍友、辅导员举起酒杯倾诉,共话四年的过往。

6月26日,梧州学院2014届毕业生毕业典礼在体育馆隆重举行,校长致辞……

以上这些活动,少了一个活跃分子——王亚军,他缺席了。

此刻的他,在泰国川登喜皇家大学的讲台上,对着他的学生在比画着汉语。心同此时,王亚军只能在心里面朝北方的母校默默地告别和祝福。

王亚军是我校国际交流学院2010级对外汉语班的学生,2013年,他作为交换生去了泰国川登喜皇家大学留学一年。“您是我学习中文八年来遇到的最好的中文老师。”这是泰国学生对王亚军的评价。“我飞过去的时候感觉自己轻飘飘的,飞回来的时候,感觉自己特别沉重。”这是王亚军泰国学习一年的感受。最大的改变就是让他立志当一名中文老师。

2014年4月初,他接到了泰国留学的那所学校的邀请,希望他到泰国任教。本科毕业当大学老师,这在中国是难以实现的梦想,他却在泰国实现了。而且教的是中文,传承的是中国文化。这让他欣喜若狂。

离开学校去泰国那天,与他相处4年的宿舍兄弟,依依不舍地从梧州学院一直将他送到广州白云机场。“大学四年我收获了这样的友谊,我觉得非常的完满。”王亚军说。6月初,因为签证的原因,驻泰国的中国大使馆要求王亚军出示毕业证,学校还没发毕业证。如果亲自回来领取,一来一回,不仅麻烦也会耽误学

---

* 本文作者:陆羽翔、农彩珍。

习和工作,包括金钱的损失。他想到了老师、辅导员、班里的同学和宿舍的兄弟,大家得悉情况,积极为他申请、疏通、办理,他如愿以偿地领到了缺席的毕业证。成了2014届毕业生里第一个拿到毕业证书的毕业生,并将证件扫描传到了泰国。他感动万分,无数次地感谢帮助过他的母校的老师和同学。

再次来到泰国川登喜皇家大学,王亚军已由当初留学生转变成了一名中文老师,每周他需要上4节课,1天1节课,每节课3小时。“都说书到用时方恨少,在教学当中我才知道自己的差距。”王亚军说。为了备好一节课,王亚军都会花去1到2天的时间。也因为精心的准备,在学校上课自由选择的制度下,每节课他的学生都是不缺席的,并很喜欢他。

“已经慢慢上手,现在感觉上课是一种享受,跟学生在一起时很愉快!”王亚军说。下班后,王亚军选择继续学习给自己“充电”,跟学生一起去听其他老师的课,加强泰语、英语学习……每天王亚军固定学习时间总比工作时间多。“教学相长,每天都能感觉到自己在进步!”王亚军感慨道。

“泰国人很热情,对我很好,我常被他们感动。”王亚军说。

“真正做了老师我才知道有多么的辛苦,但又是多么的幸福,每当看着他们那一张张稚气的脸庞,听着他们一串串的‘为什么’,看着他们的中文在一天天地进步,我的心里就感到特别的温暖。”年纪相仿的学生们也对他很尊敬,除了喜欢他的课,生日的时候都不忘叫上这位年轻的中国老师。

6月2日是中国的端午节,相认的泰国妈妈竟然从府城外开车7个小时送来亲手制作的粽子,“虽然在国外每逢佳节倍思亲,但是当时感觉自己特别幸福”。平日里学校的食堂阿姨听说他喜欢吃冬阴功汤,特意为他做冬阴功稀饭。

刚到校时因为没有毕业证,一周需往返3次曼谷、华欣,校车司机没有半点怨言;第三次出现在移民局,签证官见亚军没有学位证原件,凭复印件他也“PASS”,以最短的时间办好了相关手续。

2014年6月下旬,经过层层选拔,王亚军被评选为泰国中南部汉语文化节本籍评委,这对初出茅庐、仅当了两个月中文老师的他来说更是意外的鼓励。

在泰国有了一份稳定的工作,较好的待遇和惬意的生存环境,但这些并没让他满足而止步,“我能感觉得到自己每一天都在进步,我现在学习的时间比我工作的时间多。”王亚军在慢慢地积累,也在不断地寻找更高更好的发展机会,为中泰友谊做一些自己力所能及的事。

“每一条路都有人要走,因为喜欢所以选择,因为选择所以执着,我会一直努力下去,一直坚持下去。”王亚军坚定地说。

泰教三部曲*

——梧院学子在泰国的汉语教学经历

随着汉语热的蔓延,海外汉语教师的需求量越来越大,据国家汉语教学办公室(简称汉办)统计,截至2014年年底,全球学习汉语的人数超过1.5亿,对外汉语教师的需求量至少达到500万。国际汉语教师志愿者项目是为帮助世界各国解决汉语师资短缺问题而专门设立的志愿服务项目。我校从2014年至今,先后派送了7名汉语教师志愿者,他们背起行囊,行走在异国他乡,用无悔的青春,托起中泰文化交流的梦想,用有限的力量,传承中国博大精深的文明。下面就让我们走近他们的泰教经历吧。

初见

"我从高中时期就向往着去泰国。"国际交流学院2011级汉语言文学专业对外汉语班的陈利说。陈利通过电视节目、网络等渠道了解泰国,在她的认识里,泰国是一个婀娜的国家,天空湛蓝,水清沙白;人们像《初恋那件小事》里的阿亮学长一样亲切开朗;还有浓厚的佛教文化和传说中的人妖。

成为汉语教师志愿者需要经过"报名—面试—培训—录取—派出"五个环节。硬性要求是普通话二级甲等以上,英语四级以上。陈利在去年11月初报名,11月11号接到参加面试的通知,12月中旬收到接受培训的通知,回想这一个多月的等待,她感慨道:"等待的过程中整颗心是悬着的,因为当时录取率只有20%,因此很担心自己会无法通过面试。"

面试内容主要包括英语口语、心理测试和综合能力测试。陈利说:"口语测试和综合能力测试的难度都不大,主要是心理测试,有些题目是重复的,有些题目甚

---

* 本文作者:李乐、刘馨洁。

至没有符合自己的选项,最好的办法就是以积极的心态去回答。”

我校国际交流处对通过汉办面试的学生将进行三次培训,内容为服务国国家概况、民俗礼仪、教师礼仪、心理辅导等。我校国际交流处处长何恩说:“我们会引导学生树立成为汉语教师志愿者的‘三感’,光荣感、使命感和责任感。在工作中投入‘三情’,感情、热情、激情。以奉献、友爱、互助、进步的精神演绎这个角色。”通过面试的陈利,即将以汉语教师志愿者的身份前往向往已久的国度,在那里不仅能深入地学习泰国文化,更能将中华文化传播到他国。初次出国的她已经做好了吃苦的心理准备,以平常心态等待着出发。

坚持

国际交流学院2010级汉语言文学专业对外汉语3班的梁秀营2014年毕业后以志愿者的身份在泰国任教至今。饮食与孤单是她在泰国遇到的主要困难。泰国菜多辛辣,多生食,她回忆起自己踏上这片异土的第一印象是一碗面,“我下车后吃的第一碗面条因为里面有鱼露,当时就吐了”。

同期派出的志愿者被分配到不同城市的学校,离梁秀营最近的校友也要10个小时车程才能见面,并且大多数学校只配备一个中国老师,无人交流的苦闷是可想而知的。好在学生和老师的关心,让梁秀营虽孤单却不孤独。有一次梁秀营刚进教室,一个小学二年级的学生拿着一个苹果到她面前说要给她吃。

也许是因为紧张,苹果在这位小学生的手里被捏得变了色,梁秀营见此就说不要了。他着急地解释:“我就是想送给老师吃。”梁秀营又说:“老师家里有,你自己吃吧。”不料学生的眼泪唰地流下来了,委屈地说:“就是想给您吃。”学生对自己的喜爱让梁秀营很感动,下课后她便把自己家里的水果拿来与学生交换着吃。她说:“一个八岁的孩子,这么喜欢汉语老师,我觉得无论如何,我所经受的困难都值了。”

再遇

经济与管理学院2010级工商管理专业本科工商管理2班的柳志明,2013年参加了我校的泰国交换生项目,2014年参加了国家汉办汉语教师志愿者项目,今年是他第三次去泰国,去延续他的汉语教师志愿者生涯。

从汉教菜鸟到同时任18个班汉语教师,柳志明的泰教生涯有了质的变化。他现在所带的班级每个班30多人,对象是小学二年级到初中三年级的学生,平均每天4到5节课。柳志明根据学生年龄层次的不同,准备小学和初中两种教案。

汉办没有统一规定的教材给汉语教师作为教学资料，需要教师自行编写。对于这个难题，柳志明在国内选好教材带到泰国、上汉办资源库查找资料、向前辈请教，并结合自己的教学特点，编写了属于自己的教材。

说到泰国的学生，是柳志明另一个头疼的问题。刚开始时，柳志明陷入“学生听不懂，不爱听，老师在上面讲，学生在下面到处走动，做各种与学习无关的事情”的窘境。他哭笑不得地说：“课堂上有 15 分钟是用来讲纪律的，教学任务根本完成不了。”随着对泰国教育的深入了解，柳志明开始从自身找不足。从第二个学期开始，他改变了一贯“和蔼可亲”的形象。

“严师益友”是柳志明和学生相处时所扮演的角色。“开学时我就确立课堂规范，清楚地告诉学生什么该做，什么不该做。”他还制定奖惩规定，表现好的学生，奖励美味的零食；而故意捣蛋的学生会被罚跳舞、唱歌、抄书等。有次，一个初一的学生在课堂上故意不配合老师的提问，柳志明说：“课后把黑板上的内容抄 50 遍。”下课后，柳志明将这名学生带回自己的住所，直到学生抄完 50 遍才让学生回家。经过这次“杀鸡儆猴”，班上的课堂纪律得到很大改善。“益友”是柳志明与学生课后相处的模式，他把自己当作孩子，融入学生中，经常和学生一起打球、玩耍、分享零食。

经过一年的摸索和努力，柳志明的教学工作得到校方的肯定。在泰国全国学科比赛中，柳志明指导的一个小学六年级学生在 63 所参赛学校的选手中脱颖而出，获得泰国东北十三省的冠军。得到这个冠军并不容易，为了在短时间内提高参赛学生的汉语水平，柳志明将四个月的私人时间全用来辅导学生，晚上把学生接到自己的住所，手把手地教他发音、写字，做练习。终于为学校争回了第一个省级的荣誉，这也是他一年来取得的最大成绩，并获得了“优秀汉语教师志愿者奖”。

工商管理专业的学生到泰国担任汉语教师，这是我校的首例。何恩处长说：“当时学校方面也做了许多考虑，但还是坚持‘让更多学生能有外出学习的机会’的初衷。”经过与学校相关部门的协调，调整柳志明的课程学分，安排提前考试等工作后，柳志明最终成功“转型”，成了一名汉语教师志愿者。而这段不同寻常的经历让柳志明从中成长，开拓了眼界，找到了自己的价值，他说：“我的付出得到了回报，认真的工作得到了认可，感觉一切的辛苦都是值得的。”

梁国柱:十五年太极拳学习感与悟*

在学校风雨球场的空地上,一个男生自然站立,随后缓缓地,左脚向左迈开,两臂慢慢向前平举,两腿屈膝向下蹲,眼睛注视前方……他就是宝石与艺术学院2014级珠宝首饰工艺及鉴定班的梁国柱,从小生长在梧州的他练习太极已有15年,现在在学校学生社团武术协会担任武术顾问。

说起梁国柱练太极,还得从他的父亲开始说起。梁国柱的父亲是一名太极爱好者,从青年时就开始打太极锻炼身体,并一直坚持到现在。梁国柱因早产从小身体虚弱,父亲就决定带着他练习太极。那年,梁国柱5岁。

5岁,还是贪玩好动的年纪,梁国柱学习时并不是那么认真,还总会哭着闹着要去玩耍,但父亲的严厉总会使他“安分”下来。不久之后,一次偶然的机会,正在玩耍的他被一位桂林的民间武术家看中,他趁机拜师学艺,开始了系统地学习太极。

“什么是太极,学太极有什么用?”一开始,梁国柱并不清楚,他也曾与许多人一样认为,太极只用于修身养性。直至一件偶然的事情,使他的认知发生了变化。

初中刚入学,与新同学一起上体育课,梁国柱被一个同班的男生从后面挽住脖子,他本能地抓住对方的手,一个肩摔就把对方甩了出去,原想与梁国柱打招呼的男生被甩到地上。“我为什么会有这样的反应,为什么突然会使用这一招式?”梁国柱感到非常惊讶。后来,他才领悟到“当一个招式被熟练并成为本能后,它就能被灵活地运用,达到防身的效果。”从此,他对太极产生了兴趣。

初中时期,每天早上五点,天空尚未亮,梁国柱就会早早地起床练太极,一练就是一两个小时,“先做简单热身,练两三次套路,最后单式训练”。公园,是梁国

---

* 本文作者:文雪妮、吕官弟、马国欣。

柱练习太极的地方之一,在那里他能与其他习武之人进行交流切磋。

八年级暑假,梁国柱到师傅的武馆学习。一个早上,梁国柱在阳朔公园练习时,一位四五十岁的中年人主动和他攀谈,并且想用八卦掌挑战他的太极拳。比赛开始,在攻防之间中,双方竭尽所能,最后打成平手。对于那样的切磋,梁国柱习以为常,“学武术总免不了与人切磋,我可以通过切磋来总结经验,提高自己的能力”。除了日常的切磋以外,梁国柱曾在武馆里的比赛和代表武馆参加的比赛不下百场,其中还曾与来自泰国、日本、印度和美国等同龄的专业选手交手。

太极拳广纳诸家拳术之长,又有自己独特的神奇之处,拳理上具有包容万家的特点。梁国柱亦是如此,除打太极外,他兼修洪拳、形意拳及各种兵器,甚至还自学心理学、中医学。

此外,他也注重阅读,做到实践与理论相结合。一有时间,他就会待在书店里一本本地翻阅与武术相关的书籍,《陈氏太极实战技击及发力》《太极内功解密》《太极拳谱》《武当太乙五行拳》《道德经》等。在阅读过程中,如发现值得研读的书籍,他就会毫不犹豫买下,仔细琢磨,慢慢参悟。如今他购买的书已经超过50本。

对太极,经过十几年地学习,梁国柱有了自己的见解。父亲通过打太极锻炼身体,而他则重视太极的实战。“套路表演得再精彩,如果经不起实战的检验,那就只是花拳绣腿。”他认为,“实战是检验理论的标准”。

现在,从他身上已经看不到曾经瘦弱的模样。当遇到危险时,他也能用所学的拳术保护自己。去年 11 月 9 日,与朋友过完生日的梁国柱到梧州大中路路口的一家球室打台球。休息时,他刚好看见三个人鬼鬼祟祟地要偷他的助力车。于是,他马上跑下去制止,并发生摩擦。没几下,梁国柱用自己所学的本领制服一人,擒拿另一人,而剩下的一个也被赶到的朋友抓住,并报警处理。

太极讲究阴阳,追求阴阳平衡,经过对太极长时间的学习和参悟,梁国柱的性格也受到影响。“我以前比较偏执,看事情非黑即白。经过学习,我慢慢知道自己的缺陷,学着像太极那样寻求中间的平衡点,学会适当的妥协。”

如今,他成了别人眼中的“太极老师”,给学员进行实战训练。教学员时,他会先上一轮理论课,讲授技击含义,向学员们讲解武术理论的基础知识,随后,再在实践教学中教授招式,将招式一一分解,边教边复习理论,加深学员对理论的理解。“他的教学方法很好,我能学到很多。”机械学院 2013 级工业设计专业的学员钟承鑫讲道。

学生社团武术协会的指导老师张仕对梁国柱评价道:“他在理论和实战方面

都非常不错，能把招式运用得很灵活。”此外，梁国柱还经常协助老师教授太极拳。“练‘揽雀尾’时，右手张开后可以把手放到腰腹附近吗？”面对疑问，梁国柱总会一边演示动作，一边解答困惑：“这一招的攻击点是胸部和颈部，如果把手放到腰腹附近就会减弱这招的杀伤力了。”

在攻与守的关系，他悟有所得；在太极的世界里，他依旧摸索前行。

敢想敢为,不负美好年华*

——记阳光学子昌婷婷

"她从始至终,学习、工作努力认真,非常谦虚,工作积极性高,对自己的要求很严格,能够很好地处理学习和工作的关系,表现很突出。"梧州学院团委副书记李德华口中的她,就是宝石与艺术设计学院(以下简称:宝艺学院)2014 级产品首饰设计 2 班的昌婷婷。

这个皮肤白嫩、脸颊圆满、笑意盈盈的女大学生,在校 3 年做了许多的事情,曾获得国家励志奖学金、校级三好学生荣誉称号、校级优秀班干部荣誉称号、学院优秀学生二等奖学金等奖项。她担任过班长,宝艺学院青年志愿者分会(以下简称:青分)外联部部长,校艺术团副团长,大学生发展中心管理办公室部长等学生干部。穿着花花的文艺纱裙,做事却干练果决,采访正式开始前,昌婷婷正有条不紊地给中科大学生发展中心的工作人员打电话、发信息,部署工作任务。

勤奋为先。"周一大学生发展中心开会,周二艺术团训练,周三忙学院学生会工作,周四阅读一些外国名著,周五院青分活动,周六校青协活动,周天忙自己的事,写作业或者其他。"昌婷婷扳着手指头一一罗列。寥寥几句,却概括了昌婷婷大一这一年工作与学习的生活常态,这一年,是昌婷婷过得最辛苦、忙碌的一年。

两年前,她从安徽合肥拖着重重的行李箱来到梧州学院,吃不习惯,住不习惯,市民们鞭炮似的白话更是让昌婷婷感到陌生和无所适从。但是她按下动摇急躁的心,告诉自己,别忘了父母对自己的期望:要幸福、快乐,一个人在外照顾好自己。更别忘了自己想要努力快乐地生活,希望自己能够在毕业之后,得到成长并收获一份美好的回忆。她想要更快地成长,抓住学校各种机会来锻炼自己,她积极竞选班干部,挑起班长重任,又热情高涨地加入了大学生发展中心管理办公室、

* 本文作者:景丽蓉、薛景。

校青协等5个社团组织,每天忙得连午休也顾不上。

同时,她从不懈怠学习,每天早上7点起床就去教室,只要一有空就待在教室自习,晚上9点半上完课后,她还留在教室里写作业,直到11点才回宿舍洗漱睡觉。大学两年,昌婷婷文化课、专业课连续两年专业排名第一,连续两年荣获国家励志奖学金。讲到学习经验,她平和又坚定地说:"我唯一的秘诀就是多画多做,别人画一幅,我就画两幅。老师布置的毕业专题设计,我比别的同学多完成了一份,就是这样一直积累,自然熟能生巧。"

醉心设计。在宝艺学院的学习中,很多首饰在倒模制成真正的金属珠宝首饰之前,通常都需要雕蜡。400多度的焊铁焊上蜡块,蜡块立刻变得十分烫手,这么烫的蜡块,甚至能把手烫出水泡。几番尝试后,昌婷婷看着手上的水疱,很沮丧地想,可能我不适合做这一类的精细活儿。昌婷婷决定改变设计思路,以自己的兴趣入手,不过分纠结于精细与否。老师不理解,也很不赞同,认为昌婷婷不认真完成作业。昌婷婷向老师耐心解释,老师看见昌婷婷手上的水疱,再看看她认真解释的态度,觉得应该让同学们根据自己的优势创作出更好的作品,最终他修改了作业考核标准,以作品完成度以及专业知识的运用为评价标准。昌婷婷终于放下心来,安心创作。

一个礼拜的时间里,早上7点钟起床去实验室做首饰,一直到晚上11点才踩着门禁时间回到宿舍,一个礼拜天天如此,她也终于完成了这项作业。最终,昌婷婷设计的小八爪鱼挂坠,虽不精细,但胜在立体多面多形、完成度高、可制成系列和吊坠胸针两用等因素获得了90分的高分。"虽然不是常规的设计风格,但是老师能够接受,对于这一项工艺我也学得扎实了。"她回忆。

昌婷婷的大学生创新创业训练项目(以下简称:"大创"项目)"饰·界",最近通过了国家级"大创"项目的审核。据介绍,"饰·界"是一个以手机APP为载体,旨在展示青年首饰设计师原创作品、并帮助其商业化的平台。昌婷婷认为,项目的成功申报是对她专业学习的一个初步肯定。

工作学习两不误。如今大三的昌婷婷,主要负责大学生综合发展中心管理办公室副主任和协助王振宇老师管理中科创新创业学院两个工作,同时还协助宝艺学院产品首饰设计专业教研室老师编写宝石科普类书籍,做一些资料整理、图片收集和文字编辑的工作。教研组成员、昌婷婷"大创"项目指导老师徐亚兰老师评价她道:"她做事情很认真,很踏实,很多事情我们老师都很乐于去找她帮忙。"同时她也评价她的"大创"训练项目"饰·界"是一个很有态度、很有意义的项目。

李德华老师欣赏昌婷婷做事主动、积极性高,为人谦虚。他对昌婷婷(大学生发展中心的临时负责人)目前负责协助管理的工作任务,不管是常规的场地维护、设备报修维护,还是项目入驻管理、校内校外接待,都予以肯定:“在我们学校发展的过程当中,需要同学们积极参与到这个管理过程并给予管理一定支持时,她义无反顾地主动报名,更重要的是她能把学习和工作的关系处理得非常好。”

敢做,敢为,肯努力,昌婷婷对自己的目标绝不轻言放弃,虽然得到很多奖项,她还是一直努力,不轻易放松自己。昌婷婷和老师们关系很好,乐于给老师帮忙,从中学习。关于未来,她还有很多计划,但始终最重要的,还是学习。昌婷婷打算考中国地质大学鉴定科的研究生,希望在更高的平台充实自己,趁着自己现在还年轻努力学习,发掘更大的潜能。

文“武”双修，从时间要效率*

——记梧州学院优秀学子周秀泉

扎着一束干净利落的马尾，饱满的额头，眉眼带笑，圆圆的脸蛋上洋溢着充满自信的笑容，经常穿着长长的白大褂游走于实验室之间，胸前的口袋插着一支笔便于记录实验数据……

你一定以为她是白衣天使吧？不，她是梧州学院机械与材料工程学院、化学工程与资源再利用学院（以下简称：机化学院）2014 级制药工程班的学生周秀泉，曾获得“2014～2015 学年自治区人民政府奖学金”“2015～2016 学年国家励志奖学金”“梧州学院优秀学生奖学金”以及梧州学院“三好学生”等荣誉。

谈及为何选择制药工程这一专业，她说她很好奇医院和药店的药品是怎么制作出来的，而自己的亲人也有从事和医药学有关的工作，耳濡目染之下她对医药产生了兴趣，并上网查找了有关的大量资料，最终选择了制药工程这个专业。

制药工程是一种将药物量产化的工程技术，是一个化学、药学（中药学）和工程学交叉的工科类专业，旨在生产制造药品以及研发新工艺、新设备、新品种。这门专业要求学生先在课堂上学习和了解专业理论知识，在此基础上通过到实验室在老师的指导下认识实验仪器设备和用途，了解注意事项后才能开始做实验，之后便是在实验中进行药品提取、加工，最后才到亲自制作药品的流程。在学习中，最令周秀泉难以忘怀的是药剂实验，她认为制药是一门工艺，看老师做实验与自己亲自做实验是两种完全不一样的感觉，看似简单的实验真正操作起来却并不是那么容易的。

“在实验中要注意人身安全，我们进入实验室都要穿白大褂，做实验前我们要清楚地了解每一个步骤，否则一个小小的错误就可能会导致整个实验的失败。”周

---

* 本文作者：陆年琼、宾曾英。

秀泉说。他们经常要和不同的仪器设备打交道:做有机化学实验时要用到真空抽滤机,用来对溶液进行抽滤;做制药工程实验时要用到粉碎机、制丸机,以制备药丸;要用显微镜观察植物细胞构造,掌握植物的结构,以提高认识和鉴别药用植物的能力。

让她印象最深刻的是药剂学制取六味地黄丸的实验,这味药由熟地黄、山茱萸、山药、泽泻、丹皮、茯苓六种药材组成。在实验前期对药材进行干燥处理,在实验时按照粉碎、过筛、配料混合、(将炼好的蜂蜜加入)合坨、醒坨、制丸条、分粒及搓圆、质量检查、干燥、包装这些步骤进行。老师在实验前和他们强调:熟地黄与山茱萸黏度大,不易粉碎,要用串料粉碎;在丸条和机器接触面加入适量润滑剂,并及时清理黏附的药物,保证制丸过程顺利进行。

在实验合坨中,蜂蜜与药粉混合时,她不确定该添加多少蜂蜜,在老师亲自操作指导下,她缓慢加入适量蜂蜜并混合,从而制得了较好的六味地黄丸。她把做实验看成学习知识的过程,更是一个探索的过程,她喜欢在实验中不断探索和学习知识。

她的专业选修课是电工技术实验,主要是学习电动机的三角形接法、星形接法以及电动机的正反转控制线路。她通过动手操作线路学会了电路连接方法,并能解决简单电路连接问题。她强调,在实验过程中要注意用电安全,严格按照线路连接规定,避免烧坏保险丝。一旦在实验中遇到问题、实验结果与理论值有区别时,她会反复实验寻找问题所在,并求助老师解决问题。

本学期伊始,周秀泉与 5 个同学在指导老师尹德明的指导下参加了梧州学院“大学生创新创业”项目,围绕“中药渣循环再利用”进行项目研究。中药发展历史悠久,一方面它也产生大量药渣,污染环境并造成浪费。周秀泉希望他们能合理有效地再次利用中药渣,变废为宝。

周秀泉在学习上从不放松自己,她给自己定下的目标就一定要完成。她总想着趁年轻,要认真学,要多学并且学好。刚进入大学的她就立志要向优秀学子看齐,而今,她已成为梧州学院优秀学子宣讲组的一员。从大一到现在大三,她坚持利用晚上和周末时间上图书馆自习,她主张“从时间里要效率”,在兼顾工作的同时绝不落下功课。她说:“图书馆是一个非常好的学习环境,在那里能让她静下心来学习,并且有很高的学习效率。”

周秀泉也参加了许多社团组织:梧州学院大学生党建管理服务中心、机化学院学生会、机化易班等。她认为参加这些社团组织举办的活动不仅锻炼了她的实践能力和组织能力,也增强了她的责任心,让她考虑事情更加全面和细心。这是一种双赢,她为社团组织奉献自己,社团组织也给予了她很多很多。她在大二时还加入了学校伙食管理委员会,负责和食堂经理沟通反馈同学们的意见,为同学们的饮食服务。

"周秀泉是一个开朗、积极向上的同学,她热心帮助他人,学习成绩较为优秀,工作认真负责,能力较强,希望她在求学路上走得更远!"周秀泉的辅导员黄志锋老师说。

追梦要全力以赴*

——记梧州学院优秀学子俸捷

留着齐平的刘海、戴着黑框眼镜，白白净净的脸上笑意盈盈，有人喊她“主席”，还有人叫她小捷……她就是梧州学院信息与电子工程学院（以下简称：信电学院）2014 级软件工程 1 班的学生俸捷。

努力工作是一种本能

俸捷的“俸”和“棒”字相似，不仔细看就会认错，她也很棒，无论是学习还是工作，表现都很突出，所以大家就称呼她为“棒捷”姐。

俸捷大一时担任校学生会和信电学院学生会干事，大二时担任院学生会副主席，她很喜欢学生会的工作。

作为学生会副主席最重要的作用是沟通和协调，她负责分管文娱部、学习部以及秘书处，有时要组织一些文娱性活动，如院晚会；组织关于科技、创新创业活动、邀请毕业的学长学姐回校做讲座等。

大二下学期，院学生会要筹办成长系列活动—“我和青春有个约会”晚会。为了鼓励各个班级全勤参与节目表演，俸捷便与伙伴深入到各个班级，与各班班干部交流，去看各班节目排练，并给出一些节目表演、服装、道具等方面的建议。一周时间内，他们走遍了 20 个班级，功夫不负有心人，晚会最终得以成功举办。

管理与沟通是一门艺术。大一暑假，俸捷留校参与项目开发集训，除了回家 15 天，其他时间她都待在学校。在集训中，俸捷清楚地记下老师强调的为人处世的道理，要有职业操守和团队管理的意识。同时，谁能做美工，谁能做 Android（安卓），谁能做 ios（苹果），谁写文档更细心，谁的技术水平在哪个层次、能做得了哪

* 本文作者：沈洁白、廖红。

些功能……俸捷清楚地了解软件开发中心同学们的特点，这些都是她平时细心的收获。

在软件开发中心，作为主管她需要管理不同年级的人员。面对学弟学妹需要比较严谨的态度，同级的伙伴可以“打打闹闹”，对于学长学姐需要多一些尊重；依据开发中心人员的专业技能分配后台、美工、测试等工作。

“不同的人员有不同的应对方式。”俸捷说。她不仅清楚整个系统开发的流程，而且会根据系统功能的难易程度寻找合适的人来完成，力求软件开发中心的每位同学都能在项目中提升自己的专业水平，以推动团队整体水平。因此，当老师做项目需要人手时，就会告诉俸捷，一会儿她就能找到最合适的人员。“她找人找得又快又准，用起来还挺好用。”软件开发中心莫智懿老师笑着说。

软件开发中心老师庞光垚将功能已实现的系统交给俸捷进行界面优化，并要求在当晚 10 点前发回，以便第二天一早与客户进行洽谈。然而到晚上 10 点时，界面效果还是无法达到要求，俸捷想过放弃，但她最终还是“硬着头皮”一边一个人“捣鼓”，一边请教学长，最终在深夜两点左右完成了任务。当俸捷把做好的系统打包发给老师后，老师回了一句“主席是用来相信的”，还加上了个点赞的表情。

不停下脚步是一种习惯

俸捷在 2017 年的时候已经在读大三，她退出了院学生会后开始定下心来写代码。作为代码组成员，她先后参与了网上申报系统、斗图工厂两个系统的设计开发工作，最近她又接了梧州市政府的网上申报系统这一项目。俸捷作为女生，写代码相对吃力。有时为实现软件的同一个功能，男生花一个星期能完成，她一个星期完成一半不到。而且在参与项目时，总能遇见一些“意外”，有时页面数据存不到后台，有时排版不美观，有时突然出现程序错误……为了解决这些问题，她或者查询百度寻找方法，或者询问学长学姐及老师，俸捷表示，只有把这些经常会出现的“意外”都经历一遍，才能了解遇见这些“意外”应该怎么解决。

因为做事情可靠，老师们对俸捷评价很高，软件开发中心的女老师都叫俸捷“小捷”。“俸捷对于软件开发中心项目的协调工作做得很好，她不是指挥人，而是根据人员的特点、结合老师的要求去征求人，所以很能服众，本身能力强，脾气好还任劳任怨。”莫智懿老师说道。讲到俸捷，他讲着讲着，便称俸捷为“这家伙”，眼角泛着笑。

俸捷说，任何对时光的虚度都是对以往坚持的辜负，追梦需要全力以赴而非尽力而为。在软件开发中心工作和专业学习的路途中，她正全力走着。

挑起大梁,挑战自我*

——访我校大学生综合发展中心管理办公室学生助理

“同学,请问去哪儿申请展厅?”……下午 3 点,我校大学生综合发展中心(以下简称发展中心)管理办公室的学生助理们又开始了忙碌的日常工作。他们脚步匆匆,不时地为发展中心来访的同学们解决问题。现在,让我们走近他们,走进繁忙的中心,感受他们对工作的热情和担当。

一日统筹:认真负责

“通常我会在办公室做一些烦琐的工作。例如,明天要开创业论坛会,那我今天就要在办公室收集人员名单、安排场地、调整人员座位等。”经济管理学院 2013 级金融工程班的陈燕燕道。与其他部门的成员相比,作为发展中心副主任,陈燕燕的工作十分繁重。因为副主任这个职位相当于发展中心的大脑,她必须基本了解各个部门的情况。发展中心入驻的企业共有 28 个,项目组 12 个。

陈燕燕在发展中心管理办公室已经工作了 1 年多,而谈到最忙碌的时候,当属 2015 年 4 月份中央政治局常委刘云山一行来我校视察之际。当时,发展中心管理办公室的全体人员忙着布置发展中心:打扫卫生、制作中央领导到来当天播放的视频、收集党员信息并展示出来等。他们只有短短 1 天的时间来布置,必须保证每一个细节都做到位,因此,他们近深夜 1 点才结束工作。陈燕燕表示,要胜任副主任的工作,需要统筹全局的能力,时刻了解每个部门的工作进度,做一个会发现问题更加能解决问题的人。这份工作让她获得了理性地看待事情的能力。

---

* 本文作者:胡桥琤、黄淑萍。

二曰把关：全心投入

作为创业实践部(以下简称创业部)的工作人员之一，信息与电子工程学院2013级电子科学与技术班的王厚鹏表示，创业部是所有部门中最核心的机构，最主要的工作有两项：一是引进新项目，创业部是新项目审核的第一双“把关之手”，对项目的格式、内容提供修改意见，并且分析项目可行性，以保障项目的顺利实施；二是为项目组注册成为企业公司提供工商局相关证明。

创业部的工作量很大，为了能够积极投入到创业部的工作中，那时刚上大二的王厚鹏退出了已经工作一年的梧州学院网学生通讯社。他表示，那是他第一次感受到“改变的益处”：“换个角度看问题，勇于踏出改变的步伐，你会发现另一片更广阔的天空。用心去做一件事，比三心二意要收获的东西会更多。”

如今，他担任了创业部的副部长一职，肩上的担子更重了，然而没多久，他遇到了难题：如何在第一届“创业街”活动中吸取经验，使第二届“创业街”活动更加圆满完成？王厚鹏表示，第一届活动收到的反响不大，主要有两个原因：首先是设点的人员态度不够积极，缺乏主动性；再者是宣传力度不够，导致缺乏关注。针对这两个问题，王厚鹏带领创业部的人员对参与活动的项目组负责人进行沟通，对参与人员进行培训，并且使用社交媒体进行宣传。“我们要有对困难迎难而上的信念。”王厚鹏说：“失败并不可怕，可怕的是不敢面对失败。”

三曰尝试：细心谨慎

担任发展中心管理办公室行政人事部副部长的同学，是来自国际交流学院2013级英语(经贸方向)3班的张红艳。她的日常工作主要是安排办公室助理值班以及监督他们工作，对办公室文件、对外公文发布的存档，申请场地、海报等。回想起这2年的工作，她也有自己的“小骄傲”——当时张红艳还是一名助理，在第一次接收申请表时，心中有些忐忑。

“在初步审核申请表的过程中，我左右徘徊，一个人斟酌了很久。”在反复检查了申请表之后，她上交给老师。老师指出了申请表中不合格的地方，并建议她初步审核申请表的时候，除了要注意申请表的格式之外，还要确保内容准确。自从这件事后，她审核过的申请书很少出现问题。张红艳说：“现在，当遇到申请表需要审核而我不在现场的情况，我都会根据助理发来的申请表照片直接告诉他们怎么改。因为申请表的正确格式已经被我深深地记在脑海里了。”

“当我还是一名助理的时候，责任意识比较淡薄，现在处在副部长这个职位上，我谨慎小心，尽力把错误率降到最低。我也会考虑如何既能坚持工作的原则，又能与项目组良好沟通这个问题。”张红艳道。

能够在发展中心管理办公室的工作任务中挑起大梁，他们拥有的并不仅仅是出色的工作能力，同样展现在他们身上的，是持之以恒的信念，是在繁重工作中化压力为动力，在学习中反复大胆尝试，更好地完成工作的恒心。

第三部分 03

爱在校园

那些"平常事",他们重复了上千次*

——广西梧州学院"舍友帮扶团"坚持4年抬舍友上课的故事

"前面注意保持平衡,后面小心点,别撞到台阶了!"在广西壮族自治区梧州市梧州学院校园里,4名男生连人带车抬着轮椅,从一楼拾阶而上。轮椅上的男生一脸感激,抬轮椅的男生们却面带微笑。

这样的场景,已经在梧州学院校园上演了4年。

从一楼到五楼或是更高的楼层,这看起来吃力的"苦力活",在抬轮椅的男生们眼里却是再平常不过的事。4年里,他们已经重复了上千次,已成为他们大学生活的一部分。

轮椅上的男生是梧州学院电子信息工程系2009级学生梁文仁,他自幼因病高位截瘫无法行走,只能靠轮椅代步。而抬轮椅的则是自愿与他成为舍友的大学同学,他们组成了"舍友帮扶团",坚持4年抬梁文仁上下课,为他打饭、洗衣……

"能帮就帮,就当作锻炼"

家住海南省儋州市那大镇的梁文仁2009年考入梧州学院。临行前,妈妈最担心的是,入学后没人帮他上下课。

但到校后,妈妈悬着的心终于放下了。因为从进校的第一天起,便已有刚认识的同学接过轮椅的推手。

梁文仁的宿舍原本安排在二楼,考虑到他的情况特殊,学校特意把他调到一楼,但教学楼上下课始终无法调配。辅导员韦翠兰说,看到这种情况,班里的男同学就自愿报名与他组成舍友。

每次上楼上课,舍友们都是连人带车抬着轮椅,一层一层往上抬。一周下来,

* 本文作者:周仕敏、陆羽翔、李雪。

“帮扶团”要抬上抬下30多次。

从宿舍到教学楼，步行不到10分钟，但为了照顾梁文仁，舍友们每天坚持6点50分起床，8点准时把梁文仁抬到教室。

“去上课的时候，人比较多，楼梯也不是很宽，他们抬我上楼时很辛苦，但他们一直很细心，担心我被磕着碰着。”回忆起那些光景，梁文仁满心感激，“特别是夏天，天气炎热，每次到教室，他们都满头大汗，有时衣服都湿透了。我特别感动，真的很感谢这些兄弟！”

“当时感觉挺辛苦的，但能帮就帮，就当作体育锻炼，我们都挺开心的。”平时不爱锻炼的舍友刘欣风趣地说。经过4年的“锻炼”，他练就了一副好身板。

“他不喜欢吃的，我也不吃”

照顾梁文仁的饮食起居，成了舍友们共同的必修课。每天早上去上课，舍友都会帮梁文仁捎上一份早餐；午餐，他们又会帮他打包饭菜回宿舍一起吃。

“他不喜欢吃芹菜和苦瓜，所以我自己也不吃，因此每次打饭我都是打和他一样的菜。”经常给梁文仁打饭的舍友韦荣斌说。

4年里，为了能让梁文仁吃上热乎乎的、可口的饭菜，韦荣斌总在下课后第一个冲到饭堂“抢饭”。他知道梁文仁喜欢吃鸭腿，但太贵又不敢跟他说，他便时常用自己的钱买了请梁文仁吃。

“看，他们都把我养胖了！”梁文仁说，“我知道他们担心我钱不多，舍不得吃，就偷偷给我加菜。”

开学一个月后，舍友们发现梁文仁手动的轮椅不方便又费力，就筹了3000多元为他买了电动新轮椅。

有了电动轮椅，梁文仁“走”得更远了。课余，舍友们带着他一起逛街、唱歌……

在宿舍，一起做事成了他们一个不成文的规定。韦荣斌说：“特别是去理发店，有台阶，我们要抬他进去。为了等他，我们都是一起理发。”

平时，梁文仁是班里的“开心果”。他的自信、乐观感染着其他人。他爱说笑话，有同学不开心，他会说笑话逗同学开心。“每次心情不好，我就会和他贫嘴，结果都被逗乐了。”韦荣斌说。

“如果再来一次，我们还同宿舍”

大一上学期，由于宿舍的热水刷卡器坏了，宿舍只有一个小时的热水供应时间。为了能让梁文仁洗上热水澡,一下课,舍友们就安排一个舍友“狂奔”回来接热水。

梁文仁洗澡时,拿不到晾晒的衣服,细心的舍友都会帮他把干净的衣服放在门边。换下来的脏衣服,大家都会帮他洗好,晾干,折叠好。

4 年里,每学期放假,舍友们都会把梁文仁送到车站,背他坐上汽车后才离开。

刘欣是独生子,在家多是父母照顾他。但在集体宿舍,照顾梁文仁的工作他也坚持了 4 年。刘欣说:“也没什么坚持不坚持的,只是觉得这是我应该做的。”

时光荏苒。4 年的岁月,记录了这一群学生别样的青春。

校园里,同学们都用“活雷锋”来赞扬这群舍友。他们却平淡地说:“这对我们来说只是举手之劳。”

如今,朝夕相处的生活即将结束,他们将各奔东西。而舍友们最担心的是梁文仁今后的生活。“我们很舍不得他,如果能再来一次,我们还是会毫不犹豫地和他同宿舍。”舍友们深情地说。

(注:本文曾发表在《中国教育报》,2013 年 04 月 12 日)

我们一起完成学业*

——记梧州学院残疾学生“帮扶团”

清晨7点，梧州学院一间宿舍内，大一学生苏榆洁已早早起床，用比常人多出一倍的时间完成洗漱后，背起书包与早已等在门口的同学向着食堂和教学楼方向走去。

2015年9月，患有双手先天残疾，只能用脚写字的苏榆洁，以497分被梧州学院经济管理学院录取。新生开学前，苏榆洁的家长将女儿的特殊情况与梧州学院相关部门负责人做了沟通，希望院方能提供专门的照顾。为了迎接苏榆洁的到来，她所在的经济管理学院的领导班子召开专题工作会议，制订工作方案，组织大学生志愿者为她提供专门迎新工作队。

初到大学时，苏榆洁与班上同学同住一间宿舍。来自全国各地的新舍友虽然刚刚认识，但是一开始就将她视为自己的亲姐妹：每天主动为她穿衣、打饭、领课本……生活起居的事情全给她们包揽了下来。

“三岁开始，我妈妈就让我开始用脚练习写字、用脚在电脑上打字以及用脚吃饭等事情，这些事情对目前的我来说早已经是很简单、轻松的事情了。”苏榆洁说。进入大学后，如何更好地融入大学生活，像正常大学生一样参加感兴趣的社团活动、各类比赛、甚至结伴出去玩耍是她需要克服的困难。

为更好地帮助她适应大学生活并完成大学学业，梧州学院在宿舍床位紧张的情况下特地为她协调了一间在一楼的单独的、挨近宿管员值班室的宿舍，以便她更好地生活。现在，其所在财务管理专业的100多名同学组成帮扶团，自愿轮流排班，负责每天帮助她打饭、陪伴她回宿舍、陪她聊天谈心、打扫宿舍卫生、领包裹、拷课件等事情。

---

* 本文作者：郑文锋、万立平。

老师、同学的帮助，让开朗乐观的苏榆洁对大学生活充满憧憬，她发挥自己的兴趣，加入了梧州学院电脑联盟和英语俱乐部两个社团。与同学交流的增多，苏榆洁渐渐融入社团和班级中，在班级和社团活动里，她与其他同学一样，大胆表现自己，给同学义务解决电脑问题、参加英语翻译大赛甚至在班级联谊会上唱歌等。

“苏苏原本就是一个很开朗活泼的女孩，刚开始的不适让她有些许彷徨无措，但她一直在努力适应，通过一个多学期的接触，她已经和我们打成一片，我们发现她其实很有想法、很幽默，她的顽强和乐观也让我们很感动。”梧州学院经济管理学院财务管理专业学生郝艺茜说。

一年来，告别了初来大学的不适，苏榆洁脸上挂满笑容，对大学生活、学习逐渐得心应手。她说，未来，希望通过自己大学的学习，毕业后可以融入社会，找一份财务类工作，更好地生活下去并尽可能帮助其他有需要的人。

（本文曾发表在《西江都市报》，2016 年 06 月 06 日）

辨乡音寻亲人　精准扶贫让失散亲人重聚*

“是学院扶贫工作队高度的责任心和爱心，让我找到失散多年的亲人！”11 月 16 日上午，广西藤县古龙镇大村的村民卢本彦带两名亲属来到梧州学院，握着该院党委组织部部长黄健武的手感激地说道，并向学院献上一幅写着“爱心助残恩重如山”的锦旗和一封感谢信。

身份问题致扶贫工作遇阻

卢本彦是卢朝英的叔叔，所有的经过还需从 20 年前说起。

卢朝英原是藤县古龙镇大村的村民，患有智力残疾。1997 年，她流浪至广西蒙山县汉豪乡白竹村。该村村民黄寿光好心收留了她，后来他俩成了一对事实夫妻。

2015 年年底，黄寿光家庭成为蒙山县汉豪乡白竹村的精准识别贫困户之一，并由梧州学院结对帮扶。按照相关要求，对于丧失劳动能力的贫困户，有关部门应帮助其纳入低保行列。因此，替卢朝英申请办理低保的资质认定，成为整个结对帮扶工作的焦点。

因为卢朝英无法清楚地表述自己的个人信息，也没有相关证件表明自己的来历，所以她即便在白竹村生活了二十年，却一直无法办理户口。没有户口，就不能申领低保，对此，白竹村村委方面曾帮黄寿光跑了很多遍公安户籍部门，最终爱莫能助。

梧州学院信息与电子工程学院院长甘金明作为结对帮扶干部之一，他也为卢朝英的户口问题操碎了心。甘金明说，为了尽快让她的生活获得基本保障，他多次向有关部门寻求帮助，但均因“来历不明”而失败。

---

* 本文作者：谭永军、谢东洪、周仕兴。

乡音成户口难题突破口

今年11月7日,抱着"对贫困户负责"的态度,甘金明决定到黄寿光家中走一趟,希望从中能够找到问题的突破口。

正当甘金明向黄寿光详细询问家庭情况时,原本呆坐在一边的卢朝英开始喃喃自语。虽然甘金明听不清楚她说什么,但能辨认出她口中的"乡音"是属于藤县地区。

恰巧,甘金明的老家就在藤县古龙镇。他尝试用家乡话与卢朝英沟通。一番交流下来,甘金明还了解到一个重要信息:卢朝英能说出自己姓卢,有多名长辈亲戚都是从事教育事业。

此时,一道灵光从甘金明的脑海里闪过:"只要顺藤摸瓜找到卢朝英的娘家人,便可以弄明白她的身世,从而解决户口问题。"

甘金明把卢朝英的照片与相关信息,分别发上微信朋友圈和藤县老乡群。没过多久,便有人反馈称:"卢朝英极有可能是藤县古龙镇大村一户卢姓人家的女儿。"

回复信息的人是大村村民卢健宗,他自称是卢朝英的堂弟。据卢健宗介绍,卢朝英的父亲名叫卢本创,是当地一所学校的老校长,且其家中大部分的亲戚也是从事教育事业。卢健宗与亲戚们对比甘金明发出的照片,结合相关信息,断定照片里的人正是他们家二十年前走失的卢朝英。

当时已是11月7日晚,卢氏家族一众亲友商量后决定,次日赴蒙山做进一步相认。

听到上述消息,梧州学院扶贫工作队负责人玉振明喜出望外,不过,与此同时,他又心存几分担心。为避免出现冒认误认的情况,他让卢氏家族准备前往蒙山相认的人,出示户口簿、身份证及当地村委出具的相关证明。直到反复核对相关信息准确无误后,玉振明才放下心来帮大家筹备认亲事宜。

亲人团聚场面温馨感人

11月8日,卢朝英的亲友们包下一辆面包车,从藤县古龙镇大村赶往八十多公里以外的蒙山县汉豪乡白竹村。

卢朝英的嫂子黄小梅回忆说,二十年前的一天,卢朝英失踪了。当时,卢家上下都四处打听卢朝英的下落,期间,也曾收到不少"好消息",但最终都一一被证实是误会。如今,这个"好消息"的出现,既让她感到激动,也让她感到忐忑。

11 月 8 日中午 12 时,在白竹村委主任何仕鹏的带领下,玉振明和六名卢家亲友走进黄寿光的家。此时,卢朝英穿着粉红色的棉衣,握着丈夫的手,安静地坐在餐桌边。

一进屋,黄小梅顾不上歇息,径直走到餐桌边蹲下。她仔细观察着卢朝英的脸,轻声问她:“朝英,你还记得我吗?”然而,卢朝英却摇了摇头。原来,由于疾病问题,卢朝英一只眼睛的视力已大不如前。

正当亲友们为眼前的女子是不是他们想找的人而感到不安时,卢朝英开始反复叨念着:“卢本创,是我爸爸……”听到这话的瞬间,黄小梅的泪水如决堤般夺眶而出,她激动地说:“她真的是朝英!”

眼看妻子得以与家人团聚,黄寿光也感动得流下了热泪。多年来,黄寿光一直对卢朝英疼爱有加。因卢朝英患有智力残疾,部分生活无法自理,但黄寿光主动承担了一切家务,还帮妻子洗头、理发,夫妻感情很深。

在场的人为这一幕动人的亲情所感动,玉副校长情不自禁地让人找来两个利是封,给卢朝英及亲人送上喜庆的大红包。

认亲结束后,帮扶工作队把梧州学院捐赠的电视机安装好,这对贫困夫妻终于第一次在自己的家里看上了电视节目。

11 月 16 日当天,向梧州学院赠送锦旗后,卢本彦高兴地告诉学院精准扶贫干部:“目前已经按程序办理卢朝英的户口。计划明年春节时候,将接卢朝英回老家与年迈的父亲和族里的其他亲人相聚。”

(注:本文曾发表在光明网,2016 年 11 月 16 日)

为了一位病危的大学生*

2015 年 4 月 19 日晚，梧州学院的各个学生 QQ 群、微信朋友圈快速传播着一条信息——“宝艺学院彭祥同学因突发消化道大出血急需 A 型血，希望 A 型血的同学们明天 9:30 到市血站献血。”通过网络，这条信息也传播到社会上，被社会媒体捕捉到了……

信息发布者是宝石与艺术设计学院辅导员张亚敏，彭祥是他的学生。4 月 17 日上午，正在上课的彭祥突然肚子疼痛、头晕、浑身无力。中午更出现便血，于是到梧州市红十字会医院住院就诊。

19 日下午因大出血被紧急送往 ICU 重症监护室。虽然病情暂时得到控制，但病因不明，接下来的用血量无法预测，必须准备充足的血源，于是张老师在学生 Q 群里发出求救信息。信息发送后，不仅有求证消息真伪的电话，《西江都市报》和梧州零距离网等媒体也联系张老师了解情况。

20 日，彭祥因大出血陷入严重休克，情况十分危急。其父母从宾阳县匆匆赶来，看着失去血色的儿子，彭妈妈哽咽着央求医生“求你们想办法救救他吧！”

红会医院请来市人民医院、工人医院专家一同会诊。彭祥的主治医生苏艺介绍说：“专家会诊后一致认为必须马上实施手术。凌晨 3 时，经过 3 个多小时的手术，终于确诊病因并止住了血。”

20 日早上天气突变，狂风大作、大雨倾盆。9 时许，血站依然聚集了 30 多名学生，他们的鞋子和裤脚都被雨水打湿了；当天的《西江都市报》也刊登了新闻，一早看到报纸的市民也过来了；市人大常委会副主任谢凌云在看报后也前来献了 300 毫升的血，并关切地问起彭祥的病情；宝石老板来了，外地实习的校友来了……

---

* 本文作者：谭永军、郑文锋。

当天早上,经过筛查检测有 8 人成功献血。之后两天依然有市民前来献血。

彭祥的病情牵动着师生们的心。宝艺学院党委副书记王珍说:“彭祥住院以来,学院积极与家长沟通联系,并与红会医院负责人协商,要求尽一切办法给予医治。”

彭祥入院后,在其家人尚未赶到前,班上 16 名男生自觉 24 小时轮班照顾,还帮他垫付了部分医药费;在 QQ 群里得知他的病情后,不少同学也纷纷打电话询问他的医治进展。

4 月 22 日上午 9 时,彭祥终于从重症监护室转到了普通病房。第二天,他的意识开始清醒,身体在逐渐恢复当中。

一条求助信息汇聚了社会各界人士的爱心,让梧州这座山城充满了温暖和友爱!

(注:本文曾发表在《广西日报》,2015 年 05 月 08 日)

高速路遇事故车　大学生下车救人*

2014年4月底,一条署名为"一名意外车祸伤者"的短信发到了梧州学院党委宣传部部长李远林手机里:"我是通过梧州学院网才找到你们的联系方式的,希望学校一定要好好表扬那几个好学生,多亏他们的帮助,我和我的家人才及时获救。"

发送这条短信的,是梧州市桂江造船厂一名退休女职工陈妯明。据了解,在今年4月4日,陈妯明一家四口不幸发生交通事故,但幸好遇到梧州学院谢思敏、邓倚婷、胡稶、余胜涛四名热心学生及时伸出援手。

路见交通事故出手相助

变形的轿车、漏油的油箱、无助的一家四口……4月4日下午,梧州学院2013级对外汉语班谢思敏等四名学生从贺州黄姚返梧的途中,看到这样一起交通事故。

据陈妯明的女婿忆述,在桂林至梧州的高速公路上,他所开的小轿车在距梧州市区30多公里处出现意外,先是撞上了高速公路中间的防护栏,随后轿车又被弹到了路的最右边,车身几乎变形。当时,车上除了自己,还有岳母、妻子以及约两岁的女儿。

陈妯明说,事故发生后,受伤最严重的是她自己和女儿。当时,她的眼睛受猛烈撞击肿了起来,女儿也由于腰骨折致上半身无法动弹,只能躺在后车座。女婿虽然有安全带和安全气囊的保护,受伤较轻,但也没有办法帮她和妻子离开已经变形且正在漏油的车子,情况比较危急。

遇到事故车辆时,梧州学院学生谢思敏等四名学生所搭乘的面包车,在距离事故车辆200米左右的紧急通道停了下来。司机首先下车了解情况,随后,谢思敏也跟着下了车。

---

* 本文作者:万立平、邓雅静、王燕、兰芯蕊。

谢思敏忆述:“当时车里有一对母女受伤很严重。”随后,她马上回到面包车里,拿手机拨打120急救电话,同时叫车上的其他同学下车帮忙。

胡稶告诉记者,他们下车后,在面包车司机的指导下,先用树枝在出事车辆的四周做了警示标志来提醒往来的车辆,然后协力将陈妯明扶到安全位置。由于陈阿姨的手骨折了,谢思敏便找来毛巾帮她把手固定住,然后不时喂她喝些水,安抚她的情绪。

邓倚婷忆述,陈妯明在获救时一直担忧她的女儿和外孙女,“当时,陈阿姨的外孙女已经被父亲抱在怀中,但却被吓得说不出话。那天天很热,我赶紧找伞来替她遮阳,并喂她吃些东西。”

与此同时,余胜涛顶着烈日在车旁一直安抚陈妯明的女儿。余胜涛说:“她上半身不能动,好像骨折了,没法离开车里,我就一直站在车窗旁,以免有突发情况,同时告诉她不要害怕,我们都会帮她。”

约两小时后,第一辆救护车赶到,医护人员先把伤势较重的人员送去梧州市工人医院。第一辆救护车走后,谢思敏与邓倚婷一起搭乘第二辆救护车,陪同陈妯明前往梧州市工人医院救治,而其他两人则直接回学校。“在去医院途中,陈阿姨一直握着我的手,说要报答我。”

助人不留名传递正能量

经过一段时间的住院治疗,陈妯明一家四口已基本康复,于近日出院回家休养。

记者致电陈妯明时,回想起当时的情况,在电话的那头,她用带着哭腔的声音说:“梧州学院这些学生都是勇敢的好孩子,一开始他们都不愿意留下姓名和联系号码,没办法,我只能以手机没电,亲属会打电话给他们联系我为由,留下谢思敏的电话号码。因为我一定要找回他们,感谢他们。如果没有他们的帮忙,这次事故的后果真的不堪设想。”

陈妯明说,在医院做手术前,她向护士借了笔,在手术通知单的背面,写下了自己对四个学生的感谢之意,并嘱咐弟弟将信收好,抽空送到梧州学院。这才有了文章开头那感人的一幕。

“当时看到那个场景,我就想起了我自己的经历。”事后,谢思敏道出了为何在高速路冒险下车的缘由。原来,曾在一次乘车途中,她搭乘的汽车水箱突然冒烟,过路的一位年迈老人帮助了她。“我想把这种爱心传递下去,希望以后我的家人如果遇到什么困难,也会有人帮助他们。”

(注:本文曾发表在中国新闻网,2014年04月30日)

为践行承诺 她"痛"并快乐着*

2012年1月6日,对梁少敏来说是个具有特别意义的日子。这天上午,她来到银行,顺利办完了国家助学贷款的还款手续,把从银行贷到的4年学费共计1.52万元钱一次性还清。此时,离她大学毕业还有将近半年的时间。

"老师说过做人要讲诚信,要会感恩。当年我交不起学费,是学校和银行帮助了我。现在我有能力还钱了,一定要履行自己的承诺,尽快还钱,以免影响银行对学校的印象。"梁少敏说。

小梁是梧州学院电子信息工程系2008级的学生,来自钦州市的一个农村家庭。母亲在她读高中时去世了,父亲以种田为生,农闲时帮别人盖房子打零工,哥哥在外打工,全家收入不高,生活很困难。

2008年高考一结束,当不少同龄人还在家里享受假期的时候,梁少敏便迫不及待地赶往深圳打工,就连大学录取通知书也是同学帮她领的。因为她知道,家里穷实在没钱供她上大学,所以要想读大学就得靠自己挣学费。那个暑假,她在学校开学前才赶回家,带着她挣到的1500元和父亲给她的1000元迈进了大学校门。

"我知道身上的这2500元钱不够交学费,我跟父亲说我去贷款,将来自己还学费。"来到学校,除去路费和购买生活用品的开销,身上已不足2000元,而学费、住宿费、热水费和书费等加起来差不多要4800元,在交了1000多元的学费后,她通过入学绿色通道申请了缓交学费,同时申请助学贷款。班里同学知道她贷了这么多钱后吃惊地问:"你不怕还不了啊?"她说:"我家里没钱,肯定要贷这么多,我会想办法在毕业前还完贷款。"

2009年,她获得银行的第一笔助学贷款3200元,以后3年每年都分别得到

---

* 本文作者:谭永军、韦德华。

4000 元的助学贷款。

为了养活自己，大一时梁少敏同时打几份工：白天在校内做保洁员，每月得 200 元钱；晚上她到酒楼端菜、倒茶，擦地板，每月挣 400 元。大一、大二还跑到深圳去打暑假工，每天在流水线前重复着同一个动作，每个暑假都能挣 2000 到 3000 元钱。大一到大三，她每年都获得国家助学金，共 5500 元。大一寒假，学院还给她发了 200 元的返乡路费。这些钱，除了为学习而买了一台电脑和补交不足的学费外，她全都存了下来。

大学的第一个学期，因为白天和晚上都要打工没时间复习，甚至在考试的前一天晚上她还在外兼职，所以小梁的成绩一度排到班上倒数第五名。看着可怜的分数，梁少敏下定决心一定要好好学习。于是在第二个学期她把打工的时间减少了一半，一有空便啃书本。功夫不负有心人，在期考时她的成绩排在了班里第二名。大二时，她只打一份工，周末才抽空去发传单，赚点生活费。这一年她第一次参加全国英语四级考试并顺利通过。到大二全部课程结束时，她获得了学院三等奖学金，得到了 800 元奖金。此时她给自己定了一个更高的目标，成绩力争全班第一，拿到国家励志奖学金，偿还贷款。

进入大三后，她调整学习计划，白天只要没有课她便去图书馆用功。晚上，在自习室里总能看到她勤奋学习的身影。除了掌握专业课外，她还博览群书，拓宽自己的视野。凭借自己的不懈努力，梁少敏终于在大三时以优异成绩拿到了国家励志奖学金。

当奖学金汇入她的银行账户后，她又向在外打工的高中同学借了 5000 元钱，加上之前自己打工挣来的几千元，一次性把银行的贷款还清。

还有几个月就要毕业了，回首大学 3 年多的时光，她说，大学应该过得充实，不能无所事事、空虚无聊。她很感谢舍友们推选她为“兰馨坊”宿舍的舍长，虽然舍友有时也会为了几毛钱的电费争执一番，但在荣誉面前她们却“当仁不让”，连续 3 年夺得学院“文明宿舍”称号，在“兰馨坊”已诞生了 4 位优秀学生干部、3 名预备党员、3 名入党积极分子及 6 名奖学金获得者，成为学院的“星级”文明宿舍。她们的宿舍不仅有温馨的名字，还有自己的宿舍标志、舍歌、舍训和网页，俨然已成了一个文化氛围浓厚的“小家庭”。

（注：本文曾发表在《广西日报》，2012 年 03 月 30 日）

以心换心得真心*

——记梧州学院"国培计划"顶岗学员二三事

"焜亮小朋友今天课堂表现很积极,继续保持哦!"

"晓华小朋友把课文读得很流利、很标准,课前预习一定做得很充足,大家要向她学习。"

2012 年 12 月 3 日上午,广西梧州市蝶山区夏郢村小学的二年级的课堂里,一脸学生气的老师蒋婷婷在给同学们上语文课。这个不足一米六个头的姑娘,脑后扎着马尾辫子,穿着粉红的小棉袄,站在教室中央一边手舞足蹈地给学生们讲课,一边不时地打手势鼓励大家踊跃发言,还不时纠正学生的坐姿。

"你真棒! 晓华爱动脑、勤学好问,老师非常喜欢。"

"细心一些,先读懂题目、动脑筋想想再下笔写,相信你一定更棒,加油!"

每天批改作业时,蒋婷婷会用心地写上评语。在这些红色笔迹的文字后面是一些简笔画:QQ 笑脸、小猫、小狗、花儿、蝶儿……

每天早上,蒋婷婷分发作业是同学们最期待、最开心的事了。同学们都会争抢着拿回自己的作业本,翻看里面写的什么内容,有个什么样的小动物。看了自己的还要看同学的。他们觉得这个小蒋老师跟他们很亲,离他们很近,就像姐姐一样。

蒋婷婷是梧州学院教师教育系一名大四学生。2012 年 10 月,她跟 168 名同学一道成了"广西农村中小学骨干教师置换脱产研修项目"(简称"国培计划")顶岗实习的大学生之一,他们分布在梧州市 93 所小学或幼儿园进行为期两个月的顶岗实习,为 80 名农村幼儿园和 45 名农村小学语文骨干教师换来了脱产进修学习的机会。

---

* 本文作者:谭永军、郑文锋、黄振球。

成为孩子们日记的主角

蒋婷婷实习顶替的岗位是夏郢小学二年级的语文老师兼任班主任。全年级24个学生中,大部分都是留守儿童,缺少父母长辈疼爱的他们,把学校视为了乐园。每天上课的时间是8点15分,不到7点钟就有许多学生到达学校,光着脚丫满校园追逐打闹。初冬的天气已经初显寒冷,但是学生们不穿鞋或穿着凉鞋拖鞋来上课的情况很普遍。“劝他们回去穿鞋子,他们都说‘习惯了,不觉得冷’。”蒋婷婷心疼这些孩子们。

“刚开始的时候感到很迷茫和不适应,课堂上除了教学还要做好课堂管理,学过的理论知识在现实中都不知道怎么运用。”在这里,蒋婷婷体会到理论与现实的差距,顽皮捣蛋是孩子的特性,如何赢得他们的认可和信任是把工作做好的前提。

有一次她批评了一名没有按时交作业的学生,那名学生很委屈脸憋得通红。后来,他把作业交了,但对蒋婷婷产生了强烈的抵触情绪。后来蒋婷婷做了调查才了解到,原来这位孩子是由于作业簿用完了没来得及购买,所以晚交了。于是,蒋婷婷在班上表扬了那名同学,知错会改,想办法完成作业,晚交总比不交的好。找理由表扬同学,这让学生们很意外。

“只要多跟他们交流,多给一些关注和赞扬;必要时也要摆出生气的模样,孩子们会根据老师的表现来调整自己的行为。”在课堂上常常听到她对学生们的鼓励和赞扬。

一天,下午放学了,祤湘明同学迟迟不愿离开教室。等到只剩下蒋婷婷的时候,他蹦到老师跟前递过一个苹果。她刚要推辞,祤湘明急了,嚷道:“老师,为了拿给你我放了一整天了!”说完,把苹果塞到蒋婷婷的手里就跑开了。

有一天,卢滨明同学拿着一个纸折的戒指走到讲台边,认真地说:“老师,送给你。你能不能不走,留下来教我们?”蒋婷婷一时语塞了。

蒋婷婷为学生们批改日记时发现,自己经常成为日记的主角。

和孩子们一起成长

将近两个月的相处,在老师们的眼里,这位顶岗的实习生很谦虚、很勤快,对长辈同事很有礼貌和尊敬,跟同事们相处很融洽。

“婷婷很机灵又有责任心,经常打电话跟我交流,把孩子们交给她我很放心。”被顶岗的老师向汝之说。

“她每天总比大家提前半个小时到学校打扫办公室卫生、为大家准备热腾腾的茶水。”刘生老师赞赏地说。

夏郢小学校长罗火文也对她赞不绝口:“她能够主动承担学校工作,善于交流和学习,亲切的教学语言、用心地给学生写作业评语值得大家学习。”

蒋婷婷心里更多的是忐忑。她认为,在这个岗位上自己既是老师更是学生,所做一切只是发自内心的热爱。

蒋婷婷笑着说,与其说此行是顶岗实习,不如说是过来和孩子们一起成长的。

(注:本文曾发表在《梧州日报》,2013 年 01 月 07 日)

毕业季我们与校园说“再见”*

毕业季节，夏花绽放。在梧州学院里，毕业生们和老师、同学依依惜别。

“我们毕业了！”伴随着一声高喊，毕业生们将学士帽抛向空中，年轻的脸庞上笑容如夏花般绚烂。

另一边，毕业学子或穿学士服三三两两合影，或穿着自己的漂亮衣服与朋友走走熟悉的校园，随手用相机留下游走瞬间。

还有一些学子拿起扫帚、铲子等工具，到校园的绿地和池塘旁做清洁，为自己留驻了四年的大学校园再做一点贡献。

在旧食堂的大榕树下，则早早就排满了长长的队伍。学子们将行李打包邮寄，把大学生活的留念品送往家乡或工作地。

而旅行，则是学子们给自己的大学生活留下的一份特别纪念。梧州学院艺术系的霍振洋与两位同窗好友一起，背上行囊，用 18 天游历了武汉、青海西宁、拉萨、成都、重庆等地。他们用毕业旅行来结束自己的大学生活。“这次旅行给大学生活画一个圆满的句号。随心所欲地旅行真的很开心，一路上结识了很多朋友，现在还经常联系，谈谈生活感悟、工作心得体会等，这对我们以后工作也有帮助。”

毕业离别之际，象牙塔里的爱情能否继续承受住考验？很多情侣无法确定。梧州学院的小刘在毕业实习结束后，就抓紧时间陪伴女友，他们并肩重游校园，携手游玩梧州周边景点。小刘说，他毕业后会直接去广州工作，而女友则留在梧州，这给他们的感情带来不确定性。但是不管未来如何，他都希望给这份感情留下美好回忆。

相对于其他同学的多彩活动，梧州学院中文系文传五班的李甲天选择安安静静离校。由于早早与用人单位签订了三方协议，没有找工作的压力，李甲天在 6

* 本文作者：万立平、何鎏。

月初就开始收拾、打包和寄运行李。“等举行完毕业典礼，办好离校手续，我就回家和父母聚几天，然后就全身心投入工作。”

“走吧走吧，你们走了我就是大姐大”“毕业啦，祝学姐学长们前程似锦”……在梧州学院的祝福墙上，贴满了学弟学妹们的祝福话语。

即将离开校园，回首四年的大学生活，无论是平淡还是精彩，毕业生们都潇洒地挥手告别母校，满怀希望踏上新的征程。

（注：本文曾发表在《西江都市报》，2013 年 07 月 01 日）

哈萨克斯坦留学生:相约玩转美丽梧州*

2011 年 3 月 18 日上午,梧州学院行政楼,来自哈萨克斯坦的留学生 Tolebi,面对学院为他们精心举办的欢迎仪式连连致谢:“非常感谢梧州学院对我们的热情接待,我们感到很温暖。今后年我们会努力学习,尽快适应新的学习生活。”

如今,一个月过去了,作为梧州学院首批 8 名哈萨克斯坦交换留学生中先期到达的 5 名学生,Tolebi 和他另外 4 名同学说,他们已经渐渐习惯了这里的生活,并喜欢上了梧州这座美丽的城市。

近日,记者走进了这群来自哈萨克斯坦的留学生,听听他们这段时间在梧州学习和生活的点点滴滴。

千里情缘一线牵

3 月 10 日,在经历从祖国出发辗转至乌鲁木齐,再中转至广州数天的颠簸,Tolebi 和他的 4 位同样来自哈萨克斯坦国立师范大学的同学终于踏上了梧州这片陌生而亲切的土地,开始在梧州学院中文系为期一年的汉语进修学习的生活。

据悉,梧州学院和哈萨克斯坦国立师范大学的结缘,是梧州学院艺术系一位教师“牵线搭桥”,而具体的合作事宜则由梧州学院国际交流处负责。该处处长何恩说:“学院一直有与哈萨克斯坦这样的中亚大国进行教育合作的想法。自去年 4 月开始,国交处就着手开展与国立师范大学的教育合作工作。”

经过不懈的努力,两所学校的交流取得了实质性的进展。去年 5 月份,哈萨克斯坦国立师范大学国际交流处领导来到梧州学院,双方签下了合作意向书。此后,双方一直通过电子邮件进行交流。去年 7 月份,双方签订了五年的交换留学生教育合作协议。去年 11 月,梧州学院把首批来自艺术系的 10 名学生送到哈萨

* 本文作者:苏焕文、黄海志。

克斯坦国立师范大学留学。现在,随着 Tolebi 几位学生的到来,梧州学院终于也迎来了哈方首批交换留学生。

能从众多同学中获得来到中国学习的机会,对于这批哈萨克斯坦学生来说是值得自豪和高兴的一件事。Tolebi 高兴地告诉记者,他将会好好把握这次难得的机会,努力学习汉语言,了解中国文化。

勤学苦练过"语言关"

"有苹果卖吗?"

"苹果,有。"

"多少钱一斤?"

"苹果,3 块。"

……

3 月 29 日下午,留学生汉语基础课上,授课老师正在和哈萨克斯坦女留学生 Zhanat 模拟一个水果买卖的场景对话。这一天,5 名哈萨克斯坦留学生与往常一样早早来到教室,在第一排居中的座位上坐下来,与另外 10 多名泰国留学生和越南留学生一起等待课堂的开始,汉语学习已经成为他们尽快融入异国生活首先需要掌握的技能。

尽管是来专门学习汉语的,这 5 名留学生在梧州所遇到的最大问题还是在语言上。由于来中国之前,他们都没有学过汉语,现在只能说一点非常简单且不标准的中文,语言障碍是他们必须克服的一道难关。

据留学生 Zhanat 透露,在一年的汉语学习中,他们首先将会学习一个月的汉语基础知识,之后将逐步接触汉语听、说、读、写方面的综合课程,以及汉语语法、中国文化等课程。"课程的难度会越来越大,但我有决心坚持学下去!"Zhanat 一边说一边在纸上努力认真地写下了自己的中文名字"乔娜"。

留学生汉语基础课授课老师梁妮告诉记者,这 5 名哈萨克斯坦学生目前学习汉语还处在一个入门的阶段,可是他们都非常认真,虽然发音不准,但每次朗读字词时,声音都很洪亮,进步也很快。

梧州生活乐趣多

考虑到哈萨克斯坦留学生的饮食习惯,学院给予了他们特殊的照顾,新食堂还在二楼独立开设了一个"清真菜专窗",专门为他们提供清真食物,由专人负责销售。

留学生 Erzhan 告诉记者,穆斯林的饮食习惯差别并没有我们想象中的那么大,除了猪肉以及与猪肉有关的食品,其他的食物他们都能接受,包括南方人的主食——米饭。只不过在他们看来,食堂米饭的味道有些淡。因此,Erzhan 吃饭时喜欢加些盐进去调调味道。

采访中,留学生们指着床铺上悬挂着的蚊帐介绍说,由于在哈萨克斯坦基本上不会有蚊子,所以当他们来到宿舍,看到床铺上的蚊帐,一直弄不清楚它们有什么作用。正当记者向留学生介绍这里的蚊子在夏天是如何的"猖獗"时,上铺一张蚊帐里恰巧停着一只蚊子。留学生 Erzhan 双手抓住床沿的护栏,顺势做了一个"引体向上"的动作,把脸贴到蚊帐上近距离观察那只蚊子,他那有些"小孩子气"的举动引发了现场的一阵笑声。

美丽的梧州让这 5 名远道而来的留学生深深着迷,他们约定要在留学的这一年时间里,把梧州的主要景点游个遍。4 月 3 日,借着清明节小长假的机会,他们尽情地游玩了太和花园。

对于这群来自哈萨克斯坦的年轻人来说,梧州这座中国南方城市,正变得越来越熟悉和亲切,也注定要在他们灿烂的人生中留下浓墨重彩的一笔。

(注:本文曾发表在《梧州日报》,2011 年 04 月 17 日)

“入学季”新生报到故事多*

丹桂飘香，荷花满塘，又是一年新生入学时。大一新生带着对未来的憧憬踏上了人生的新征程。一张张热情的笑脸，一句句亲切的问候，一项项贴心的服务，填满了校园的每个角落。记者走到大学新生们身边，了解他们的喜怒哀乐，倾听他们的故事。

最漫长的求学路

一个人，一个梦想，一个旅行箱，郭淑雅——从家乡甘肃黄土高原上的一个小山村向梧州进发，穿越 7 个省（区），转了 4 趟车，横跨 2100 公里，经历 46 个小时的漫长旅程，才终于到达了人生的又一个新起点——梧州学院。

“到了梧州，看到这座依山傍水的城市后，我就喜欢上了它。”郭淑雅说，学长、学姐的热情，让她感到很温暖。在志愿者的带领下，她顺利完成了报到手续，去绿色通道办理了生源地助学贷款，并打算申请国家助学金。

郭淑雅 8 岁时，父母就去了新疆打工。从那时候起，郭淑雅就一直和爷爷奶奶住在一起。所以，郭淑雅从小就很独立。在交了学费、住宿费等费用后，郭淑雅身上只剩下 400 元。郭淑雅对勤工俭学很感兴趣。她说，勤工俭学既可以减轻家里的经济负担，也可以锻炼提升自己的能力，积累工作经验。

在谈及她对未来四年的憧憬时，她坦言：“磨难是一次成长的机会，在求学过程中无论遇到什么困难，都不会放弃。这是人生的另一个起点，我会继续努力。”

最来之不易的缘分

在梧州学院 2013 级新生中，有 3 人同一天生日，都是 1994 年 5 月 4 日。他们

* 本文作者：龙天传、郑文锋。

分别是来自广西的秦明佳、来自福建的吴丽安和来自云南的蒋丽娟。

同年同月同日出生,未必就会有着同样的兴趣与性格。秦明佳,这个桂林小伙和大多数文科男生一样,比较安静。而两位女孩却不同,来自云南的蒋丽娟在中学时经常参加学校里的文艺活动,吴丽安也差不多。“未来四年会不会相约一起过生日?”三人不约而同地表示:“这是一个好主意。”

最盛大的“亲友团”

记者采访了解到,今年“送学”家长队伍比往年明显增加,成为开学季一道独特风景。

梧州学院教师教育系 2013 级学前教育本科 1 班的邓宗琦是父母陪同来报到的,他们从河池出发,先搭乘两个小时大巴到柳州,再坐 6 个半小时长途车,才能到达学校。邓宗琦的父母请了 3 天假,专门陪同她到学校注册报到。这几天,他们都在学校帮孩子办理注册手续、买生活用品、整理床铺等,晚上就住在外面的宾馆里。

问及陪孩子来学校报到的用意,邓宗琦妈妈说:“孩子刚离开家,让她一个人过来不放心,而且东西很多,怕她一个人拿不了,也顺便来看一下学校,了解一下孩子的学习环境。”

而邓宗琦则害羞地笑着说,虽然以前自己曾也去过桂林、贵州等外地游玩,但是这次如果让她独自到学校的话,还是有些担心。

记者发现,父母想当孩子的“亲友团”,原因很多,但都有一个共同点,那就是不放心孩子,担心孩子的独立能力和自理能力不够,要亲自送到学校才能安心。

对此,梧州学院心理咨询中心老师石夏莉建议,刚走完高考,大部分学生都渴望自由、独立成长,但家长容易忽略孩子的成长要求,过度的关心就使爱变成了一种束缚。孩子们要理解家长,不要单纯理解父母“送学”是对自己成长的控制,而应多和父母沟通,让父母知道自己内心的想法,让他们对自己放心。而家长们则要在心理上帮助孩子,行动上鼓励、支持,把握适度原则,不要让爱错位。

(注:本文曾发表在《西江都市报》,2013 年 09 月 16 日)

毕业季的浪漫风景*

6月30日上午，在梧州学院2016年毕业生毕业典礼上，经济管理学院12级3班的泰国留学生吴婷婷和张月月（中文名字），在完成本科学业，领到毕业证书的同时，也惊喜地获得了各自的中国男友送来的鲜花和祝福。

当这两对跨国情侣手捧鲜花，一起在毕业留言墙前甜蜜合影，这一浪漫温情的毕业照，成为今年学校毕业季独特的亮点。

四年前，吴婷婷与其他来自泰国的留学生一起，远离家乡来到梧州学院学习国际贸易专业。其间，她不但完成了学业，学会了中文，还通过假期的校外活动了解中国文化，尤其是对梧州的饮食情有独钟。“我很喜欢吃梧州龟苓膏、冰泉豆浆和纸包鸡。”说起梧州的饮食，吴婷婷如数家珍。

转眼间，四年的留学生活就要结束了，吴婷婷收获最大的还是认识了一位梧州本地的男友：“我选择来梧州学院留学，不但完成了学业，还收获了爱情。”

当吴婷婷谈起与男友刘广雅的美丽邂逅，脸上满是甜蜜：一年前，在广西电子科技大学读书的刘广雅，放假回梧州，在一次与在梧州学院读书的高中同学一起打球时，吴婷婷刚好路过球场，与在球场边休息的刘广雅偶遇。两人先是用英语打招呼，当刘广雅发现吴婷婷能用中文交谈时，两者交谈的话题就多了起来，随后，两人各自留下了对方的联系方式。就这样，在随后的日子里，两人通过QQ视频在网上不断加深了解，最终发展成情侣。

在刘广雅赢得吴婷婷芳心的同时，他还通过女友，把在广西大学行健文理学院读书的表弟陈宇鹏，介绍给吴婷婷同班的泰国同学张月月。结果，两人竟然一见钟情。于是，就有了两老表与两个同班泰国留学生结为跨国情侣的浪漫故事。

“当知道吴婷婷要参加毕业典礼时，我专程请假从玉林赶回梧州为她献花。”

---

* 本文作者：陈健新、曹燕杏。

已经毕业离校，目前在玉林工作的刘广雅说，这是吴婷婷人生当中值得纪念的特别日子，我一定要赶来学校为她送上祝福。

而就在张月月参加毕业典礼的前一天，刚毕业回梧的陈宇鹏来到梧州学院，特意穿上张月月在网上购买的学士服，手捧由张月月亲手制作的巧克力花束，两人一同拍毕业照。同时，陈宇鹏还现场正式向张月月求婚。

沉浸于学业与爱情双丰收，浪漫与憧憬的难忘时刻，陈宇鹏希望能在梧州找到一份与自己专业对口的工作。吴婷婷和张月月毕业后先回泰国，她们希望在不久的将来能来中国工作和生活，让家庭与事业两者能够兼顾，因为，这毕竟是她们来中国留学的梦想与追求。

（注：本文曾发表在《西江都市报》，2016 年 07 月 05 日）

晨读——一道靓丽的校园风景*

如果你曾留意,那么你会在无数个清晨看到他们手捧着书本低头阅读的身影;你会听到他们朝着空旷的草坪大声朗读的声音。一日之计在于晨,学校草坪上,图书馆旁边,桂花树林中……未见其人,先闻其声,他们用琅琅的读书声迎接清晨的第一缕阳光。

另一种生活,另一种享受

6 点 50 分,清晨的凉意还未散去。此刻多数同学还沉浸在梦乡里,而外语系 2012 级经贸英语 1 班的朱艳兰就已经早早起床,戴起耳机,跟着音乐的旋律哼唱着英文歌,快步走向综合教学大楼前的桂花树林中。在桂花香中,她拿出背包里的英语报纸,便开始了今天的晨读之旅。英语单词和文章是她主要朗读的内容,碰到自己喜欢的句子会重复多次地朗读。在树林中时常不免受到蚊虫叮咬,朱艳兰却完全沉浸在晨读的世界里。她说:"我根本没注意这些虫子,注意力都在书本上了,每次晨读结束后才发现手臂和脚踝上有被蚊虫叮咬过。"

7 点 10 分,太阳爬上山头,教学楼前的草坪陆陆续续来了许多学生。他们有的坐在草地上,有的靠在树下,有的站着,有的来回踱步。读英语的、读《史记》的、读诗词的……宽阔的草坪上读书声渐渐变大。

7 点 50 分接近上课时间,部分晨读的同学开始收拾书本和背包,走向教室,消失在上课学生的人潮中。此刻,教学楼前的草坪渐渐恢复平静。

另一种坚持,另一种挑战

晨读贵在坚持,只有坚持才能达到效果。"我从大一开始就坚持晨读,有人说

---

* 本文作者:覃引珍。

每天早上叫醒我们的应该是梦想,所以我觉得晨读也是一种对梦想的坚持。”数理系 2012 级制药工程班的周卫红说。因为坚持到图书馆晨读,她轻松地通过了英语四级考试,现在她正为英语六级考试而奋斗。寒冷的冬天即将到来,但是这并不影响她坚持晨读的计划。

外语系 2011 级经贸英语 2 班的施国宁说:“英语六级考试准备来了,而且我们还要参加英语专业四级、八级考试,所以从上个星期开始我就决定每天坚持晨读。”施国宁每天早上 6 点半起床,晨读一个至两个小时才去上课。他说,草坪的环境很好,可以大声读书,不用再因为害羞而不敢开口朗读。

另一种快乐,另一种收获

“早上的空气很清新,早起的一天心情都会跟着好起来,记东西的速度都提高了。”数理系 2012 级信息与计算机班的周同学说。她早上喜欢一边听歌一边看书,有时还会打印一些提高注意力的图片来看。

电子系 2010 级电本 1 班的黄同学每天早晨都骑着自行车来到草坪,靠着自行车晨读,他觉得在草坪读书可以无拘无束。考虑到未来的工作可能涉及英语软件、英文文档的处理等,所以他正抓紧时间学习英语。黄同学说,晨读不仅增加了他的词汇量,也提高了英语口语水平,在平时交流中英语常常可以脱口而出,自己都感到意外。“现在大四了,课余时间比较充裕,所以我坚持每天来晨读,目的是让自己比别人先投入学习的状态。”对于中文系 2011 级对外汉语班的黄春铭来说,晨读已经成为她生活中的一部分。“我从高中开始就喜欢晨读,晨读能让自己的心静下来。但是我并没有刻意要求自己,因为晨读已经成了我生活中离不开的一个朋友。”

晨读,一直是校园中一道亮丽的风景线。目前,加入晨读的同学越来越多。他们说,早起读书让人受益匪浅,长期坚持是对毅力培养和知识的积累。

(注:本文曾发表在《西江都市报》,2013 年 10 月 21 日)

大学第一堂课*

九月末的早晨,天气微凉,校园里洒满秋日的明媚阳光,教学楼隐隐约约传来的说话声和脚步声打破了清晨的宁静。军训结束了,新老师和新生们的大学第一堂课也如期而至。

梧州学院明理楼南楼302,是电子信息工程系2013级机械设计制造及其自动化班的上课地点,他们的第一堂课是《思想道德修养与法律基础》。离上课时间还有二十多分钟,班上的一部分同学已经来到教室。今天是王国华老师第一次带班上课,正巧,也是2013级机械设计制造及其自动化班的第一堂课。为了上好第一堂课,王国华老师早早地来到教室做准备。“一个人第一次带班上课,想得会更全面,每个课程的安排也要想得更周到,来早点,准备充分些。”王国华老师说。

“请用三个词描述大学生活。”问题一出,不少同学抢着举手回答。“自学,自立,自主”;“迷茫,期待,向前”……各种各样的回答让课堂氛围变得越来越活跃。来自新疆的陈榆同学面对老师的提问,几乎每次都积极回答,他说,他喜欢这样的课堂,多发表自己的看法,多交流。机械设计制造及其自动化1班的甘镗英说,军训刚结束,书也是刚领回来的,上课前也不知道老师要讲些什么,有些迷茫,大学的课堂和高中不同,现在注重自主学习和思考。

“大学的路有很多,走弯路的人未必是最笨的,不要害怕,精致生活!”王国华老师以这句话结束了2013级机械设计制造及其自动化班的大学第一堂课。他表示,大学的第一堂课,他希望作为一个引领者引领学生们入门,去接受一些他们以前没有接触到的东西。

同样的课,不同的老师有不同的精彩。下午14:30在明理楼北楼503,新老师与新学生的首次见面同样让人记忆深刻。

---

* 本文作者:蒋艳、雷美香。

“我叫潘家猛，毕业于四川大学，主修宗教学，喜欢思考，喜欢哲学、宗教以及古典文学诗词……”顿时台下的掌声、欢呼声充满整个北楼503，同学们用自己的热情表达着对新老师的欢迎。教室里大约130人，他们来自计算机科学系2013级数字媒体技术专业1班、2班，物联网工程专业班三个班。“我想认识一下大家，对你们有一个简单的了解，所以请每位同学做简单的自我介绍。”一上课，潘老师就与同学们开始了互动，简单的自我介绍一下拉近了师生的距离。潘老师说通过自我介绍既可以调动学生的积极性，又可以了解大家的兴趣，了解班级环境，便于以后教学。

为了上好新生的第一堂课，潘老师也做了一些准备，在课件的制作上下了一番功夫。首先，他通过展示新生报到、军训时的照片让同学们回忆了前半个月的大学生活，让大家对大学的学习有个过渡。何为大学？潘老师提出了第一个问题。“对于我们农村孩子来说，大学就是我们梦寐以求的地方，是我们最期待的地方。”来自天津的王硕回答道。课堂的气氛十分融洽。

数字媒体技术2班的罗伟新说：“潘老师很和蔼，非常容易接近。”“25号我就领到书了，上课之前也预习了一下。我觉得这门课能够培养我们更加独立，使思想更加成熟、先进，达到一名合格大学生的标准。”物联网工程的黄华秀说。她觉得潘老师很幽默、亲切。

第一堂教学课对于新老师和新学生而言有着不一样的意义。他们在课堂上热烈地讨论、积极地互动，探索和追寻自己的目标与理想。

（注：本文曾发表在《西江都市报》，2013年10月14日）

哈、俄、塔、乌国家留学生加入梧院"朋友圈"*

略白皙的肤色、高挺的鼻梁,相较于国人外貌差别不大的东南亚留学生,来自中亚和欧洲的留学生以新面孔正式加入梧院朋友圈。他们怀着对中国文化的热爱,不远万里来到中国,展开为期一年的短期培训或本科四年的学历教育,开始汉语学习的新征程。

向着更好的自己

职业:跨国企业翻译。年龄:35 岁。曾留学奥地利学习德语,这是优利娅在来梧州前的简历。

来自俄罗斯的她为了学习汉语辞掉原本稳定的俄英翻译工作,远赴中国学习中文。当优利娅告知自己的朋友出国消息时,他们惊呼"不可思议!"

一年前,优利娅参加了所在公司组织到河北秦皇岛进行的交流学习,让她意识到中哈、中俄在石油、燃气以及矿业管道设计领域的专业翻译存在着更高的提升空间。她毅然辞掉从事了 13 年的翻译工作,来到中国学习中文,希望通过自己的努力提高自己的翻译水平,为自己未来的发展找寻更多的机会。

走进优利娅的宿舍,到处可见她学习中文的痕迹。床头贴了一张印满中英对照的汉字表,上面根据拼音的四个声调分别用红、蓝、黄、绿标注,桌面堆放了听写本和俄中翻译书。才学习汉语 2 年的优利娅能进行日常的交流,还会引用中国的俗语,比如"入乡随俗""礼轻情意重"等。

已经开始上课的优利娅坦言,梧州本地的口音以及老师较快的语速为她的中文学习增加了难度,"只要能听懂一半我就很开心了。"优利娅说。优利娅的到来,这也是学校第一次接收来自欧洲的留学生。

---

* 本文作者:谢东洪、梁媛媛。

带着孩子来上学

玛蒂娜在书桌前认真地学习汉语，一旁的儿子在静静玩耍。来自哈萨克斯坦的玛蒂娜才刚刚学习汉语2个多月，语言运用的生疏让她不太敢开口用中文说话，信仰伊斯兰教的关系也让她对饮食有点不适应。晚饭时间的食堂，为了找牛肉，她一家一家去确认，终于把脚步停在了有牛扒的手抓饼前。

和她一起来上学的还有3岁的儿子，也作为“小留学生”去了附近的幼儿园学习汉语，她希望自己的儿子能够在汉语的环境里学习中文，语言环境的重要让她辞掉了自己原本的牙医工作，带着女儿儿子远赴中国，目前女儿还在秦皇岛上学。

翻开玛蒂娜学习中文的本子，上面不乏出现一些中文的医疗术语，比如“麻醉”等，难度更大的术语学习使她不敢懈怠，就连在公车上都会拿出本子翻翻读读。

走进软件世界

同样来自塔吉克斯坦的蒂木因家人来中国工作的原因，也来到了中国，并在桂林理工大学留学一年后来到了梧州学院。上课第一天，他觉得课程很有趣，尽管老师说的中文听不太得懂，但是上机操作却让他如鱼得水，英文代码的便捷使他越发喜欢软件专业。

刚到梧州的他直言吃过的辣食物令他印象深刻，舒适的住宿条件让他很满意。结识了一些热爱踢足球的留学生朋友后，蒂木每天都往足球场跑，一身黑色球衣，略白皙的肤色，高挺的鼻梁，吸引了不少目光。

蒂木也非常喜爱李小龙和成龙电影，他坦言，看他们的电影是学习中文的一种途径。闲暇的时候他还会在宿舍里面看一些中国儿童用书学习中文。

据悉，学校接收留学生生源国已达10个，2017年共有87名来自东南亚、中亚和欧洲的留学生前来交流学习中文，不久，学校依旧还在等待来自乌兹别克斯坦的“那个他/她”。

以时间之名，致我们的朋友*

“朋友一生一起走，那些日子不再有，一句话，一辈子……”每当耳边响起这熟悉的旋律时，我们总会感叹时间匆匆流逝，而曾经的朋友，是否依然还在身边？

“不是兄弟却胜似兄弟”

从13岁到17岁，他们走过了最懵懂的青葱岁月，共同面对了人生中最重要的高考，不知不觉两人就认识了七年。他们分别是2013级计算机科学系软件工程和电子信息工程系工业设计的梁广鹏和韦景才。

“缘分是个很奇妙的东西，在初中和高中时有很多次分班，但是最后我们还是会被分在同一个班级，而且还做了六年同桌。”梁广鹏感慨地说，初一的时候他很喜欢打篮球，自从认识了韦景才，两人经常在学业繁重的学习期间一起打篮球舒缓压力，久而久之，关系也就越发地要好了。

打篮球是两人最大的共同爱好。因为篮球相识，他们曾一起在滂沱大雨中打球，一起享受那为篮球“奋战”的快感；但是两人也曾在篮球比赛中因意见不合而打得不可开交，相互大眼瞪小眼。可在比赛结束后，一句“我们一起去吃饭吧”，两人就把球场上的所有不愉快都忘掉了。

回忆起这7年的友谊，韦景才坦言：“我们之间没有隔夜仇，即使吵得再凶也不会翻旧账。”生活中，他们是“损友”，也很少会刻意地去为对方做什么，但两人的默契却心照不宣，“我们不是兄弟却胜似兄弟，兄弟之间是不需要太华丽的辞藻来表达感情的，实实在在就行了。”梁广鹏说。

---

* 本文作者：罗庆兰、莫品连。

“我们三缺一不可”

梁广鹏和韦景才的兄弟情缘于篮球,而中文系的大四学生张冬韵、欧春婷和黄政柳三人的闺蜜情则缘于排球。在系排球队里,她们因为一个共同的爱好“打排球”,而相识相知了四年。

在这四年中,她们也会因为球场失意而自我怀疑,想要选择退出球队,但是她们彼此总会鼓励对方:“我们仨缺一不可,你要是退出了,我们留下来也没什么意义了。”于是,三人就这样相互鼓励,不抛弃不放弃,并肩作战坚持了四年。

回想起四年的球队经历,最令她们骄傲的是在新生排球赛中,为球队拿到了第一个新生杯的冠军。张冬韵说:“不过,最令我们遗憾的是没能在最后的一次比赛中再拿一次冠军,为我们的大学四年球队生涯画上一个圆满的句号。”

在平常的球队训练中,她们之间培养了超高的默契。因此,在比赛中,她们只需一个眼神,便能读懂对方下一步要做些什么。同时,她们也把这种默契从球场上带到了生活中,性格直率的三姐妹,一拍即合,她们是无话不谈的好闺蜜,黄政柳看了看好友说:“我们三个人当中,不论是谁遇到了困难,其他两人总会在第一时间出现。”

时间承载了太多关于友情的记忆,朋友是每个人的生命中不可或缺的一部分,梁广鹏和韦景才的 7 年兄弟情,张冬韵、欧春婷和黄政柳的 4 年姐妹情,他们以时间之名,记录着彼此生命中的每一次的相伴。

第四部分 04

青春无悔

向远方和梦想致敬*

——广西梧州学院3名大学生17天骑行去拉萨的故事

“从来没想过，单车能跑多远。曾以为它只属于城市中央的喧哗，灰色的天空，我不甘心就这样平淡无常……”配着《单车带我去西藏》歌曲，广西梧州学院大学生沈文书自制的《单车带我去拉萨——纪念走川藏一周年》相册视频，记录了四个男孩骑自行车去拉萨的旅程。视频发表后，在网上引来了很多网友的羡慕和赞扬。

17天的风雨冰霜。2100多公里的路程。翻越海拔3000米以上高山7座。4000米以上高山5座。5000米以上2座。跨过大渡河、金沙江、澜沧江、怒江、帕隆藏布江等汹涌湍急的江河……

2013年暑假，梧州学院2010级国际经济与贸易专业的学生田永悦、沈文书、金星剑和湖南驴友艾道华7月25日从成都骑自行车出发，沿途经过22个市县镇乡。“2013年8月9日21点23分，我们在拉萨布达拉宫啦!”

4个90后的男孩用自己的方式，向远方和梦想致敬。

青春不留遗憾

有梦想就行动。家住天津，从小就骑自行车上学的田永悦在高三的时候和几个同学说，以后咱们骑自行车去拉萨玩。4年后，田永悦高中那两个同学忽然发一组已经骑自行车到拉萨的图片给他。“当时我心里被深深震撼住，原来梦想不能只说不做，我不想让青春留遗憾!”田永悦回忆说。

“走拉萨对我来说是一件非常遥远的事，但我想去拉萨看一下风景，我对这个旅行充满憧憬，所以我决定去了。”家住湖北、从小就喜爱旅游的沈文书说。

---

* 本文作者：谭永军、陆羽翔。

“父母起初不同意我骑自行车去西藏的，太危险了！但后面经过沟通他们知道我的想法和追求以后同意了！”田永悦说。

“从现在起节约每一分钱去拉萨！”田永悦和沈文书、金星剑和艾道华，开始为梦想在积蓄能量。

看路线地图花 2 小时。选择哪条线路？每天要骑到哪里？怎么解决住、吃、喝？旅行费用、具体的装备、耐力，如何应对突发事件……这些问题对于从来没有骑自行车远行的他们来说是极大的挑战和不能回避的问题。

田永悦作为本次旅行的总策划人，在网上参考相关的川藏旅游攻略之后，选择了走成都至拉萨路段的 318 川藏线。“我用网上地图查询每个地点做标记时，路程全长 2142 千米，用鼠标一直拖了 2 个多小时才看完，手都酸了。”

“既然决定去了，不管面临多大的困难和挑战都不能做逃兵啊！”

“我花 2000 多元买了人生最贵的一辆自行车！”田永悦说。他买的是变速、刹车效果好的自行车，减震效果明显，踩起来较轻松。

他们了解了川藏路上都是一座座的山川，动辄几十公里的上坡和下坡，所以为了安全的考虑，他们选择较好的自行车。

跑白云山训练耐力。田永悦、沈文书的身高近 1 米 8，经常打篮球的他们体格显得很强壮、魁梧。在四个月里，他们坚持每周体能训练：打篮球，越野跑上梧州白云山，骑自行车远行“热身”等，还学了一些日常的藏语。

白云山海拔 386 米，是梧州市最高山峰。“跑白云山非常的累，因为太长了，但是每次都告诉自己尽量不要停下来，坚持到山顶！”沈文书说，1 小时，50 分钟，48 分钟……每次他们都尽量用最少的时间跑到山顶。

头盔、手套、眼镜，装有衣服和修车工具的驮包……7 月 24 日，收拾好四五十斤的装备，4 个人终于向拉萨“进军”。

旅途风景无限

邛崃是征服 318 川藏线的第一站。从梧州坐车去到玉林，再转火车到成都，便开始了自行车之旅。第一天征服邛崃，他们就遇到第一个“拦路虎”，遭遇暴雨，队友金星剑、艾道华的车爆胎。

“第一天就遇到这样的困难，我觉得这段旅程一定会充满着许多未知、惊喜和挑战。”田永悦说。

第一天沈文书有些不适应，大力踩踏造成了双膝疼痛并严重肿红。同时，每当到达海拔 4000 多米的地方，沈文书都会出现高原反应，头剧痛。“当时感觉真的很痛苦,那感觉令人至今难忘,很难适应,但是我没想过要放弃!”沈文书激动地说。

山区的地质结构不稳定,一下雨就容易塌方,而路上遇山上落石是经常事,刮风暴雨等恶劣天气更是挑战重重。

“踩10米停歇3秒钟,坚持不推车,骑了一整天,不放弃……”在上一些长坡路的时候,先前驴友在路边留下的“坚持不推车”这5个字,激励着他们坚持下去,要用轮子去丈量梦想,而不是用脚。

每天他们大约9点开始一天的行程,要完成的目标就是骑到下一个小镇。中途远的要骑行12小时以上。

在左贡遇到更大的麻烦——通麦大桥塌了,这是到拉萨最好的路段,却被封死了。“有预料过会遇到塌方之类的意外,却没想到桥会塌,看到一些驴友都返回去了,当时大家有些着急、沮丧。真希望大桥能在一两天内修好。”现实是残酷的,消息告诉他们:“桥”修好要半个月,他们决定当天绕道坐车到那曲,然后从那曲骑自行车到拉萨。

警局扎营,藏家借宿,学生敬礼。路途危险,没有地方睡一直是他们最大的问题,除睡旅馆,他们还睡过警察局、医院、沙场、汽车……

8月5日晚,他们来到昌都,由于不认识路、又听说当地路段驴友被抢劫,无助的他们向昌都派出所警察求助。“昌都派出所的警察热心地为我们去左贡找车,晚上担心我们冷还把身上的大衣脱下给我们盖。”当晚昼夜温差有三十度左右,在警察局门口安营扎寨度过了一个美好的夜晚。“警察都是90后,特别好,现在我们还保持联系呢!”田永悦激动地说。

8月8日,到达青藏高原,川藏之旅第16天,天色已晚,因为缺少食物,天气又冷,他们无奈之下尝试去当雄藏族大哥家借宿。“担心被拒绝,没想到的是,他们非常热情地招待了我们。”“让我们喝上了正宗的酥油茶,吃地道的藏粑、奶酪等美食。”4个驴友激动地和藏族同胞拍了全家福。

在经过藏北地区的路上,路边小学生看见他们都会敬礼。“我从来没见过小学生会对陌生人敬礼,看到一脸流露出来的那种淳朴、善良让我十分感动、一生难忘啊。”

途中并不孤独。“63岁的大爷,都能靠自己的毅力骑自行车到拉萨,路上生病也坚持前行。如果我们这些20多岁的青年途中轻言放弃,该有多羞愧。”在路上,他们碰到了这位大爷。“当晚他还感冒了,一直咳嗽。在高海拔山上感冒是非常危险的事,第二天他又继续前行了。”在川藏线,海拔越来越高,呼吸也越来越困难,有些路就在悬崖上,稍不留神就会搭上小命……“在路上看到徒行者和同行者,都忍不住惯性的向他们伸出大拇指。”沈文书说。

塌方、逆风、冰雹、落石,几千米的海拔都一路咬牙挺过,累了睡路边,渴了喝山里水,有苦有泪有欢笑。“一路上都是灵魂在天堂,身体在地狱的感受。”

历尽艰辛,他们终于在2013年8月9日21点23分到达布达拉宫——拉萨。17天的旅程,他们省吃俭用,每人大约花费5000多元。每一天,沈文书和田永悦都在笔记本和QQ空间发表一条说说,一句感受的话,一张318川藏线上的图片,“脸被晒黑得自己都认不出来,拍出照片太丑,想删除又太可惜了”。

2013年8月虽然远去,但是他们的日记本和说说却在诉说着那段不平凡的经历。为了不能忘却的记忆,在周年即将到来之际,他们制作翻唱了《单车带我去西藏》歌曲,上传到“优酷”,纪念轮子丈量过的路,向远方和梦想致敬。

(注:本文曾发表在人民网,2014年06月10日)

女大学生千里走单骑*

2016 年寒假，一个女生，背着将近十公斤的背包，十一天，从南到北，跨越了越南的七座城市，游历了七十多个景点。这个被同学称为“旅游达人”的女生，就是梧州学院经济管理学院 2013 级学生罗媛元。

罗媛元爱生活、爱旅行。北京、香港、云南、四川……如今，她已走过 13 个省份，到过繁华的都市，也到过古朴风情的古镇，足迹遍布了近半个中国，更延伸到国外。

做兼职积攒旅游基金

大一带外公外婆去长沙，衡山祈福；大二暑假带爸妈去拉萨，环青海湖骑行；大二寒假自己去凤凰、张家界看雪……

钱是去旅游的前提。罗媛元为自己准备了一个“旅行基金”，每个月的目标是往基金里定期存入 500 元，这笔钱一部分来自生活费，一部分来自课外兼职。每当旅行基金里的资金足够下一场旅行，她便开始一场说走就走的旅行。

为了挣更多的路费，罗媛元代购过特产，卖过自拍杆，去广东打过工，在学校微企做过业务员，做过家教，发过传单，还做过银行大堂实习经理。她把做兼职的钱都攒起来，用作旅行资金。

罗媛元说，除了攒钱，旅游知识的储备也是充要条件。她上网找攻略，下载“蚂蜂窝”“穷游”等有关旅游建议的 APP，为自己出游做好充分准备。

孤身玩转越南七座城

大三开始，罗媛元有了一个“疯狂”的计划，她要出国旅游。兼职打工攒够一定旅游基金后，她找到学校的越南留学生了解越南的景点，同越南留学生练习简单的对话，到穷游网上找驴友交流经验。买旅游英语大全练习自己的英语口语，

---

* 本文作者：万立平、梁媛媛、韦桂平、陈玉兰。

准备与越南相关的书籍等，策划线路，选择交通工具，办理签证，购买电话卡，解决住宿……罗媛元一步步把这些旅行装备集齐。

胡志明市、美奈、大叻、芽庄、会安、岘港、河内，罗媛元沿着越南海岸线的城市一路北上。

旅程的第一站，罗媛元先到达了胡志明市，选择一个靠近景点的住处裴维恩西贡青年旅社，这样不仅交通方便，而且费用也比较便宜。安顿好自己，她便开始做一个“称职的游客”，到当地的特色美食店“安贡馆”品尝美食，去胡志明市有名的背包客聚集地“范五老区”逛上一圈。“除了美食、街市，胡志明市当地的文化场所也是必去的景点。”罗媛元说。

“迷路”大概是每个旅行者都会遇到的事情。罗媛元也不例外。到大叻时，由于对路况不熟悉，电子地图也派不上用场，问路，是她的第一念头。幸运的是，她碰到一个当地的女生，但语言不通，两人手舞足蹈了好一会，罗媛元还是没有弄清去目的地的路线。这时候，那女生拍拍自己的车后座，表示可载她到目的地。罗媛元忐忑地上了车，直到抵达目的地，她的心才放下，原先的忐忑不安全被陌生人的善良冲淡了。

飞机、火车、大巴、摩托车、自行车……罗媛元变换着各种交通工具在越南的七个城市游历。到美奈的小渔村，看日出日落；到大叻，看飞流的瀑布；到会安古镇，看传统手工制作的灯笼，在街边酒吧里品酒，倾听游人故事。十一天时间虽短，于她来说，却是一段特别的经历；七座城跨度虽大，却给她留下了深刻的记忆。

做足准备保旅途安全

罗媛元说，旅行带给她的不仅是愉悦，更是一种历练。每次去旅行前，她都会准备很多诸如旅行攻略及住宿等资料，这是自己旅行过程中的一种安全保障。

“很多人问我，一个人去旅行担不担心安全问题。其实我是很注意安全的，尽可能做好防范。”罗媛元说。除了旅行前做好各类攻略、住宿等准备外，罗媛元会把身份证、护照等证件各复印 3 份，一份留在家里以备不时之需，其余两份则在旅游过程中一份放在住宿酒店，一份随身带在身上。在旅途中，尽量将搭车时间安排在白天，住宿时尽量选择多人住宿的酒店。此外，还通过每天打电话给父母、朋友报平安和在微信、QQ 上发旅游图片等，让朋友了解自己所在的位置。

每一次旅行结束，罗媛元都感觉自己成长了，这也让她更加有动力去学习。她深有感触地说：“要提高自己的旅游质量，就要加倍地努力。”

（注：本文曾发表在《西江都市报》，2016 年 05 月 02 日）

别样的大学上学路*

梧州学院新生叶国标从贵州六盘水市骑自行车到学校报到,10 个日夜的行程让他收获良多。

10 个日夜,13 个市县镇乡,1100 公里路程,他经过暴晒历过风雨,看过美景遇见友人,一路风尘,却从未放弃。

他是叶国标,2016 年考上梧州学院,在即将开学的时间里,他从贵州省六盘水市骑行到校报到。叶国标说,从贵州骑行到梧州学院,这不是一场说走就走的旅行,而是一个五年的计划,更是一个对自己的承诺。

深思熟虑五年计划

叶国标说,五年前,他还是一名初三的学生,偶然在网络平台百度贴吧上看到“骑行吧”,仔细翻阅了里面的帖子后被骑行的魅力深深吸引,便想找机会好好体验一番,考虑到时间与精力的问题,他只能暗暗对自己许下一个目标:我要骑自行车去上大学。

这个目标一记就是五年。8 月份,叶国标接到梧州学院录取通知书后,就开始计划着从贵州省六盘水市骑行到广西梧州市的旅程。骑行开始前一个月,叶国标为自己制订了加强身体素质的训练计划:每周一到周五早上 5 点起来跑步十公里,周六周日进行 2 个小时的打篮球训练。

此外,对于从贵州省六盘水市到梧州学院具体的路线如何,怎么解决吃住问题,路上要花多少钱,路上会遇到什么危险……这一系列将要面临的问题叶国标也做了准备。

几件衣物,几样药品,几件修车工具,一个背包,跨上自行车,出发! 9 月 7 日,

---

* 本文作者:万立平、陈洁、余梦。

经过一个月的前期准备,叶国标轻装上阵,开始了骑行旅程。

克服困难 继续前行

从六盘水出发,沿着六盘水—六枝—安顺—惠水—独山—南丹—河池—宜州—柳州—武宣—平南—藤县—梧州的路线,平均每天骑行100公里,这是叶国标为自己制作的骑行路线和目标。

“嘭!”随着一声响,叶国标连人带车摔倒在道路上,脚被擦破了皮。伤口不大,自认倒霉的叶国标爬起来后继续前行。但是意外连连,甘蔗泥地、水坑……这些都先后让叶国标负伤了。从河池到柳州这段路,对叶国标来说,是一段“受伤之路”,100多公里的路,叶国标摔了三跤,手脚都擦破了皮。

放弃从来没有成为叶国标考虑的问题,简单清洗下伤口,往自行车上一跨,叶国标又继续自己的骑行之旅。

叶国标告诉记者,受伤不是大问题,对骑手来说,天气才是最大的敌人。千里旅程,叶国标经过暴晒也经过风雨,“下雨天衣服干了又湿,湿了又干”,恶劣的天气影响了骑行的速度,也降低了效率,但叶国标都是克服困难,不断前行。

9月15日,叶国标刚刚抵达平南就遇到猛烈的日照,一路的暴晒让他有了放弃的念头,在平南高铁站坐着思考了整整2个小时,叶国标最终还是选择坚持,“说到就要做到,这是对自己的承诺!”

一路骑行 收获良多

“梧州学院我到了,10天的旅程,不一样的大学路。”9月16日,叶国标在QQ空间这样记录道。

叶国标说,一路前行,看过壮美的山川河流,见过奇异的花果,真切感受到了骑行的乐趣。同时,沿途的风景与人情都让他的旅程变得不再孤单。

“9月15日,这是我过得最有意义的一个中秋节,遇到他们,我觉得很幸运。”叶国标说。原来,当天他在从平南到藤县的路上偶遇了4个一起骑行的骑友,其中3个是他老乡,他们分享骑行过程中的故事。

此外,叶国标告诉记者,一路上,他还遇到好心人和志同道合者的指路,让他少走了弯路,更遇到了免费帮他清洗自行车的洗车行老板。

“这次旅程让我更懂得坚持,更有毅力,自理能力也得到了提升。”叶国标表示,此次骑行上大学是一次挑战,收获了很多,接下来会更专注于学习,好好享受大学生活。

(注:本文曾发表在《西江都市报》,2016年09月23日)

别人羡慕的，我们做到了*

2011 年 5 月 22 晚，一支名为“溜达乐队”的学生社团在梧州学院主办了一场专属于他们的原创音乐演唱会。

正如演唱会的主题“梦想起飞”一样，五位成员，三年来从未间断地追求梦想，终于让梦想在这难忘的夜晚张开羽翼，自由飞翔。

从玩到认真

乐队的组建，得从 2008 年说起。

当年学院“老乡会”聚会后，校园、宿舍、排练房开始出现三个活跃的身影。三个刚上大一的青涩男生课余每人一把吉他，反复模仿宾阳乐队演唱《孤独》。最初是玩组合过把瘾，参加了几场新生表演，他们认识了其余几位乐器手，很快就萌生了组建乐队、自创歌曲的念头。

几番变动，“溜达乐队”终于在 2009 年底响遍校园，五个音乐知己走到了一起：

队长覃峻峰（阿峰）擅长作词作曲，是乐队的吉他手；

鼓手许世福（小许）是乐队的外交先生；

贝斯手黄志原（阿原）是个阳光男孩，同样喜欢创作歌词；

键盘手徐驰多才多艺，还是校园节目主持的“金话筒”；

2009 年拿校园歌手大赛冠军的汤姗婧担任乐队主唱，歌声嘹亮奔放的她在乐队中人气最高。

---

* 本文作者：韦晓燕。

为了训练三搬场地

“人生的路还很漫长,随时都要面对风和浪。既然决定要奔向远方,就没有理由中途退场……”演唱会一首略带摇滚激情的原创歌曲《就让风儿把我带走》沸腾了台下的所有歌迷。别看今天的舞台他们风光闪亮,台下流过的汗水唯有他们自知。

没有齐全的乐器、没有技术指导、没有训练场所的他们,任何一个障碍都足以熄灭他们前进的渴望。“然而一拿起吉他,我们就知道自己需要些什么了,是践行大家的理想!”Beyond 是这几位年轻人共同偶像,就算再迷茫,他们心中都有一团火——要让歌声与激情点燃自己的青春与梦想。

为了挑战困难,相遇不久的他们开始疯狂排练。“晚上 5 点放学,第一时间就是冲向排练房,一直到晚上 11 点学校要求关门我们才肯离去,坚持了整整半年。”长期占用其他社团的排练房不是长远之计,一个稳定且利于自己训练的地方对新成立的乐队来说十分必要。

2010 年 9 月“溜达乐队”的五位成员将学院邻近一间只有 30 多平方米的地下室租了下来。只是,才训练了两个月就不断收到学生的抱怨和投诉。为了不影响他人,2011 年 3 月,积极乐观的他们第三次搬迁来到原碳素厂一间破旧的屋子,继续追逐共同的音乐理想。

诚恳而努力的他们终于打动到周围的居民,每晚 6 点到 10 点,房里准时响起热烈澎湃的演奏声。“这里的大叔大妈很喜欢我们,他们下楼乘凉的时候也会站在我们门前凑凑热闹,还对我们点头微笑,我们知道自己离梦想不远了。”

多方筹资举办演唱会

“人生长途充满未知和坎坷,我们怀着轻松愉悦的心态在上面不停地溜达。每一处溜达都是一次发现与追求的过程,这追求的过程便是意义的本身。”键盘手徐驰用多年的感悟诠释乐队的精神。

2010 年 10 月,兄弟社团“蓝魂乐队”试着举办一场演唱会,初露锋芒的演出存有许多不足,有很大的改进潜力。“溜达乐队”在兄弟社团的鼓励下决心举办一场更具影响力的原创声乐演唱会。

举办演唱会最困难的客观因素就是筹备经费。然而年纪轻轻的“溜达乐队”早已身经百战,毫不畏惧。2011 年 4 月起,每位成员分工合作,把训练的精力投入到向外界拉取赞助。

因为不希望过多注入商业化信息,用了一个月时间才得到珠宝赞助商的1000元赞助,这离5000元的预算相去甚远。然而演唱会的筹备不容有失,队员们宁愿省吃俭用也要私下凑齐经费去实现目标。信念也打动了家人,于是五位成员的爸爸妈妈都赞同平均垫付经费搭建舞台,还专程从外地赶往梧州支持孩子的表演。

“只有马不停蹄地溜达,才有看到前程灿烂的希望!”队员们齐呼口号,高喊着自己的队名。

眼前高耸的舞台和台下排山倒海的欢呼,是多少人羡慕却拥有不来的。然而这个靠着一间昏暗简陋的出租房、五件普通的乐器,组合在一起的“溜达乐队”做成了!

(注:本文曾发表在《梧州日报》,2011年06月20日)

用影像记录青春的足迹*

6月7日上午，一个题为“冬行影像　青春的足迹”杨贻钧个人摄影作品展，在梧州学院大学生综合发展中心展览区开展，所展出的200多幅经过精心制作的摄影作品，是杨贻钧同学在四年的校园生活中所拍下的6万张图片中精选出来的代表作，也是他青春足迹的一个真实写照。

就读于梧州学院计算机科学系2007级的杨贻钧，今年6月份将要毕业，在将要离校走出社会的这一刻，以举行个人摄影展这样一种方式告别校园，对杨贻钧来说，有着特别的意义。

“当初，我出于对摄影的好奇，拿了家里的小卡片机，只想去记录一下校园的生活。”杨贻钧说到自己与摄影结缘，有着一种不期而遇的感觉。

在四年的大学生活中，他曾在学生会、计算机科学系分团委、社团任职，参与过众多校园活动的筹备和组织工作，其间，他想到把这样的经历，用相机记录下来，好让难忘的校园生活能留下美好的记忆。想不到，这样一拍，摄影的艺术魅力深深吸引着他，让他在学校除了学习专业知识之外，懂得了使用照相机，还多了一种观察和表达人生的方式。

大二那年，他得到家人的大力支持，买来一台单反机，开始对摄影进行系统的学习和探索，拍照的对象和题材也不仅仅局限于校园生活。课余，我市的公园景点和人文景观常常成了他的采拍对象；假期，他会与同学一起，去祖国各地的名山大川旅游采风。后来，从学院活动照，到花卉静物、人物肖像、风景风貌，都是他创作的元素。

随着对摄影的理解逐步加深，以及对摄影技巧的掌握，他的摄影水平也在不断地提高。面对摄影作品的不断累积和增多，他渴望有一个交流和学习的平台，

---

* 本文作者：陈健新。

于是,他建立了一个名叫“晒牙村”的个人网站,把自己的作品分类发表在网络上,以此拓宽自己的视角和空间,同时,他还把自己对校园生活、社会百态的感悟与体验、观察与发现,用影像的形式与大家分享。

去年10月,杨贻钧与几名爱好摄影的同学一起,在学院大学生综合发展中心组建了“冬行映像摄影工作室”,开始有意识地把自己的爱好与社会实践有机地结合起来,为将来走出社会积累经验。

(注:本文曾发表在《梧州日报》,2011年06月12日)

梧州学院的冠军们*

在广西第七届大学生运动会中，梧州学院成绩不俗，男子篮球、女子羽毛球单打分别夺得第一名；毽球斩获女子第一、男子第二、团体第一；健美操获团体第二，其中徒手操单人获得冠军；在田径方面，收获了团体总分第四名。“成功的花，人们只惊羡她现时的明艳！然而当初她的芽儿，浸透了奋斗的泪泉，洒遍了牺牲的血雨。”冰心的这首诗可以说是对梧州学院运动员们付出努力的最好诠释。下面就让我们走近部分获得冠军的选手，听听他们训练比赛的故事。

短发女孩特擅单打

○夺冠项目：羽毛球女单　　○采访对象：李斯云

梧州学院女生李斯云在本届大运会上赢得了羽毛球女子单打第一名。

眼前这个留着一头短发的梧州女孩，看起来有些腼腆，略显内向，可她已经参加过不少比赛，并获得过梧州市第二十八届青年运动会双打第一名、2010 年“真龙杯”业余羽毛球赛俱乐部争霸赛梧州赛区第一名、“VICTOR 杯”第十届友好城市业余羽毛球俱乐部联赛第二名等多项荣誉。

说起比赛，李斯云说：“没比赛之前有点紧张，因为对手来自全区各个高校，实力都比较强。”所以李斯云私底下去找了对手的有关资料来分析。在团体赛中，由于休息不好，许多队友都发挥失常，队伍的士气一下子被挫伤了。李斯云虽也有压力，但立刻就调整好状态投入到比赛中，凭着扎实的功底，李斯文为团体挽回了不少分数。而在个人的单打比赛中，面对来自广西财经学院、桂林电子科技大学等高校的强劲对手，李斯云以精湛的技术、顽强的斗志，在一场场比赛中，几乎都以 2∶0 的比分，无悬念地赢到了最后。“整个过程还挺轻松的，没有我想象中的那

* 本文作者：陈翠丽、梁海浪、刘道杰。

么大压力。”李斯云说道。

“她打球很厉害,很少人能打赢她。”这是一名队友对李斯云的评价,李斯云的球技在许多同学眼里都是公认的。说起与羽毛球的缘分,李斯云笑着说:“小时候身体比较瘦弱,爸妈便让我去打羽毛球,打着打着就喜欢上了,不知不觉羽毛球已经陪伴我走过了七年。”在比赛期间,李斯云的父母亲会不时给女儿发短信,给她加油打气。

说到比赛前的准备,李斯云显得很认真:“学校的训练条件虽然差了点,但个人的努力其实是最主要的。”平时除了上课,李斯云每天下午都会到梧州市的一些体育场馆、公园等地方练上三四个小时。在比赛的前期,李斯云除了要坚持每天不变的训练之外,还得跑回学校参加集训,训练量几乎是别人的两倍。刚接触羽毛球时,李斯云练的是双打,经过一些比赛后,她开始转向单打。“双打讲究的是默契配合,但我每次比赛,同伴都不一样,这让我觉得很吃力。”刚转向单打时李斯云觉得很辛苦,经常会判断错教练和陪练的假动作和跑动的方向,但现在她已经越来越上手了。在后来的比赛中,也证明了单打更能发挥李斯云的实力。

稳扎稳打转败为胜

○夺冠项目:女子毽球　　○采访对象:黄海舒

毽球是本届大运会新增的一个比赛项目,各个参赛学校也都是在获知这一消息后才开始训练的。梧州学院毽球队女队长黄海舒被召入校队十分偶然,在班级的一次活动里,从小就喜欢踢毽球的她第一次在同学面前“show”了一下,结果就被班级推选到了学院女子毽球队,并开始积极地备战。

“开始训练的时候真的很辛苦,天气很热,我们要不断地踢着毽球,为了提高我们的球技,教练要求很苛刻:没有过网就要做20个蹲起,一天下来,整个身体都像是垮掉了一般……”黄海舒对笔者说道。她皮肤被晒得没有了往日的白皙,眼神中却多了那种平日里少见的自信。“经过整个假期的训练,我的身体协调性变得特别好,团队的配合也有了一些进步。”她笑着说。

在广西工学院的第一场比赛让队员们难以忘记。“因为比赛前一天下午我们在适应场地的时候,见对手广西师范大学的女生们都踢得挺好挺稳的,而且还会反脚扣球和踹球。我们的第一个对手也是他们,看她们训练得很好,我们都打心底地佩服。但我们也毫不示弱。那天早上,感觉还在睡梦中便开始比赛,一开始我们简直是被对方牵着鼻子走……”黄海舒介绍说,“我们的指导老师陈亿军一直表现得很镇定,只是给我们适当的加油,让我们稳扎稳打,第二局的时候,我们渐渐进入了状态,加快了进攻的频率,从而赢得了第二局。”

在决胜局里,黄海舒带领着队员们运用之前的对抗战术,使得对方再也没有反扑机会,在最后时刻,黄海舒以一脚精彩的扣射结束了比赛。

默契配合勇夺冠军

○夺冠项目:男子篮球 ○采访对象:梁均平

笔者第一次见到梁均平时,他正在蝶山区公安消防大队的篮球场上参加篮球友谊赛。来自梧州学院08级教师教育系的梁均平阳光帅气、笑容灿烂,篮球异常狂热,有空时会约上同学、朋友打上一两场比赛,切磋球技。

今年暑假,梁均平没有回家,和许多运动员一样,他选择留在学校为第七届广西大学生运动会做准备。梁均平去年参加了广西大学生篮球联赛,他所在的球队获得团体第一名的好成绩。有过大赛经验的他并不畏惧今年区大运会的比赛,反而多了几分信心和希望。在本届大运会决赛场上,梁均平接连投进3个3分球。

在赛场上,负责打后卫的梁均平积极组织队友们跑位、进攻和投篮,凭借纯熟的球技及默契的配合,他们在决赛中终将桂林理工大学篮球队击败,成功夺得篮球男子团体第一名。

当问及为什么会获得如此好成绩时,梁均平一脸幸福地说道:“获得冠军,是我们团队默契配合的功劳,此外,我们在每一场比赛前后,都会有教练在一旁帮忙总结、想对策,‘知己知彼,百战百胜’。”梧州学院男篮队教练谢远江介绍说:“参加去年篮球联赛的运动员大都毕业了,新成员的经验也不够多,但学校对我们的期望很高,觉得我们有能力拿下这一块儿高地,所以我们扎实练好基本功的同时,在战术方面苦下功夫。队员们每一天的付出、每一天的成长我都是看在眼里的,付出总会有收获。”

(注:本文曾发表在《梧州日报》,2011年08月21日)

不懈努力　圆梦西藏志愿行*

“到西部去,到基层去,到祖国最需要的地方去。”在大学生志愿服务西部计划的网页中,有这样几个红色字。

在我国西南边陲,有一片神圣、神奇的土地。它地域辽阔,地貌壮观、资源丰富。这里的布达拉宫、大昭寺、珠穆朗玛峰等历史名胜景点闻名世界。它,就是西藏。

每年都会有这样一个群体,他们放弃了舒适安逸,离开了家乡亲友,选择了大漠孤烟,到遥远的西部去追寻人生梦想。2015 年 7 月,我校宝石与艺术设计学院 2011 级工业设计专业的陶园作为一名西部计划志愿者来到了这个美丽的地方。

到祖国最需要的地方去

每年 5 月,由团中央财务部领导开展的“西部计划”开始招募志愿者。每年的志愿者名额都不同,2015 年我校共有 5 个志愿者名额,而去西藏的志愿者名额只有 1 个。

去西藏一直是陶园的梦想,同时,实现自我价值,让自身在志愿者的平台中更好地成长,奉献微薄之力也是她的目标。所以,她积极地报名参选。

“黄老师,我非常想要加‘西部计划’志愿活动,我很想要去西藏当志愿者。”“黄老师,‘西部计划’志愿者名单确定了吗? 我可以去西藏做志愿服务吗?”……

5 月上旬,陶园每天都给负责“西部计划”志愿者工作的校团委办公室副主任黄健铭打电话。“她一直告诉我,她非常想去西藏做志愿服务”,黄健铭老师回忆。

陶园上网查询资料了解“西部计划”的选拔条件,准备材料申请,并向参加“西部计划”的师兄师姐们了解信息。

* 本文作者:万立平、徐业越、李晓燕。

7 月 25 日,陶园到达西藏的第一站——拉萨市。刚刚到达西藏,陶园洗澡洗头后出现了感冒、流鼻血、发烧喉咙肿痛等症状。原因是到达高原的前 3 天是不能洗头洗澡的。接下来的几天,她一直处于感冒的状态,非常难受,甚至吃不下东西。陶园努力让自己适应高原环境,使用提前买的高原安口服液的同时还服用了西藏大学准备的药品。她还尽量不大声说话,防止缺氧情况出现,也不做激烈运动,让身体尽快恢复健康。

在拉萨,来自全国 880 名志愿者要在西藏大学进行为期一周的 2015 年大学生志愿服务西部计划西藏专区志愿者培训。她作为广西组的一员,参与了培训。陶园颇有感触的是在培训时的所见所闻,800 多名志愿者聚在一起畅谈理想。“我们志愿者来自五湖四海,却有着共同的梦想、共同的追求。我感到很开心。”陶园感慨。

在工作中感受藏民真情

她的第二站是西藏林芝市米林县,相比海拔 3600 多米的拉萨,她比较适应海拔 2900 多米的林芝地区。期间,她慢慢学会了克服高原反应。为了保持良好的作息规律,她尽量每天早睡早起,每天早上 7 点起床,晚上 10 点后一定要休息。

在林芝市米林县人民法院,陶园的志愿工作岗位是司法行政装备管理科。平时工作是进行广告机播放内容制作、维护法院 3G 内网的正常运行、维护科技法庭设备以及案件维护、完善后勤保障等。在法院的工作时间为每天约 6 个小时。

陶园在工作上并没有遇上什么困难,但是每天去法院的路上会比较累。因为海拔比较高,空气稀薄,不仅是新来的志愿者,就连长期在那里生活的人都会一边大口走路一边喘气。法院有一半的工作人员是藏族的人民,他们一般会跟志愿者们讲普通话,在语言上没有想象中的困难。为了能更好地沟通,他们每天都会在小黑板上写下两三句藏语的日常用语,让志愿者们学习。

在法院工作的时候,有一件事很是令她感动。有一次,陶园因为低血糖晕倒了,法院的领导、同事们对她百般问候和呵护。同事们开车送她回宿舍,部门里的一位姐姐煮饭给她吃,虽然不是同一个宿舍,但一直照顾她。一整晚都没有离开,陪伴她直到第二天身体状况好转。“同事们这样照顾我,我感到很温暖。也觉得很感激,心里对这里的喜欢又加深了一层。”

作为一名志愿者,下乡也是她志愿服务工作生活中的一部分。2015 年 12 月的“争当生态战士·共建生态家园”下乡培训工作,她作为米林县法院的代表加入宣传培训组。深入到米林县 8 个乡镇进行宣传培训冬季防火工作,参与调动农牧民群众参与森林志愿保护的工作。今年1月15日，陶园参加了米林县团委组织《青春自护·平安双节》自护教育活动，她前往了米林县羌纳乡西嘎村、巴嘎村和朗多村进行自护讲解。她向3个村50多名中的小学生仔细讲解了如何应对陌生人纠缠、食物中毒怎么自救等生活基本自救知识。当晚，陶园在QQ空间这样写道："下乡开展青少年自护教育，一位善良的奶奶拉着我的手邀请我去她家，叫我喝旺仔，因为她家是开小商铺的，很热心很温暖。我在菩萨面前希望他们一家安好，健康快乐！扎西得勒！"陶园常常会把在西藏的生活、工作照片上传到名为《西藏的家　以院为家》的QQ空间相册。

在法院工作之余，陶园和其他志愿者定时到米林县内的养老院、学校等地方进行志愿者活动。帮助儿童学习、生活，陪老人聊天、帮助老人打扫等。她同时还积极参加了县里的特色活动——马拉松比赛。一次次的活动体验，也让她对西藏这片土地有了更多的认识与体验，也更加喜欢这片土地。

为了奉献也为了收获

陶园成为西部计划志愿者，得到了父亲的全力支持，并希望她能学到更多的东西。

在西藏，她学到了以往不会的技能，比如如何发布公告、宣传标语；如何通过计算机软件做好考勤系统管理；如何联调视频、电话会议等。与此同时，她也更懂得了一些为人处世方面的道理，学会做事细心、稳重，学会反思、向他人虚心请教；学会尊重藏族人民的习俗，不触犯他们的禁忌，比如摸小孩子的头。

"志愿者签的合同一般是一年，但我打算一年后继续留在这里再学习一年。一年的时间里感觉学习经验还是不够的，多留一年就能学习更多、奉献更多。"这是陶园2016年的计划。

（注：本文曾发表在《西江都市报》，2016年03月04日）

青春在军营闪光*

——记从青藏高原归来的“学生兵”覃青油

曾经他从莘莘学子变成“钢铁战士”,从大学校园转战到绿色军营,从课堂走向训练场,之后他又回到大学校园继续学习,两年里他完成了一个漂亮的转身,充满稚气的大男孩全然变成了坚韧刚毅的青年——他就是我校09级艺术系工业设计班的覃青油。

投笔从戎,锻造战士风采

2008年11月还是大二学生的覃青油看到学校的征兵通知后,怀着复杂的心情瞒着家人去报了名,一边是家里贫困需要他早点毕业出去挣钱补贴家庭,一边是自己儿时当兵的梦想,当他还站在人生的十字路口时,体检通过的消息使他的思想变得更加矛盾了。怀着忐忑的心情他拨通了父亲的电话说“爸,我想去当兵!”突如其来的消息使父亲愣住了,覃青油知道父亲之所以不同意和他被分配去西藏拉萨有很大关系,因为同年的“拉萨3·14打砸抢烧”事件刚刚发生不久,父亲心里有顾虑。

过了几天,覃青油再次拨通了父亲的电话坚定地说:“我在军营里一定会好好表现,虽然当兵真的很辛苦,但是如果不去当兵我会后悔一辈子。”最终父亲被覃青油的坚定说服了。

初次踏上西藏,面对着4000多米高的高原和“早穿棉袄,晚穿纱”的强烈昼夜温差,覃青油感到很不适应,他感觉心胸压抑、呼吸困难,走路也觉得轻飘飘的,有时还流鼻血。虽然每天都要吃药丸防止出现高原反应,但是覃青油并没有因此而懈怠训练,热身运动、慢跑、轻轻打拳……这些都是他初踏西藏的训练项目。

---

* 本文作者:潘彩娇。

转眼一个月过去了,覃青油对高原生活逐渐适应起来,随之而来的是高强度的体能训练,早上5点45分天还没亮覃青油就和战友们随着军营里的号声起床训练了,长跑、短跑、障碍跑……训练项目一项接着一项,一直到晚上8点半才结束一天的训练。为了训练士兵的应急能力,夜里时常会有号声响起,这时不容许他们有半点迟疑,必须在五分钟之内穿好衣服、带上武器、背上行囊跑到操场集合。覃青油躺在床上,觉得全身酸痛,看着身边熟睡的战友,他鼓励自己:别人能做得到的,我也一定可以做得到!

环境变了,习惯依然不改

2010年11月,覃青油脱下军装回到学校,部队生活又变成了校园生活,一开始覃青油很不适应,但是很快他就融入了新的班集体。覃青油腼腆地笑着说道:"虽然很多以前的同学都已经毕业了,但是我挺喜欢新的班集体并且还挺享受他们一遇到困难就会找我帮忙的心情。"

然而舍友们好像对于这个曾在部队里生活的人觉得很"不习惯",覃青油每天早上都会早早起来扫地、拖地、刷厕所……宿舍的内务都被他收拾得整整齐齐。因此在教室里经常会听到舍友向同学们夸耀覃青油的声音:"他真厉害,今早又早早起来帮我们整理内务了。"

很多男生的放松方式是通过打游戏,而覃青油却与众不同,他最喜欢的就是看谍战片、抗日片、警匪片……一切跟军事有关的他都喜欢,因此舍友们还给他起了一个特殊的外号"大兵佬"。

覃青油坦言,回到学校之后有些军营中的特殊习惯已经淡去,不会再有高强度的训练,不会再听到集合的哨声……但是有些习惯注定会在他身上打上深深的烙印。比如精神的短发、整齐的着装,比如精益求精的自我要求、军人的荣誉感……这些对他而言只是"习惯",然而习惯的背后却是超人的意志,不轻言放弃的坚持。

返回校园,学业上奋勇直追

因为在部队的优异表现,覃青油回到学校后直接从专科生破格升为本科生,但令他倍感压力的是他的专业也从珠宝设计变成了工业设计。

"我不是一个天资聪颖的人,但是我坚信,别人用一天能做好的事情,我花三天的时间同样也能做好。"覃青油面对着大一课程断层,需要直接从大二学起的艰难局面如此鼓励自己。

每天早上6点,身边的舍友还在熟睡的时候,覃青油就已经悄悄地爬起来到走廊读书,晚上其他人都在用电脑玩游戏、聊QQ的时候,覃青油却利用电脑观看视频,自学手绘。临近毕业,覃青油的手绘也由原来的一张白纸变成了手绘成绩在班里名列前茅。

认识覃青油的人都觉得要约覃青油出去玩是一件很困难的事,他每天都把自己的日程排得满满的,除了学习,学生社团活动、志愿者活动、校外兼职……都列在他的日程安排中。很多人都惊讶于他怎么会有这么多的精力,但是覃青油却认为:"时间挤挤总是有的,就看自己如何去安排。"

功夫不负有心人,在期末的时候覃青油获得了"学院奖学金""国家励志奖学金""优秀共青团员"等奖项,在离校之际,覃青油还被评为"学院优秀毕业生"、"广西区优秀毕业生",面对诸多荣耀,现在已经在梧州团市委工作的覃青油却表现得很淡然,他在QQ个性签名里写道:"人生只有走出来的美丽,没有等出来的辉煌!"

我的军旅故事*

一名来自广西北海的小伙子，应征入伍，被分配到河北石家庄，过着一天只有一餐是米饭，其他都是馒头花卷，吃顿方便面就跟过年一样的日子……用谢光叁的话说："各方面都很难适应，我当新兵的时候手指甲脱落了好几个，被冻坏的。"但这只是艰苦军旅生活的开始，可怕又可敬的还在后头。

进入军营成为新兵

2009年9月，刚踏入大学校门的谢光叁，只当了几个月2011级法学1班的学生，12月就应征入伍了，选择了一条挑战自我的青春之路。3个月的体检、政审结果终于出来了，谢光叁一路通过，就随着列车北上，开始了两年的军旅生活。北方与南方的气候差异让南方来的新兵们很难适应，然而大学校园的舒适与部队的高度组织化的反差更让他备受煎熬……

3个月的新兵训练。每天早上6点起来跑步、出操、练队列；体能：手榴弹、俯卧撑、单杠、深蹲、跑步……睡前3个100：100个俯卧撑、100个深蹲、100个仰卧起坐，这是新兵训练三个月里每天都必不可少的训练。"做完了深蹲和仰卧起坐，只要你做俯卧撑滴下的汗把铺在地上的报纸湿透，就可以休息了，可以不用做到100个。"谢光叁笑了笑说。

1年的炮兵侦察员

做炮兵侦察员是有一定要求的，除了精确数据测量能力，还需要短距离冲刺能力和强体能。谢光叁肯定道："炮兵侦察观测员是最重要的，也是最辛苦的。无论什么天气，都要背着工具箱和军用装备快跑到达三、四百米远的目的地，勘测

---

* 本文作者：蒙艳祯。

数据。”

1个月实弹训练、1个月的老兵退伍期、集团军比武准备集训、3个月带新兵……为了在集团军比武大赛中为连队争取荣誉，他们每天10公里左右的训练量；连续几天搞实弹射击训练，碰到枪、闻到火药味都想吐。在部队里表现优秀的谢光叁，被连里推选为副班长，带新兵，给新兵进行指导和训练。但这并不是每个人都能做到的，身边战友有人埋怨：“天天五公里，能不沧桑吗？当初真不该放着安逸的生活来这里‘找虐’。”然而谢光叁没有丝毫埋怨，而是用最好的心态去面对每一天魔鬼般的训练。他面带微笑说着他的故事。

我要过得比树好

“记得还是新兵时待在内蒙古的那一个星期，最让我难忘，5月天了，内蒙古依然下着鹅毛大雪。”谢光叁所在的营队被安排到这里挖坑种树，坑要求达到1米长、1米宽、1米深。一整天都要挖，每天要吃上6餐，才能抵上一整天的体能劳动消耗。每一个班只有一个锅，锅里煮着：排骨、萝卜、鸡肉、青菜、土豆、海带、粉条……大伙儿就在风雪里，围着锅吃“大杂烩”。

沙尘暴的突然袭击，更让谢光叁印象深刻。他说，战友们在沙尘暴面前无动于衷，仍继续挖坑。劳动回来，没有水洗澡，只能洗手、洗脸、洗洗脚，衣服都“挂着彩”。这些，对于来自南方的谢光叁，最是怀念大学校门口那一条一年四季不断奔流的桂江。

“大风是迎面吹来的，雪大块大块地被风横打到脸上，如果没有脸罩会很痛的。”谢光叁回忆着这段在恶劣天气下辛苦劳动历程。那时他思考着，树，都可以在这般狂风暴雪的天气下生存，我为什么不能在这样的环境下生存并坚持下去呢？

在军营生活磨炼下，谢光叁适应新环境的能力不断提高。退伍回来后，曾经的同级同班同学变成了自己的学长学姐，“这没什么，反而是他们羡慕我有这段不平凡的青春经历呢！”

团队荣誉胜于生命

那是一个最感人的镜头：4位战友在5公里跑还剩500米左右的地方，为晕倒的队友分担负重，并抬着队友奔向终点。

原来是营队组织以班级为单位的负重跑比赛，要求各班所有人员负重5公里跑，以每班最后一名队友到达终点计算用时，用时最短的班级获胜，并要求一个都不能落下。每一位队员约负重 25 斤,其中枪和弹夹约重 8 斤、手榴弹 8 颗约重 8 斤、装满水的水壶约 4 斤、钢盔约 4 斤。就在大家用尽最后的力气冲刺 500 米时,谢光叁身边一位来自云南的队友突然倒下了。谢光叁等 4 人毫不犹豫地停下来,迅速拿过队友身上的负重物背在自己肩上,不约而同地抬起队友,拼尽全身力气,艰难地向终点冲刺。

今天回忆起来,谢光叁依然很感动:“大家当时都很累,咬牙拼命扛着他向前跑,在节骨眼上晕倒,当时真的有想锤死他的冲动。但是,一股强大集体荣誉感支撑着我们,死都要把他抬过终点,不能给连队丢脸。”

比生命还重要的集体荣誉感的力量,一直影响着谢光叁,使他越来越懂得珍惜身边的情谊。2011 年退伍返校后的他,加入了原法律与公共管理系篮球队,和球队过关斩将,拿下一个个荣誉,其中荣获两次院级冠军。

谢光叁觉得,充满青春热血的军营,比电视电影画面来得真实、深刻,他希望身边想应征入伍的同学,做好吃苦准备了的同学,能亲自去体验军营生活,并坚持下去。“这将会很值得,你的思想将会更成熟,考虑问题更周全。”此时的谢光叁已经从昔日的害羞少年脱变成开朗豁达、懂事儿的大男孩。

让青春梦想在“世界屋脊”绽放*

刘建鸿(2010 文法学院法学专业学生)、陈自良(2010 文法学院公共事业管理专业学生)、高举翼(2010 宝石与艺术设计学院环境艺术设计专业学生)、李保辉(2010 宝石与艺术设计学院动画设计专业学生),他们毕业后选择做一名服务西部计划的志愿者,他们奔赴西藏。

“要做到知己知彼;要把我校‘厚道、豁达、实干、细致’的精神带到所在单位,并用此勉励和指导自己;要坚持锻炼身体;要虚心好学,善于沟通、甘于奉献……”在 6 月份我校召开的 2014 年大学生志愿服务西部计划欢送会上,程道品副校长叮嘱离校的学生。

今年我校被遴选为西部计划志愿者的一共 12 人,其中刘建鸿、陈自良、高举翼、李保辉 4 名同学将赴西藏服务。来自河南的陈自良是文法学院公共事业管理专业毕业生;来自广西钦州的刘建鸿是文法学院法学专业毕业生;来自山东青岛的高举冀和广西桂平的李保辉,分别是宝石与艺术设计学院环境艺术设计专业和动画设计专业的毕业生。四位来自天南地北的年轻人因为有着同一个梦想,即将奔赴“世界屋脊”,开启新的征程。

“周围的同学都跟我开玩笑说让我一个月发一张照片给他们,他们要见证我是如何变黑的,哈哈。”高举冀说。而对于他们的决定,其家里人也由开始的反对到后来转为同意的态度,均支持他们的选择,“趁着年轻,自己想出去看一看就出去看看吧”;“你觉得是对的,应该去做的就去做吧,别等以后后悔”;“出去多闯闯也好,见下世面”。

---

* 本文作者:程敏敏、覃侣。

“到祖国最需要的地方去”

“做志愿者是我一直以来的梦想，也是我刚上大学就决定好的事。”

“去西藏做志愿者是我自己决定的，反正年轻，多往外跑出去看看一定是有益的。”青岛姑娘高举冀选择了远离父母，远离条件优越的大城市，到西藏屋脊去安放自己奋斗的青春。

“我觉得参加志愿者会是一件非常有意义的事情，既可以工作又可以帮助西部建设发展。西藏的环境气候对平原人来说虽然不是很适应，如果是因为这些而不去选择它，那么又会有谁愿意到西藏去，没有第一个又怎么会有后来者的我们呢?”宝石与艺术设计学院的李保辉说:“别人可以我也可以，而且我坚信，那里需要我。”

向往那一方净土

“西藏在我心中一直是一个类似圣地的存在，我觉得这辈子不去一次西藏，太对不起人生这短短的几十年了。但是单纯的短期旅游完全不能满足我的需求，我需要更详细地了解西藏的自然环境、风土人情，所以西部计划刚好可以满足我这个要求。”刘健鸿说。

“西藏是每一个年轻人都渴望去的地方，我也不例外，向往那里在传说中的纯净。想趁着年轻做些有意义的事情，希望能通过做志愿工作能给西藏带来一些好的改变。”优秀毕业生陈自良说，之所以去西藏，是因为一直都想体验一下西藏那种纯洁的佛教式的生活，再则是想到祖国最需要的地方去，“做志愿者肯定要去最需要我的地方，西藏贫穷待开发，我觉得最需要我们大学毕业生带去新的东西和知识，也最能实现我的个人价值。”陈自良说道。

陈自良前往的服务地将会是西藏山南地区曲松县，位于雅鲁藏布江大峡谷，那里平均海拔 4200 米以上。“目前先签了 1 年的服务协议，如果能适应那里环境，也能发挥自己所长，就续约 2 ~ 3 年。”

据了解，近年来我校共有 149 位毕业生成了西部计划志愿者，投身到祖国西部建设之中。

培训深造强能力　放飞乡村教育梦*

——“国培计划”顶岗实习的那些事

近日，今年“国培计划”顶岗实习活动正式开启。逾百名来自梧州学院的师范生分赴各县市区多家小学和幼儿园进行教学实习。同时，对方学校也相应派出自身的骨干老师到梧州学院进行深造。为此，记者进行深入走访，了解“国培计划”背后的那些事。

记者在古龙镇中心校的一年级二班看到，这是一群皮肤稍黑，个子偏矮小的孩子。“他们都是有着一双明亮的、纯真美丽的眼睛的小朋友们，是我无法抗拒的孩子们。”师范生韦丹丹受访时表示，虽然自己再也回不到美好的童年，但是能够陪伴孩子们一起成长，即使只有短短的两个月，也是一段很特别的经历。

当天林丹丹上的第一节课是教孩子学习前鼻音韵母。“我原以为能够很好地掌握这堂课。”但后来，这堂课还是有很多出乎其意料的地方。比如，课堂进度控制得不够好，教学拼音漏了书写这一环节，教孩子书写拼音和管纪律花了很多时间等，幸好课堂气氛比较活跃。“这下子，我终于明白为什么很多教师为了时刻让孩子集中注意力，把许多小游戏、问答等运用到课堂上了。”林丹丹第一堂课的深刻感受就是：提高课堂效率很有必要。

记者在藤县同心镇沙村小学看到另一名师范生龚文婷。龚文婷说：“当我有了自己管理的班级，才真正有了当老师的感觉。实习期间真的可以学到不少的东西，比如课堂管理，乡村小学的留守儿童偏多，家庭教育相对缺乏，所以会出现很多意想不到的情况，这些情况需要自己学会应变及处理。”学习是不断积累的过程，处理突发状况以及课堂管理积累的经验，让龚文婷学到了许多在课本上接触不到的方法，这对她毕业后正式工作很有帮助。

---

* 本文作者：龙天传、郑文锋。

“你们在学校最怕遇到什么状况？最常遇到什么状况?”面对记者的提问，来自藤县宁康乡中心校的苏小云老师苦恼地说:“最怕遇到孩子课间时在教室乱跑，因为总有孩子因为不小心而受伤。”而如今，通过回到学校上培训课，苏小云找到了解决这个难题的办法，“从心理学上来讲，给予爱和换位思考是最能让愤怒的对方平静下来的方法。比如一个孩子不小心摔倒了，如果老师换位思考，想到是自己的孩子摔倒了，一定会很心疼，会不停地说:‘宝贝，你怎么摔倒了，疼不疼?’如果家长看到你这样心疼孩子、爱孩子，他还会怪你吗?”这个方法正是她参加完第一阶段培训后的最大心得。

同样是来自藤县的小学老师宋敏庆坦言，她最大的收获是专业技能有了提升。她认为:“我们来培训，就是希望变得更专业，让教学质量不断提高。”

（注:本文曾发表在《西江都市报》,2013 年 10 月 21 日）

爱心洒满志愿者之路*

——记数理系志愿者分会志愿活动

"你们又来啦,真是有心了!"5 月 1 日下午,在梧州市富民三路原碳素厂门口,一位 80 多岁的老奶奶刚刚散步回来,当她看到大学生志愿者到来时候,感激地说。

这些大学生正是我校数理系青年志愿者分会的学生。该系志愿者分会从 2008 年成立到现在已是第 6 个年头,迄今为止,已有 349 名正式注册的志愿者。6 年来,他们用真诚和爱心铺满了志愿之路。

六年如一日照顾老人

6 年前,该系志愿者分会的同学们便开始利用周末的时间来看望这位无儿无女、独自住在原碳素厂廉租房社区内、靠政府补贴来维持生活的老奶奶。这位老奶奶姓何,是数理系青年志愿者分会长期进行慰问帮扶的一个定点对象。一届又一届的学生毕业了,总会有新一届的学生接上这枚接力棒,传递着这份爱心。

何奶奶现在住的廉租房是 2011 年在市政府的帮助下才得以搬进去住的,生活条件方面得到了极大的改善。参加活动的志愿者韦娇城说:"何奶奶以前住在冰泉路的一间砖瓦房,又小又破,有时候我们五六个人一起去看望她,屋子里几乎都坐不下。"志愿者每周末到何奶奶家看望她时,主要帮她打扫卫生,晒晒被子,陪她散步,或者为奶奶包饺子。

何奶奶现在住的房子虽然宽敞了许多,生活用品也一应俱全,但是陪伴她的只有一只小黄狗阿旺,整个屋子显得冷冷清清。每当志愿者来看她时,何奶奶总是格外爱笑和健谈,仿佛回到了无忧无虑的孩提时光。长年累月的照顾和看望,

---

* 本文作者:张雅业。

使何奶奶将志愿者们当成了最亲的亲人。

志愿者韦应晴说,每次看望何奶奶,他们都会控制好时间。既陪她聊天解闷,也会留出时间让何奶奶休息。每次离开时,志愿者还与何奶奶合影留念。她说:“何奶奶最喜欢照相了,我们都会把晒好的照片送给她作纪念。”长期下来,何奶奶那里就保存了很多与不同志愿者留影的相片,美好的瞬间被定格了下来。

6 年来,他们对何奶奶的照顾从未中断过,这已经成为该系志愿者分会工作的一部分。每次换届时,老成员总是把何奶奶的生活习性和特点告诉接班人,并嘱咐新成员:一定要特别注意奶奶的身体,平时要记得提醒她注意休息和锻炼……

而每周周末,在楼下等候志愿者们的到来也成为了何奶奶生活的一部分。

用真心叩开残障人员的心扉

2011 年,数理系的志愿者组织来到了梧州市富兴社区阳光之家,开启了他们帮助心理和生理存在残障的人员学习以及适应生活。

“第一次看见他们,我的心里十分震惊。”第一次参加活动的志愿者韦燕蓉说,平时从来没有接触过这类人,看见他们有些呆滞的表情和怪异的行动,心里还有点害怕。但老成员很快就把气氛活跃起来,新成员也放下了心理负担,于是她也加入了游戏的队伍,室内充满了欢乐的嬉戏声。

让韦燕蓉印象深刻的是结识了残障人员小梅,她四肢行动不便,说话口齿不清,无法流利地表达自己的想法,但能够明白他人讲话。刚开始交流时,小梅一语不发;第二次见面的时候,韦燕蓉还是主动、热心地与她沟通交流,她渐渐地开口说话,用断断续续的语句与志愿者交流;到第三次的时候,小梅已经主动地挽着志愿者们的手与他们玩游戏了。

韦燕蓉深有体会地说,他们这个群体其实是很好相处的,只要你对他们好,他们就会喜欢你,依赖你,熟悉了以后,你会发现他们的内心纯洁得跟明镜似的,也十分善良。

志愿者分会会长黄振佳也有同样的感动:“那天我和朋友准备去吃饭,突然看见校门口马路对面有一个人在跟我招手。”他仔细一看,原来是阳光之家的小梅。她看见黄振佳走过来了显得格外兴奋,顿时笑靥如花。黄振佳问:“你还认得我?”小梅重重地点了下头,“你家在哪里,我送你回去。”小梅指了指二桥菜市场的方向,黄振佳便把送小梅送到家。

“我才去过阳光之家两回,没想到她能记得住我,当时心里挺感动的。”黄振佳说。在阳光之家的学生中,他们或许记不住自己的名字、记不住回家的路、记不住

1+1 等于多少，但他们却记住了帮助过他们、爱护过他们的人。

志愿行动唱响青春之歌

时光荏苒，6 年的时光记录了数理系的志愿者们无私奉献的点点滴滴，他们的青春之歌也越唱越高昂。除了照顾老人、看望残障人员外，他们还组织了大量的志愿活动——三力惠渔民义诊活动，六一关爱残疾儿童活动，关爱农民工子女活动……

无私的付出，也换来了多项荣誉。数理系志愿者分会先后获得了 2010 年和 2011 年梧州学院暑期“三下乡”志愿服务优秀组织团体与 2012 年梧州市青年志愿服务先进集体，而这些荣誉就是对他们的最好的肯定和赞扬。

坚定信念待梦想花开*

——访选调生董娜

毕业后找到一份工作，能够就业，对大学生来讲是一种机会。无疑，去基层做选调生就是一种机会。对大多数同学来说，选调生是一个磨砺自我的平台，坚持走下去，淡看浮华，定可揽一帘清幽，让我们一同走入董娜的选调岁月……

一指光阴　桃红始盛

董娜，2012 届毕业生，我校英本翻译班学生。董娜忆述："起初是听朋友说一些关于选调生的信息，后来上网了解更多后觉得自己符合条件，而且有当公务员的想法，愿意去基层磨砺，就决定报名了，并在家人和朋友们的支持下开始了备考。大四寒假的时候了解到选调生考试和公务员考试是同时，并且试题一样后，就在家里认真复习。回校时，虽然要准备毕业论文和答辩，但是还是坚持一直做模拟题来复习相关知识。"随着忙碌而充实的学校生涯结束，当得知成功考取了选调生的时候心里挺开心的，但是也挺迷茫的，因为自己即将踏入社会，开始新的挑战，一切未知充满了挑战，也不知道自己即将遇到什么，能不能克服一切困难，怀着忐忑的心情开始了选调生涯，董娜回忆道。

艰苦卓绝　不忘初心

毕业后，董娜被选调到藤县东荣镇协助组织委员工作，工作内容主要是党建组织工作、党内统计等，还有扶贫和环境保护等领导分管的工作。在谈到所遇到的困难时，她说，就是语言不通，在学校基本不会接触到白话，而且藤县的白话和梧州市区的白话有很大的差异，所以刚到时，就处于"听不懂""说不出"的状态，

---

* 本文作者：谭彩珍、姚艳梅。

后来就多听，主动向同事学习一些简单的日常用语，同事也很热情地教，而她带有点北方口音的“白话”总是能逗他们笑。

选调的生活有开心，也有些许失落。“从我报到开始，每个人都跟我说选调生不同，选调生两年就可以提拔为副科，可是真正被提拔为副科的在藤县只有1例。其实大多数都是和普通公务员一样晋升的。”面对这些偏见，她也从开始的解释、反驳，到后来变成沉默。谣言总是会不攻自破。

“其实我也并没有预想过两年就能有提拔的，我只想踏踏实实地做好工作，积累经验，让自己变强大。选调生要求至少两年的基层工作经验，我也想在一个地方就做实一项工作，成为骨干。”面对自己的选择她坦言道：“我相信，会有更多的人像我一样坚守下去，不只是真心地为人民服务，更是希望转变大众的看法，真正相信政府、支持政府。虽然周围充满困难，但是从中我也不断成长，对基层也产生了浓厚的情感，更坚定了我继续服务基层的信念。”

立足今日　展望未来

现在董娜已经开始在藤县县委宣传部工作了，目前正在学习报纸的采编、整理和排版等工作，短期内的目标是结合领导的工作安排，同时承担责任范围内报纸的编辑工作，并学习各类新闻报道的采写，学习如何写理论调研文章。她希望自己写的新闻能够像其他前辈一样刊登上报。董娜满怀信心地说：“经过这些日子的基层工作，我体会到，社会是人生真正的学校，在这个熔炉里，每个人都要懂得沉淀，曾经的学生干部生涯给了我很大帮助，让我能沉得下心，谦谨好学，保持激情，保护好自己的棱角。”

“公务员真的不是大家想象的那么轻松，要考选调生就要做好吃苦的准备，心态要端正，不能眼高手低，无论做人做事都要沉得下心，谦谨好学，因为山外有山，人外有人，要从点滴学起，从细节见精神。另外，选择选调生，并不代表它有多特别，更应该想到这个称呼的责任与期望有多高，选择了它，就要吃得起苦，坚持得下去，敢于从基层慢慢积累，沉淀棱角与幼稚。”董娜分享了自己的经验。

一个内蒙古小伙子的梧州事业*

对于接到要采访我的电话,着实让我受宠若惊。内蒙古——广西,两地相距甚远,因为大学,我把它们拉得很近;因为工作,我把梧州当成了事业的起点。其实不管是在哪个单位,哪个地方,只要放平心态,坚持自己所选择的道路,都可以干出自己意想不到的精彩。

积蓄能量　放平心态

我参加了广西2013年公务员考试,直到报名的时候才知道有选调生这么一个职位。权衡了自己的未来规划,最终选择考取广西这边的选调生。心想:万一没有进入面试,趁年轻在外面,学习、积累一些经验。

接下来的备考、考试、面试、体检,和平时考试的复习、参加社团比赛一样,也没有太多的内心偏重。行测考的是日常积累,申论考的是长期的文笔锻炼,面试考的是临场的发挥、自信和礼仪,体检考的是自己的体格和健康,少了哪一环节都不行。这些积累都是需要在大学中去锻炼。人生如马拉松,不在乎起跑线是不是输了,因为马拉松都是一群人一起出发的,看重的是你的能量有没有积蓄到位。

我有幸,能在梧州学院磨炼自己,通过各种平台给自己积蓄“能量”。在学校4年,我锻炼了写作,积累了做事经验,拥有了良好的体格。现在,当有人问选调生的我是哪个学校毕业的,我很骄傲地说是“梧州学院!”因为,母校很给力!

坚持还是放弃

工作的起点在藤县象棋镇,一下子适应不了:夜晚只有星星陪伴,不能去奶茶店喝茶聊天,没有喧嚣的夜市,加上刚开始工作,常常遇到壁垒,工作完不成,总有

---

* 本文作者:刘道杰。

坚持不下去的想法。猜想着其他同学应该在岗位干得风生水起，游刃有余，怀疑自己是不是入错了行。通过和同学聊天，才知道工作“难”是普遍的。

只要功夫深，铁杵磨成针。重功夫，更重要的是你应该是个铁杵，换成木棍不会变针。我擅长什么，我可以干什么？作为中文系（现文法学院）的学生，因为自己喜欢写东西，我大学期间努力在院报、学工处思政科，在梧州日报发表文章锻炼自己，积极参加各种活动锻炼自己的胆量、口才、礼仪，这些收获都成了我工作后的宝贵财富，即便是简单的电话礼仪，都让我在工作过程中受益匪浅。

没有谁的幸福值得羡慕

几米曾说过：一个人总是仰望和羡慕别人的幸福，一回头，却发现，自己正被仰望和羡慕着。其实，每个人都很幸福，只是你的幸福，常常在别人眼里。

有同学曾私下对我说，很羡慕我的工作。其实每一份工作都不是轻易可以做到最好，“钱多事少离家近”的工作是极少的，每一份工作都需要我们怀着激情去干。提高效率，就有很多的时间，利用空闲时间，我努力阅读一些材料，做笔记，为以后写材料积累素材。眉毛上的“汗水”和眉毛下的“泪水”，我只能选择其一。如果总看见别人是幸福的，眼睛总是向上看，把自己逼进死胡同，最终还是要承受不必要的烦恼。没有两片叶子的纹理是相同的，幸福也不尽相同，拥有现在的时间就是幸福的，把握好现在的时间更是幸福的。

找准自己的道路，踏实干好自己的事情，充分发挥自己的优势，勇毅笃行，坚持即精彩。

工作不养闲人，团队不养懒人，入一行，先别惦记着能赚多少钱，先学着让自己值钱，没有哪一行的钱是好赚的。风物长宜放眼量，赚不到钱赚知识，赚不到知识赚经历，赚不到经历赚阅历。只有先改变自己的态度，才能改变人生的高度。

我还在人生马拉松的赛道上，和大家一样，时而有迷茫，但，心向目标往之，在任何岗位，都可以干出精彩。

“为了遇见更好的自己”*

——记大学生村官诸葛蔓华

2012 年 6 月,她从我校毕业,成为广西大学生志愿服务西部计划的一名志愿者;2013 年 9 月,她参加梧州市选聘大学毕业生到村任职项目,成为一名大学生村官;2014 年 9 月,她考取梧州市选调生,如今在藤县塘步镇政府工作。她,就是从大学毕业 3 年以来都选择扎根在基层工作的诸葛蔓华。

只为挑战和历练

3 年前,为了更多积累自己的社会经验和得到多些历练的机会,即将从校园毕业的诸葛蔓华在深圳成功面试了一家贵族学校的外语助教,月薪 4000 起底外加提成,试用期为半年。可她却放弃了这样一份对于刚走出大学校门的毕业生来说的高薪工作,她不满足于毕业后就工作的安逸生活,而是选择成为对自己来说富有挑战力的一名西部志愿者。2012 年 7 月,成为西部志愿者的诸葛蔓华服务于梧州市长洲区团委。在这一年里,诸葛蔓华尽职尽责、任劳任怨,努力做好服务工作,当好团委书记的参谋助手。诸葛蔓华说:“我希望大家都可以以为他人奉献为荣,真正体会到‘我奉献,我快乐’的精神。”

“趁年轻,我要多些挑战和历练。”诸葛蔓华说。2013 年,结束西部志愿者的工作后,她到梧州市长洲镇正阳村当起了一名大学生村官。初到正阳村,打扫办公室、整理材料、收集信息、走访种养大户成为诸葛蔓华每天必不可少的工作。为了能够尽快融入村集体,每天吃过午饭后,诸葛蔓华便会和办公室的同事一起到村里串门,和村民们打交道。

诸葛蔓华总结道,要想做好村官工作,应当做到“三要”:一要敢想、敢闯、敢

* 本文作者:何卓颖。

干；二要真心、虚心、用心；三要勤动脑、勤动口、勤动手。正阳村的基础设施相对落后，生活条件相对艰苦，住在梧州市区的诸葛蔓华每天都要转两次公交车才能到正阳村办公，即便如此，她也仍旧坚持，想村民之想，解村民之难，办村民之所需。基层工作的冗繁，让诸葛蔓华渐渐明白只有少计较个人得失，并投以饱满的激情与积极的态度，才能把基层工作做好。

奋斗的青春最美好

作为一名选调到基层的年轻干部，两年的基层工作经历，让诸葛蔓华迅速地进入公务员队伍扮演的角色中。成为选调生的诸葛蔓华时刻地牢记作为一名选调生应有的“责任、使命、担当”。在工作中，她不断加强学习积累、充实自我、摆正工作位置、履行好岗位职责。

在2014年底，她牵头负责梧州市藤县塘步镇的绩效工作，作为塘步镇绩效工作的主要负责人，收集汇总全镇各站所绩效材料是她的主要工作，诸葛蔓华说：“我做事追求完美，比如递交的材料字体格式、页面设置等都希望能得到统一，而我不喜欢再那么麻烦别人了，所以只好自己加班加点帮他们修改。”付出总有回报，诸葛蔓华负责的塘步镇绩效工作在藤县年度绩效考评结果中取得了一等奖的好成绩。

在诸葛蔓华成长的道路上，她最想感谢的人便是她的父亲。“父亲十分支持我到基层工作，他总对我说理解万岁，我们都要学会换位思考，少点抱怨，学会感恩。事在人为，在困难的环境也要靠自己改变现状。”诸葛蔓华说。

“青春是用来奋斗的。只有奋斗，才能遇见更好的自己，才能不负这美好年华。”诸葛蔓华时常这样勉励自己。她选择了和别人不一样的青春，却也因在基层工作中一件又一件平凡的小事，成就了更好的自己。

（诸葛蔓华的获奖情况：2012～2013年度“广西西部计划优秀志愿者”、2013年梧州市“我为城市建设出份力”活动“优秀志愿者”、2013年“梧州市青年志愿者行动优秀组织者”、梧州市“优秀团干部”）

勇于承担社会责任，传递正能量*

——记梧州市殡仪馆大学生志愿者

他们是一群大学生志愿者，他们用自己微薄的力量勇敢地担负起社会责任，用行动去诠释90后大学生的风采，在奉献中历炼青春——他们是在梧州殡仪馆做志愿服务的志愿者。

2013年4月4~6日，正值清明时节，我校外语系、法律与公共管理系和电子信息工程系的学生志愿者共100多人，在梧州市殡仪馆做志愿服务工作，在那里留下了他们的汗水与微笑。

“孩子们很辛苦，很努力。一开始我还有点担心，毕竟殡仪馆是一个较为特殊的场所。但他们克服了心理障碍，很认真地工作，以最大的热情投入到服务中。”梧州市殡仪馆服务部部长雷志鹏说。

当成一种不同的人生体验

生活中，殡仪馆是一个人们很少也不想过多接触到的地方，有人也会对它感到恐惧，但当这一群大学生收到邀请去殡仪馆做志愿者的时候，他们没有丝毫犹豫就直接答应了，志愿者吴超更是直言“把它当成一种不同的人生体验”。

在服务日期间，他们每天清晨8点就从学校出发到工作地点，持续地投入工作当中，直到下午5点钟他们才拖着疲惫的身体回到学校。他们主要负责维持车辆秩序、引导市民拜祭及维护馆内秩序等，接待总人数超过3万。在此次志愿活动中担任负责人的电子信息工程系的吴超说：“雷鸣般的鞭炮声，浓厚的烟尘充斥着整个场所，面对恶劣的工作环境，开始的时候真的很担心同学们承受不了，但他们却依然坚持完成了工作，让我觉得很有成就感。”

---

* 本文作者：杨健松。

“一开始我就很想参加这个活动，这不仅可以帮助别人，也可以让自己的生活有不同的体验，所以就去了。”参加活动的外语系志愿者林静说，“其实我们只要用平常心去对待，很多事情就可以勇敢地去尝试了，而且也锻炼了自己。”

志愿工作中的苦与乐

生活中的林静，是一个热爱生活，每天用微笑面对生活的一个女孩，她说：“作为一名志愿者，一定要有爱心，这样才能感染更多的人加入志愿者的行列中，去帮助更多需要帮助的人。”“付出的同时也在收获”是林静一直坚守的人生信念，而这种信念正是来源于她高中时的志愿服务工作的经历。那时，她经常去看望特殊教育学校的小朋友们，“除了班级组织，我个人也经常去看那些小朋友，时间久了，她们就像我的家人一样，直到现在还有小朋友给我写信呢！”

此次参加殡仪馆志愿服务，林静的工作是负责引导市民到指定的地方拜祭以及帮助老人或孩子提重物。她说，当把市民引导到指定地方拜祭、维持了现场秩序后，就觉得很有成就感。谈到最深刻的体验，她感慨地说：“第一天晚上工作结束的时候已经又饿又累，殡仪馆方为每个人提供了 6 个馒头和一杯豆浆，当时我的内心一下就觉得很满足！”

“我更加坚定自己要做一名志愿者，因为在付出的同时我也快乐！”吴超坚毅地说，参加这次志愿服务，不仅使他对交通知识和殡仪馆有了更深的了解，他也发现社会上的很多地方都需要帮助，作为当代的大学生要勇于承担起社会责任，付出自己的一点点时间和精力，回馈社会。

勇于承担社会责任

德国伟大作家歌德曾经说过：责任就是对自己要去做的事情有一种爱。这些大学生志愿者们勇敢地承担起了一份社会的责任，用行动去诠释了这句话的含义。林静说：“我真的很喜欢做一名志愿者，它让我拥有更多的正能量，去热爱生活，追逐自己的梦想。”

在殡仪馆做志愿服务的他们，付出了自己的一份热情，出色地完成了服务任务，在梧州市民的心中留下一道道他们忙碌而可爱的身影，同时他们也向当代大学生传递了一股正能量，用他们的汗水与付出向青春致敬。

用行动传播环保理念*

——记环保协会会长黄圣昌

“践行环保理念,用自己的力量去感染身边的人”这是我校环保协会会长、2011 级公司理财专业的黄圣昌最常说的一句话。

两年前,他因为好奇心去参加了学校环保协会的招新会,发现环保协会成员待人亲切,给了他很好的印象,便有了加入的想法。“环保协会的角色是传递理念,而环保志愿者则是去践行理念。”听到了这句话他就更加坚定了自己的选择。

两年后的今天,他担任了环保协会会长,更加觉得环保事业任重而道远,希望用自己的实际行动去感染身边的人,一起为环保事业做贡献。

用行动感染周围人

黄圣昌的业余时间里,主要通过策划各种活动,在环保事业上做一些力所能及的事情,同时唤起身边人的环保意识。其中在我校甚至在梧州市内比较有名的是“乐水行”活动。这个活动主要从桂江二桥沿着河堤走到桂江一桥,一路上检测水质,对周边群众发放调查问卷,拍摄污水等,到今年为止已经连续举办了 3 届。特别是今年的活动规模扩大了,共有我校师生代表和梧州市环境保护局、团市委、水文水资源局、工业园区管理委员会等部门和单位的代表 100 多人参加活动。从前期的策划到活动的成功举办的 20 多天时间里,黄圣昌坚守在活动的第一线。他说:“这个活动主要目的和意义在于揭露了河流排污口水质问题,让更多的人都来关注桂江水质,促进改善我们的生活环境。”

在校内,他也不遗余力地提倡环保行为。今年 3 月份举办的“地球一小时”熄灯活动也是由他策划实施。除了学校师生外,他还号召梧州市民参与到本次活

* 本文作者:董慧。

动。活动中他尽职尽责,当有人问他举办这样的活动有没有成效,他总是自信地回应说:“也许不是每个人都会做到,但是起码让大家知道有这么一回事,从自己做起,去感染身边的人嘛,所以还是有必要的。”

在各种环保活动中,我们都会看到他的身影。比如学校的 DIY 手工作品设计大赛、校内各种环保宣传以及环保局组织的在太和花园的“爱鸟护鸟”活动等。他认为,不管活动规模大小,每一次参加都觉得很有意义,希望更多的人一起来参与。

在日常生活中,他发现我校同学还普遍存在环保意识仍不强的不良习惯,同学用餐时大量使用塑料袋打包,部分同学带零食进教室吃完后将垃圾留下,一个人的自习室里打开所有的日光灯,离开时不关灯……对这些现象,他怀着深深的忧虑。加入环保协会已有 2 年的他,就餐时从未使用塑料袋打包饭菜,舍友也渐渐的学着他,尽量不使用塑料袋,在教室看到垃圾就带走。他希望自己用行动作表率,唤起更多的人改掉这些不良习惯。

环保是一种行动,更是一种理念

环保需要付出行动,更要用一种理念去指导。在黄圣昌看来,环保对个人是一种责任,对大家亦是一种责任。他说,就自己而言,环保是一番值得用青春浇灌的事业,即使自己将来不再是环协的会长了,但他仍旧将用自己的热情去承担这份责任。

他曾在参加广州小洲村举办的“第七届中国大学生环境组织发展论坛”的过程中,结识了一名曾为环保工作两次放弃高考的高中生。“一个高中生居然为了环保行动而放弃了两次高考,这让我感到很震撼,看到这样的例子,我就更加坚定了为环保事业做贡献的决心。”黄圣昌找到了榜样,受到了激励。

他在实践中传递着环保理念,还将自己的环保理念带出省外。在参加上海市团市委承办的“第八期全国青少年生态环保社团骨干培训班”时,他积极与其他省高校的环保志愿者代表共同交流心得,共同分享。他一直认为,作为一名环保志愿者,不仅仅作为校园的环保的践行者,更应担当起一种媒介功能的责任,将环保理念传播在世界的各个角落。

环保行动得到师生好评

作为环保协会的主要负责人,在团队管理和策划活动上,黄圣昌得到了团队成员的认同。团队成员黄佳佳说,在环保协会里他营造出了和谐的氛围,“他作为会长,开得起玩笑,与成员虚心相处,大家之间融洽得像一个大家庭。在各活动策划上,他很尽责,能够集思广益,注重与团队成员交流,是一个很称职的会长!"

"环保大到关系到人类的未来,也可以很小,小到生活中的一点一滴。大学生应该从平时做起,从点滴做起,做环保的模范。"环保协会的指导教师张晓磊认为,"作为环保协会负责人,他工作能力强,尽心尽力做到让人满意,他心思细密,无论是做人还是做事都是踏踏实实的。"

环保协会另一位指导老师黄立勇也表示:"黄圣昌是真正将环保放在心头上,特别有想法有创意,不愧是青年学生中的环保使者。"

"我会继续用行动促进环保事业,用心实践环保理念,未来依旧不变!"在采访最后,黄圣昌坚定地说道。

甘肃女孩309元开启2100公里的求学之旅*

一个人，一个梦想，一个旅行箱。郭淑雅从家乡甘肃黄土高原上的一个小山村到大学所在地广西梧州，转了4个站，跨越2100公里的距离，穿越7个省区，经过46小时的旅程，到达了人生一个新起点……梧州学院，开启了追梦之旅。

2013年9月8日上午7点，郭淑雅在爷爷奶奶不舍的眼光中匆匆上了从甘肃省通渭县碧玉村到县城的车，车票是4元。经过一个小时的颠簸到了县城后，直接坐上了开往兰州的大巴，上午11点到达了兰州，车票是40元。由于她买到的是晚上10点48分火车票，买的是硬座花了145元，所以必须在兰州火车站等了差不多十二个小时才踏上了开往广州的火车。

从小独立的郭淑雅说："这是我第一次出远门，但是我一点也不怕，就是在车上挺无聊的，所以偶尔会看看窗外的风景。回想到一路跌跌撞撞走来的自己，现在有了回报，感觉挺欣慰的。"经过38个小时的舟车劳顿，9月10日中午12点到达了广州火车站，然后转到汽车站后她直接坐上了开往梧州的汽车，车票是120元。9月10日下午5点，郭淑雅终于来到了梧州这座城市。

9月11日，记者在学校新食堂见到了显得有些疲惫的郭淑雅，"一路上也没吃什么东西，只是喝了朋友买来给我的两瓶牛奶和一点干粮"。"到了梧州感觉有点热，但是当看到这座依山傍水的城市后，我就喜欢上了它。梧州这座城市比我想象中的还美。"这是来自黄土高原小山村的郭淑雅对梧州的第一印象。她告诉记者，学长学姐很热情，让从边远的甘肃来到这里的她感到一丝温暖。在志愿者的带领下，她很顺利完成了报到手续，去绿色通道办理了生源地助学贷款，并打算申请国家助学金。

志愿者帮她搬行李到宿舍安顿好。其实她带的行李不多，只有两双鞋，两件

---

* 本文作者：陈运梅、曾丽香。

厚点的衣服和两三套夏天的衣服。当记者问到这些衣服够不够穿的时候,她回答说:“先凑合着穿吧,只要有穿就行了,在衣着方面我不会讲究太多。”

当记者说佩服她一个人独自从遥远的甘肃来到这里的时候,她情绪却显得有些失落。由于父母忙于工作抽不出时间送她,但是淑雅没有任何的怨言。她说:“其实一个人来也没什么,因为生活所迫,在我八岁的时候父母就去到新疆打工了,从那时候起我就一直和爷爷奶奶一起住,所以从小比较独立。家里还有三个弟妹在读书,为了维持生活,70 多岁的爷爷,还坚持着耕种一些麦子、玉米等农作物。今年麦子在正要成熟的时候遭遇连续十几天的雨水天气,麦子都长芽了,所以没有什么收成。”

在交了学费、住宿费等费用后,郭淑雅身上只剩下 400 元。她说,剩下的钱先凑合用着吧!在交谈中,郭淑雅对勤工俭学很感兴趣,向记者了解了学校里勤工俭学的岗位的一些情况。她说,勤工俭学既可以减轻家里的经济负担,也可以锻炼提升自己的能力,积累一些工作经验。

9 月 11 日中午,郭淑雅在新食堂吃了她到学校的第一餐饭,她说,“学校食堂给她的第一印象是挺漂亮也挺干净的,饭菜也挺好的,价格还可以。”

来自边远小山村的郭淑雅,从小就懂得生活的不易,所以会经常主动帮家里分担一些力所能及的家务,也很珍惜来之不易的学习机会。她说:“再怎么样的磨难也是一次成长,在求学过程中无论遇到什么困难,我也从来没有想过放弃。这只是我人生另一个起点的开始,我会继续努力的。”

体验一场青春的挑战*

——记简爱基金志愿者背后的故事

背上一个比人还胖的背包，穿梭七八个城市，有些路段需要徒步几十公里，行程时间达 20 多天。这是简爱基金公益活动的内容，活动的大学生不知道晚上是在空旷的草地上还是在城市的桥底驻扎帐篷，也无法预知下一刻会遇见什么……

简爱基金公益活动成立于 2013 年 1 月 1 日，是一个以全国在校大学生心灵成长为主题的公益组织，该组织结合旅行、徒步、途搭、生存挑战、头脑风暴以及商战等方式，让在校大学生挑战自己。每到一个城市，他们都会通过销售商品赚取费用，也会将义卖和众筹所得的款项捐助给需要帮助的当地困难儿童。为了提供安全保障，出发前每一位参与者都要进行体检，购买商业保险。在行走途中，有后勤保障车全程跟进；有商家优惠提供帐篷、背包、防潮垫等装备；也有商家提供成本价商品给志愿者开展商战活动等。到目前为止正在举办第七季活动。

为什么要开启这场华丽的冒险

"一切回忆起来就像是一场梦"。2016 年 1 月参加了简爱基金第六季的"在爱中行走"公益活动的国际交流学院 2014 级商务英语专科班的钟思娜说道。很多年以前，热爱公益的她就有参加这类活动的想法，只是缺乏一个契机。

2015 年底，她在朋友圈获知这个活动，于是在网上报名参加。通过了前期的体能训练、商战、微公益三轮考核项目，她成了第六季活动的一员。为了参加这个活动，提高身体素质，在出发前的 8 天，不论刮风下雨，钟思娜每天跑步 8 公里。此外，在朋友圈、空间里发动自己身边的人参与众筹，为三亚的贫困孩子筹资。在第六季活动中，共有 272 名来自全国各地高校志愿者，其中有 10 名是我校学生。

---

* 本文作者：胡文馨、梁贵洁。

行走过程中，钟思娜最难忘的便是简爱基金的发起人何东——一个充满故事的大男孩，参加活动的志愿者们都叫他东哥。2008 年他从永州市的大山考上怀化一所高校读书，大学期间靠兼职挣学费、生活费。他一个人从南走到北，当过洗碗工、摄影师；从东走到西，做过小贩、流浪艺人、当过培训师、开公司……“与东哥交流总能感受到振奋人心的力量，而他就像我们的大哥哥一样，会给我们这些弟弟妹妹们说一些道理、给我们启迪。”钟思娜说道。

点点滴滴聚成一抹青春的色彩

曾两次参加活动的经济管理学院 2014 级电子商务 1 班的罗伦权，第一次是在 2015 年暑假参加了第五季在陕西的活动，第二次是 2016 年寒假参加了第六季在海南的活动，既感受过我国茫茫大漠的风情，也看到过天涯海角的浪漫。

在第五季活动中，他从学校出发，踏上前往了西安的火车，在西安与来自全国各地的 260 多名小伙伴集结。一路上，他们从西安一边徒步一边搭顺风车到宝鸡，搭火车到兰州，包大巴车到东乡族自治县，坐火车到张掖，经过酒泉，徒步 24 公里到达嘉峪关，最后到达敦煌。

一路上的点点滴滴都深深地印在了罗伦权的脑海里。还记得 2015 年 7 月 22 日，他们开展了第一次商战。这对性格内向、不善与人沟通的罗伦权来说，是一个巨大的挑战。他与两个女生组成一个小组，把商品搬到闹市，随后分工进行销售。街上人来人往，罗伦权看着小伙伴大胆地拦下行人，热情地向他们介绍商品。那时他心里满是矛盾，他害怕被拒绝，但作为小组唯一的男生，他又不想表现胆怯。看着小组的两个女孩子如此卖力，他觉得自己不能再逃避了。

“你好，我们是简爱基金的志愿者，正在进行……”他主动走到行人面前，向他们介绍自己手中的商品，迈出了第一步。那一天，通过组员们的齐心协力，他们手头的商品几乎全部卖完。

宝石与艺术学院 2014 级服装设计 1 班的潘室合曾参加第四季和第六季简爱基金活动，深切体验了行走的酸甜苦辣。2015 年第四季活动在海南三亚的徒步中，天空下起了雨，当地一家宾馆的老板看到他们没地方住，就将自己尚未开业的宾馆提供了 60 个房间给他们住了两天一夜；然而在后来几天的活动中，他们却体验到了流浪的滋味。他们事先联系好了宿营的海滩，然而徒步到达目的地时，却碰到市容检查，海滩的负责人按政府规定没允许他们在那里宿营。280 多人只能漫无目的地在夜晚的街头流浪。

2016 年 1 月潘室合参加第六季活动，再次踏上这片土地，由于三亚在创建文明城市,提前踩点的营地不能搭帐篷露宿,他们有可能露宿街头。曾在三亚体验过无处栖身的感觉,潘室合心情很沮丧。但是他们到达的时候,一位好心的市民大哥给他们介绍了一块空地可以让他们露营。那一刻,潘室合揪着的心终于放了下来。她没有怨言,更多的是庆幸,庆幸他们能同甘共苦,庆幸一路上有那么多好心人在默默地帮助他们。

走出去是为了更好地走回来

回顾参加活动的经历,罗伦权表示:在途中会遇到各种性格的人,让自己学会了与不同的人相处,完善了自己的性格。而潘室合这个细心的女孩把经历的点点滴滴都记录了下来,写了12篇的文字记录。她说,通过行走可以去感受不同城市的人和事,认识一些志同道合的朋友。以前只是喜欢单纯的旅游,在体验了"在爱中行走"之后,可以学到很多东西。

20多个日子里,与伙伴们一起经历了商战、徒步、同喝一瓶水、同吃一块馕的钟思娜认为:这场旅程很精彩。它教会了自己很多,学会了感恩、知道了什么是组织和纪律,对团队合作精神的理解更深刻了,改变了自己对待友情的态度,也收获了更好的身体和心理素质。

走出校园,体验一场别样的青春挑战,没有虚拟的游戏,没有伸手即来的金钱,更没有无所事事的安逸。活动中需要勇敢去闯去努力,感受团队、友情的力量,感受行走的精彩,让生命增添一抹色彩,让青春不留白。

大学生艺术团队员:用青春追逐梦想*

学校艺术团的队员一个星期至少有三天的训练时间,一练就是两个小时,训练时间是下午下课后的五点半到七点半,队员们经常空腹训练……过程虽然艰辛,但没有吓倒他们,"全国、广西大学生艺术展演舞蹈一等奖""全国大学生艺术展演合唱二等奖、广西一等奖""全国大学生艺术展演管乐三等奖、广西一等奖""广西高校五四红旗团(总)支部""广西高校优秀大学生社团"……近20项自治区级以上的荣誉见证了这个集体努力进取、用青春追逐梦想的成长历程。

做一个勇敢的追梦人

韦清巍是艺术团合唱队的成员,报名参加合唱队是因为喜欢唱歌,在学习唱歌之初他遇到了许多困难,感到迷茫。2011年合唱队在挑选参加广西大学生艺术展演参赛队员时他被刷了下来,但不想脱离团队的他报名做了后勤。赛后,他开始更加努力的练习,遇到了不懂的就请教老师、上网查资料。夏天训练是最辛苦的,室内空气不流通,很闷热,窗户一打开就会有蚊虫飞进来,大家都被叮咬得又疼又痒,就是在这样的环境里,他和其他队员一起坚持训练着。

通过一段时间的学习,韦清巍唱歌时学会了有意识地控制气息等技巧,用正确的方法去唱。现在的他已是艺术团总支部书记、合唱队副队长,他时刻提醒自己要起带头作用,树立大局观,平时他除了巩固自己的基本功外,还经常到各声部去巡视,与声部长交流,了解每个声部的训练情况。

舞蹈队副队长凌丽丽刚开始训练竖叉、横叉时因为动作不到位被老师、学姐"踩"着练习,疼痛让她的眼泪"啪啪啪"地直往下掉。"队里许多成员由于吃不了

---

* 本文作者:赵艳香。

苦,都选择了退出,我能够坚持下来是受到了学姐的影响,看着她们曼妙的舞姿,感受着她们优雅的气质,很希望自己也能拥有。”经过两年多的刻苦训练,凌丽丽拥有了坚实的舞蹈底子,优雅的气质。当上队干后,她认真对待每一件事,一心想把队伍带好,当队员动作出现错误时,她就会反复指导。

每年的毕业晚会舞蹈队都有演出,每次演出彩排,舞蹈队都要排练到深夜一两点,凌丽丽说,在排练中如果一位队员拍子、舞步错了,大家就得再跳一遍,直到没有错误为止。夏天天气炎热,训练一会儿就汗流浃背了,蚊子又多,有时队员们的情绪不好,这时凌丽丽就会耐心地安慰大家,抚平大家烦躁的心情。

黄祯才学习圆号初期气息不够稳、嘴劲不够,他就向师兄师姐请教,努力练习。他说:“当初是一门心思地想把圆号练好。”大一时他住在西校区,每天下午要骑自行车赶到北校区参加训练,在冬天和下雨天骑车特别艰辛,有时懒惰没去训练,心里就会觉得很不踏实。

管乐队的训练场地是在体育馆三楼长廊,一到冬天北风呼啸,没有避风的地方,乐器冰冷,手被冻得发紫,尽管如此队员们还是坚持每天去训练。管乐队备战广西第三届大学生艺术展演的情景让黄祯才记忆深刻,“在那个集训的暑假里,我们忍受着酷暑,每天上午训练两个小时,下午训练三个小时,有些队员嘴唇磨破了都没有退缩。当我们取得了广西第二名时,整个队却高兴不起来,心情低落,觉得委屈,因为我们的目标是第一名”。

褪去的岁月,褪不去的情谊

一起训练的时间了,队员间沟通、交流的机会也多起来,相互间变得很亲密,不管是在学习上,还是在生活上大家都团结互助,整个艺术团构筑起一个充满真诚与温情的“家”。

“在管乐队待了三年,大家真诚的友情感动了我。记得在一次篮球比赛中,我不小心扭了脚,有的队员马上把我扶到场外坐下,有的去找冰块帮我敷上,让我感到很温暖。我能在管乐队坚持下来,也是因为他们给了我家人般的温暖与鼓励。”黄祯才笑着说:“管乐队没有上下级之分,大家团结互助,就像兄弟姐妹一样,毕业了的师兄师姐还会回来看望我们,检验我们的训练效果。”

即将离校工作的韦清巍割舍不下他的队员们,他希望现任队干们勇敢挑起肩上的担子,对队员负责、对团队负责。“在合唱队里我收获了可贵的友谊,大家互相鼓励,互相交流的情景常浮现在我脑海里。”韦清巍告诉记者,他会给新上任的每位队干写信,告诉他们需改进的地方,指导他们如何管理团队,鼓励他们努力训练。

最令凌丽丽怀念的是大家训练时欢乐的笑声，训练时大家会忍不住喊疼喊累，但只要师姐的一个玩笑，一个滑稽的动作，训练的辛酸就被驱散了。凌丽丽说："我和师姐还有同届队友的关系都很好，训练结束大家一起去吃饭，一路上有说有笑，我很怀念大家一起训练、聚餐的日子，能结识她们真的很幸运。"

火车票见证成长经历*

“梧州—玉林 11 张，玉林—梧州 10 张，西安—广州 5 张，南宁—昆明 4 张……”细数着这些年藏在抽屉里的火车票，从手动售票到网络售票，从硬纸票到软纸票，一张张小小的火车票，不仅是坐车的凭证，同时也见证了大学四年的成长路程，更承载了一段流逝的青春岁月。

返校“征程”，波折不断

“经过那一次，我觉得以前所经历的困难都是微不足道的。”来自宁夏固原的工商管理系 2010 级市场营销班钱莉同学说道。

原来，2012 年暑假钱莉为了参加一场考试，决定提前返校，8 月 19 日，她只身一人坐上了从宁夏固原到武昌的火车。由于暴雨天气，前方发生坍塌和泥石流，到河南南阳站时火车就被迫停止前行了，钱莉只能退票。当晚，她再转坐大巴到武昌，到达时已经 8 月 20 日凌晨四点多，她满怀希望地买了武昌到湛江的火车票，但是却在火车开动前十分钟又被告知因暴雨天气，列车取消发车。

接二连三的突发状况，考试迫在眉睫，钱莉又急又委屈，最后只好求助朋友在网上订了一张 21 日早上八点的动车票。当她接到父亲的电话时，为了不让父亲担心，她就撒谎说：“我就快到学校了，你放心吧！”

8 月 21 日晚，在经历了三天两夜之后，钱莉终于到达了学校，还未好好休息，第二天就又投入到考试当中。

手中紧紧抓着那 16 张火车票，钱莉说：“那次一个人的旅途，让我学会了遇事应该要镇定和沉着。这一段波折重重的行程相信以后回忆起来肯定别有一番感受。”

---

* 本文作者：雷美香、曾丽香、赵欢。

绿皮车里“痛”的记忆

就像《致青春》里出现那辆复古的绿皮火车一样，来自云南的经济系2011级国际经济与贸易班的宋泽喜同学也挤过这样的绿皮火车。

如今，绿皮火车已经少见了。在大一放寒假回家时，宋泽喜从广州到昆明，刚好就赶上了唯一一趟的绿皮火车。“绿皮火车里的过道比较窄，没有空调，其他的设施也比不上现在的火车。”宋泽喜说。

“正值春运时期，虽然我买到了坐票，但是绿皮车内的过道上都站满了人，我无法找到座位，一上车就只能在原地站着。”宋泽喜无奈地说，在绿皮车上整整站了6个小时，下车时腿早已麻木酸痛，回家休息了好几天才恢复。想起绿皮火车的回忆，宋泽喜说：“太累了，还是现在的火车比较好。”

大学三年，宋泽喜积攒的火车票有30多张，这些都是他成长路途上的“见证者”。他说，每一张火车票都是一个记忆，除了求学中的火车票外，还收藏了自己去打暑假工和旅游的火车票。

4年前，那7.5元的火车票

谈及第一次坐火车，电子信息工程系2010级电子科学与技术班的蓝元刘同学首先想到了两个字“便宜”。

2010年，刚上大一的蓝元刘从玉林坐火车来梧州，当时火车票7.5元。“当时听到售票员说7.5元时，我都不敢相信自己的耳朵，没想到坐火车竟然这么便宜！”蓝元刘兴奋地说道。

大学四年，每年寒暑假回家，蓝元刘都会选择坐火车。如今，他已收集了三十多张往返于玉林与梧州的火车票，而玉林到梧州的火车票价也早已不再是当年的7.5元了。

“那是我第一次也是最后一次买到这么便宜的火车票，现在的车票已经从7.5元涨到14.5元了。”蓝元刘说，这张7.5元的火车票，记录了他求学的第一步。

“这些火车票我舍不得丢弃，我会好好保存下来，以后拿出来看看，挺有意义的。”蓝元刘坦言。

第五部分 05

校园记者成长记

理想的味道*

2007 年,初识院报,它 3 岁那天,我在新食堂二楼布置过茶话会的现场,感受过属于院报大家庭的欢乐与幸福……

2009 年,爱上院报,它 5 岁那天,我闻过自己负责编辑的院报五周年特刊的墨香,见证过当天 A4 宿舍楼前操场上的那场火爆晚会……

2014 年,怀念院报,创刊至今,它 10 岁了,我只能在此写下心中的祈盼与祝福,愿院报在亲爱的老师和学弟学妹们的共同呵护下茁壮成长……

回忆至此,脑海里浮现的在院报学习和生活的点点滴滴太多了,我想用几个关键词来记录我这棵小树苗在成长过程中院报所给予的阳光和雨露。

适应与归宿

2006 年,刚入大学,到了蝶山顶上(大一时我们中文系住在西校区),面对一个全新的环境,我一度非常不适应,没有归宿感。当看到院报在西区设点招新时,我想到自己是中文系的,应该做些与文字相关的事情,便毫不犹豫地第一个报了名。

尽管当时我并不是很了解院报,但心里隐约感觉到,这里是一个培养人才的平台,是一个可以充实大学生活的地方。于是,我全身心地投入到院报的各项活动中。当时存在院报西区分社,分社的成员并不属于某个职能部门,锻炼的机会相对较少。不过,我会认真地完成每一次稿件任务,积极参加每一次例会,就连发放报纸的人中也总有我的身影。慢慢地,我发现自己之前的迷茫消散了,专业课程学习之余,我乐于去做与院报有关的事情,喜欢与院报的同事们共同工作的感觉,也由此适应了大学生活。于是我明白了,院报,会是我大学里的归宿。

---

* 本文作者:李秋荣。

能力与动力

大二时,中文系新生搬到北校区,我加入了新闻部,当上了新闻部副部长,遇到了恩师谭永军,从此开始了一段“小记者”角色扮演。

在谭老师的指导下,我渐入新闻之门。我养成一个习惯,随身的包包里一定会放有两样东西:笔和笔记本,以便做好记录新闻灵感、新闻线索和采访的准备。正是因为有这么一种认真的态度,我找到了并获得了许多新闻采写的机会,比如学院的重大活动,团委的各种资讯,以及各系的先进教师、“明星”学生等。每写完一篇稿,我会第一时间发给谭老师看,当她给我指出不足和改进意见,或是改完稿子后发回给我自己领悟时,我心里就会有一种欣喜和满足之感,因为这意味着谭老师给了我一块敲门砖,领着我慢慢敲开新闻之门。后来,在院报、《西江都市报》、《梧州日报》上,我名字出现的频率逐渐增多,我把自己定位为“半个记者”,尽力对内对外报道学院有价值的新闻事件和人物。

渐渐地,我明白了“新闻”是我的兴趣所在和努力的方向,我想更系统深入地学习新闻,于是就选择报考华中科技大学的新闻专业研究生。在华科读研期间,我又加入了校记者团外宣部,利用假期到湖北日报社、新华社实习,能力有了进一步提高。

尽管现在我没有从事媒体工作,但在单位里,我在新闻方面学到的东西会有发挥的平台,我相信它也会成为一个原动力,推动我扮演好职业生涯中的角色,不负院报的栽培,和老师的期望。

院报,让我“嗅”到理想的味道。

考研路,从院报出发*

他是一位阳光、亲切、朴实的男生,笑起来传递着热情、友善;在交流中,他明亮的眼眸透射着沉着和机灵;乐观开朗、认真负责、自信大方是别人对他的评价。他叫李晓刚,来自法律与公共管理系2009级行政管理班,是梧州学院报学生通讯社第九届秘书长、第十届社长。今年考研结果出来,他又为院报人争了光:考上了上海工程技术大学社会保障专业公费研究生。

"报名秘书部男生少,所以我选择了秘书部,这样我被录用的概率就更大些。"李晓刚笑着说。进院报后,他积极争取各种任务,跟会、办公室物品的管理、场地申请……为了克服自己不善交际的缺点,他主动与其他院报伙伴交朋友,并和他们一起写稿、一起满街跑赞助、一起学习各种软件技术。凭着踏实肯干的劲头,他从当初腼腆青涩的小伙子,蜕变成稳重成熟的"院报人",得到了伙伴们的认可。在院报第九届、第十届机构竞选中,他两次以高票分别胜任秘书长和社长。

"海到尽头天作岸,山登绝顶我为峰。"这是李晓刚执着追求自我的信念,怀揣着对知识的渴望,在担任社长职务之时,他走上了考研之路。"我在进大学时就有考研的想法,我对理论研究也算是情有独钟,希望继续提高我的理论知识、综合素养。"他说。在院报的3年多时光里,他对自己未来的道路多了一份从容与淡定,多了一份自信。"在担任社长举办院报第一届网络文化节期间,由于工作繁多,遇到很多困难,压力很大,在教室复习经常有电话打进来,无法专心看书。"他诉说着当初的苦恼。

"我经常找谭永军老师谈心,在她的鼓励下,我觉得要去拼一把,学长学姐能做到,我相信我也可以做到。"抱着这样一颗决心,在换届退出院报后,他破釜沉舟、全力以赴地投入到仅剩50多天的考研冲刺阶段。为了提高效率,他严格按照

---

* 本文作者:陆羽翔、韦泥。

自己的学习安排表进行备考,每天哪段时间该看什么书,做什么题,时间计划还精细到每分钟!一切都是井然有序地进行着。功夫不负有心人,他怀着忐忑的心情等待着录取结果,当听到"李晓刚"这3个字时,他知道做到了,他又一次成功了。"在院报培养了我良好的心态,让我很从容地面对各种困难,我很感激院报。"

和李晓刚一同考研的还有院报第九届新闻部副部长万力群。由于对文字的喜爱,她进入了新闻部锻炼笔头,这也为她考上暨南大学汉语言文学专业的研究生奠定了扎实的基础。

"考研很辛苦,院报的锻炼教会我要忍耐和沉寂。"备考时她每天早早来到图书馆复习,晚上11点多才回宿舍,日复一日。"接到通知得知自己考上了,很意外,但更深刻认识到以后做什么事情都要有决心,要相信自己。"她坦诚道。"院报让我学会感恩,学会付出,学会坚强,一日院报人,终生院报人。"

成功考研的还有同济大学的周伟琳、华中科技大学的李秋荣、西南大学的莫铠源、广西大学的李光先、广西师范大学的伍燕琼等人,他们也在院报经历了锻炼后,给我们做出了榜样。

念念不忘　必有回响*

李林青,文法学院 2010 级文化传播班学生,2014 年考上复旦大学新闻学院传播学专业研究生。

写下这些文字的时候,我依稀能看到自己在去往图书馆的山道上孤独的身影,看到自己一个人在外地准备复试时彷徨而又无助的失落,看到一幕幕尚未远去的往昔。而今,当我真正站在人生的十字路口,告别大学生活,心中交织的,是不舍与坚定。

决定考研的时候并没有想过这件事的可行性,选学校,看专业,中途改了报考的学校,当我把堆成小山的参考书、资料、练习搬到图书馆的自习室时,已是 2013 年的 9 月底。

考研的过程并没有想象中的艰难。偶尔的"亚历山大",坏情绪的恶性循环,伴着我一步一步走完了这个过程。身边的好友没有要考研的,颇有一种孤军奋战的感觉,但我从不孤单。图书馆各个角落,分散着各种"style"的研友,犹如一个个的坐标,让我每走一步都有参照,也更加清楚自己的定位。那个走路风风火火的红衣女孩儿,她的脚步声在我耳边响起时候,说明 8 点钟又到了;总喜欢踱着方步环图书馆转圈、边走边背书的男生,总是来最早走得最晚;坐我旁边的艺术系女生,常给我带沁人心脾的花茶,我们总约好互相监督……还有同专业的同学,我们一起参加初试,在异乡的考场给对方加油打气,进入复试后热切地交流心得,真好!

大学的前三年忙于各种实践的我,终于可以专注于学习,而且是自己热爱的学科,我爱极了这样的状态。冬夜里每当我一个人迎着凛冽的寒风走在路上,心中总有个声音在低语 Keep on believing。考研最大的意义或许就在于,在这个过程

---

* 本文作者:李林青。

中,我发现了我愿意为之付出一切,倾尽所有的东西,而且我有机会凭着努力,一点一点地靠近它,并将最终实现它。

3 月 29 日,我终于接到了复试通知,打点好一切,我甚至来不及复习,就坐上了那趟开往理想国的列车。21 个小时的车程,到达了上海,我终于见到了夜幕下的复旦,见到了日思夜想的新闻学院。我并没有在新闻学院门口留影,直觉告诉我,我和复旦大学的缘分绝不止于此。

并不是什么玄乎的说法,而是我相信,念念不忘,必有回响。如果梦想没有实现,想要的东西没有得到,一定是自己的渴望还不够强烈——如果你极度渴望,你的努力,也一定最炽热。

时间犹如智慧老人,对任何的付出,都会有回馈,只是这馈赠,来的时间不一致。2014 年的夏天,录取通知书终于盼到了,我也已经毕业。回校办理毕业手续的时候太过匆忙,我竟来不及去图书馆看一看,留个影,再走一走那条我曾不止一次用双脚丈量过的小路——那座建在山顶的图书馆,每一天都在印证着"书山有路勤为径"。我想,我只是没有和它道别,因它从不会在我的生活中远去,它永远都在我的心中铭记那一段奋斗的时光。

那样的日子不再有!

用新闻书写大学时光*

——记梧州学院网学生通讯社首任社长杨健松

在同班同学的眼里，他乐于助人，最愿意“吃亏”；在学院网记者成员的眼里，他是最没有领导范的“领导”；在学校党委宣传部老师的眼中，他是一位虚心好学，严于律己，很有团队精神的学生干部。他就是梧州学院网学生通讯社（以下简称“学院网”）第一任社长、文法学院 2011 级汉语言文学 1 班的杨健松。今年即将毕业的他，30 页的求职简历中，16 页是发表在各大媒体、网站的新闻作品，18 项实践活动，4 项实习经验。杨健松的蜕变是在那一张张新闻图片，一篇篇稿件，一个个新闻专题中磨炼出来的。

初尝新闻写作滋味

2012 年 9 月，学院网学生通讯社招收第一届成员，一个月后，在公布的考核名单里，原本没有交集的十几个人聚在了一起，杨健松成了其中的一员。学院网的指导老师要求既要会写文字稿，也要会摄影，当初杨健松一心想成为摄影记者，对文字毫无兴趣的他只能硬着头皮开始接触新闻稿。

杨健松与大家一样，之前从未接触过新闻，对写稿一窍不通。不会写，只能慢慢去学。杨健松一有任务稿安排，就抓住机会向指导老师请教如何做好会议笔记；写稿时遇到难题，他便与同伴一起商讨如何定题、定结构、理思路；每完成一篇稿件，学校党委宣传部的指导老师总会给他点评。从语法句式的不当，到标点符号的运用等，指导老师都会一一指出并纠正。他说，指导老师犀利的点评与成员们的互评常常让稿件作者感到难堪或不悦，但也正因为有这样高强度高要求的学

* 本文作者：罗庆兰、赵欢。

习环境,他的新闻写作水平有了明显的提高,这也大大增强了他的写作自信。

为完成一篇关注我校学生自习情况的稿件,杨健松和搭档胸前挂着校园记者工作牌跑遍了我校教学楼和图书馆的各个教室、自习室去蹲点观察、统计自习人数,吃饭时也不忘寻找身边的同学进行采访。经过一番努力,当看到第一篇署着自己名字的稿件得到老师的称赞时,杨健松发现,其实文字也没有那么令人生厌。"尝到甜头"的杨健松在新闻采写中越发卖力,渐渐地,消息稿、通讯稿、记者观察稿再到外发稿,他写得得心应手。从最初写稿需要2个多小时慢慢缩短到半个小时左右,他撰写的稿件《感动"饭堂阿姨":你的时间都去哪了?》《大学生"被"讲座背后的故事》《让称重更方便更精准——周信健成功研发高精度称重控制显示器》等60多篇稿件发表在新华网、中国大学生在线网、广西新闻网、《梧州日报》、梧州学院网等媒体。

用心经营记者团队

在学院网担任记者一年后,杨健松对新闻写作从一开始的抵触变成了热爱。2013年5月,他开始担任学院网首任社长。对从来没有团队管理经验的杨健松来说这是个挑战,他甚至怀疑自己的能力:我能带领好这个团队吗?他反复地问自己。

既然有这样的机会,那就努力尝试做好。不容他思考太多,一项项工作接踵而来。报道学校各种会议和活动、策划专题、采访典型的师生代表、管理团队……在任职期间,杨健松秉承"团结、创新、高效、奉献"的信念来管理团队,无论是成员还是干部,大家是彼此最好的伙伴。私底下,大家是一群无话不谈的好伙伴,遇到困难共同承担,学到的东西共同分享;工作中,大家相互帮助、包容,时常会为了一个专题争论不休,也常常为了一个目标而把心拧成一条绳。

他仍记得在2013年的运动会新闻报道中,学院网的成员为了能及时做好赛事播报工作而付出的努力。白天跟着运动员、采访对象在田径场上满场跑,晚上回来顾不上吃饭,便一头扎进当天的稿件编辑工作中。从校运会的开幕式到闭幕式,在为期两天的运动会中,31名学院网记者共完成19篇新闻稿件的采写、配图工作,尽管工作任务繁重,但没有成员因此而抱怨!在许多学校重要的会议当中,为了尽快整理会议录音,几个伙伴花费整个晚上时间共同在办公室一字一句、反反复复地听,力求每一字准确无误。

在他的带领下,学院网连续两年策划完成的五四青年节、毕业季、迎新季等专题报道,极大丰富了学院网新闻报道的内容。

记者的经历丰富了大学生活

因为担任校园记者,杨健松比一般同学有了许多他们没有的机会。在2014年我国著名体操王子李宁先生来校考察时,他以校园记者的身份对李宁先生来校一事进行跟踪报道,近距离接触和感受了名人言谈举止,还得到了与李宁先生合影的机会;在2013年学校迎接教育部专家来校本科评估期间,他协助党委宣传部的老师承担了摄影摄像工作;在自治区教育厅、梧州市领导来校视察工作期间,他都参与了摄影摄像与报道,直接感受了上级领导对我校的关怀和支持,同时也见证了学校的发展;参与了梧州市政府承办的广西高校科技服务地方新发展活动、学校承办的全区高校教职工乒乓球比赛等重要活动项目的新闻报道。让他记忆深刻的是,因为担任学院网记者,在2013年4月他和他的伙伴有幸被学校党委书记唐耀华邀请到办公室,与他们亲切交谈,鼓励他们多写贴近实际、贴近生活、贴近师生题材的稿件,多写质量好、品质优的新闻稿件。

大四时,当别的同学在纠结毕业论文如何选题、下笔时,杨健松白天去梧州中恒集团见习上班,晚上下班后挤时间完成他的毕业论文。他认为,只要思维逻辑清晰,总结概括能力比较好,撰写毕业论文就没有多大难度。“在学院网担任记者对我的文字运用能力、思维的锻炼都有很大帮助!”他说道。

除了专业知识和写作能力上的收获外,杨健松还在学院网收获了弥足珍贵的情谊。他说:“除了与工作伙伴的友情外,还收获了师生情谊,特别是党委宣传部老师对他在新闻写作的指导与帮助。”党委宣传部部长李远林对他评价说:“杨健松是一名优秀的学生,谦虚好学、工作扎实、思维创新、很有奉献精神和团队精神,作为校园记者,他为学校宣传工作做出了积极的贡献。”

如今即将走上工作岗位,看着茁壮成长的学院网,作为第一任社长的杨健松内心充满了自豪感。“虽然当校园记者有工作特别艰辛的时候,如今回首发现,那些都是快乐的回忆,毕生难忘!”他说道。

她是个有故事的女生*

——记考取湖南大学硕士研究生董慧

一头短发,一副黑框眼镜,笑起来的时候总会露出两颗小兔牙,未见其人先闻其笑声,这就是国际交流学院2011级对外汉语班的董慧,一个干净利落、乐观爽朗的女孩。“董小姐,你从没忘记你的微笑,董小姐,你才不是一个没有故事的女同学……”因2013年流行歌曲《董小姐》,董慧的朋友们给她取了个外号叫“董小姐”。今年,董慧顺利考取了湖南大学新闻传播学专业硕士研究生。她说,今天的收获不仅仅是备考半年多的努力,更是四年来在学校的积累结果。

选择新闻,写得一手好文章

“跟会、写稿、七百多个日日夜夜、七十多篇发表在学院网、中国大学生在线、《西江都市报》的新闻稿件发表……”这是董慧在梧州学院网学生通讯社(以下简称学院网)留下的足迹。从2012年10月进入学院网,到2014年10月站在领奖台上捧着荣誉证书宣布退出,两年的经历改变了她的人生选择。她说,考取新闻学硕士研究生的梦想来源于在学院网的经历和学习。

2012年,新闻写作“零基础”的董慧进入学院网,开始接触新闻写作。写稿初期,董慧便“碰壁”了。那是采写一篇关于梧州宝石节志愿者的稿件,刚完稿,董慧满心欢喜地向指导老师交稿。然而,指导老师严肃地指出了许多错误,整篇稿件被批评得体无完肤:用词有误、标点符号使用不当、语病众多!辛苦采写的稿件被指出这么多错误,要强的董慧回到宿舍时,眼泪不争气地流了下来。从那以后,她暗下决心:要努力把新闻写好。

此后,她越来越严格要求自己,多倾听老师的点评、经常阅读新闻,细心完成

---

* 本文作者:雷美香、陈梦兰。

每一篇稿件，与伙伴相互检查纠错……

2013 年 4 月 17 日晚，董慧负责采写宝石与艺术设计学院“零点起飞”时装秀活动的稿件。当晚活动结束后，董慧回到宿舍时已将近十二点，而她的工作才刚刚开始。她“窝”在自己的空间里写稿：一盏台灯、一台电脑、一堆参考材料，完稿时已是凌晨五点。这是她第一次用睡觉的时间来工作。

一年多的时间过去了，董慧的写稿水平逐渐提高，一般的稿件采写时间由原来的三个小时以上缩短为半个多小时，也陆续有作品发表在《西江都市报》、教育部主办的中国大学生在线等校外媒体。一年后，董慧在学院网担任记者部的部长。除了完成稿件写作，她还要指导师弟师妹们写稿。她像当初指导老师对她的要求一样，要求部门的成员在工作上严谨细致。每次为他们评稿，她会精确到每一字和标点，指出错误的地方。

这是工作中的董小姐，就像工作伙伴覃珊珊说：“她严谨、细致，每一项任务都做得很好。”

坚持目标，考研成功

2014 年下半年董慧决定考研，本科是汉语言文学的她在考研专业选择时，由于有丰富的新闻写作实践经验，加上对新闻的热爱与追求，她最终选择了新闻传播学。

回想起她备考硕士研究生的历程，点点滴滴都历历在目：看了 3 遍的厚厚专业书，每天温习英语单词，记了 10 本的笔记本，写完了 45 支笔芯……考研路上各种艰辛、拼搏的快乐，每天充实的日子在董慧的大学生活中留下了浓墨重彩的一笔。每天三点一线的生活，自习教室里常常看到她那熟悉的身影，图书馆的灯光往往陪伴她到深夜。她说，备考的时候充实的生活是一种快乐，就算没有被录取，这种经历也会让自己感到没有虚度青春。

然而繁重的复习也给她带来了不小的心理压力，失落、沮丧时不时考验着她的毅力。考试前的焦躁不安，无法静心复习，让她一度产生悲观心理。为了排解心理困惑，她向在学院网曾经指导她的老师、曾经在学院网共事的朋友倾诉和咨询。一句句安慰的话、一条条鼓励的信息是她坚持的动力：“董小姐加油！”“我们等你的好消息！”友情的力量让董慧慢慢静下心坚持考研路。

通过初试后，她感觉自己的前脚已经迈进了向往已久的湖南大学。从收到复试通知到复试，只有 7 天的时间准备，董慧争分夺秒应对复试。她用了个“笨方法”，整理了 60 多篇湖南大学新闻传播学各个研究生导师发表的新闻研究论文期刊。7 天时间,整理、阅读、总结、做笔记……今年 4 月,董慧顺利通过复试,成了湖南大学 2015 级新闻传播学硕士研究生。

这是考研学习时的董小姐,用好友杨健松的话说:“董小姐真的很拼!”

一手好厨艺,朋友都点赞

生活中的董慧,拥有斯文的外表,但是在灶台面前却显示出大厨的风范。和朋友们一起外出野炊搞活动,她绝对是主角。只要董慧在,炒菜的时候其他人没有人敢“献丑”的。“朋友们喜欢吃我做的菜,我也乐于分享!”她说。

朋友们特别记得在太和花园野炊那一幕:董慧一边热锅,倒油,放菜到炒锅中……一边指挥搭档如何烧柴火控制火候。宫保鸡丁,酸菜鱼,豆腐酿,凉拌河粉……半个来小时时间,一桌子菜全都有了。“她会做不同的菜色,味道又好,是我们公认的好掌厨,她下厨,我们只有打下手的份儿!”闺蜜赵艳香评价说道。

她常常通过写日志来与朋友分享自己的故事,大学 4 年里写下 10 万多字关于朋友、关于自己的日志。“2012 年,我们这帮朋友相识,源于新闻……”“2015 年 1 月 7 日,忙碌过后是平静,害怕自己在平静中变得淡而无味。所以不敢过于肆意地放任青春……”“2015 年 3 月 31 日,从长沙回来,等着成绩、名单,等着一个圆满的结果……”

她把自己和朋友的成长故事都写进了日志里。她说,要以这样的方式把青春里的成长收获、喜怒哀乐分享给身边的朋友。

毕业临近,董慧正准备把这些文字整理成册。“将大学里的回忆印刷成册送给好友们,就当作我们的毕业礼物!”

就像《董小姐》这道歌唱的一样:“董小姐不是一个没有故事的女同学!”如今,董小姐毕业了,她从梧院出发,到湖南大学继续为理想而拼搏。董小姐的故事,在梧院新闻里留下了深深的印记。

大学四年的"奋斗史"*

时光悄然滑落,毕业不觉已是一年半,"梧州学院升本 10 周年暨办学 111 周年、举办高等教育 31 周年庆祝活动"不经意间触动了自己 4 年校园生活的思绪。

都说青春就是用来挥霍的,但回首青春年华中最重要的时光,最值得我骄傲的,就是大学母校的 4 年"奋斗史"。而这 4 年的青春灿烂行程,与校报紧紧相系。

2011 年夏秋之交,从高考的阴霾中解脱出来的我,满心雀跃地迈入了梧州学院的大门。在那段凝聚着初入大学的新鲜与兴奋的时光里,记不清是哪个瞬间了,当在校园里看到一群身穿白色社服的校报记者时,一种与梧州学院报有着莫名机缘的情愫突然涌上了心头。直到后来我才明白,大学生活中最美好的事情,就是加入了校报。

大一,第一次写新闻稿,从初稿到"一改""二改"甚至"三改",到终稿;大二,以前对新闻知识几乎一无所知的我,已经能独自带着新成员去采访;大三,为了让校报十周年特刊顺利出版,和宣传部的老师们、院报伙伴们连续奋战几十个日夜……直到大四,我也从一个校园记者,不断成长成为新闻部副部长、校报的新闻总监。

事实上,除了学好专业课,我还肩负着班长、学生会外联部干事等职务。这些职务当中,校报的工作最为忙碌,筹划、采访、组稿、排版、校对、印刷、发报……工作细碎而繁杂。但即便是因为采访顾不及吃饭,甚至为了出报在梧州日报社煎熬至深夜两三点,我也从来没有想过离开。因为我心里明白,只有付出和坚持,才能让自己收获成长。

转眼到了 2015 年毕业季,我至今仍清晰地记得当时在简历上郑重地敲下的那两行字——"在校内外媒体发表 130 多篇新闻稿件,编辑了 40 个校报版面""获得全国高校校报一、二、三等新闻奖"。短短几十个字,浓缩的却是属于我自己的

---

* 本文作者:陆羽翔。

一桶满满的黄金。如果说窗明几净的教室是授予我知识的殿堂，那么，提升能力的校报就是托起我的“巨人”，在校报获得的成长，无疑了成了我求职路上重要的筹码。

原本以为毕业后会从事自己喜欢的新闻行业，然而几经辗转，我最终选择了猎头行业。现在，我与合伙人陈东阳先生一起在海南组建的猎头公司已经步入了正轨。刚进入职场半年就被深圳总部委以重任，到陌生的区域开拓新市场，这件事放在以前根本连想都不敢想。创业维艰，创业路上遇到的重重困难，可想而知。所幸我没有退缩，并坚持了下来，不断得到团队的认可，成为海南公司的合伙人和猎头部的经理。

其实我常常会想，上帝为何如此眷顾我这个毕业没多久的毛头小子？又是什么原因让我走过了公司艰苦的创业阶段？当我面试了两百多位中高端职业经理人，面聊了几十名企业老板后，我在这些职场精英身上看到了校报人的影子，我突然从过去李远林、谭永军、黄振球等老师的教诲，校报氛围的熏陶与校报精神的激励中找到了源头。

是的，以前在校报做过的很多事，在外人看来没有太多意义，然而它们却潜移默化地影响着我。校报的力量和气场，校报的责任感和使命感，校报给予人的学习和锻炼机会，有一种不可测其深浅的底蕴，使我变得自信和勇敢。现在看来值得一提的“成绩”，和在这个过程中的勤奋和努力，都源于这种榜样的力量。

此外，校报也成了我另一个“家”。在那些繁忙的日子里，我结识了很多志同道合的伙伴，虽然现在大家在不同城市、不同岗位，但时常有交接往来，也会时常联系……这些可爱的“报友”让我的生活更加的鲜活和精彩。我在校报养成的摄影习惯也没有变，工作之余我会拿上相机到处走走拍拍。

转眼就到母校升本10周年和办学111周年、举办高等教育31周年了，很想念教导我们、陪伴我们大学4年的老师们和同学们；也很想到校园塑胶跑道上散步畅聊梦想，到“后宫食堂”尝尝那里的各种小吃，到校报办公室看看墙上的老照片……但因为工作原因，这次恐怕是回不去了。幸运的是，我对母校的怀念和关注能通过母校官网和校报电子版得以纾解。

“到如今，终看见，我们的梦想开花了，开出了一朵水仙花……”校报之歌的这几句歌词无疑唱出了我当前的感激和喜悦。感谢母校，感谢校报，让我奋进和蜕变。

母校等我，校报等我，待到春暖花开时，我定回去听紫荆花开的声音。

（注：陆羽翔，2011级汉语言文学专业（文化传播方向）学生）

一“网”情深*

——记梧州学院网学生通讯社社长覃引珍

你喜欢新闻吗？

“我不是很喜欢新闻，我只是喜欢记者这个职业。”覃引珍回答。

为什么对写稿不感兴趣，却还坚持在梧州学院网学生通讯社（以下简称院网）工作了3年？

“把不喜欢的事情做好才叫努力。选择写稿，是因为不喜欢但想把它做好。慢慢地也喜欢上这份工作，对院网有了难以割舍的感情。”覃引珍说。

干净利落的马尾，简单随意的T恤，幽默风趣的话语……老师、成员口中赞不绝口的人。她是谁？文法学院2012级文化传播班的覃引珍，院网第二届、第三届社长。

好兴趣，靠培养

没有特别远大的新闻理想，没有特别浓厚文学兴趣的覃引珍，在进入院网第一年的时候，并没有表现出对这个组织的太多的热爱，工作也不算积极。“我原本不喜欢写东西，高中写作文基本上都是在凑字数的。”

她对院网态度的改变，源于一件事：有一次，她接到一篇关于晨读题材的稿件任务。接到稿件任务的第2天，她早上6点多就起床，去学校的各个地方观察别人晨读，接连观察了3天。之后，她用了2天时间构思这篇新闻稿。当这篇稿件完成时，指导老师郑文锋称赞了她“写得挺好的。”后来《晨读——一道靓丽的校园风景》发表在《西江都市报》上，这也是覃引珍第一次在校外媒体上发表稿件。由于较好地完成了这些稿件任务，之后她就更积极地去参加新闻稿写作。

为什么一篇新闻稿要花上5天时间？她说：“3天足够收集很多素材，没有素

* 本文作者：徐业越、仝子潺。

材是写不出什么的。而且我要构思怎么把这篇新闻写好。”3 年多来，她不断培养着新闻敏感性，掌握了一定的新闻采写的技巧。她主动争取到了两次到梧州日报社实习的机会，在实践中更好地锻炼了自身综合能力。至今为止，覃引珍已在校内媒体发表约 80 篇稿件，在校外媒体发表约 30 篇稿件。

为院网，尽职责。作为社长，覃引珍一直把院网的工作放在重要位置。她说：“当上社长，站的位置不同，承担的责任就越多。”

有成员因有事情而无法去完成的时候，她就挺身而出并且按质按量地把工作完成。临近开学，她总是提前几天到学校，准备开学稿件专题的策划，随时等候老师布置工作。

今年迎接新生的两天里，她马不停蹄地奔走于校园内外各个迎新点，带着 3 样东西：笔、笔记本、相机，不停地拍照、采访，晚上接着编稿。平均 1 天只能睡三四个小时。军训期间也是同样的情形，她经常在办公室工作到深夜才回到宿舍。拍摄微电影时，每一个镜头她都要参与拍摄，每一个镜头都要反复检查斟酌。宿舍的同学称她为“诸葛亮”——事必躬亲。拍摄效果达不到她的要求的时候，她就会都推翻重拍……去年，郑文锋老师出差 1 个月，覃引珍带领院网的干部干事们完成期间的主题策划、稿件采写、编辑等工作。

“覃引珍一直都是个刻苦、主动，有责任心的人。”郑文锋老师说。

一份饭，两人吃

覃引珍性格乐观开朗，待人随和宽容。与老师、同学们之间都建立了深厚的友谊。平时除了常去党委宣传部办公室领任务、做工作外，她还会和老师一起去食堂吃饭。来自国际交流学院 2013 级经贸 2 班的马雪珍是院网的现任副社长，也是覃引珍的好同事、好朋友。“生活中像个逗逼，工作时认真负责。我喜欢跟她吐嘈，她也会很耐心地听我说，是个很随和的学姐。”马雪珍说。

马雪珍和覃引珍一起工作，刚开始她不太擅长写稿，覃引珍就教给她一些写稿技巧，帮她修改。马雪珍还说，覃引珍是个刻苦好学的人，遇到不懂的问题会认真地去找各种资料自学。微电影后期制作的时候，覃引珍早上起来马上开电脑剪辑镜头，直到凌晨两三点时才睡觉。

一次，她们一起制作视频后期，为了节省打饭时间，选择了打外卖。覃引珍怕打两份浪费，就打了一份饭，她们两个人一起吃。一份饭两双筷子，你吃一口我吃一口，覃引珍就是这样在工作中和伙伴们建立起深厚感情。以自己的努力带动、激励着院网的伙伴们成长。

当工科女遇上新闻写作*

——访信息与电子工程学院优秀学子何丽梅

有这样一位短发清爽的女生，平刘海下露出弯弯的眉毛，圆框眼镜下有一双清澈的眼睛，笑起来时露出洁白的牙齿。她就是来自信息与电子工程学院（以下简称：信电学院）2013级数字媒体技术2班、梧州学院网学生通讯社副社长何丽梅。

“玩”着手机也能学习　学习要注重方法

何丽梅和许多人一样，她经常专注地盯着手机屏幕，只不过她所关注的内容有点“闷”。头条新闻、每日一文等APP，人民日报、澎湃新闻、南方周末等微信公众号，她每日关注最多的是这方面的信息，遇到好的文章，她就会截图保存，在她的手机里，截图最多的时候会超过1000张。对于写稿，她会在电脑上新建一个文件夹，在“中国大学生在线”搜索类似的稿子10多篇，先看别人如何去写，然后划出每篇稿子中值得学习的地方，对比自己的采访对象是否具有相似特点等。

“对照知识点学习直到看懂题目，那这一类题目再变也不怕。”何丽梅说，她复习时每一科都有一本笔记本或者信签纸，写下考点以及相应的一个例子，考试之前再看一遍。在大一、大二期间，何丽梅曾获得“自治区人民政府奖学金”“创青春”广西大学生创业大赛铜奖、校级“优秀个人二等奖学金”“三好学生”“优秀学生干部”“优秀共青团干部”等奖项。

学习不可一蹴而就　但越努力越幸运

做好新闻传播这些跨学科、跨专业的工作对一个工科生来说是一种挑战。从

---

* 本文作者：沈洁白、钟思娜。

最初的模仿开始,她会在百度看看别人的新闻如何去写,关注最新发生的事情。为了更好地做好院网的工作,何丽梅在大一的暑假便参加梧州电台的实习。她回忆,那段时间和主编说了想法后便和另一个实习生满大街小巷地去"抓"人采访。他们开始采访街上的人时还会紧张、害怕被人拒绝,踌躇许久才鼓起勇气,走向一位带着 2 个小孩的大姐,微笑着说明了来意便开始采访:"大姐,你平常会带孩子去游泳吗?""有考虑过游泳的安全问题吗?"等等,善良的大姐热心地一一回答,"自信心一点点增强,胆子也一点点练起来了。"何丽梅说。

在专业学习上,何丽梅也会寻找方法弥补不足。因为自己的画画基础比较薄弱,而作品设计对审美有一定的要求,于是她经常上优设网学习借鉴别人的作品,或者上网查阅有关动手制作的资料,以此来提高自己的动手能力。她坚信:只要自己不放弃自己,就没有失败可言,越努力越幸运!

写稿与专业知识互利　奔跑为了更好地解压

何丽梅学习的专业知识与新媒体息息相关。例如,报纸版面的排版需要美观,与美工、平面设计等有关,专业中视频的后期制作,音频的处理,PS 技术等知识都促进她的新闻写作。当问到如何释放压力时,何丽梅表示只要条件允许,她都会去跑步。"我很喜欢奔跑的感觉。"何丽梅说,有时晚上 7:30 要开会,9:00 多开完会她便去跑步,平时下午 5:00 去跑步,跑到 7:00 左右,跑累了就走走,和一起跑步的朋友聊聊天,有时失眠,稿子写不出来或是遇到不开心的事,她也会去跑步,跑着跑着,压力、不开心、小烦恼便渐渐消散了。"即使我已经很累了,但我还是疯了一样去跑。"她说,跑完了就回去洗澡,洗完就睡觉。

梧州学院网指导老师郑文锋说:"她工作很努力,做事也让人放心,新闻稿件采写新闻和传达的工作任务她从来不落下;她是想着要做好事情,便踏踏实实地去做,即使是很小的事情也能细心地做好。"正如何丽梅说的一样,善于利用方法有效地学习,才能更好地奔跑在奋斗的路上,脚踏实地地努力着。

用声音传递真情*

——记学校广播电台播音员谢晶

人物简介:谢晶,法律与公共管理系2010级法学二班的学生,曾任过学校广播电台播音部的部长,法管系分团委学生会办公室副主任,法管系分团委学生会文娱部的干事。多次参加学校举办的辩论赛,获过学校"优秀广播员""优秀学生干部""个人最佳辩手"等荣誉称号。她曾在微电影《春茶姑娘》的开机仪式上当过主持人,在我校拍摄的微电影《北区恋歌之许佚和郝小研》中当配音员。

每天放学时分,我们走在校道上会伴着学校广播电台的声音。也许你还不知道,在播音室里,曾有一个人用甜美的声音,向大家讲述一个个故事——她就是曾在校广播电台里担任播音部部长的谢晶。这个万物生长、杨柳如烟如雾春天,记者约到了这个可爱、带着阳光般笑容的女孩。

初中、高中的时候,谢晶经常参加学校里的演讲比赛。闲暇之余,她会听《中国之声》等广播。她说:"我喜欢语言类的东西,除了主持、辩论外,播音也是我的兴趣。"

"她是一个开朗、活泼的女孩,口才也很不错。"谢晶给她的同学雷长林留下了这样的印象。

她曾在日记里写过这么一段话:"午夜十二点,塞上耳机,搜到FM95.0,听着电波传来的陌生却温暖的声音,想象是怎样的一个他在怎样的夜空下讲述属于或不属于他的故事,每一个字,都触动你的心灵,这种感觉,或许只有电台能给……"

兴趣是最好的老师,凭着她那份对播音的热爱。2010年9月,她来到梧州学院念大学时,看到校广播电台招新,她就去报了名。

---

* 本文作者:黄玉婷、陆丽华。

只要努力,业余也可以成为专业

谢晶所学的专业是法学,而对于一名播音员来说,它不仅要有一口标准的普通话,还要有很好的口才。初进电台,她离这些标准还有些距离,播音部的老成员都会给她耐心的指导。“那时候,学姐经常指出自己在哪方面做得不好,当时我感觉压力也挺大的。”为了让自己能够做好一名播音员,她除了在播音部接受培训外,还自学播音知识。“我自己也会买些相关的教材去学习,利用早晨的时间一个人到草坪上练习普通话。”

想要做得比别人好,就要付出多倍努力。她说:“一放学,我们就要赶到播音室,中午是在11:55分开始做节目,正式的节目在12:00开播。每次广播结束还要留下来听老成员的点评,将近在下午1点才能离开播音室。”等她简单吃过午饭后也过了一点半了,她说,这个时候回宿舍的话担心吵到舍友午休,因此只能提前到教室等候下午的课。

广播站根据每个人的音色、知识面等方面的不同,将成员分到不同类型的节目。“我曾经做过音乐类、体育类、文学类的节目,但音乐类的节目做得比较多。”她说,做节目前要自己找相关的资料,完成播音稿后,反复诵读以熟悉内容。“为了记住播音稿的内容,播出前还要多看几遍,以免在播音过程中忘词。如果忘词了,自己还得想办法去圆场,然后尽快让自己想起播音稿里的内容。”

“刚开始播音时,我感觉自己不是特别好,会经常去听别人是怎么播的,从中找出自己的问题。”她说,“当我第一次对着麦克风投入到节目中时,我几乎忘了是自己在播音,毫无紧张感。但是,做完节目后,回头看到坐在身后指导自己的学姐在看着自己时,我就突然紧张起来了。”

生活时刻充满着挑战,否则就会变得索然无味。无论是在广播站里或是参加其他社团的活动,当她遇到困难时,她会总会对自己说:“想做的事一定要去做,而且要做好。播音主持虽然是自己的业余,但是把它当自己的专业来做就能做好。”

从学校走出社会,不断磨炼自己

学校广播电台每周都会派成员到梧州市电台实习,谢晶也曾去市电台实习,主要做《爱在校园的日子》这档节目。“刚去到市电台实习的时候,那里的播音设备和学校的存在着很大的差异。刚开始操作还不太熟练,慢慢地,播了几次也就会了。”

她曾参加过梧州市人民法院举办的文化周辩论赛,参加过我校的第一届职业辩论大赛、“提前五分钟,你会更成功”演讲比赛等与自己专业相关的各种比赛,另外还多次担任学校的文艺晚会主持人。她也曾到外面参加商业性活动,“当时《春茶姑娘》举办开机仪式,老板感觉我主持的还不错,于是邀请我担任主持。”

通过各种方面的生活和学习经历,她认为在电台实习、当比赛活动主持人、给演员配音等这些经历对她学播音这一方面有很大的帮助。丰富的经历就犹如在她人生的画卷上增添了几份色彩。她说:“人生本就是一门学无止境的课程,不断学习,不断磨炼自己才能更好地成长。”

退出并不代表离开

“我觉得一名优秀的广播员,要有自己的风格。通过看大量的书籍学习,不断培养播音语感。”谢晶总结了在广播电台工作的经验。她说,“在学校广播站里学习,我不仅希望提升自己的能力和素质,更希望与大家一起分享广播给人们带来的不同感受。”

去年的十二月,由于临近毕业,谢晶退出了广播电台。她感慨地说道:“学校广播电台就像是自己的一个家,能给人情感上的寄托。”她说,退出后她时常会想起电台里的成员,想念当年在播音室主持的场景,希望越来越多的同学能够感受到电台成员每期都在用心做节目,希望广播电台越办越好。

谈及她的梦想时,她说:“希望自己以后能成为一名律师,相信在广播电台的经历对自己今后的职业有所帮助。”

苏虹：在最美的时光做最有意义的事*

在众多梧院学子之中，有这么一个人，她惜时如金，不但用行之有效的方法努力学习而且丰富自己的课余生活，投入到社团组织，积极参加各项比赛活动。

争做课堂上的主人

她叫苏虹，文法学院2012级汉语言文学2班的学生，曾获2014～2015学年国家奖学金、2014～2015年优秀学生一等奖学金等奖项。她努力学习，但并非一味地"死读书"，而是注重课堂的吸收和理解，进而转化为自己的知识灵活运用。"与其沉默被动地度过40分钟，不如在老师提问的时候主动'站起来'与其交流看法，让课堂在我的眼里变得生动有趣的同时自身也很好地掌握了知识点。"苏虹说道，"学习是讲究方法的，有了平时的印象作为基础，到了期末再辅以知识的重温、归纳和总结，才让我的专业学习有了事半功倍的效果。"

因此，每次上课，苏虹总是积极地坐到前排，以便与老师互动。无论是回答问题、上台朗诵、排演课本，还是发表观点，她都踊跃举手。她这样不仅巩固了课堂知识，也提升了"说、读、写、演"等方面的能力，还在老师心目中建立了良好的形象。"苏虹同学是一位非常优秀的学生，课堂上不仅积极、活跃，还有独到的见解，是大家学习的榜样。"大学四年来，上过苏虹所在班级古代文学史、古代文学作品选和媒介素养等专业课的老师朱俊海这样评价道。

多才多艺，全面发展

苏虹不仅努力做课堂上的主人，还十分注重自身综合素质的培养，她认为，大学四年不仅要学好课本知识，更要通过磨砺塑造更好的自己。

---

* 本文作者：梁贵洁、覃珊珊。

源于对写作的热爱,刚进校不久的苏虹加入了院报成为一名校园记者。然而她发现随笔散文和新闻报道差别很大,前者可以主观随意,后者却要求严谨客观,这样的转变对一向感性的她而言无疑是一个挑战。

让苏虹印象最深的是,大二时第一次带着大一成员去采访第七届阳光学子陈胜桂。尽管在采访前收集了很多材料,"可当时写得确实不好,不懂取舍采访内容造成人物性格不够突出,滥用华丽的词句让报道不够平实,以至于稿件一个星期内前后被退五次。"苏虹回忆道。

这些点点滴滴的事情不断地触动着苏虹,促使她更加主动而积极地改变自己。从前每逢家人观看新闻栏目她便觉得枯燥乏味,要求转换频道;慢慢地一回家她却开始主动关注新闻联播、焦点访谈、观点制胜等优质新闻栏目,还学会了利用网上资源搜索梧州日报、西江都市报和高校校报平台等媒体及时给自己"充电"。

那段日子里,当别人休闲放松时,她却待在电脑前整理材料、撰写文章、修改批复稿件,一干就是深夜两三点。长时间的写作没有白费,她稿件被退回的次数越来越少。两年里,她在校内外媒体共发表了 30 余篇作品,她不仅收获了新闻写作技巧,还培养了灵活、敏捷的思维以及良好的沟通能力。

在学习之余,苏虹还积极参加各类比赛活动。从大一到大四,她曾参加原中文系第五届诗歌朗诵大赛、第十届全国大学生文学作品大赛等比赛,荣获个人奖项多达 16 项。在文法学院微小品和全校的心理剧比赛中,从剧本设计、排练到演出,想法多样的她不仅时常与其他班干进行讨论,更及时吸收他人的建议完善自己的角色,为了表演效果从语气、眼神和动作方面细细琢磨、狠下功夫,专注每一场排练。最终不仅班级作品《牛郎织女之现代求生记》和《心音》大获成功,她个人也在心理剧比赛中荣获最佳女主角奖。苏虹还和同班同学曾丽香合作参加了我校"第五届科技文化节",其作品《培养学生创新精神和实践能力调查——以梧州学院新闻人才培养模式为例》获得了二等奖。"她有自己独特的看法,讨论问题时总能提出很好的想法。"曾丽香表示。

读万卷书,行万里路

"趁着年轻,我们应该多出外面走走!"苏虹喜欢旅游,她利用周末节假日做过促销员、派单员、服务员等兼职,通过自己的劳动存下了"旅游基金"。

大学四年里,苏虹去了北京、杭州、广州等多个城市,也走出了国门。2015 年初,苏虹独自去泰国找朋友游玩,进行了为期九天的异国之旅。旅途总是充满着无数的未知和温暖,在她去预订好的宾馆路上,因为人生地不熟而迷路,朋友也因为上课而爱莫能助,无奈只能谨慎地求助于经过的泰国女学生。“我一开始满头雾水地跟着她兜兜转转,心里充满着防备和警惕,打算随时联系朋友。”

苏虹回忆道:“但是后来她把我带到她会说中文的父亲那里才知道,女生当时急着去办理出国留学的手续,听不懂我的话也不知道我朋友在电话讲的地址。虽然有自己的事情,但还是想办法先帮助我,当时真的非常感动。”女孩的父亲也是个好心人,不仅开车将她送到了预订的宾馆,在路上时还因为时近中午体贴地带她去面包店买食物和水充饥,临走时细细地叮嘱她万事小心,注意自身安全。

她在游玩期间还认识了不同地方的人们,有喜欢徒步旅行的“中国老乡”,也有乐于帮忙的美国背包客,还有携着母亲看世界的韩国女儿。虽然彼此只能用蹩脚的英文进行短暂的交流,但是苏虹还是从中体味到了世界的广阔。更重要的是,“很多人和我一样有着向往外面世界的心”。苏虹感慨:“旅行的意义不仅在于见识泰国蔚蓝清澈的海、富丽堂皇的大皇宫等沿途美好的风景,还在于和不同的人进行心灵的触碰交流。”

“尽自己的努力去做好每一件事,那么以后总会有意想不到的收获!”这是苏虹常挂在嘴边的一句话。在四年前,她的大学篇章还是一张毫无内容的白纸;而今天,再次翻开时,白纸已被丰富多彩的经历填满。

现在的苏虹报考了家乡的公务员,希望能为梧州的美好出力,她始终怀着最饱满的激情,去创造自己想要的未来。

用乐观积极的态度来引领人生*

——访优秀校园记者马雪珍

"很幸运有担任校园记者的经历，它让我更好更快的成长。"马雪珍谈起在梧州学院网学生通讯社工作的经历，回忆满满。

马雪珍是国际交流学院2013级英语专业（经贸方向）2班的学生。先后任梧州学院网学生通讯社摄影部部长，第三届副社长、代理社长，其摄影作品《画说军训（漫画版）》被评为2015年广西高校校园好新闻三等奖，曾获得梧州学院2014～2015年度"宣传先进个人"、2015～2016年度"优秀宣传干部"等荣誉称号。

"担任校园记者教会我成长"

说起在学院网的经历，马雪珍觉得自己很"幸运"。因为对摄影的热爱，大一的时候，马雪珍就加入学院网摄影部，成为一名校园摄影记者。"刚进来的只有一腔热血，但对于摄影是一点基础也没有，角度、构图是一窍不通，所以很感谢当时带我的学长学姐以及宣传部的指导老师。"马雪珍回忆说道。

马雪珍大一时曾是班里的组织委员，大二时是学校跆拳道组织部部长，这些干部经历让马雪珍更坚定了留在学院网担任干部的信心。于是大二期间，马雪珍成功竞选成为学院网摄影部部长。

"干部和干事其实有很大的不同，工作中需要考虑的方面更多，担任干部教会我成长。"马雪珍说道。"在团队管理和自我学习上也会比做成员时更有想法，尤其是责任心的增强以及自我学习意识的提高。"马雪珍认为，作为一名干部，做好团队管理以及知识技能的提高是同等重要的。

在她担任摄影部部长期间，积极带领部门成员做好学院网日常新闻拍摄工

---

* 本文作者：满香秋。

作。同时,注重成员们摄影技术的培训,一有机会便带领成员出去摄影采风,并培养他们主动学习的习惯。

“马雪珍学姐做事有条理,分清主次,责任心强。工作上的经验也很乐于和我们分享,在摄影上对我帮助很大。”来自机械与化工学院2014级自动化专业的蒙思宇谈起他的老部长这样说道。

“担任干部对我最大的改变就是自我学习意识的提高、责任心的增强,同时也懂得了许多为人处世的道理,这些会让我受用一生。”在大二期间,马雪珍一有空就自己出去拍照,主动的找老师点评图片,找出自己作品的不足之处,平时自己也会在网上找摄影教程进行自我学习。

在这期间,马雪珍拍摄的作品《新生报到的一天》及《画说军训》(漫画版)得到了学校党委宣传部老师的肯定。其中,《画说军训(漫画版)》被评为2015年广西高校校园好新闻三等奖。

“只有努力才会有回报”

一年的时间不短不长,但因为担任干部,马雪珍在这一年里成长很快。到了大三,马雪珍竞选成为学院网副社长。有过学院网一年干部经历的她,在担任学院网副社长时更有底气也更从容。在安排工作、做摄影专题策划方面更加得心应手。

在学院网工作的搭档、信电学院2013级数字媒体技术2班的何丽梅眼里,马雪珍就是个责任心和很强,组织工作能力也很强的好干部。“她是个心直口快、大大咧咧的人,但在工作上从不马虎。在工作时考虑到每一个人的感受,常常拍好照片后还与文字记者在编辑室工作到晚上11点多。”

大学四年,马雪珍在学院网一待就是三年。“虽然担任校园记者花费的时间比别人多,也比别人辛苦,但是获得的机会也比别人多。”马雪珍说道。

由于担任学院网记者经历让她掌握了摄影技巧,马雪珍大二寒假时有机会到《梧州日报》实习;在大二结束的暑假,有幸参加由《中国青年报》主办的高校联盟“快乐学校”的支教活动,到柳州三江支教。在支教活动中,马雪珍与来自全国各个高校的学生相互交流学习和工作。得益于在学院网担任记者的经历,她成为柳州三江支教队伍的队长。在大三寒假的时候,还作为队长到北京参加《中国青年报》报社主办的交流会,与全国高校的学生代表分享支教活动经验。

“那一次的北京之旅给我的感受很深,能够走出去见识到更多的人和事,也认清自己与全国优秀大学生代表的差距。”马雪珍谈到此次的经历,感触颇多。

在其他大四毕业生忙着找实习，找工作时，马雪珍因为有担任校园记者的经历和掌握摄影技术的优势，2016 年 5 月份时成功争取到梧州市一家宝石外贸公司实习，主要负责业务跟单，后台的运营管理及图片后期处理工作。

“用乐观积极的态度来引领人生”是马雪珍的座右铭。她看来，不管是学习、工作，还是处理工作伙伴之间的关系，都需要乐观积极的心态去面对，遇到困难时一味地怨天尤人无法解决问题，也无法让自己成长起来。实习过程中她发现，校园记者的经历能够让自己更从容地应对今后在工作生活中遇到的问题。

完美演绎多种角色*

——记优秀校园记者陈梦兰

2017 年 6 月 25 日晚上，陈梦兰完成了钦州市的社区党员工作者招聘考试，回到了梧州学院。与往常归校不一样的是，这一次她是回校办离校手续。四年前，她来到梧州学院求学，现在，她即将带着理想走上社会。

陈梦兰是我校国际交流学院 2013 级对外汉语班的学生，曾担任梧州学院网学生通讯社（以下简称学院网）的校园记者。作为学生，她学习成绩保持前茅，多次获得国家级、自治区级、校级奖学金；作为校园记者，她有 50 多篇稿件发表在《西江都市报》、中国大学生在线、梧州学院网等媒体平台上。

以梦为马，选择做一名校园记者

大一上学期，陈梦兰出于对文字的热爱，报名参加了学院网的招新考试。但是这次在面试中被刷下来了。然而，这并不是一个终结点。

“当记者，是我高中的梦想。”于是，在大一的下学期，她再一次选择了学院网。这一次，陈梦兰如愿通过了面试、笔试和考核，成为一名校园记者。

陈梦兰第一次单独写稿件竟然是因为同班的刘同学在学校的建设银行自动柜员机上发现了一张余额上千元的银行卡，她的同学通过校园 QQ 群寻找到了失主。陈梦兰捕捉到这条新闻信息后，于是采写了《我校学生 QQ 群转发失物启事丢失的银行卡找到主人》这篇稿件。后来这篇稿件发表在了《西江都市报》上。

在学院网的这两年半里，常常感受到稿件发表后的成就感，也有历尽艰辛地写稿：有时为了完成一篇人物通讯而三次改稿；为了学校重要活动和会议新闻及时上网而熬夜写稿……

---

* 本文作者：韦桂平。

勤奋为鞭，优异成绩学好专业知识

即使花大量时间在校园新闻工作之中，陈梦兰的学习丝毫没有落下：获得“国家奖学金”、“自治区人民政府奖学金”、“优秀学生二等奖学金”、学校“三好学生”等荣誉称号

上课时的陈梦兰一会儿抬头看看老师，一会儿记笔记。“我要跟着老师的思路走，这样在课堂能学到更多。”陈梦兰在学习方面有着自己的方法，在别人觉得枯燥的课程，她还是能听得津津有味。“用发散的思维去学习才会觉得有趣，老师说一个方面的知识点我会去联想到其他方面的东西。”上课听课，做好笔记，转动脑筋，这就是陈梦兰学习的“秘籍”。课后，她的笔记也常常受到同学们的“青睐”，被大家用来借鉴和学习。

她说：“身边努力的人不只是我一个，我只有更加努力，多学一点才能变得更加优秀。”舍友梁幸用“废寝忘食”来形容陈梦兰对待学习的刻苦，“没课的时候，她坚持每天去图书馆看书，有的时候还会忘记吃饭”。

平衡为径，胜任多个学生干部角色

做一名优秀新闻记者不简单。而值得庆幸的是，这一路，她从未选择放弃。大三时候的陈梦兰，竞选成了学院网专题部的副部长，同时也是班级的心理委员。她时常会觉得分身乏术，在完成好这些工作的时候，同时要兼顾好自己的专业课程学习。毕业季专题报道常常“撞”上期末考试，陈梦兰会合理安排好自己学习和写稿的时间，工作和学习，她一个都不能少。

“工作和学习任务都是艰巨的，但是我不曾想过去放弃，做事情得有始有终。”她说：“学习和工作其实并不矛盾，在学院网提高了我的写新闻能力，也学会了平衡学习和工作之间的关系。对我而言，有挑战也有收获”。大三那年，她还获得了自治区人民政府奖学金。

陈梦兰的大学时光，忙碌而充实。2017 年，她作为学校的优秀毕业生代表即将要阔别校园，去迎接更社会工作的挑战。一路走来，有艰辛有汗水有收获，四年的沉淀让她变得更加稳重。

用心抒写校园故事*

——记优秀校园记者陈彩飞

身为一名校园记者,笔杆就是武器,镜头就是远方。走进每一个人,了解他们的经历,传播他们的故事,是每一名校园记者的责任。作为梧州学院网学生通讯社(以下"简称学院网")的一名记者,陈彩飞始终热爱着这份工作,用心倾听每一校园故事。

来自文法学院2013级汉语言文学专业的陈彩飞大学期间在学院网当了三年的校园记者。2013年,她加入院网的专题部,正式成为了一名校园记者;2015年,她成为了摄影部副部长,获得了学校宣传工作"先进个人"荣誉称号;2016年,她带着"优秀编辑"和"优秀记者"的荣誉称号,结束了在学院网的工作。此外,她还获得2015~2016学年"优秀学生三等奖学金"和国家励志奖学金。

初识院网　勤为径苦作舟

2013年,刚入学的陈彩飞进入学院网后,为了完成每周两篇的作业稿,提高自身的能力,她时常会向学姐请教新闻稿件方面的知识、浏览华国内知名高校的网站,通过读报纸,琢磨学姐们在稿件上做的批注和留意校道上各种活动的宣传海报等等。凭着一股脑的勤奋和刻苦,陈彩飞成功地通过了考核期成为学院网的一员。

2014年4月,陈彩飞为完成一篇关于学生熬夜的记者观察类稿件,把所有女生宿舍楼都走了一遍。既然是要观察熬夜的情况,陈彩飞和一起写稿的潘彩娇便决定在零点过后去走访宿舍。

为观察学生的熬夜情况,陈彩飞走遍了北校区的5栋女生宿舍楼,观察哪个

* 本文作者:余梦。

宿舍还亮着灯，记录下来，第二天进行采访。就这样一篇《记者观察：莫让熬夜成为习惯》的稿件写出来了。

同样的经历还发生在撰写其他稿件时。在撰写《第一食堂面点师傅王桂连："喜欢才能做出好东西！"》时，她五点多就起床，拿着相机来到了食堂，就是为了拍摄一张采访对象王桂连的工作照。

凭着这份执着，她在学院网的三年里共撰写了58篇稿件，其中有9篇稿件发表在了梧州日报、西江都市报、新民网和广西新闻网等校外媒体平台上。

爱上院网　双栖记者担当责任

"换届了，学姐们都退了，这时候我觉得我应该站出来去承担这份责任。"2015年，在院网换届之际，陈彩飞参加了干部竞选，并成为摄影部部长。对于做了两年的文字记者，没有任何的摄影基础的陈彩飞来说，摄影部部长一职是巨大的挑战。

为了能够胜任这一工作，她经常向前任摄影部部长马雪珍请教，如何开展工作、主持会议和一些拍摄技巧等等。平时，只要没有课，在成员出任务的时候，她都会跟着去学习，在实践中提高自己。

一边是急需掌握的摄影技术，一边是擅长的文字写作，面对这两个都不可能放弃的工作，陈彩飞选择了坚持。那个时期的她，每周至少报道三场学校重要会议。

2015年的运动会上，身为摄影部部长的她，为了及时的完成任务，常常是趁着中午的休息时间，拿着电脑在比赛现场拷贝、挑选照片。七台相机的内存，每台相机里都有几百张照片，陈彩飞先是全部拷到电脑上，再从几百张照片里精挑出十几张作为新闻报道使用。运动会的两天里，时间紧、任务重，除了要负责照片的挑选，摄影部工作的统筹外，她还需采写和编辑新闻稿。期间，她共参与完成了"26个字母解读运动会(组图)""速度与耐力的突破——记我校男子3000米破纪录者陆观余"和"校运会排球、篮球联赛精彩瞬间"三篇新闻稿件。

两年的专题部干事和一年的摄影部部长的工作，让她成了一个既能写稿又能拍照的全能型校园记者。在她的策划下，院网推出了"20岁的年华，在梧院的故事"等组图。

三年来所经历的劳累、疲惫、欣慰和酸甜苦辣都浸透在一篇篇新闻稿件和一张张照片中。当一篇篇精心采写的稿件获得了老师的认可时，她的心里总会涌出那份收获累累果实的自豪感。

不舍院网　路漫漫其修远兮

2016 年,即将大四的陈彩飞带着三年来收获的师生情、友谊情和荣誉离开了学院网。三年校园记者的经历和积累,让即将走出校门的她比其他的同学更有信心和目标。

会写稿、会拍照、与人沟通交流无障碍、能策划活动和统筹工作……在院网里练就技能,让她对实习的工作游刃有余,对接下来的求职之路充满底气。

"我喜欢去聆听别人的故事,再用自己的笔写下来,传递出去。"陈彩飞坦言,她喜欢写各种新闻稿件,能够发挥自己的文采和思维,在稿件中体现自己的风格。正是因为如此,陈彩飞一直都想去杂志社工作。

在学院网,陈彩飞慢慢地由一个内敛、容易脸红的姑娘蜕变成了能独当一面的校园记者。实习期间,她的文字功底、沟通能力以及统筹工作的能力都得到了单位领导的认可。

三年来,校道上留下了她奔波的脚步,仁爱湖水映照着她匆忙的身影,一切只因为她是一名校园记者。无论是她的勤奋刻苦,还是她是勇于担当,都是因为她身在学院网这个大家庭中,她热爱着这个集体和这份工作。

校园记者“转正”*

入学报到不久,我参加了学校官微招募面试。忘了过程是什么,忘了说了些什么话,面试结束后几天收到了通过面试的通知,我就这样当上了校园记者,成了学校官微大家庭中的一员,实现了成为校园记者这个小目标:入学时候看到扛着相机戴着工作牌的学长学姐在校园采访,我的内心十分憧憬成为他们的一员。

还记得自己在校园记者的路上经历了好多第一次:第一次采访、第一次写稿、第一次使用单反相机、第一次拍摄文章配图……刚开始时对这一切都很茫然,因为什么都不懂,接到任务就匆匆地、满怀激情地执行任务。

第一个写稿任务,是关于学校语音室的报道。回头看这篇文章的时候真是哭笑不得。除了引用采访者的话外,其他文字应该都经过指导老师改动了。那个时候在没有任何准备工作前提下去到语音室,碰巧有班级上自习课。向跟班的老师说明后我被允许拍照。我拿着数码相机毫无目的地走了一圈教室,拍了几张自认为很不错的照片,最后跟老师道声谢谢便走了。课后找到那个班的学姐,在她的推荐下采访到了她的同学。绞尽脑汁终于完成稿件并发给了老师。本以为这项任务就结束了。结果随后被指导老师叫去办公室,给我的稿件做了一通的点评,当然都是指出我的“作品”中存在的大量问题。最后的结果是稿件重写照片重拍……

然而第二次拍摄的图片虽然在构图上有了进步,但是在手抖的情况下还是拍得模糊了……最后指导老师经过对文字再三编辑,配上照片也凑合着发稿了……现在回头看那篇稿件可以说“目不忍睹”。

第一次扛着单反相机拍校外的粤剧节活动,心里也是很激动。第一次接触单反相机以至于不知如何下手……于是通过QQ上请教了在其他地方念大学的高中

---

* 本文作者:赖小婷。

同学。我拿相机的时候摄影部部长交代了图片拍摄要求,我听得糊里糊涂的,就直接上阵了。本以为之前有过一次经验,这次一定能拍好。那天傍晚,怀激动和兴奋的心情,我没有吃晚饭就跟同学搭上公交直赴活动现场。本以为拍一下想要的镜头就可以撤了,结果没想到那晚我饿着肚子蹲了三个小时,活动才结束。然而让我崩溃的是我拍的照片都是蒙的!没有对焦!

看到活动现场有个大叔也来拍照。于是我厚着脸皮上前问他能否共享他的照片,幸好他很乐意,于是留下联系方式,终于还算能应付了这次任务。

熬过了所有的第一次,慢慢的就上手了,只是一直到现在我的文字质量都提高得很慢,还没能用生动的故事向读者讲述一个新闻故事。但不管如何,我通过了见习记者阶段,转正了。

到现在为止,我采访了很多师生,写了许多稿件,水平渐渐得到提高。回首成为校园记者的这一年来,我由一个新手变成一名“老司机”,当初的经历还历历在目,虽然常常为了稿件去麻烦很多人,也经常为了稿件熬夜甚至通宵,但也有了很多有趣的事:认识了不少的人、经历了许多学校重大活动,我的人生经历越来越丰满……

校园记者这条路是痛并快乐的经历,虽然有苦有乐,有喜有悲,但是很感谢帮助过、指导过、批评过我的人,因为他们让我在这条路走得更好、走得更远……